누구를 위하여 종은 울리나

누구를 위하여 종은 울리나 

For Whom the Bell Tolls

어니스트 헤밍웨이 장편소설　이종인 옮김

FOR WHOM THE BELL TOLLS
by ERNEST HEMINGWAY (1940)

19

　「거기 앉아서 뭘 하고 계세요?」 마리아가 그에게 물었다. 그녀는 로버트 조던 곁에 가까이 서 있었다. 그는 고개를 들고 그녀에게 미소를 지었다.

　「아무것도. 생각 좀 하고 있었어.」

　「무엇에 대해서요? 다리에 대해서?」

　「아니, 다리 문제는 끝났어. 당신 생각을 했지. 그리고 마드리드에 있는 호텔에서 만난 어떤 러시아인에 대해 생각했어. 그리고 내가 언젠가 쓰려고 하는 책도…….」

　「마드리드에는 러시아인이 많이 있나요?」

　「아니, 많지 않아.」

　「그렇지만 파시스트의 신문에는 수만 명이 있다고 났던데요?」

　「그건 거짓말이야. 거의 없어.」

　「러시아인을 좋아하세요? 여기에도 러시아인이 한 명 있었는데.」

　「그를 좋아했소?」

　「네, 저는 그때 아팠었는데 그가 굉장히 아름답고 용감하다고 생각했어요.」

「말도 안 돼. 아름답다니. 코는 내 손처럼 평평하고 광대뼈는 양의 엉덩이만큼이나 넓었는데.」 필라르가 말했다.

「그는 정말 좋은 친구였고 내 동지였지.」 로버트 조던이 마리아에게 말했다. 「난 정말 그를 좋아했어.」

「그랬겠지. 하지만 당신은 그를 쏘아 죽였잖아?」

필라르가 이렇게 말하자 카드놀이를 하던 친구들이 일제히 돌아보았고 파블로는 로버트 조던을 빤히 쳐다보았다. 잠시 동안 침묵이 흐른 뒤에 집시 라파엘이 물었다.

「그게 정말이에요, 로베르토?」

「그렇소. 정말이오.」 로버트 조던이 대답했다. 그는 필라르가 이 이야기를 꺼내지 않았으면 하고 바랐고 귀머거리 영감 집에서 이 이야기를 하지 말았어야 했다고 생각했다. 「그가 부탁했기 때문이오. 심하게 다쳤었거든.」

「정말 이상한 일이군.」 집시가 말했다. 「그는 여기 있는 동안 내내 그 가능성에 대해서 이야기했어. 그런 경우가 생기면 그렇게 해주겠다고 수도 없이 약속했지. 참 묘한 일이야.」

그는 다시 말하면서 고개를 저었다.

「정말 별난 사람이었어.」 프리미티보가 말했다. 「정말 이상했어.」

「이보게.」 형제 가운데 하나인 안드레스가 말했다. 「교수인 당신, 그리고 모두에게 묻겠는데, 사람이 자기에게 일어날 일을 미리 알 수 있다는 게 믿기나?」

「난 안 믿소.」 로버트 조던이 대답했다. 파블로는 신기하다는 듯이 그를 쳐다보았고 필라르는 무표정한 얼굴로 그를 바라보았다. 「그 러시아인은 너무나 오래 전선에 있었기 때문에 신경이 예민해졌었소. 그는 이룬에서 싸웠는데 알다시피 거기 상황은 아주 나빴지. 나중에는 북쪽에서 싸웠어. 그리고 후방 교란 부대가 편성된 뒤에는 그곳에서 근무했지. 에스트레마두라에도 있었고 안달루시아에도 있었지. 난 그가 너무 피로하고 신경이 예민해져서 안 좋은 일만 상상하게 되었을 거라고 생각해.」

「틀림없이 지옥에서나 있을 일들을 많이 보았을 거야.」 페르난도가 말했다.

「세상 모든 사람들과 마찬가지로.」 안드레스가 말했다. 「그렇지만 영국 양반, 나중에 자신에게 벌어질 일을 미리 알 수 있다니, 그런 일이 있을 수 있을까?」

「그럴 수는 없지. 그런 것은 무지와 미신이오.」

「계속해 봐요. 어디, 교수님의 의견을 들어 보자고.」 필라르가 마치 조숙한 아이에게 이야기하듯이 말했다.

「나는 공포가 불길한 환각을 가져온다고 생각하오. 좋지 못한 전조를 보면……..」

「오늘 비행기 같은 것 말인가요?」 프리미티보가 말을 가로막으면서 말했다.

「자네가 여기 온 것 같은 걸 말하는 거지.」 파블로가 작은 소리로 말했다. 로버트 조던은 식탁 너머에 있는 그를 쳐다보았다. 그렇지만 도발하려는 것이 아니라 생각나는 대로 말한 것뿐이라는 걸 알 수 있었다. 그는 계속 말을 이었다. 「기분 나쁜 일을 보면 공포심을 가진 사람은 자신의 최후를 상상하고 그 일이 예언에 의해 실현된다고 믿는 거지. 나는 그렇게 믿소. 그 이상의 것은 없소. 나는 귀신이나 점쟁이 같은 초자연적인 것을 믿지 않아.」

「하지만 그 이상한 이름을 가진 사람은 자신의 운명을 분명히 알았던 것 같은데?」 집시가 말했다. 「그리고 결국 그렇게 되었고.」

「그것을 알고 있던 것은 아니었소.」 로버트 조던이 말했다. 「그런 일이 일어날지도 모른다는 공포심을 가지고 거기에 사로잡힌 것일 뿐, 그가 모든 것을 알고 있었다고 할 수는 없소.」

「나도?」 필라르가 그에게 물으며 난로 속에서 재를 꺼내 손바닥에 올려놓고 혹 불었다. 「나도 예언할 수 없다는 건가요?」

「물론입니다. 어떤 마술을 쓴다고 해도 그건 안 돼요. 집시가 아니라 그 누구, 설혹 당신이라도 미래를 예언할 수는 없어요.」

「그건 당신이 아주 이상한 귀머거리이기 때문이야.」 필라르가 말했다. 그녀의 커다란 얼굴이 촛불에 비쳐 훨씬 넓고 거칠어 보였다. 「당신이 바보라는 얘기가 아니고 다만 귀머거리라는 이야기죠. 귀머거리는 음악을 들을 수 없지. 그리고 라디오도. 들어 본 적이 없기 때문에 그런 것은 없다고 말하지. 이봐요, 영국 양반, 나는 그 이상한 이름을 가진 사람의 얼굴에서 낙인을 찍은 것처럼 죽음을 보았어요.」

「아니, 당신은 보지 못했어요.」 로버트 조던이 강하게 맞섰다. 「당신은 공포와 불안을 보았던 거예요. 공포라는 것은 경험에서 나오는 것이지요. 불안은 그가 불길한 일이 생길 가능성을 상상한 데서 온 것이고.」

「무슨 소리야? 난 마치 그의 어깨에 앉아 있는 까마귀처럼 죽음을 보았어. 더구나 그에게서는 죽음의 냄새가 났단 말이야.」 필라르가 말했다.

「그에게서 죽음의 냄새가 났다고?」 로버트 조던이 비웃듯이 말했다. 「그건 아마 공포의 냄새였겠죠. 공포에서도 냄새가 나니까.」

「아니, 죽음의 냄새였어.」 필라르가 말했다. 「들어 보라고. 역사상 가장 위대한 투우사였다는 블랑케트가 아직 마놀로 그라네로 밑에서 일할 때 이야기인데, 그는 마놀로가 죽던 날에 대해 내게 말해 주었어. 그 사람 말로는, 둘이서 투우장에 가는 도중 예배당에 들어갔는데 그때 마놀로에게서 죽음의 냄새가 얼마나 심하게 나는지 거의 구역질이 날 지경이었대. 블랑케트는 호텔에서 마놀로하고 같이 목욕도 하고 옷도 갈아입었지만 그런 냄새가 나지 않았고 투우장으로 가는 자동차 속에서는 옆에 붙어 앉기까지 했는데도 그런 냄새가 나지 않았다고 해. 예배당에서도 후안 루이스 데 라 로사 말고는 아무도 알아채지 못했어. 마르시알이나 치쿠엘로도 그때뿐만 아니라 그들 넷이 투우를 하기 위해 나란히 섰을 때에도 알지 못했대. 그렇지만 후안 루이스는 죽은 사람처럼 하얗게 질려 있더래. 그래서 블랑케트가 그에게 말했다는군. 〈자네도?〉

〈숨을 쉴 수가 없을 정도야. 자네에게서 나는 냄새가.〉 후안 루이스가 그에게 말했대요.

〈뭐, 어쩔 수 없군. 우리의 착각이기를 바라자고.〉 블랑케트가 말했대요.

〈다른 사람들은?〉 후안 루이스가 블랑케트에게 묻더라는군.

〈아무것도 아니야. 하지만 이건 탈라베라에서 호세가 풍겼던 냄새보다 더 지독한데.〉

그날 저녁이었어. 베라과 목장에서 사육된 포카페나 투우가 마드리드의 토로스 광장 관람석 앞에서 울타리 판자에다 마놀로 그라네로를 뿔로 찔러 죽인 것은. 그때 나는 피니토와 함께 구경을 갔었지. 그래서 그 광경을 보았어. 황소의 뿔이 완전히 두개골을 박살 냈지. 황소가 내동댕이친 마놀로의 머리통은 울타리 밑에 처박혔어.」

「당신도 그때 냄새를 맡았습니까?」 페르난도가 물었다.

「아니. 난 맡지 못했어.」 필라르가 말했다. 「난 너무 멀리 떨어져 있었어. 셋째 줄 일곱 번째 자리에 앉았거든. 대신 무슨 일이 일어나는지는 잘 보였어. 그런데 호세가 죽을 때까지 그의 문하생이었던 블랑케트는 그날 밤 피니토에게 그 일을 이야기했지. 피니토가 후안 루이스 데 라 로사에게 다시 물었는데 대답은 하지 않았지만 그게 사실이라는 것을 긍정하듯 고개를 끄덕였어. 그때 나도 그 자리에 있었어. 치구엘로, 마르시알 랄란다, 그들의 창잡이, 후안 루이스나 마놀로 그라네로 쪽 사람들이 그날 모두 귀머거리였던 것처럼 당신도 일종의 귀머거리일지도 몰라, 영국 양반. 그렇지만 후안 루이스나 블랑케트는 귀머거리가 아니었어. 나도 그런 일에는 귀머거리가 아니거든.」

「왜 코 얘기를 하다가 귀머거리 얘기를 하죠?」 페르난도가 물었다.

「아는 체하기는!」 필라르가 말했다. 「자네가 영국 양반 대신에 교수가 되어야겠군. 영국 양반, 당신에게 다른 이야기를 해줄 테니 단지 보지 못하고 듣지 못했다고 해서 의심하지는 마슈. 개가 듣는 것도 당신은 못 들을 수 있고 개는 냄새를 맡아도 당신은 맡지 못할 수도 있거든. 당신은 사람에게 벌어질 수 있는 일에 대해서 다소간 체험을 하고 있는 거지.」

마리아는 로버트 조던의 어깨 위에 손을 얹은 채 한참 그대로 있었다. 로버트 조던은 문득 이런 말도 안 되는 이야기는 끝내고 남은 시간을 유익하게 이용해야 하는데, 하는 생각이 들었다. 그렇지만 아직 시간이 이르다. 초저녁 시간을 죽여야지. 그래서 그는 파블로에게 말했다.

「당신은 그런 마술을 믿소?」

「난 모르겠네.」 파블로가 말했다. 「나도 당신의 의견에 더 가깝기는 해. 내겐 한 번도 초자연적인 일이 일어난 적이 없거든. 그렇지만 공포, 그건 확실히 있지. 넘치도록. 하지만 나는 필라르의 손금은 믿어. 그녀가 거짓말을 할 리는 없고, 어쩌면 그런 냄새를 맡는다는 것도 사실일 거야.」

「뭐? 내가 거짓말을? 이건 내가 꾸며 낸 이야기가 아니야. 블랑케트는 아주 진실되고 믿음직한 사람이라고. 그는 집시 같은 사람이 아니고 발렌시아 출신의 부르주아란 말이야. 당신은 그를 본 적이 없겠지?」 필라르가 말했다.

「있지.」 로버트 조던이 말했다. 「여러 번 보았어. 키가 작고 얼굴색이 잿빛인 사내였지. 그렇지만 투우 망토를 아주 멋지게 사용했어. 최고였지. 그는 토끼처럼 발이 빨랐지.」

「맞아.」 필라르가 말했다. 「심장이 나빠서 얼굴은 잿빛이었지만 그가 죽었을 때 집시들은 그를 떠메고 다니면서 그가 마치 식탁 위의 먼지를 치우듯이 망토로 죽음을 털어 낼 수 있을 거라고 말했지. 그렇지만 그가, 집시도 아닌 그가 탈라베라에서 투우 경기가 벌어졌을 때 호세에게서 죽음의 냄새를 맡은 거야. 도대체 족제비쑥의 강한 냄새 속에서 어떻게 그 냄새를 맡았는지 모르겠지만. 블랑케트는 나중에 이것을 아주 다르게 이야기했고 그의 이야기를 들은 사람들은 그가 환상에 사로잡혔던 거라고 했어. 그 냄새는 호세의 겨드랑이에서 나는 땀 냄새였을 거라고들 했지. 하지만 그 후에 마놀로 그라네로 이야기가 나왔을 때는 후안 루이스 데 라 로사도 맡았다고 말했거든. 물론 후안 루이스는 평판이 나쁜 사내였지만, 투우 일을 해치우고 여자를 녹이는 데는 뛰어난 감각을 가진 자였지. 하지만 블랑케트는 진실하고 매우 조용하고 거짓말이라고는 절대로 하지 못할 사람이었어. 아무튼 내가 말하고 싶은 건, 내가 여기 있던 당신 친구에게서 죽음의 냄새를 맡았다는 거야.」

「난 믿을 수 없어요.」 로버트 조던이 말했다. 「당신은 아까 블랑케트가 파세오[1] 전에 냄새를 맡았다고 했죠. 그렇다면 투우가 시작되기 직전이지. 그럼 까슈긴 얘기를 해봅시다. 당시엔 필라르 당신이나 까슈긴이나 기차 습격도 모두 성공적으로 되어 가던 상황이었잖습니까? 까슈긴이 죽은 것은 그때가 아닙니다. 그런데 당신이 그 당시에 그에게서 죽음의 냄새를 맡은 것은 어떻게 된 거죠?」

「그것은 관계없어요.」 필라르가 설명했다. 「이그나시오 산체스 메히아스가 죽었을 때는 그가 어찌나 강하게 냄새를 풍겼던지 카페에 그와 함께 있던 사람들은 모두 앉아 있을 수가 없을 정도였어. 집시들은 모두 그것을 알고 있다고.」

「그건 죽은 뒤에 만들어 낸 이야기요.」 로버트 조던이 쏘아붙였다. 「산체스 메히아스가 너무나 오래 연습을 안 하고 몸이 너무 뚱뚱해져서 위험했다는 것은 누구나 다 아는 일이에요. 힘도 빠지고 다리도 시원치 않고 반사 신경도 전과 같지 않았기 때문에 황소 뿔에 받히게 된 것뿐이야.」

1 투우사들이 입장하기 전에 경기장을 한 바퀴 도는 것.

「물론 그렇지.」 필라르가 그에게 말했다. 「그건 모두 사실이야. 그렇지만 그에게서 죽음의 냄새가 난다는 것을 집시들이 알았고 그가 비야 로사에 갔을 때 리카르도나 펠리페 곤살레스 같은 사람들도 냄새를 맡고 바 뒷문으로 도망갔어. 이건 누구나 다 아는 이야기야.」

「그에게 빚이라도 졌나 보죠.」 로버트 조던이 말했다.

「그럴 수도 있지. 가능성이 있는 이야기야. 하지만 그들은 냄새를 맡았고 모든 사람들이 그것을 알고 있었어.」 필라르가 말했다.

「그건 사실이에요, 영국 양반.」 집시 라파엘이 말했다. 「우리들 사이에는 잘 알려진 이야기랍니다.」

「난 그 어떤 것도 믿을 수가 없소.」 로버트 조던이 말했다.

그러자 이번에는 안셀모가 말을 꺼냈다. 「들어 봐요, 영국 양반. 나도 마술 같은 것은 없다고 봅니다. 그렇지만 이런 일에는 필라르가 일가견이 있어요.」

「그 냄새라는 것은 도대체 어떤 냄새죠?」 페르난도가 물었다. 「도대체 어떤 냄새일까? 그것이 냄새라면 분명히 확실히 구별되는 냄새일 텐데.」

「알고 싶은가, 페르난도?」 필라르가 그를 향해 미소 지었다. 「자네는 그 냄새를 자네가 맡을 수 있을 거라고 생각하나?」

「냄새가 나기만 한다면야 다른 사람들도 맡는데 내가 못 맡을 이유가 없죠.」

「물론이지.」 필라르는 그녀의 무릎에 손을 포개고 앉았는데 그를 보면서 재미있어하고 있었다. 「그런데, 자네 배 타본 적 있나?」

「없어요. 타고 싶지도 않고.」

「그렇다면 자네는 그 냄새를 알 수 없을 거야. 그 냄새의 첫 번째 것은, 배를 탔을 때 폭풍이 불어 선창을 닫을 때 나는 냄새와 같거든. 흔들리는 배 속에서 선창을 꼭 잠근 뒤에 선창의 놋쇠 손잡이에다 코를 대고 냄새를 맡아 봐. 그러면 정신이 아득해지고 속이 메슥메슥해지는 죽음의 냄새를 맡게 될 거야.」

「그럼 나는 그 냄새를 맡을 수 없겠군. 난 배 같은 것은 타지 않을 거니까 말이에요.」 페르난도가 말했다.

「난 여러 번 타봤어.」 필라르가 말했다. 「멕시코랑 베네수엘라에 갔었거든.」

「그것 말고 나머지 냄새는 어떤 거죠?」 로버트 조던이 갑자기 물었다.

필라르는 비웃는 눈빛으로 그를 쳐다보았다. 그러더니 옛날 여행을 떠올리면서 자랑스럽게 이야기했다.

「좋아, 영국 양반. 기억해 두라고. 이게 정말 중요한 거니까. 배의 냄새를 맡은 뒤에는 아침 일찍 마드리드 언덕을 내려가 도살장까지 연결해 주는 톨레도 다리로 가봐. 그리고 만사나레스에서 안개가 피어오를 때 젖어 있는 보도 위에 서서, 해가 뜨기 전에 나와 도살된 소의 피를 마시고 나오는 노파를 기다려. 곧 어깨에 숄을 두른 얼굴이 창백하고 눈이 움푹 들어간 노파들이 나타날 거야. 백랍같이 창백한 얼굴에 뺨은 움푹 팼고 턱에는 하얗게 센 털이 나 있지. 그건 뻣뻣한 털이 아니라 죽은 얼굴에 난 창백한 수염이지. 영국 양반, 이제 노파를 꼭 껴안고 그 입에다 키스를 하는 거야. 그러면 냄새의 두 번째 것을 맡을 수 있지.」

「그 얘긴 정말 밥맛 떨어지는군.」 집시가 말했다. 「그 노파의 턱에 난 수염은 정말 구역질 나.」

「더 이야기해 줄까?」 필라르가 로버트 조던에게 말했다.

「물론입니다.」 그가 말했다. 「알아 두어야 할 것은 다 알아 둘 필요가 있으니까.」

「노파들의 턱에 난 털은 생각만 해도 구역질이 나.」 집시가 말했다. 「왜 노파들에게는 그런 털이 나는 걸까요, 필라르? 우리들한테는 그런 게 없는데.」

「젊은 사람에게는 없지.」 필라르가 집시를 비웃었다.

「우리 늙은 여자에게는 그것이 있어. 하지만 그 노파도 젊은 시절에는 아주 날씬해서(물론 남편의 애정 표시로 배가 불룩할 때에는 예외지만), 모든 집시들이 그녀를 어떻게 해 보려고 껄떡거렸지.」

「그런 소리는 하지 말아요. 야비해.」 라파엘이 말했다.

「마음 상했어? 하지만 사실이잖아. 집시 여자는 언제나 아이를 낳으려 하거나, 아니면 금방 아이를 낳은 상태잖아? 사랑을 너무 받아서 말이야.」 필라르가 말했다.

「어떻게 그런 지저분한 소리를?」

「따지지 마.」 필라르가 말했다. 「누구나 약점이 있는 법이야. 내가 말하려는 것은, 누구나 나이를 먹으면 보기 흉해진다는 거였어. 그것을 자세히 설명할 필요는 없겠지. 그렇지만 영국 양반, 굳이 그 냄새를 알고 싶다면 아침 일찍 도살장에 가봐요.」

「가보죠.」 로버트 조던이 말했다. 「그렇지만 키스는 하지 않고 냄새만 맡겠습니다. 나 역시 그 수염은 질색이니까. 라파엘처럼 말이야.」

「키스를 해야 해.」 필라르가 말했다. 「키스를 해야 한다고,

영국 양반. 제대로 알려면 그렇게 해야 돼. 그런 다음 콧속의 냄새가 가시기 전에 시내로 들어가게나. 그런 다음에는 시든 꽃을 버린 시궁창을 찾아서 코를 처박고 콧속에 가지고 있던 냄새하고 시궁창 냄새를 함께 들이마셔야 해.」

「그렇게 하죠.」로버트 조던이 말했다.「그런데 무슨 꽃?」

「국화.」

「계속해 보세요. 그다음에는 어떻게 해야 하는지. 다 맡아 볼 테니까.」로버트 조던이 말했다.

「그다음엔……」필라르가 말을 이었다.

「중요한 것은 그날이 비가 오거나 최소한 안개 낀 가을날이든가 초겨울이어야 한다는 거야. 시내로 걸어 나가 살루드 거리에 이르면 매음굴 앞에서 비질을 하거나 오물을 하수도에 쏟아붓는 광경을 볼 수 있을 거야. 그 하룻밤 정사의 찌꺼기 냄새와 비눗물 냄새와 피우다가 버린 담배꽁초 냄새 등이 온통 뒤섞여 코를 자극할 거야. 거기를 지나친 뒤에는 식물 원에 가야 해. 밤이면, 안에서 돈을 벌 수 없어 건물 밖으로 까지 나와야 하는 밤의 여인들이 그곳의 철책이나 철문에 기 대거나 근처의 어두운 길을 서성거리면서 우글거리고 있어. 단돈 몇 푼에도 사내가 요구하는 대로, 마치 단지 그러기 위해 태어나기라도 한 것처럼 그 일을 해주는 곳이 바로 그 철책의 나무 그늘이지. 그곳에는 시들어서 떨어지는 꽃을 없애지 않고 그대로 두기 때문에 꽃이 쌓여 다른 길가보다 부드러워. 당신은 그 꽃 침대 위에서 젖은 흙, 썩은 꽃 그리고 밤에 그 짓을 한 냄새가 나는 버려진 포대를 볼 수 있을 거야. 그 포대 안에는 모든 것의 정수가 들어 있지. 죽은 흙, 시든 꽃줄기, 썩은 꽃잎 그리고 인간의 죽음이기도 하고 탄생이기도 한 그 냄새가. 당신은 그 포대를 머리에 두르고 그것의 냄새를 맡아야 해.」

「싫은데.」

「그걸 해야 해.」 필라르가 말했다. 「머리에 그것을 두르고 냄새를 맡아야 해. 전에 맡았던 그 냄새를 간직한 채로 그 냄새를 맡는다면 내가 말하는 곧 다가올 죽음의 냄새를 맡게 될 거야.」

「좋아. 그렇게 하죠.」 로버트 조던이 말했다. 「그럼 당신은 그렇게 해서 까슈낀이 이곳에 있을 때 그 냄새를 맡았다는 건가요?」

「그렇지.」

「그래요?」 로버트 조던이 심각하게 말했다. 「그게 사실이라면 내가 그를 쏴 죽인 것은 잘한 일이군.」

「말 잘했어요.」 집시가 말하자 모두 웃었다.

「아주 잘했어.」 프리미티보가 동의했다. 「죽음의 냄새를 풍긴 사람을 죽여 준다는데, 이젠 필라르도 한동안 아무 말 못하겠군.」

「그렇지만 필라르, 돈 로베르토같이 교육받은 사람이 그런 천박한 일을 할 거라고 생각하지는 않겠죠?」 페르난도가 말했다.

「그렇군.」 필라르가 동의했다.

「그건 정말 혐오스럽겠지.」

「맞아.」 필라르도 동의했다.

「그런 더러운 일을 정말로 그가 하리라고 생각했던 거야?」

「아니, 그만하고 가서 잠이나 자.」

「그런데 필라르…….」 페르난도가 말을 꺼냈다.

「입 다물라니까.」필라르가 그쪽을 바라보고 갑자기 소리를 질렀다.「스스로 바보 노릇 하지 마. 나도 이제 제대로 알아듣지 못하는 사람들을 상대로 이야기하는 바보짓은 안 하려고 하니까.」

「고백하건대, 무슨 뜻인지 모르겠는걸.」페르난도가 또 이야기를 꺼냈다.

「고백 안 해도 돼. 그리고 이해하려고 애쓸 필요도 없어.」필라르가 말했다.「그런데 밖에는 아직도 눈이 오나?」

로버트 조던은 동굴 입구 쪽으로 가서 담요를 들어 올리고 밖을 내다보았다. 밖은 맑고 차가웠으며 눈은 내리지 않았다. 하얗게 물든 나무들 사이로 바라다본 하늘은 맑게 개어 있었다. 숨을 들이쉴 때마다 찬 공기가 들어와 폐부를 날카롭게 찔렀다.

귀머거리 영감이 오늘 밤에 말을 훔치러 간다고 했는데 발자국이 많이 남겠는걸, 하고 그는 생각했다. 그는 담요를 내리고 연기가 자욱한 동굴 안으로 들어왔다.

「개었어. 눈보라도 그치고.」그가 말했다.

20

밤이었고 그는 침낭 속에 누워 마리아가 오기를 기다렸다. 이제 바람은 그치고 소나무 숲은 밤의 장막 속에 잠들었다. 지면을 덮은 눈 바깥으로 소나무 가지들이 튀어나와 있는 것이 보였다. 그는 자기가 만든 침상의 부드러운 감촉을 느끼면서 따뜻한 침구 속으로 다리를 쭉 뻗었다. 머리를 스치는 공기는 살을 에는 듯이 차가웠고 숨을 들이쉴 때마다 찬 공기가 들어와 콧구멍이 아렸다. 옆으로 누워 있으니까 머리 밑에 놓인, 웃옷과 바지로 신발을 싸서 만든 베개의 부피가 느껴졌다. 그리고 옆쪽으로는 옷을 벗을 때 가죽 자루에서 떼어 낸 끈으로 오른쪽 손목에 감아 둔 금속성의 자동 권총이 차갑게 느껴졌다. 그는 권총을 옆으로 밀어 놓고 눈밭 저쪽으로 시선을 돌려 동굴의 입구인 바위의 어두운 틈을 바라보면서 침낭 속으로 더욱 깊이 들어갔다. 하늘이 맑게 갠 데다 흰 눈에 빛이 반사되어 나무줄기와 동굴이 있는 큰 바위가 선명하게 보였다.

그는 저녁 일찍 도끼를 들고 동굴 밖으로 나가 아무도 밟지 않은 눈 위를 걸어서 공지 끝으로 갔었다. 거기서 조그마한 소나무를 찍어 넘어뜨리고는 어둠 속을 더듬어 암벽 그늘까지 끌고 왔다. 바위 가까이에서 나무를 똑바로 세운 뒤 한 손으로는 줄기를 붙잡고 다른 한 손으로는 도끼를 머리 위까지 치켜들어 나뭇가지가 수북하게 쌓일 때까지 가지를 잘라 냈다. 그러고는 밋밋해진 소나무 줄기를 눈 위에 버리고 동굴 속으로 들어가서 동굴 벽에 세워져 있던 판자를 가지고 나왔다. 그는 암벽을 따라 쌓인 눈을 판자로 쓸어 낸 뒤 소나무 가지에 붙어 있던 눈을 털어 내고 새 깃처럼 쌓아 올려 침상을 만들었다. 그런 다음 막대기를 소나무 가지 침상 아래쪽에 길게 놓아 나뭇가지가 움직이지 않도록 하고 널판 끝에서 떼어 낸 두 개의 판으로 고정시켰다.

그다음 아까 떼어 왔던 나무판자와 도끼를 제자리에 놓으러 갔다. 그는 담요를 들치고 들어가 동굴 벽에다 그것들을 세워 두었다.

「밖에서 무얼 했수?」 필라르가 물었다.

「침상을 만들었습니다.」

「당신 침상 때문에 내 새 선반을 망가뜨리진 말라고.」

「죄송합니다.」

「비싼 건 아니야. 제재소에 가면 판자는 얼마든지 있으니까. 그래 어떤 침상을 만들었우?」

「고향에 있는 것하고 같게 만들었습니다.」

「그럼 그 안에서 잘 자구려.」 그녀가 말하자 로버트 조던은 그의 자루 가운데 하나를 연 뒤 침낭을 꺼내고 자루 안에 다른 것을 채워 넣었다. 그다음 담요를 젖히고 침낭을 들고 밖으로 나와 나뭇가지 위에 그것을 펴놓았다. 침낭의 열린 쪽은 밖을 보게 하여 바람을 막도록 했다. 그가 다시 짐을 가지러 동굴 속으로 들어가자 필라르가 그에게 말했다. 「당신 짐은 어젯밤처럼 동굴 안에 놔둬서 같이 자도 되겠어요.」
「보초는 세우지 않을 건가요?」 그가 물었다. 「날도 개고 바람도 그쳤는데.」
「페르난도가 설 거야.」 필라르가 말했다.
마리아는 동굴 뒤쪽에 있었기 때문에 로버트 조던은 그녀를 볼 수 없었다.
「모두들 잘 자요.」 그가 말했다. 「나도 자러 갈 테니.」
다른 사람들은 잘 자리를 만들기 위해 식탁과 생가죽으로 씌운 걸상들을 치우고 화덕 앞의 바닥에 담요와 침구를 깔고 있었기 때문에 프리미티보와 안드레스만이 그를 보고 잘 자라는 인사를 했다.
안셀모는 구석에서 담요와 망토를 머리까지 뒤집어쓴 채 이미 잠들어 있었다. 그리고 파블로도 의자에 앉아 자고 있었다.
「당신 침상에 양가죽이 필요해요?」 필라르가 친절하게 말했다.
「아뇨.」 그가 말했다. 「고맙지만 없어도 돼요.」
「잘 자요.」 그녀가 말했다. 「당신 짐은 내가 보살펴 줄 테니.」
페르난도는 그와 함께 나와 로버트 조던이 침구를 펴놓은 곳까지 와서 잠시 멈추어 섰다.
「밖에서 자다니, 참 신기한 생각을 했군요, 돈 로베르토.」 담요로 된 망토로 몸을 감싸고 카빈총을 어깨에 둘러멘 페르난도가 어둠 속에서 말했다.
「익숙하거든. 안녕.」
「익숙해졌다 이거군요.」

「당신은 언제 교대요?」

「4시에.」

「가끔 갑자기 추워지는 수가 있으니 조심하시오.」

「그런 것에도 익숙한걸요.」 페르난도가 말했다.

「그렇다면 걱정 없겠지만……」 로버트 조던이 정중하게 말했다.

「응, 걱정 없네. 난 이제 가보아야겠네. 잘 가게, 돈 로베르토.」

「안녕, 페르난도.」

로버트 조던은 자루에서 가지고 온 것으로 베개를 만들고 침낭 속에 들어가 누워 마리아를 기다렸다. 새털처럼 가벼운 플란넬 침낭 밑의 나뭇가지 스프링에서 온기를 느끼며 눈밭 저편에 있는 동굴의 입구를 바라보았다. 그렇게 그녀를 기다리고 있는 동안 그는 가슴이 마구 뛰는 것을 느꼈다.

밤하늘이 맑게 개어 머릿속까지 그 공기처럼 차고 맑아지는 것 같았다. 그는 누워 있는 침상에서 올라오는 소나무 냄새와 자른 나뭇가지에서 풍기는 송진 냄새를 맡았다. 필라르가 말한 그것인가 하고 그는 생각했다. 필라르가 말한 그 죽음의 냄새인가. 아니, 이것은 내가 좋아하는 냄새다. 이건 금방 꺾은 클로버의 냄새, 양을 몰고 갈 때 밟히는 쥐풀의 냄새, 낙엽을 태울 때 풍기는 구수한 냄새다. 우리 고향 미술라 마을에서 태우는 낙엽의 냄새다. 이건 확실히 노스텔지어의 냄새다. 그런데 너는 어느 쪽을 더 좋아하지? 인디언 원주민이 광주리를 만들 때 쓰는 향나무풀 냄새인가? 타는 가죽 냄새인가? 아니면 봄비가 그친 뒤 땅에서 나는 그 냄새인가? 갈리시아[2] 곳에 핀 가시금작화를 따라 걸을 때 풍기는 바다 냄새인가? 그도 아니면 어둠이 내릴 때 육지에서 쿠바 쪽으로 부는 바람의 냄새인가? 이건 선인장, 미모사, 해초 모두를 합친 향기다. 차라리 배가 고픈 아침에 베이컨을 튀기면서 맡게 되는 냄새라고 하는 것이 맞을까? 아니, 모닝커피 냄새? 한 입 베어 물었을 때의 조나선 사과 냄새라고 할까? 사과술 공장에서 사과술을 가는 냄새인가? 아니면 갓 구워 낸 빵 냄새인가? 배가 고픈가 보구나. 그는 여전히 옆으로 누워서 눈에 별빛이 반사되어 비치는 빛을 따라 동굴 입구 쪽을 바라보았다.

누군가 입구의 담요를 밀고 밖으로 나왔다. 누구인지 알 수는 없었지만 그 사람은 동굴 입구가 되는 바위의 틈 옆에 기대어 서 있었다. 그러더니 눈에 미끄러지는 소리가 들렸고 누구인지 모를 그 사람은 안으로 들어가 버렸다.

마리아는 모두가 깊이 잠들지 않으면 나올 수 없을 것이다. 그는 생각했다. 아, 그렇지만 그건 시간 낭비야. 이미 밤의 절반이 지나가 버렸잖아. 오, 마리아, 빨리 와줘. 오, 마리아, 이젠 시간이 별로 없단 말이야. 그는 나뭇가지에서 눈이 살짝 떨어져 쌓이는 소리를 들었다. 바람이 일었다. 바람이 뺨을 스치고 지나갔다. 그러자 갑자기 그녀가 오지 않을지도 모른다는 불안감이 닥쳐왔다. 불어오는 바람이 곧 날이 밝을 것을 예고하고 있었다. 바람이 솔방울을 떨어뜨리는 소리가 들려왔고 더 많은 눈이 나뭇가지에서 떨어졌다.

제발 빨리 와줘, 마리아. 제발 지금 와줘. 그는 생각했다. 오, 지금 곧. 기다리지 말고. 모두 잠들기를 기다릴 필요는 없어. 그건 이제 중요한 게 아니잖아.

2 스페인 북서부 지방.

　그때 동굴의 출입구를 막고 있던 담요 밑으로 그녀가 나오는 것이 보였다. 그녀는 거기서 잠시 멈추어 서 있었다. 그는 그녀를 볼 수 있었지만 그녀가 무엇을 하는지는 보이지 않았다. 그는 나지막하게 휘파람을 불었다. 어둠 속에서 그녀는 머뭇거리며 동굴 앞에 서 있었다. 그러더니 두 손에 무엇인가를 들고 달려왔다. 그녀가 긴 다리로 눈 위를 뛰어오는 것이 보였다. 그에게 오자 그녀는 침낭 옆에 무릎을 꿇더니 그의 가슴에 얼굴을 바싹 묻고는 발에 묻은 눈을 흔들어 털어 냈다. 그녀는 그에게 입을 맞추고서 가지고 온 보따리를 그에게 주었다.

　「이것도 당신 베개와 같이 놓아 주세요.」 그녀가 말했다. 「시간을 아끼려고 저기서 이걸 가져왔어요.」

　「마리아, 이 눈 속을 맨발로 왔어?」

　「네, 그리고 옷도 웨딩 셔츠만 입고 왔어요.」

　그는 그녀를 으스러지게 껴안았다. 그녀는 그의 턱에다 자기 머리를 비볐다.

　「로베르토, 제 발에 닿지 않게 하세요. 너무 차가우니까요.」

　「이리로 넣어. 따뜻하게 해줄게.」

　「아니에요. 곧 따뜻해질 거예요. 그보다 먼저, 사랑한다는 말부터 해주세요.」

　「사랑해.」

　「아, 좋아라. 정말 좋아요.」

　「사랑해, 귀여운 토끼.」

　「제 웨딩 셔츠 마음에 들어요?」

　「언제나 같은 것을 입는군.」

　「그래요. 어젯밤에도 이것을 입었죠. 이건 웨딩 셔츠니까요.」

「발을 이리로 넣어, 어서.」

「싫어요. 그건 무례한 짓이에요. 저절로 따뜻해질 거예요. 원래 제 몸은 따뜻하니까요. 당신한테 올 때 눈 위를 걸었기 때문에 그런 것뿐이에요. 다시 한 번 말해 주세요. 사랑한다고.」

「사랑해, 나의 귀여운 토끼.」

「저도 그래요. 그리고 전 당신의 아내예요.」

「그런데 모두 잠들었나?」

「아뇨. 하지만 더 이상 기다릴 수가 없었어요. 상관없겠죠?」

「물론이지.」 그는 날씬하고 길고 따뜻하고 사랑스러운 그녀의 몸을 피부로 느꼈다. 그러고는 이렇게 말했다. 「상관없고말고.」

「머리에 손을 얹어 주세요.」 그녀가 말했다. 「키스해 드릴게요.」

「키스 잘했어요?」

「응.」 그가 대답했다. 「웨딩 셔츠를 벗어.」

「벗어야만 되나요?」

「그럼, 춥지만 않다면.」

「춥다니요. 전 불덩이인걸요.」

「나도 그래. 하지만 나중에는 춥지 않을까?」

「그렇지 않을 거예요. 나중에 우리는 숲 속에 있는 한 마리의 동물처럼 되어서 아무도 우리를 둘로 보지 못할 거예요. 제 심장이 당신의 심장이 된 것을 느끼지 못하세요?」

「물론 느껴. 우리는 한 몸이야.」

「자, 느껴 보세요. 저는 당신이고, 당신은 저고, 한 사람의 모든 것이 다른 한 사람의 모든 것이에요. 전 당신을 사랑하고 있어요. 아, 무척 사랑하고 있어요. 우린 정말로 하나죠?

그렇게 느끼지 않으세요?」
　「왜 아니겠어? 당신 말이 맞아.」
　「그러면 자, 또 느껴 보세요. 당신에게는 당신의 심장이 없고 제 심장이 있는 거예요. 그리고 다리도 발도 몸도 전부 한 사람의 것이에요. 그렇지만 우리는 남남이에요.」 그녀가 말했다. 「전 우리 둘이 완전히 하나였으면 좋겠어요.」
　「진심이야?」
　「그럼요. 진심이고말고요. 당신에게 말하고 싶은 것은 그거 하나뿐이에요.」
　「진심이 아닌 것 같은데.」
　「그래요, 어쩌면 그럴지도 몰라요.」 그의 어깨에 다정하게 입술을 대면서 그녀가 말했다.
　「그렇지만 그렇게 말하고 싶었어요. 우리가 남남이라면 당신이 로베르토고 제가 마리아라는 것이 기뻐요. 하지만 당신이 서로 바꾸고 싶어 한다면 저는 기꺼이 바꾸겠어요. 전 기꺼이 당신이 될 거예요. 정말로 당신을 사랑하니까요.」
　「난 바꾸고 싶지 않아. 난 각자가 자기 모습을 가진 상태로 하나가 되는 것이 더 좋다고 생각해.」
　「그렇지만 이제 우리는 한 몸이 될 거잖아요. 절대로 떨어질 수 없는 한 몸.」 그녀가 계속 말했다. 「당신이 거기 있지 않을 때는 전 당신이 되겠어요. 오, 로베르토, 당신을 정말로 사랑해요. 그러니까 전 당신을 잘 돌봐 주어야만 해요.」
　「마리아!」
　「네.」
　「마리아!」
　「네.」

「마리아!」

「네. 오, 어서 더 불러 주세요.」

「춥지 않아?」

「네. 침낭으로 어깨를 좀 덮어 주세요.」

「마리아!」

「아, 전 말을 할 수가 없어요. 그만하세요.」

「오, 마리아! 마리아! 마리아!」

그들은 사랑을 나누었고, 잠시 뒤, 차가운 밤공기와 침낭 속의 따뜻한 온기 속에서 그녀의 얼굴이 그의 뺨에 닿은 채, 두 남녀는 꼭 붙어 누워 있었다. 행복하게 그에게 기대던 그녀가 부드럽게 물었다. 「당신은 어떤 느낌이었어요?」

「당신하고 같았어.」

「그랬군요. 하지만 오늘 오후하고는 달랐지요?」

「응.」

「그래도 난 이번의 사랑이 그것보다 더 좋았어요. 아무리 황홀해도 죽을 정도가 되는 건 싫어요.」

「그럼, 죽지 않는 게 좋지.」

「그런 뜻으로 말한 것은 아니었어요.」

「알아. 당신이 말하려는 것. 우리는 똑같은 말을 하고 있는 거야.」

「그럼 왜 당신은 나하고 다르게 말하세요?」

「남자는 여자하고 다른 구석이 있거든.」

「그렇다면, 우리가 서로 다른 것이 전 기뻐요.」

「나도 그래.」 그가 말했다. 「그렇지만 나는 죽음에 대해 잘 알아. 나는 남자이기 때문에 그렇게 말할 수밖에 없는 거야. 습관적으로. 실은 나도 당신과 생각이 같아.」

「그렇지만 당신이 어떤 사람이든, 그리고 당신이 어떻게 말하든지 저는 당신이 좋아요.」

「나도 당신을 사랑하고 당신의 이름도 사랑하고 있어, 마리아.」

「제 이름은 평범한 이름인데요.」

「아니야, 그건 평범한 이름이 아니야.」

「이제 자야지요? 전 금방 잠들 수 있을 것 같아요.」

「그래, 자자고.」 그는 이렇게 말하고 그에게 기대고 있는 날씬하고 가볍고 따뜻한 몸이 그를 편안하게 해주는 것을 느끼고, 신비스럽게도 단지 허리나 어깨, 발에 닿는 것만으로도 둘이 함께 죽음에 대항해 싸우는 동지가 되는 것을 느꼈다. 「잘 자, 귀여운 토끼.」

「저는 이미 자고 있어요.」 그녀가 말했다.

「나도 자겠어. 잘 자, 마리아.」

마침내 그는 잠이 들었고 자면서 행복감을 느꼈다.

하지만 한밤중에 잠에서 깨었을 때, 그는 그녀가 마치 생명 자체인데 무엇인가 그녀를 그에게서 빼앗을 것처럼 느껴져 그녀를 꼭 껴안았다. 그는 그녀가 생명의 전부라고 느끼면서 그녀를 꼭 끌어안았고 그런 느낌은 진실이었다. 그렇지만 그녀는 잘도 잤다. 깨어나지도 않고 푹 자고 있었다. 그래서 그는 몸을 빼어 옆으로 누운 다음 그녀에게 침낭을 푹 덮어 주었다. 그러고는 다시 한 번 그녀의 목에 입을 맞추었다. 그런 뒤에 권총 끈을 잡아당겨 손에 닿기 쉬운 자리에 놓고는 어둠 속에 누워 생각에 잠겼다.

21

새벽이 되자 따뜻한 바람이 불어왔다. 그는 눈이 나무에서 녹으며 떨어지는 소리에 놀라 잠에서 깼다. 늦은 봄날 아침이었다. 그는 심호흡을 하면서 이 눈은 산간 지방에서 변덕스럽게 쏟아지는 폭설일 뿐이며 정오까지는 모두 녹아 버릴 거라고 생각했다. 그때 말이 다가오는 소리가 들렸다. 기마병이 말을 몰고 오자 말발굽 소리가 젖은 공처럼 무딘 소리를 냈다. 카빈총의 총집이 느슨하게 덜거덕거리는 소리와 가죽이 삐걱거리는 소리가 들려왔다.

「마리아, 침낭 밑으로 들어가 있어.」

그는 그녀를 잡고 흔들면서 말했다. 그는 한 손으로 셔츠의 단추를 채우고 다른 한 손으로는 자동 권총을 잡은 뒤 엄지손가락으로 안전장치를 풀었다. 마리아는 짧게 깎은 머리를 단숨에 침낭 속으로 집어넣었다. 기마병의 모습은 천천히 나뭇가지 사이로 다가오고 있었다. 그는 이제 침낭 속으로 몸을 움츠리면서 다가오는 기마병을 향해 총을 겨누었다. 전에 한 번도 본 적이 없는 자였다.

이제 그 기마병은 그의 바로 맞은편 쪽으로 다가왔다. 커다란 회색 말을 타고 있었고, 카키색 베레모를 썼으며 판초 같은 담요로 된 외투를 입고 있었다. 장화는 검은색이었다. 안장 오른쪽에는 총집이 매달려 있었다. 총집에는 자동 소총의 개머리판과 직사각형의 탄창이 툭 튀어나와 있었다. 그는 젊은 사람이었으나 얼굴은 거칠어 보였다. 바로 그 순간 로버트 조던과 기마병의 눈이 마주쳤다.

기마병은 몸을 낮추면서 총집으로 손을 뻗었다. 총을 꺼내려는 것이었다. 로버트 조던은 그 기마병이 카키색 담요 외투의 왼편 가슴 위에 달고 있는 진홍빛 표지를 보았고 그 표지보다 조금 낮은 쪽의 가슴 중심부를 겨냥하여 총을 쐈다.

총소리가 눈 덮인 숲 속에 울려 퍼졌다.

말은 충격을 받은 듯 튀어올랐고 젊은 기마병은 총집을 끌어당기며 땅으로 굴러떨어졌다. 그의 오른발이 등자에 걸렸다. 말은 그를 질질 끌며 숲 속을 달려갔다. 아래로 향한 그의 얼굴이 이리저리 땅에 부딪쳤다. 로버트 조던은 이제 권총을 한 손에 쥐고 서 있었다.

그 큰 회색 말은 소나무 사이로 달려갔다. 기마병은 눈 위에다 주홍색 줄을 그으며 질질 끌려가고 있었다. 눈밭에는 넓은 골이 생겼다. 그러자 사람들이 동굴에서 나오기 시작했다. 로버트 조던은 허리를 굽혀 베개에서 바지를 꺼내 입었다.

「당신도 옷을 입어.」 그가 마리아에게 말했다.

그들의 머리 위에서는 아주 높이 날고 있는 비행기 소리가 들려왔다. 나무들 사이로는 멈춰 서 있는 회색 말이 보였다. 기마병은 아직도 등자에 거꾸로 매달려 있었다.

「가서 저 말을 잡으시오. 꼭대기에는 누가 보초를 서고 있소?」 그는 자신에게 다가오고 있는 프리미티보에게 소리쳤다.

「보초는 라파엘이야.」 동굴 속에서 필라르가 말했다. 그녀는 머리를 여전히 두 가닥으로 땋아서 등 뒤로 내려뜨리고 있었다.

「기마병이 나타났습니다. 어서 기관총을 가지고 위로 올라가요.」 로버트 조던이 말했다.

필라르는 동굴 속에다 대고 〈아구스틴!〉 하고 소리치면서 동굴 안으로 들어갔다. 그러자 두 사람이 달려 나왔다. 한 사람은 어깨에다 삼각대를 둘러멘 채 자동 소총을 들었고, 다른 한 사람은 접시 모양의 연발 탄창이 가득 든 자루를 들고 나왔다.

「저 사람들과 함께 올라가세요. 총 옆에 엎드려서 총다리를 꼭 잡아요.」 로버트 조던이 안셀모에게 말했다.

그들 셋은 숲 속에 난 오솔길을 단숨에 뛰어 올라갔다.

해는 아직 산꼭대기까지 떠오르지 않았다. 로버트 조던은 똑바로 서서 바지의 단추를 채우고 벨트를 죄었다. 권총은 팔목 끈에 매달려 있었다. 그는 총을 벨트에 부착된 총집 속에 넣고 팔목 끈의 매듭을 훑어 내려 머리 위로 올가미를 벗겨 냈다.

언제인지는 모르지만 누군가가 이 끈으로 내 목을 조이겠지. 그래, 이 끈은 벌써 그런 경험을 한 적이 있을 거야. 그는 권총을 총집에서 꺼내 삽탄자를 벗기고 총집에 차곡차곡 놓여 있는 탄창 하나를 삽입한 후 삽탄자를 개머리판 속으로 밀어 넣었다.

나무들 사이로 프리미티보가 보였다. 그는 말고삐를 잡고서 기마병의 발을 등자에서 비틀어 빼고 있었다. 시체의 얼굴은 눈 속에 파묻혀 있었다. 프리미티보는 그 시체의 주머니를 뒤지기 시작했다.

「자, 어서 그 말을 이리 데려와.」로버트 조던이 소리쳤다.

그는 무릎을 굽혀 로프 창 신발을 신으면서 마리아의 따뜻한 몸이 자신의 무릎에 닿는 것을 느꼈다. 그녀는 침낭 속에서 옷을 입고 있었다. 그러나 그는 시체 생각에 몰두하고 있어 마리아 생각을 할 여가가 없었다.

기마병은 방심하고 있었어. 그는 생각했다. 길을 잘못 들어선 거야. 그런데도 별로 놀라지 않았고 경계도 전혀 하지 않았어. 초소로 가는 길에서 샜던 거야. 이 산 속에 흩어진 정찰대의 일원이었겠지. 정찰대는 그가 없어졌다는 것을 알게 되면 발자취를 따라 이리로 오겠지. 만약 눈이 녹지 않는다면 말이야, 혹은 정찰대에 다른 바쁜 일이 생기지 않는다면 말이야.

「당신은 아래쪽으로 가보는 게 좋겠소.」그는 파블로에게 말했다.

그들은 그때 모두 동굴 밖으로 나와 있었다. 다들 카빈을 들고 있었고 요대(腰帶)에는 수류탄을 차고 있었다. 필라르가 로버트 조던에게 가죽으로 된 수류탄 주머니를 내밀었고 그는 그중 세 개를 집어 주머니에 넣었다. 그는 고개를 숙이고 동굴 안으로 들어가 자신의 배낭 두 개를 찾아냈다. 그중 기관 단총이 든 배낭을 열어 총신과 개머리판을 꺼내 조립했다. 그리고 삽탄자 한 개를 총에다 재워 넣고 세 개는 주머니에 넣었다. 그는 배낭의 자물쇠를 채운 후 문 쪽으로 걸어갔다. 쇠붙이로 주머니가 가득 찼군. 그는 생각했다. 주머니의 솔기가 터지지 않아야 할 텐데. 그는 동굴에서 나와 파블로에게 말했다.

「내가 올라가 보겠소. 아구스틴은 기관총을 쏠 수 있소?」

「그럼.」 말을 몰아 올라오는 프리미티보를 지켜보던 파블로가 말했다.

「야, 참 좋은 말인데. 다른 말들과 함께 두어야겠어.」 파블로가 감탄하면서 다시 말했다.

「안 돼. 그 말은 이쪽으로 들어오는 발자국을 만들었소. 그러니 다시 바깥쪽으로 나가는 발자국을 만들어야 하오.」 로버트 조던이 말했다.

「그렇군. 내가 타고 나가 감추어 두었다가 눈이 녹으면 데리고 오지. 영국 양반, 당신 오늘 머리가 잘 돌아가는데.」

「다른 사람을 보내시오. 우리는 저 위로 올라가야 하니까.」 로버트 조던이 말했다.

「그럴 것까지는 없어. 기마병들은 저 길로 올 수 없으니까. 그리고 우리는 저곳과 다른 두 곳을 통해 바깥으로 빠져나갈 수 있지. 비행기가 온다면 발자국을 만들지 않는 것이 좋겠소. 필라르, 와인이 든 가죽 부대를 이리 줘.」 파블로가 말했다.

「또 어디론가 가서 마시려고? 자, 술 대신에 이걸 갖고 가요.」

필라르가 그렇게 말하면서 수류탄을 내밀었다. 그는 손을 뻗어 수류탄 두 개를 받아 들고 주머니에 넣었다.

「무슨 소리야, 술에 취할까 봐? 이봐, 정말 상황이 심각하단 말이야. 어서 가죽 부대를 이리 내. 이런 힘든 일을 맹물이나 마시면서 할 수는 없어.」

그는 두 팔을 올려서 고삐를 잡더니 안장으로 훌쩍 올라탔다. 그는 씩 웃으며 신경이 날카로워진 말을 토닥거렸다. 파블로는 자신의 다리로 말의 옆구리를 다정하게 비벼 주었다.

「아주 크고 좋은 말이군.」 그는 몸집 큰 회색 말을 토닥거리면서 말했다. 「정말 크고 멋진 말이야. 자, 어서 가자고. 여기서 빨리 벗어나는 게 최고야.」

그는 손을 아래로 뻗어서 환기 총열이 달린 경자동 소총을 총집에서 잡아 뺐다. 그건 실은 9밀리미터짜리 권총 탄창을 쏠 수 있게 만들어진 기관 단총이었다. 「저들은 정말 무장이 잘 되어 있군. 정말 현대적인 기병대야.」 파블로가 말했다.

「진짜 현대식 기마병은 시체가 되어 저기 엎어져 있소.」 로버트 조던이 말했다. 「자, 이제 갑시다.」

「안드레스, 말들에 안장을 얹고 출동 준비를 시켜. 만약 총 쏘는 소리가 들리면 말들을 동굴 뒤 숲으로 끌고 올라와요. 무기를 갖고 오고 말들은 여자들에게 맡겨. 페르난도, 내 배낭도 꼭 갖고 와. 그 배낭은 조심스럽게 다루어야 해. 당신이 내 배낭을 좀 챙겨 주십시오. 그리고 말을 끌고 오는지 꼭 확인하고.」 로버트 조던은 배낭을 간수하고 말을 끌고 오는 일을 필라르에게 특별히 당부했다. 「자, 이제 갑시다.」

「마리아와 내가 떠날 준비를 해놓겠어요. 저 사람 좀 봐요.」 필라르가 로버트 조던에게 회색 말을 타고 가는 파블로를 가리켰다. 그는 아주 의젓한 사냥꾼의 자세로 앉아 있었다. 파블로가 자동 소총에 삽탄자를 갈아 끼우자 말의 콧구멍이 벌름거렸다. 「말 한 마리가 저 사람을 저렇게 다르게 만들었어요.」

「나는 한 마리 가지고는 안 돼요. 두 마리 이상은 되어야 사람이 달라져요.」 로버트 조던이 농담을 했다.

「당신한테 말은 위험해.」 필라르가 대꾸했다.

「그럼 말 대신 노새를 주시오.」 로버트 조던은 그렇게 말하고 빙그레 웃어 보였다.

「저 시체의 옷을 벗겨 오세요.」 그는 눈 속에 얼굴을 처박고 죽어 있는 기마병 쪽을 턱으로 가리키면서 필라르에게 말했다. 「그리고 몸에 지니고 있는 것은 뭐든지 다 가지고 오세요. 편지나 서류 등 전부 다요. 그리고 그것들을 내 배낭 바깥 주머니에 넣어 줘요. 전부 다, 알겠소?」

「알았어요.」

「자, 이제 갑시다.」

파블로가 말을 타고 먼저 갔고 두 남자는 눈 위에다 흔적을 남기지 않기 위해 한 줄로 걸어갔다. 로버트 조던은 기관단총의 총구를 아래로 향하게 하고 앞쪽 손잡이를 잡았다. 이 총도 저 안장에 있는 총과 같은 탄환을 사용한다면 얼마나 좋을까, 하고 그는 생각했다. 그러나 그렇게 될 수는 없지. 이건 독일제 총이니까. 옛 친구 까슈낀이 물려준 거야.

이제 태양이 산 위로 올라오고 있었다. 따뜻한 바람이 불어오면서 눈이 녹기 시작했다. 아름다운 늦봄의 아침이었다.

로버트 조던은 고개를 돌려 필라르와 함께 서 있는 마리아를 보았다. 그러자 그녀는 오솔길을 달려왔다. 그는 그녀에게 몇 마디 말을 해주기 위해 프리미티보보다 뒤로 처졌다.

「여보, 당신과 함께 갈 수 없나요?」 그녀가 말했다.

「안 돼. 필라르를 도와줘.」

그녀는 뒤처져 걸으면서 그의 팔을 잡았다. 「저도 갈래요.」

「안 된다니까.」

그녀는 이제 그의 바로 뒤에 바싹 붙어 있었다.

「저도 당신이 안셀모에게 가르쳐 준 대로 총대를 잡고 있을 수 있어요.」

「그건 안 돼. 총대라니, 말도 안 돼.」

그녀는 그의 옆에 서서 걸으면서 그의 주머니에 손을 집어넣었다.

「안 돼. 가서 당신 옷가지나 잘 간수해.」

「혼자 갈 거라면 키스해 줘요.」

「부끄럽지 않아?」

「하나도 부끄럽지 않아요.」

「이제 돌아가. 해야 할 일이 많아. 적들이 말 발자국을 따라오면 여기서 싸워야 할지도 몰라.」

「여보, 그 사람이 가슴에 달고 있는 거 봤어요?」

「응.」

「하트 모양의 성심(聖心) 표시였어요.」

「그래, 나바레 사람들은 모두 그런 걸 달고 다니지.」

「그걸 봤나요?」

「아니, 바로 그 아래야. 자, 이제 돌아가.」

「여보, 전 다 봤어요.」

「뭘 봤다고 그래? 그저 기마병 한 명일 뿐이야. 말을 타고 온 남자였지. 자, 어서 가. 이제 돌아가.」

「사랑한다고 말해 줘요.」

「지금은 안 돼.」

「왜요?」

「그 얘긴 그만하자고. 돌아가. 싸우는 일과 사랑하는 일을 어떻게 동시에 해?」

「총대를 붙들고 있게 해줘요. 총이 발사되는 그 순간에도 당신을 사랑하고 싶어요.」

「미쳤군. 이제 돌아가.」

「미치지 않았어요. 당신을 사랑할 뿐이에요.」

「그럼 어서 돌아가.」

「좋아요. 가겠어요. 그러나 당신이 저를 사랑하지 않는다면 저 혼자서라도 두 사람 몫의 사랑을 하겠어요.」

그는 그녀를 쳐다보았다. 그리고 마음속에 떠오르는 따뜻한 생각으로 미소를 지었다.

「총소리가 나면 말을 데리고 와. 필라르가 내 배낭을 옮길 거니까 그 일을 도와줘. 아무 일 없을지도 몰라. 정말이야.」

「전 가요. 파블로가 타고 가는 말을 좀 보세요.」

그 커다란 회색 말은 오솔길을 올라가고 있었다.

「자, 이제 가봐.」

「그럼 가겠어요.」

그녀는 그의 주머니 속에 넣은 주먹으로 그의 넓적다리를 세게 때렸다. 그녀의 눈에는 눈물이 솟구쳤다. 그녀는 주머니에서 손을 꺼내면서 그의 목을 꼭 껴안고 키스를 했다.

「그럼 가겠어요.」 그녀가 말했다.

그는 고개를 돌려 뒤쪽을 바라보았다. 그녀가 거기에 우두커니 서 있었다. 아침의 첫 햇살이 그녀의 갈색 얼굴과 금빛 섞인 황갈색의 짧은 머리칼을 비추었다. 그녀는 그에게 주먹질하는 시늉을 했다. 그러더니 몸을 돌려 오솔길을 걸어 내려갔다. 머리는 푹 떨군 채.

프리미티보가 되돌아서서 그녀의 뒷모습을 바라다보았다.

「머리칼만 저렇게 짧지 않다면 대단히 아름다운 아가씨였을 텐데.」 그가 말했다.

「맞아.」

로버트 조던은 건성으로 대답하면서 속으로는 다른 생각

을 했다.

「잠자리에선 어떤가?」 프리미티보가 물었다.

「뭐라고?」

「잠자리에서 말이야.」

「말조심해.」

「뭐, 기분 나쁘게 생각할 것도 없지 않아? 그저 좋은 의도로 —」

「자, 그만둡시다.」 로버트 조던은 그렇게 말하면서 방어 장소를 쳐다보았다.

22

「소나무 가지를 잘라 와. 빨리」 로버트 조던이 프리미티보에게 말했다.

「그곳에 총을 놓지 않았으면 좋겠어.」

그는 이번에는 아구스틴에게 말했다.

「왜?」

「우선 저쪽에다 놔. 나중에 이유를 말해 줄 테니.」

로버트 조던은 이렇게 말하면서 손가락으로 총 놓을 곳을 가리켰다.

「여기에 이렇게. 내가 도와줄게. 여기에 둬.」 그가 말하면서 허리를 굽혔다.

그는 양쪽에 있는 바위의 높이를 재면서 좁다란 골짜기를 건너다보았다.

「좀 더 멀리 놓아야 해.」 그가 말했다. 「좀 더 저쪽으로. 음, 좋아. 거기. 적당한 자리를 찾을 때까지 거기가 좋겠어. 거기다 돌을 갖다 놓아. 여기에도 하나 있네. 또 하나를 그 옆에디 놓으라고. 총구가 움직일 자리는 남겨 놓고. 돌은 좀 더 이쪽 옆으로 놓아야겠는데. 안셀모, 동굴로 가서 도끼를 좀 가져다줘요. 빨리.」

「자네들은 기관 단총을 제대로 놓을 자리를 마련해 두지 않았나?」 그가 아구스틴에게 물었다.

「우린 항상 이렇게 놓았었네.」

「까슈낀이 어떻게 놓으라고 말해 준 적 없어?」

「없어. 이게 온 것은 그가 떠난 뒤야.」

「사용법을 아는 사람이 오지 않았나?」

「아니, 그건 운반꾼들이 가져왔어.」

「세상에 무슨 일을 그렇게 하지? 그럼 사용하는 법을 교육받지 못했겠군.」

「그래. 마치 선물처럼 우리에게 떨어졌지. 우리 쪽에 하나, 귀머거리 영감 쪽에 하나. 네 명이 운반했어. 안셀모가 그들을 안내했지.」

「네 사람씩이나 전선을 넘었는데 하나도 죽지 않고 살아왔다니 정말 놀랍군.」

「나도 그렇게 생각했어.」 아구스틴이 말했다. 「그쪽에서는 잃어버릴 각오를 하고 그들을 보냈더군. 하지만 안셀모는 그들을 무사히 데리고 왔지.」

「자네는 이걸 사용할 줄 아나?」

「응, 실험을 해보았거든. 난 알고 있고 파블로도 알고 있다네. 그리고 프리미티보와 페르난도도. 우린 그놈을 동굴 안에 있는 식탁 위에 올려놓고 뜯었다 맞추었다 했지. 한번은 분해를 했다가 조립을 못해서 이틀이나 애를 먹기도 했어. 그러고 나서는 다시는 분해하지 않기로 했다네.」

「지금 그걸 쏠 수 있을까?」

「쏠 수 있지. 하지만 우리는 집시 같은 놈들에게는 건드리지 못하게 하고 있어.」

「알겠나? 아까 그곳이라면 이건 전혀 소용이 없다는 걸.」 조던이 말했다.「자, 보게나. 우리의 측면을 막아 주는 저 바위들은 놈들이 우리를 공격하는 것을 볼 수 없게 하기도 해. 이런 총을 가지고 있을 땐 평지 쪽으로 총을 쏠 수 있는 장소를 찾아야 해. 또 그건 바위에 비스듬히 놓아야 하네. 알겠나. 자, 보게. 이제 모든 것이 훤히 보이지 않나?」

「알겠어.」 아구스틴이 말했다.「그렇지만 우린 우리 마을이 공격을 당했을 때 방어하기 위해서 싸웠던 것 빼고는 싸워 본 적이 없다네. 기차를 습격했을 때는 기관총을 든 군대가 있었고.」

「그럼, 우리 모두 배우도록 하지.」 로버트 조던이 말했다. 「알고 보면 별거 아닐 거야. 그런데 여기 있어야만 하는 집시는 어디로 갔지?」

「모르겠는데.」

「어디 있을 것 같은가?」

「모르겠어.」

파블로는 말을 타고 가면서 한 번 돌아보고는 자동 소총의 사격 범위인 꼭대기의 평평한 곳을 둘러보았다. 로버트 조던은 그가 아까 사내가 남긴 말 발자국을 따라 경사진 곳을 내려가는 것을 보고 있었다. 그는 왼쪽으로 방향을 꺾어 숲 속으로 들어갔다.

그가 기병대에게 발견되지 않았으면 좋겠군. 로버트 조던은 생각했다. 난 그놈들이 우리 무릎까지 닥쳐올까 걱정이야.

프리미티보가 소나무 가지를 가지고 오자 로버트 조던은 그것을 얼지 않은 눈 속에 박아 넣고 양쪽에서 총 위로 아치

형을 만들어 총이 완전히 감춰지도록 했다.

「좀 더 가져와.」그가 말했다. 「여기서 총을 쏠 두 사람도 위장해야 하니까. 썩 마음에 들지는 않지만 도끼가 올 때까지는 이걸로 때워야지. 내 말을 잘 듣게.」그가 말했다. 「만약 비행기 소리가 들리거든 어디라도 상관없으니까 바위 밑에 숨어야 하네. 난 여기서 총을 가지고 있을 테니까.」

이제 태양이 떠올랐고 바람이 따뜻해서 해가 비치는 쪽의 바위 옆은 매우 쾌적할 것 같아 보였다. 말은 네 필이지만 두 명의 여자와 나, 안셀모, 프리미티보, 페르난도, 아구스틴, 아, 그리고 빌어먹을 그 두 형제의 이름이 뭐라더라? 이렇게만 해도 여덟이야, 하고 로버트 조던은 생각했다. 집시 녀석을 치지 않아도. 만약 그 녀석을 포함시키면 아홉이고 말을 타고 간 파블로까지 넣으면 열 명이다. 아 참, 그렇지. 안드레스였지, 그 형제는. 그리고 또 하나의 형제는 엘라디오. 이렇게 해도 열한 명이다. 사람 하나에 말 반 마리도 안 되는구나. 세 사람이 여기 남아 있고 네 사람이 자유롭게 움직일 수 있다. 파블로를 합치면 다섯 명이다. 그럼 둘이 남는군. 아니, 엘라디오를 합치면 세 사람이다. 그런데 그 녀석은 어디로 간 거지?

만일 놈들이 눈 위의 발자국을 추적해 오면 오늘 귀머거리 영감은 어떻게 될까? 신만이 알겠지. 아주 어려운 상황이다. 눈이 그런 식으로 멈춘 것이. 하지만 오늘 안으로 눈이 녹으면 괜찮을 것이다. 그렇지만 귀머거리 영감에게는 해당되지 않는 일일지도 모르지. 이미 늦어 버린 건 아닌지 두렵군.

만일 우리가 싸우지 않고 오늘 하루를 그대로 넘긴다면 내일은 이 무기로 멋지게 싸울 수 있을 텐데. 그렇고말고. 어쩌면 멋지게까지는 아닐지도 모르겠는걸. 하지만 이 정도면 괜찮다고 할 정도는 되는데. 아니면 우리가 만족할 정도는 아니라도 모두 동원해서 싸운다면 틀림없이 성공할 거야. 아, 오늘 하루만 싸우지 않고 무사히 넘길 수 있다면. 신이 여, 만일 오늘 싸워야 한다면 제발 우리를 도우소서.

숨을 장소로는 산속에서 이보다 더 좋은 장소가 없을 거야. 지금 움직이면 발자국만 남기게 될 거다. 만일 일이 생긴다고 해도 도망갈 길이 세 군데나 있으니 이곳이 제일이다. 근처의 숲 속에 숨어 있으면 곧 밤이 될 테고 그러면 내일 동틀 무렵이면 다리까지 갈 수 있을 거다. 왜 그렇게 새벽의 폭파를 걱정했지? 괜한 걱정이었군. 이제 보니 쉬운 일인데. 단 한 번만이라도 비행기가 때를 맞추어 와주었으면 좋겠다. 정말로 그렇게 되었으면 좋겠는데. 내일이면 도로가 먼지로 뒤덮이겠지.

아무튼 오늘은 아주 재미있는 날이 되거나 아니면 비참한 날이 될 것이다. 적의 척후대가 이곳을 그냥 스쳐 지나간 것은 다행이다. 다시 이곳으로 올라와도 지금 있는 발자국대로 올라오지는 않을 거다. 틀림없이 죽은 기병이 저쪽 근처에서 멈추었다가 되돌아간 것으로 생각하고 파블로의 발자국을 따라갈 거다. 그런데 이 늙어 빠진 돼지는 어디로 갔을까? 그 녀석은 비슬거리는 수사슴의 발자국을 여기저기 찍고 돌아다니다가 눈이 다 녹은 뒤에 방향을 빙 돌려서 내려오겠지. 그 말은 분명히 쓸모가 있었을 거야. 혹 말을 쓱싹하고 사라져 버릴지도 모르겠다. 오래전부터 그랬듯이 충분히 그런 짓을 할 위인이니까. 자기 몸은 알아서 챙길 놈이니 걱정할 필요는 없지. 벌써 오래전부터 자기 몸 생각만 해왔으니까. 저놈은 정말 믿을 수가 없어. 그놈을 믿느니 차라리 에베레스트 산을 들고 말지.

총 둘 자리를 새로 만드는 것보다 이 바위를 이용해서 위장을 하는 것이 더 낫지 않을까? 지금 땅을 파다가 그들이 공격해 오거나 비행기가 날아오면 낭패겠지? 마리아에게 맡긴다면 그녀는 지켜 줄 것이다. 그것이 쓸모가 있는 한은. 그렇지만 나는 여기 죽치고 있으면서 싸울 수가 없다. 동굴 속의 배낭을 가지고 다리를 폭파하러 가야 하니까. 그때는 안셀모를 데리고 가야 되겠다. 그런데 여기서 싸워야 한다면 우리가 자리를 비울 때 누가 남아서 지켜 줄 것인가?

그때 왼쪽 바위틈에서 집시가 나타나는 것이 그의 시야에 들어왔다. 그는 엉덩이를 쳐들고 흔들면서 총을 어깨에 걸고 걸어왔다. 그의 양손에는 산토끼가 한 마리씩 들려 있었는데 다리를 잡은 손 밑에서 토끼 머리가 흔들거렸고 그의 갈색 얼굴은 웃고 있었다.

「이보게, 로베르토.」그는 유쾌하게 말했다.

로버트 조던이 급히 손을 입에 대자 집시는 깜짝 놀란 표정을 지었다. 그러더니 바위 뒤에 숨어 나뭇가지로 덮은 자동 소총 옆에 엎드려 있는 로버트 조던에게 다가왔다. 그는 거기에 쭈그리고 앉아 눈 위에 토끼를 내려놓았다. 로버트 조던은 그를 올려다보았다.

「이런 빌어먹을 개자식.」그는 이렇게 낮게 중얼거린 뒤 말했다.「도대체 어딜 갔었어?」

「이놈들을 쫓아다녔지.」집시가 말했다.「두 마리 모두 잡았어. 이놈들이 눈 속에서 교미를 하고 있더라고, 글쎄.」

「그럼 망은 누가 보았지?」

「이것들을 잡는 데 별로 오래 걸리지 않았는데……」 집시가 기어 들어가는 목소리로 말했다. 「누가 지나갔나? 무슨 일이라도 있었나?」

「기마병이 지나갔어.」

「이런 제기랄! 그걸 보았나?」

「한 녀석은 지금 저기 있어.」 로버트 조던이 말했다. 「아침 식사를 하러 왔었나 봐.」

「그래서 총소리 같은 것이 들렸군.」 집시가 말했다. 「난 죽일 놈이야. 그런데 놀고 있었으니. 그 녀석은 이쪽으로 왔었나?」

「그래, 저기. 네가 망을 보는 초소 쪽으로.」

「아이고, 어머니. 어쩌면 난 이렇게 운이 없을까. 난 불쌍한 놈이야.」

「만약 네가 집시가 아니었다면 널 쏘아 죽였을 거야.」

「오, 로베르토. 그렇게 말하지 마. 정말 미안해. 이 토끼들 때문에 그랬어. 날도 새기 전인데 수놈이 눈 속에서 킹킹거리는 소리가 들리더라고. 놈들이 얼마나 음탕한 짓을 하고 있었는지 상상도 못 할 거야. 소리 나는 쪽으로 갔더니 이것들이 벌써 없어졌더라고. 그래서 발자국을 따라갔는데 얼마 안 가니까 두 마리가 있기에 때려잡았지. 계절에 비해서는 두 마리 다 살이 찐 편이야. 필라르가 이 두 마리를 어떻게 요리할지 한번 생각해 봐. 아 참, 정말 미안하네. 그런데 로베르토, 그 기마병은 사살했나?」

「그래.」

「당신이?」

「응.」

「뭐, 당신이!」 집시는 노골적으로 아첨하는 목소리로 말했다. 「당신은 정말 비범한 사람이야.」

「그런 칭찬은 당신 어머니에게나 해주게.」 로버트 조던이 말했다. 그는 집시를 보고 웃지 않을 수가 없었다. 「자네 토끼는 동굴로 가져가고, 아침 식사를 좀 갖다 주게.」

그는 손을 내밀어 눈 속에 누워 있는 토끼의 몸을 만져 보았다. 털이 길고 굵은 다리와 기다란 귀는 눈 속에 파묻혀 있었다. 그것은 검은 눈을 부릅뜬 채 죽어 있었다.

「살이 올랐군.」

「꽤 크지?」 집시가 말했다. 「한 마리의 갈빗대에서만도 기름 한 통은 나올걸. 이렇게 큰 토끼는 내 평생 처음이라니까.」

「빨리 갔다 와.」 로버트 조던이 말했다.

「그리고 아침 식사하고 그 죽은 기병이 가지고 있던 서류를 가져오게. 서류는 필라르한테 물어보면 돼.」

「당신, 나한테 화내고 있는 거야, 로베르토?」

「화내는 게 아니야. 단지 자네가 자리를 지키지 않은 것이 기분 나쁘다는 거야. 만약에 기마병이 여러 명이었으면 어떻게 되었겠어?」

「제기랄! 자네 말이 맞네.」

「잘 들어 둬. 다시는 자리를 이탈하지 마. 절대로. 나는 쏘아 죽이겠다는 말을 가볍게 하는 사람이 아니니까.」

「물론이지. 앞으론 그러지 않을 거야. 그리고 또 한 가지, 토끼 두 마리가 한꺼번에 나오는 일은 두 번 다시 없을 거야. 일생에 한 번 있을까 말까 한 일이니까.」

「빨리 가!」 로버트 조던이 말했다. 「그리고 빨리 돌아와.」

집시는 토끼 두 마리를 집어 들고 바위틈을 미끄러지듯이 빠져나갔다. 로버트 조던은 평평한 대지와 언덕 아래의 경사지를 바라다보았다. 까마귀 두 마리가 머리 위에서 빙빙 돌더니 아래에 있는 소나무 한 그루에 내려앉았다. 그러자 또 한 마리가 가세했다. 로버트 조던은 그것들을 바라보면서 생각했다. 저들이야말로 보초다. 저것들이 가만히 앉아 있는 한 숲 속에는 아무도 찾아오지 않은 것이니까.

집시 녀석. 그는 생각했다. 정말 쓸모없는 녀석이다. 아무런 정치적 신념도 없고 훈련도 안 되어 있다. 아무짝에도 쓸모가 없다. 절대로 저놈을 믿어서는 안 되겠다. 하지만 내일은 저놈도 필요하다. 전쟁에 집시라, 웃기는 일이지만. 일반적인 경우라면 양심적 반전론자들이나 육체적, 정신적 허약자와 마찬가지로 그들도 병역에서 제외될 것이다. 하지만 이 전쟁에는 양심적 반전론자들도 징집되었다. 면제된 사람은 아무도 없다. 모든 사람에게 공평하게 찾아왔다. 그래, 저 게으름뱅이까지도. 지금은 그런 녀석들까지도 전쟁의 소용돌이 속에 들어와 있다.

아구스틴과 프리미티보가 나뭇가지를 가지고 올라왔다. 로버트 조던은 자동 소총을 감추기 위한 위장망을 만들었다. 그는 나뭇가지를 덮어 하늘에서 보아도 숲에서 보아도 전혀 보이지 않도록 조치했다. 그런 다음 그는 두 사람에게 방어 위치를 알려 주었다. 한 사람은 앞과 오른쪽을 내려다볼 수 있도록 오른쪽 바위 위에 있게 했고 또 다른 하나는 왼편 고개를 넘어 적이 기습해 들어올 경우 단 하나의 진입로가 될 곳을 감시하게 했다.

「적이 나타나더라도 쏘지 마.」 로버트 조던이 말했다. 「우선 작은 돌을 아래로 굴려서 내게 알리도록 해. 그러고 나서 총을 이렇게 아래위로 흔들어. 적의 숫자만큼. 계속해서. 이렇게.」그는 말하면서 총을 머리 위로 들고는 머리를 가리듯이 높이 들었다 내렸다 했다. 「만약에 놈들이 말에서 내리거든 총구를 땅에다 대고 가리켜. 이런 식으로 하는데, 이 기관총 소리가 들릴 때까지는 절대로 총을 쏘지 마. 그쪽에서 먼저 쏘려고 하면 그땐 무릎을 쏘도록 해. 그리고 내가 호루라기를 두 번 불면 내려와서 바위 뒤로 숨어 여기까지 기어오도록 해.」

프리미티보가 거총 동작을 해보였다.

「알았어. 간단하군.」

「정말 알겠어? 먼저 작은 돌을 굴려서 알리고 방향을 알리고 숫자를 알리란 말이야. 적에게 들키면 안 돼.」

「알았다니까.」 프리미티보가 말했다. 「그럼 수류탄을 던지는 것은? 괜찮아?」

「기관총을 쏘기 전에는 안 돼. 기병대 놈들이 동료를 찾으러 이곳에 온다고 해도 여기에 들어오지 않을지도 모르니까. 그리고 파블로의 발자국을 따라갈지도 모르고. 피할 수만 있다면 싸움을 피해야 돼. 아니, 반드시 피해야만 해. 자, 이제 일어나서 자리로 가게.」

「나는 간다.」 프리미티보는 카빈총을 가지고 높은 바위로 올라갔다.

「아구스틴, 자네는 총에 대해서 어느 정도나 알고 있나?」

아구스틴은 거기에 쪼그리고 앉아 있었다. 수염이 뒤덮인 길고 검은 얼굴에 움푹 팬 눈이 음침해 보였다. 입술은 얇고 손은 커다란데 심하게 터 있었다.

「그러니까, 장전할 줄 알고, 겨냥할 줄 알고, 쏠 줄 아네. 그게 다야.」

「자네에게도 일러두네만, 놈들이 50미터 이내에 들어올 때까지는 쏘아서는 안 되네. 그것도 동굴로 가는 것이 확실한 경우만이야.」

「알겠네. 그런데 50미터 거리가 어느 정도야?」

「저 바위까지의 거리야. 만일 장교가 있으면 그를 먼저 쏘도록 하게. 그런 다음 총을 돌려서 다른 놈을 쏘게. 천천히 움직여야 하네. 총은 한 번에 조금만 움직이게 되어 있으니까. 페르난도에게 그 방법을 알려 두겠네. 총은 튀어 오르지 않게 꼭 잡아야 하고 신중하게 조준한 뒤에 쏘아야 되며 될 수 있으면 한꺼번에 여섯 발 이상은 쏘지 않아야 하네. 그러면 총이 위로 튀어 오르니까. 그러니 한 번에 한 사람씩 맞히고 그다음에 다른 사람을 겨냥하도록 하게. 말을 탄 사람은 배꼽 아래를 맞히도록 하고.」

「알았어.」

「그리고 한 사람이 삼각대를 붙들어서 총이 튀어 오르지 못하도록 하게. 이렇게 말이야. 그리고 삼각대를 붙드는 사람이 탄알을 장전하도록 하고.」

「그런데 자넨 어디 있을 건가?」

「나는 여기 왼쪽에 있을 거야. 위쪽이라서 모두 다 잘 보이니까. 여기서 이 작은 기관총으로 자네의 왼쪽을 엄호하겠네. 잘하면 그놈들을 몰살시킬 수도 있을 거야. 그렇지만 그들이 아까 말한 그 지점까지 오지 않거든 쏘아서는 안 되네.」

「나는 반드시 몰살시킬 수 있다고 생각해.」

「그렇지만 난 그들이 오지 않았으면 좋겠어.」

「그 다리 폭파만 아니면 여기서 그들을 끝장내고 도망갈 수도 있는데.」

「소용없는 짓일세. 그래 봤자 득 될 것이 하나도 없잖아. 다리 폭파는 전쟁에서 승리할 수 있도록 해주는 계획의 일부야. 하지만 기병과의 교전은 다 소용없는 일이야. 우연한 하나의 사건에 지나지 않아. 별 볼 일 없는 거라고.」

「별 볼 일 없다니, 무슨 소린가? 파시스트 하나가 죽으면 파시스트 하나가 줄어드는 건데.」

「그야 맞는 이야기지. 하지만 그 다리를 폭파하면 우리는 세고비아를 함락시킬 수 있어. 주의 수도를 말이야. 그걸 생각해 보게. 그런 일은 우리가 처음일 걸세.」

「정말 그렇게 생각하나? 세고비아를 점령할 수 있다고 말이야.」

「물론이야. 그 다리만 확실하게 날려 버린다면 가능할 거야.」

「난 여기서 놈들을 몰살시키고 또 다리도 폭파했으면 좋겠네.」

「자넨 너무 많은 것을 바라는군.」 로버트 조던이 그에게 말했다.

그는 계속해서 까마귀를 관찰했다. 그는 까마귀 한 마리가 무엇을 보았는지 까악 하고 울면서 날아가는 것을 보았다. 다른 한 마리는 움직이지 않고 나무에 그대로 앉아 있었다. 그는 프리미티보가 있는 바위 쪽을 쳐다보았다. 프리미티보는 아래를 노려보았으나 아무 신호도 보내지 않고 있었다. 로버트 조던은 앞쪽으로 기대 자동 소총의 발사 장치를 움직여서 탄창을 살펴본 뒤 다시 발사 장치를 잠갔다. 까마귀 한 마리는 여전히 나무 위에 앉아 있었고 다른 한 마리는 넓게 원을 그리면서 눈 위를 돌고는 다시 소나무 가지 위로 내려와 앉았다. 햇빛과 따뜻한 바람 속에서 소나무에 쌓여 있던 눈이 가지에서 떨어지고 있었다.

「내일 아침에는 자네를 위해서 몰살을 해주지.」로버트 조던이 말했다. 「제재소에 있는 그놈들의 초소를 완전히 박살내야 하니까.」

「난 만반의 준비가 되어 있어.」아구스틴이 말했다.

「그리고 다리 아래쪽에 있는 도로 보수 요원의 초소도 마찬가지로 해치워야 해.」

「이곳도 하고 저곳도 해야 한다? 그럼 난 어디로 가지? 아예 두 군데 다 갈까?」아구스틴이 말했다.

「둘 다 가담할 필요는 없어. 동시에 해치울 거니까.」로버트 조던이 말했다.

「그럼 어느 쪽이라도 좋아.」아구스틴이 말했다. 「오래전부터 이 전쟁에서 뭔가 한판 해야겠다는 생각을 했어. 파블로 녀석은 아무것도 하지 않고 우리를 오랫동안 여기에 썩히고 있었거든.」

안셀모가 도끼를 가지고 나타났다.

「나뭇가지가 더 필요해요?」그가 물었다. 「내가 보기엔 잘 위장된 것 같은데.」

「나뭇가지를 자르려는 게 아닙니다.」로버트 조던이 말했다. 「우린 조그만 나무가 두 개 필요합니다. 여기 세워서 좀 더 자연스럽게 보이도록 해야 하거든요. 정말로 자연스럽게 보이려면 여기에 있는 나무 가지고는 부족해요.」

「그럼 내가 가져오지.」

「저쪽 한참 뒤에 올라가서 찍어 오십시오. 찍어 낸 밑동이 보이지 않도록.」

로버트 조던은 그의 뒤쪽 숲 속에서 나무 찍는 소리를 들었다. 그는 높은 바위 위에 있는 프리미티보를 올려다본 후 아래쪽 빈터에 있는 소나무를 내려다보았다. 여전히 까마귀 한 마리가 거기에 있었다. 그때 높은 곳에서 희미한 프로펠러 소리가 들려왔다. 그는 하늘을 올려다보았다. 비행기는 아주 높이 떠 있어서 작아 보였고 햇빛을 받아 은빛으로 빛났는데 거의 하늘에서 움직이지 않는 것처럼 보였다.

「저놈들은 우리를 볼 수 없을 거야.」 아구스틴이 말했다.

「하지만 엎드리는 것이 좋겠군. 오늘은 저게 벌써 두 번째 정찰인데.」

「바로 어제 그놈일까?」 아구스틴이 물었다.

「저것들을 보고 있으면 꼭 악몽을 꾸는 것 같아.」 로버트 조던이 말했다.

「그들은 세고비아에 있는 것이 틀림없어. 악몽은 거기서 현실이 되기를 기다리고 있는 거야.」

이제 비행기는 시야에서 벗어나 산 너머 저쪽으로 사라졌다. 하지만 엔진 소리는 한참 동안 계속 들려왔다.

로버트 조던이 다시 바라보니 나무에 앉아 있던 까마귀가 날아올랐다. 그것은 우는 소리도 내지 않고 곧장 숲을 벗어났다.

23

「엎드려.」 로버트 조던은 아구스틴에게 나지막하게 외치고는 고개를 돌려, 소나무를 마치 크리스마스트리처럼 어깨 위에 메고 오는 안셀모에게 엎드려, 엎드려 하고 손으로 지시했다. 그는 메고 오던 소나무를 바위 뒤에 내려놓고 바위에 몸을 숨겼다. 로버트 조던은 곧바로 나무 아래쪽에 있는 공터를 바라보았다. 그렇지만 심장이 뛰는 소리 외에는 아무 소리도 들리지 않았고 아무것도 보이지 않았다. 바로 그때였다. 작은 돌멩이가 떨어지면서 돌에 부딪쳐 나는 소리가 희미하게 들렸다. 그가 머리를 오른쪽으로 돌렸을 때 프리미티보의 총이 위아래로 네 번 흔들리는 것이 보였다. 그렇지만 새하얗게 펼쳐진 앞쪽에는 아까 남기고 간 말 발자국과 나무숲 외에는 아무것도 보이지 않았다.

「기병이다.」 그는 아구스틴에게 작게 속삭였다.

아구스틴은 그를 바라보고 희죽 웃었다. 아구스틴의 시커멓고 홀쭉한 뺨이 옆으로 벌어졌다. 로버트 조던은 아구스틴이 땀을 흘리고 있다는 것을 알았다. 그는 팔을 뻗어 아구스틴의 어깨에 손을 얹었다. 그가 아직 손을 떼지 않았을 때

네 명의 기병이 나무 사이로 달려 나왔다. 그는 아구스틴의 등 뒤의 근육이 손아래에서 경련을 일으키는 것을 느꼈다.

한 사람이 앞에 서고 세 사람이 그 뒤를 따르고 있었다. 맨 앞에 선 사내는 계속 아래를 내려다보면서 말 발자국을 따라갔고 다른 세 사람은 그의 뒤에서 부채꼴 모양으로 퍼져 서 있었다. 모두 주의 깊게 근처를 살펴보고 있었다. 로버트 조던은 팔을 앞으로 편 채 엎드려 자동 소총의 가늠쇠 너머로 세 사람을 응시했다. 심장이 눈 덮인 땅을 두드리는 것 같았다.

세 사람을 이끌고 오던 선두의 사나이는 파블로가 되돌아간 곳까지 가서는 멈춰 섰다. 뒤의 세 사람도 거기까지 따라가서 멈췄다.

로버트 조던은 자동 소총의 푸른 강철 총신 너머로 그들을 확실히 보았다. 네 사람의 얼굴과 허리에 찬 칼, 땀이 밴 검은 말들의 옆구리, 옥수수의 옆면처럼 생긴 카키색 망토, 그리고 나바레식 카키색 베레모. 그때 선두의 사내가 로버트 조던과 동지들이 총을 설치해 놓은 빈터의 바위 쪽으로 말을 돌려 다가왔다. 순간 로버트 조던은 좁은 미간, 독수리 같은 매부리코, 조각한 듯이 날카로운 긴 턱을 지닌 젊은 사내의 햇볕에 그은 얼굴을 보았다.

사내는 말의 가슴을 로버트 조던을 향하도록 해놓은 채 자동 소총의 총대를 안장 오른쪽에 있는 총집에서 내밀고는, 총을 설치해 놓은 빈터 쪽을 손가락으로 가리켰다.

로버트 조던은 땅 속에 팔꿈치를 박고 총신을 따라 눈 위에 멈추어 선 네 사람을 바라보았다. 세 사람은 자동 소총을 꺼내 들고 있었는데 두 사람은 안장 앞머리에 자동 소총을 가로질러 놓았고 다른 한 사람은 그것을 말의 어깨 위에서 엉덩이 부분까지 오도록 걸쳐 놓고 있었다.

이런 거리에서 적을 관찰한 적은 거의 없었다고 그는 생각했다. 이런 총을 가지고 그 총신과 일직선상에 서 있는 적을 보다니. 보통 때 같으면 가늠자를 세워서 보아도 몸이 손톱만 하게 보일 뿐이고 귀찮게 가늠쇠를 조정하지 않으면 쏠 수도 없었는데. 그렇지 않으면 적이 달려오거나 걸어오는 것을 비탈에서 쏘거나 건물의 창문을 총구멍을 통해 쏘는 게 보통이었다. 아니면 멀리서 도로를 행진하는 적을 관찰하는 게 전부였지. 다만 적이 기차를 타고 있을 때는 아주 가까이서 볼 수도 있지. 그런 때도 지금처럼 가까이 볼 수 있지만 그 경우엔 네 명쯤은 쉽게 해치울 수가 있다. 그렇지만 이렇게 가까운 거리에서 가늠쇠 너머로 보게 되니 보통 인간의 두 배로 커보이는군.

이봐, 너, 젊은 친구, 앞쪽에 있는 적들의 대형을 보면서 그는 생각했다. 그리고 총의 가늠쇠를 대장의 가슴 한복판, 카키색 망토 위에 붙어 햇빛을 받아 반짝거리는 진홍빛 휘장의 약간 오른쪽에 겨누고 겨냥이 흔들리지 않도록 총을 꼭 쥐었다. 이제 그는 방아쇠에 손을 갖다 대고, 지금이라도 자동소총에서 요란한 소리를 내며 탄환이 날아갈 그러한 장소에 손을 갖다 대고 스페인어로 생각했다. 이봐, 너는 지금 젊음을 버리고 죽어야 해. 하지만 그런 일이 벌어지지 않았으면. 정말로, 정말로 벌어지지 않았으면.

그는 옆에 있는 아구스틴이 가까스로 기침을 억제하는 것을 느끼고는 그를 바라보았다. 그러면서 기름을 바른 푸른 총신을 나뭇가지 틈으로 내밀고는 총신을 따라 앞을 보면서 손가락을 방아쇠에 대고 있는데, 갑자기 선두에 있던 사내가 말을 돌리더니 파블로가 들어간 나무 사이를 손가락으로 가리켰다. 네 사람은 숲 쪽으로 달려갔다. 그러자 아구스틴이 나지막한 목소리로 말했다. 「여편네에게 그 짓을 시키면서 빌붙어 먹는 놈들.」

로버트 조던은 안셀모가 나무를 떨어뜨린 바위 쪽을 뒤돌아보았다.

집시 라파엘이 헝겊으로 만든 안장 모양의 가방을 들고 총을 어깨에 멘 채 바위를 지나 그들을 향해 오고 있었다. 로버트 조던은 손을 밑으로 흔들어 몸을 낮추라는 지시를 내렸다. 집시는 재빨리 머리를 숙여 숨었다.

「네 놈을 모두 죽일 수도 있었는데.」 아구스틴이 조용히 말했다. 그는 아직도 땀에 젖어 있었다.

「그럴 수도 있었지.」 로버트 조던이 속삭였다. 「그렇지만 총을 쏘았으면 어떤 일이 일어났을지 알 수 없지.」

바로 그때였다. 또 다른 돌이 굴러 내려오는 소리가 들린 것은. 그는 재빨리 주위를 둘러보았다. 집시와 안셀모가 보이지 않았다. 그가 손목시계를 들여다보고 위를 쳐다보자 프리미티보의 총이 아주 짧은 간격으로 끝없이 올라갔다 내려갔다 하고 있었다. 파블로가 떠난 지 45분이 되었군. 로버트 조던은 생각했다. 그가 막 이런 생각을 하고 있는데 기병대가 다시 올라오는 소리가 들렸다.

「걱정하지 마. 저놈들도 다른 놈들처럼 그냥 지나갈 거야.」

로버트 조던이 아구스틴에게 속삭였다. 그들은 앞의 놈들과 마찬가지로 무장 기병대로서 스무 명이 2열 종대로 줄을 지어 나무 사이로 달려왔다. 허리에 찬 칼이 흔들리고 기병대용 총은 안장의 총집에 꽂혀 있었다. 그들은 다른 놈들과 마찬가지로 숲 속으로 사라져 갔다.

「봤지?」로버트 조던이 아구스틴에게 말했다.

「많은데.」아구스틴이 말했다.

「아까 그놈들을 없애 버렸다면 이놈들도 처리해야만 했을 거야.」로버트 조던이 아주 나지막하게 말했다. 그의 심장은 이제 착 가라앉았고 셔츠의 가슴 부분이 녹은 눈으로 젖어 있었다. 가슴속에 구멍이 뻥 뚫린 듯한 느낌이 들었다.

태양이 눈 위에 눈부시게 빛나고 눈은 빠르게 녹고 있었다. 나무줄기에 덮여 있던 눈이 녹아 드문드문 구멍이 생기는 것이 보였고 총구 바로 앞, 그의 눈앞에서는 눈의 표면이 위로는 따뜻한 태양열을 받고, 아래로부터는 대지의 온기를 흡수해 축축이 젖어 레이스처럼 흐물흐물해졌다.

로버트 조던은 프리미티보가 서 있는 지점을 바라보았다. 그는 손바닥을 아래쪽으로 하고 두 손을 교차시켜 아무 일도 없다는 신호를 했다.

안셀모의 머리가 바위 위로 나타나자 로버트 조던은 그에게 올라오라는 신호를 했다. 노인은 바위에서 바위로 미끄러지면서 기어 올라와 기관총이 있는 곳까지 오자 엎드렸다.

「놈들이 많았구먼.」그가 말했다.「정말 많았어.」

「이제 나무는 필요 없습니다.」로버트 조던이 그에게 말했다.「더 이상 숲인 것처럼 위장할 필요가 없어졌어요.」

안셀모도 아구스틴도 빙긋 웃었다.

「지금 있는 그대로 잘 속여 넘겼으니까. 그놈들이 다시 올 텐데 나무를 심으면 모양이 바뀌어 오히려 눈치를 챌 겁니다. 그놈들도 멍청이는 아니니까. 오히려 더 위험해질 거예요.」

그는 갑자기 아무 말이나 지껄이고 싶은 충동을 느꼈다.

그것은 큰 위험이 지나갔다는 증거였다. 그는 언제나 위험 뒤에 떠들고 싶은 욕망이 일어나는 강도에 따라 위험이 얼마나 컸는지 가늠했다.

「멋진 위장이었지? 안 그런가?」 그가 말했다.

「좋았어.」 아구스틴이 말했다. 「지랄 같은 파시스트 놈들. 아까 그 네 녀석은 없앨 수도 있었는데. 당신도 보았지?」 그가 안셀모에게 말했다.

「보았어.」

「이봐요.」 로버트 조던이 안셀모에게 말했다. 「당신은 어저께 망보던 자리든지, 그 밖에 적당한 자리를 택해서 도로를 지켜보고 있다가 어제와 같은 움직임이 있거든 좀 알려주십시오. 사실 그러기엔 좀 늦은 감이 있지만. 어두워질 때까지 그 장소에 있도록 하세요. 그런 다음 돌아오십시오. 그러면 다른 사람을 보낼 테니까.」

「내 발자국이 남으면 어떻게 하지?」

「눈이 녹은 곳을 따라 아래쪽으로 가세요. 눈이 녹아 길은 진흙탕이 되었을 겁니다. 트럭이 얼마나 지나갔는지, 탱크의 바퀴 자국이 있는지 없는지 눈이 녹은 길을 잘 살펴보도록 하세요. 당신이 감시 나가기 전의 상황을 알려면 그렇게 하는 것이 가장 좋을 겁니다.」

「다른 의견을 말해도 됩니까?」 노인이 물었다.

「물론입니다.」

「당신이 어떻게 들을지 모르지만, 나는 라 그란하에 가서 어젯밤에 무슨 일이 일어났는지 알아보고, 나 대신 다른 사람을 시켜서 오늘 당신이 말한 대로 망을 보도록 하는 것이 더 낫지 않을까요? 그러면 오늘 밤 도로 상황은 그가 보고하

고, 또 필요하다면 내가 라 그란하에 가서 다시 정보를 알아
올 수도 있고.」

「기마병한테 붙잡히는 게 두렵지 않습니까?」

「눈이 녹았으니 괜찮을 겁니다.」

「라 그란하에 그런 정보를 제공할 사람이 있을까요?」

「있지. 그런 일을 할 만한 사람은 있어요. 아마도 여자일
거예요. 라 그란하에는 믿을 수 있는 여자 동지들이 꽤 있거
든요.」

「그럴 거야.」 아구스틴이 말했다. 「아니, 그 정도가 아니라
내가 그런 사람을 알고 있어. 다른 일을 할 만한 사람도 여럿
알고. 로베르토, 나를 보내지 않겠나?」

「아니, 영감님이 가도록 해요. 당신은 이 기관총에 대해서
잘 알고 아직 오늘 싸움이 끝난 것이 아니니까.」

「눈이 녹으면 떠나겠네. 금방 녹을 것 같으니까.」 안셀모
가 말했다.

「파블로 녀석, 그놈들에게 붙잡힐까?」 로버트 조던이 아
구스틴에게 물었다.

「파블로는 약아서 좀처럼 잡히지 않을 거야.」 아구스틴이 말
했다. 「영리한 사슴은 사냥개를 쓰지 않으면 붙잡을 수 없지.」

「때로는 붙잡히기도 해.」 로버트 조던이 말했다.

「파블로는 못 붙잡을걸.」 아구스틴이 말했다. 「예전의 파
블로가 아니라 쓰레기가 되어 가고 있는 것은 분명하지만.
그러나 벽 앞에 세워져 죽어 가는 동지들이 엄청나게 많은
데, 저렇게 살아서 매일 술에 취해 산중에서 재미있는 듯이
사는 걸 보면, 뭔가 영리한 구석이 있기 때문이야.」

「소문처럼 그렇게 영리한가?」

「그 이상이지.」

「하지만 여기서는 그렇게 능력 있어 보이지 않던데.」

「어떻게 없다고 말하는 거야? 대단한 능력이 없었다면 어젯밤에 죽었을 거야. 내가 보기에 당신은 정치나 게릴라전에 대해서는 잘 모르는 것 같군. 영국 양반, 정치나 게릴라전에서 가장 중요한 것은 살아남는 거야. 어젯밤에 그 녀석이 어떤 식으로 목숨을 부지하는지 잘 보았지? 나와 당신이 그렇게 몰아붙였는데도 끄떡없었잖아.」

지금은 파블로도 생각을 돌려서 다리 폭파 작전에 가담하기로 한 것을 감안하면 로버트 조던은 그를 나쁘게 이야기하고 싶지 않았다. 그러자 그의 능력에 대해서 물어본 것이 곧 후회가 되었다. 자신도 그가 얼마나 영리한지는 잘 알았다. 다리 폭파 명령에 잘못된 점이 있는 것을 곧 알아챘던 것도 파블로였다. 결국 그는 파블로를 싫어했기 때문에 그런 말을 한 것인데, 그 말을 하는 순간 자신이 잘못하고 있다는 생각이 들었다. 그것은 긴장이 풀린 후에 나타나는 수다스러움의 결과였다. 그래서 그는 슬쩍 화제를 바꾸어 안셀모에게 말했다.

「그런데, 해가 지기 전에 라 그란하에 갈 수 있을까요?」

「문제없어요. 군악대하고만 가지 않으면.」

「목에 방울을 달고 가도 안 되겠지.」 아구스틴이 장난스럽게 말했다. 「그리고 깃발을 달고 가도.」

「어떻게 갈 생각입니까?」

「숲 속의 산길로 가려고 해요.」

「하지만 만약에 붙들리면?」

「증명서가 있어요.」

「그거야 우리들도 모두 가지고 있어요. 하지만 일이 잘못되면 불리한 문서는 재빨리 삼켜야 합니다.」

안셀모는 고개를 흔들고는 웃옷 가슴에 달린 주머니를 두드렸다. 「얼마나 많이 그런 생각을 해보았는지 모릅니다. 하지만 종이를 삼키는 일은 기분 좋은 일이 아니죠.」

「모든 서류에 겨자를 조금 발라 두어야겠다고 생각했던 적이 있죠.」 로버트 조던이 말했다. 「나는 왼쪽 윗주머니에 우리 편 증명서를 넣어 두고 오른쪽에는 파시스트 증명서를 넣어 둡니다. 이렇게 해두면 비상사태가 발생해도 실수할 염려가 없죠.」

이렇게 마구 떠들어 대다가는 아까 지나간 기병 척후대의 대장이 동굴 입구 쪽으로 나타나겠군. 그럼 심각한 일이 일어날 거야. 너무 지껄이는군. 로버트 조던은 생각했다.

「그렇지만 이봐, 로베르토.」 아구스틴이 말했다. 「우리 정부는 날이 갈수록 우익으로 기울고 있더군. 공화국에서는 더 이상 동지라고 부르지 않고 무슨 씨, 무슨 양 하고 부른다던데? 당신 주머니의 증명서도 좌우를 바꾸어야 되지 않을까?」

「만약에 완전히 우익으로 기울면 엉덩이 뒷주머니에 넣겠어.」 로버트 조던이 말했다. 「그리고 그 가운데를 꿰매 버리겠어.」

「그냥 셔츠 속에다 넣어 두는 것이 낫겠네.」 아구스틴이 말했다. 「우리는 이 전쟁에서 이기고 혁명에서는 지게 되는 걸까?」

「아니야.」 로버트 조던이 말했다. 「우리가 이 전쟁에서 지게 되면 혁명도 없고 공화국도 없고 자네도 나도 없어지는 거야. 단지 저 좆같은 놈들만 남게 되는 거지.」

「내 말이 그 말입니다.」 안셀모가 말했다. 「전쟁에서는 무조건 이겨야 해요.」

「그리고 전쟁이 끝나면 무정부주의자, 가짜 공산주의자, 그들의 천박한 추종자들은 모두 쏘아 죽여서 좋은 공산주의자들만 남겨야 해.」 아구스틴이 말했다.

「나는 전쟁에서 이겨야만 한다고 그랬지, 쏘아 죽여야 된다고 하지는 않았어.」 안셀모가 말했다. 「공정하게 정치를 해서 전쟁의 승리로 얻은 이익을 그 승리에 공헌한 모든 사람에게 나누어 주는 것이 옳다고 생각해. 그리고 우리에게 대항해 싸운 자들이 잘못을 깨달을 수 있도록 교육시켜야 돼.」

「아니야, 다 죽여야 해.」 아구스틴이 말했다. 「아주 많이, 많이 죽여야 해.」

이렇게 말하면서 그는 오른쪽 주먹으로 왼쪽 손바닥을 퍽 소리가 나게 내리쳤다.

「아무도 죽이지 말아야 해. 심지어 대장까지도. 노동을 시켜서 잘못을 깨닫고 바로잡도록 해야 해.」

「어떤 노동을 시켜야 되는지 난 알아.」 이렇게 말하면서 아구스틴은 눈을 뭉쳐 입속에 집어넣었다.

「어떤 노동인데? 아주 심한 노동인가?」 로버트 조던이 물었다.

「최고로 멋진 노동이 두 가지 있지.」

「어떤 건데?」

아구스틴은 다시 눈을 뭉쳐 입속에 집어넣으면서 기병대가 지나간 빈터를 바라보았다. 그러더니 녹인 눈을 뱉어 냈다.

「아침 식사로는 시시하군. 집시 녀석은 어디 갔어?」 그가 말했다.

「무슨 노동인데? 어서 말해 보게. 이 입 더러운 친구야.」
로버트 조던이 물었다.

「비행기에서 낙하산 없이 뛰어내리게 하는 것이 첫 번째
야.」 아구스틴이 눈을 빛내면서 말했다. 「그건 우리가 좀 봐
주려고 하는 자들을 위한 조치지. 나머지 놈들은 뾰족한 울
타리 꼭대기에 못을 박고 뒤에서 떠밀어 버리는 거야.」

「그건 야비한 짓이야.」 안셀모가 말했다. 「그런 짓을 하면
공화국은 결코 승리할 수 없어.」

「나는 놈들의 불알로 만든 진한 수프 속에서 50킬로미터
쯤 헤엄치고 싶어.」 아구스틴이 말했다. 「아까 그 네 놈을 보
고 죽일 수도 있다고 생각했을 때는, 마치 우리 안에서 수말
을 기다리는 암말 같은 심정이었어.」

「하지만 우리가 왜 그들을 죽이지 않았는지는 잘 알지?」
로버트 조던이 조용히 말했다.

「물론이지.」 아구스틴이 말했다. 「잘 알아. 하지만 정말 땡
기더라고. 암내를 풍기는 암말처럼 절실하게 그놈들을 죽이
고 싶었어. 그런 기분을 느껴 본 적이 없다면 내 기분을 이해
하지 못할 거야.」

「자넨 땀을 흘리고 있었어. 나는 무서워서일 거라고 생각
했는데.」

「무서웠어. 겁이 났지.」 아구스틴이 말했다. 「무서움하고
내가 조금 아까 말한 그 기분 두 가지가 있었어. 세상에서 그
처럼 강렬한 건 또 없을 거야.」

맞다. 로버트 조던은 생각했다. 우리는 이런 일을 냉정하
게 처리하지만 저들은 그렇지가 않다. 여태까지 그렇게 한
적이 없었다. 이건 그들만의 신성한 의식인 거다. 지중해 저

쪽 끝에서 새로운 종교[3]가 들어오기 전부터 그들이 가지고 있던 오래된 종교이다. 그들은 결코 그걸 버린 적이 없다. 다만 억제하고 있었던 것이다. 그러다가 그것은 전쟁이나 이단자를 심문할 때 표면에 떠오른다. 그들은 신앙의 행위 속에 사는 국민이다. 죽이는 것은 인간이 어쩔 수 없이 해야만 하는 행위이다. 하지만 우리의 행위는 저들의 행위와는 다르다. 그래, 그러는 너는 어떻지? 죽이는 일로 타락한 적은 없었나? 시에라 산 속에서는 어땠지? 우세라에서는? 에스트레마두라에서는? 그 외에 다른 곳에서는? 항상 타락하지 않은 상태로 있었나? 글쎄, 그는 혼자 중얼거렸다. 그것 참, 열차 습격 때는?

베르베르인[4]이나 고대 이베리아인[5]에 대해서 확실하지도 않은 이야기를 만들어 내려는 짓은 그만둬라. 그리고 스스로 선택해서 군인이 된 자들이 살인에 대해서 거짓말을 하든 말든 때때로 사람을 죽이는 일을 즐기는 것처럼 너도 좋아서 그럴 때가 있다는 것을 인정해라. 안셀모는 사냥꾼이지 군인이 아니기 때문에 살인을 원치 않는 것이다. 그러니 그를 우상화할 필요는 없다. 사냥꾼은 동물을 죽이고 군인은 사람을 죽이는 것이니까. 아니, 너 자신을 속이지 마라. 그는 생각했다. 그것에 대해서 이야기를 꾸며 내려고 하지도 마라. 너는 지금까지 오랫동안 그런 일을 해왔고 그로 인해 타락한 게 사실이다. 그리고 안셀모의 이야기를 나쁘게 생각하지 마라. 그는 진정한 크리스천이야. 그건 가톨릭 국가에서는 좀

---

3 그리스도교를 말하는 것.
4 북아프리카에서 8~9세기에 스페인에 진출한 무어인 야만족.
5 고트족이 5세기에 스페인에 들어오기 이전 그곳에 살던 원주민.

드문 일이지.

그렇지만 아구스틴의 경우는 공포였다고 그는 생각했다. 전투가 시작되기 전에 생기는 자연스러운 공포. 또는 그가 말한 대로 과도한 성욕에 가까운 살인 심리였는지도 모른다. 그게 상황이 지나간 뒤에 내보이는 허세일지 모르지만. 아무튼 그는 엄청나게 두려워했다. 나는 손으로 잡은 것처럼 그 공포를 느꼈다. 어느 쪽이든 상관없다. 이젠 떠들고 있을 때가 아니다.

「집시가 식사를 가져왔는지 알아봅시다. 그 녀석, 여기까지 올라오지 못하게 하세요. 멍청한 녀석이니까. 당신이 받아 가지고 오세요. 그 녀석이 식사를 아무리 많이 가져오더라도 더 가져오라고 합시다. 정말 배가 고프군.」 로버트 조던이 안셀모에게 말했다.

24

　늦은 5월이라 하늘은 높고 맑았으며 포근한 바람이 로버트 조던의 어깨 위를 스쳐 갔다. 눈은 완전히 녹았고 그들은 아침 식사를 하고 있었다. 고기와 염소젖 치즈 한 쪽을 끼운 두 개의 샌드위치였다. 로버트 조던은 접는 칼을 꺼내 양파를 두껍게 잘라 빵 사이에 있는 고기 양쪽에 끼워 넣었다.

　「양파 냄새가 숲을 지나 파시스트 놈들에게까지 가겠는데.」 아구스틴이 입안 가득 샌드위치를 넣고 우물거리며 말했다.

　「술통 좀 주게, 목 좀 축이게.」 로버트 조던이 고기, 양파, 치즈와 씹던 빵을 한가득 입에 물고 말했다.

　그는 오늘처럼 배가 고파 본 적이 없었다. 그는 가죽 술통에서 타르 냄새가 희미하게 나는 술을 입에 쏟아붓고 삼켰다. 그러고는 다시 한 번 술통을 쳐들고 목구멍 뒤로 콸콸 쏟아부었다. 술 부대의 가죽은 자동 소총에 씌운 소나무 잎에 닿았고, 그래서 술을 마시려고 고개를 뒤로 젖힐 때 머리가 자꾸 소나무 가지에 닿았다.

　「샌드위치 좀 더 들지 않겠나?」 아구스틴이 자동 소총 너머로 샌드위치를 건네면서 물었다.

「고맙지만 자네나 먹게.」

「난 못 먹겠어. 아침에 뭘 먹는 것이 익숙지 않아서.」

「정말 안 먹을 텐가?」

「응. 자네 먹게.」

로버트 조던은 그것을 받아 무릎 위에 펴놓았다. 그는 수류탄이 든 그의 윗옷 주머니 속에서 양파를 꺼낸 뒤 주머니 칼을 폈다. 그는 주머니 속에서 더러워진 양파의 껍질을 벗기고 두텁게 도려냈다. 바깥 부분이 떨어져 나가자 그것을 집어 샌드위치에 집어넣었다.

「아침에는 항상 양파를 먹나?」 아구스틴이 물었다.

「있을 때는.」

「자네 나라에서는 누구나 다 그런가?」

「아니.」 로버트 조던이 말했다. 「우리 나라에선 안 좋게 생각하지.」

「다행이군.」 아구스틴이 말했다. 「난 항상 미국은 문명화된 나라라고 생각했거든.」

「자네는 양파를 싫어하나?」

「다른 게 아니고 냄새 때문에. 냄새만 아니면 장미 같을 텐데.」

로버트 조던은 입에 음식을 잔뜩 물고 그를 향해 빙그레 웃었다.

「장미 같다……. 장미 같다. 장미는 장미이고 그러면서 양파이다.」

로버트 조던은 입을 우물거리며 말했다.

「양파가 자네 머리를 어떻게 했나 보군.」 아구스틴이 말했다. 「정신 차리게.」

「양파는 양파고 양파다.」 로버트 조던은 이렇게 말하면서 속으로 또 이렇게 생각했다. 돌은 돌이고 바위이고 자갈이고 조약돌이다.

「술로 입가심이나 하게.」 아구스틴이 말했다. 「자네는 희한한 사람이야, 영국 양반. 당신은 전에 우리와 함께 일했던 그 다이너마이트 전문가하고는 아주 달라.」

「꼭 한 가지 차이점이 있지.」

「말해 보게.」

「나는 살아 있고, 그는 죽었지.」 로버트 조던이 말했다.

도대체 너 왜 그래, 하고 그는 생각했다. 이런 식으로 이야기하다니. 음식 때문에 갑자기 희희낙락해졌나? 도대체 뭐야? 양파에 취했나? 이 전쟁이 주는 의미가 이게 다란 말인가? 그렇다고 무슨 큰 의미가 있는 것도 아니었지, 그는 자신에게 솔직하게 말했다. 넌 이 일에 어떤 의미를 부여하려 애썼지만 잘 되지 않았지. 남아 있는 시간이 얼마 없는데 거짓말을 할 필요는 없지.

「아니, 그는 사람을 죽이는 것을 무척 괴로워했다는 것이 나와는 다른 점이지.」 이번에는 진지하게 그가 말했다.

「그럼 자네는? 자네는 괴로워하지 않는단 말인가?」

「그래.」 로버트 조던이 말했다. 「난 별로 괴로워하지 않는 축이지.」

「나 역시.」 아구스틴이 그에게 말했다. 「세상엔 괴로워하는 사람이 있고 괴로워하지 않는 사람이 있지. 그런데 나는 거의 괴롭지 않아.」

「나쁜 기분이 덜해져.」 로버트 조던이 술 부대를 다시 기울렸다. 「이걸 마시면 말이야.」

「나는 다른 사람을 위해서 괴로워했어.」

「선량한 사람들은 다 그러지.」

「나 자신을 위해 괴로워한 적이 없어.」

「자네 마누라 있나?」

「없어.」

「나도 없어.」

「그렇지만 자네에겐 이제 마리아가 있잖아?」

「그래.」

「정말 신기한 일이야.」 아구스틴이 말했다. 「기차를 습격하고 나서 마리아가 우리에게 왔을 때, 필라르는 마치 그녀가 카르멜회 수녀원에 오기라도 한 것처럼 우리가 가까이 가지도 못하도록 사납게 그녀를 통제했어. 자넨 필라르가 그녀를 지키려고 얼마나 난폭하게 굴었는지 상상도 못할 거야. 그런데 자네가 오자 무슨 선물이라도 되는 듯이 마리아를 선뜻 내주었지. 그걸 어떻게 생각하나?」

「그런 건 아니야.」

「그럼 어떻게 된 것인가?」

「마리아를 돌보라고 한 거야.」

「아니, 그래, 밤새도록 그녀와 재미를 보는 것이 돌보는 건가?」

「운이 좋아 그렇게 되었지.」

「아니, 그런 식으로 남을 돌보아 준다…….」

「그런 식으로 돌보아 줄 수도 있다는 것을 자네는 이해 못하겠나?」

「이해하네. 하지만 그런 식으로 보호한다면 누군들 못 하겠나?」

「더 이상 이야기하지 말게.」 로버트 조던이 말했다. 「난 진심으로 그녀를 돌보고 있네. 진심으로.」

「진심으로?」

「세상에 이보다 더 진지할 수는 없을 정도로.」

「그렇다면 앞으로는? 다리를 폭파한 후에는?」

「그녀를 데려가겠네.」

「그렇다면 더 이상 말할 게 없지. 두 사람의 행운을 비네.」 아구스틴이 말했다.

그는 가죽 술 부대를 들어 올려 한참 동안 들이켠 뒤 로버트 조던에게 건네주었다.

「한 가지만 더, 영국 양반.」 그가 말했다.

「말해 보게.」

「나 역시 그녀를 무척 좋아했네.」

로버트 조던은 그의 어깨에 손을 얹었다.

「정말로.」 아구스틴이 말했다. 「아주 많이. 사람들이 상상할 수 없을 정도로.」

「상상할 수 있네.」

「그녀는 나에게 사라지지 않을 것 같은 깊은 인상을 남겼네.」

「상상이 되네.」

「이봐, 난 정말 진심으로 이야기하는 걸세.」

「말해 보게.」

「난 그녀의 손도 잡아 보지 못했고 아무 짓도 못해 보았지만 난 그녀를 정말 좋아하네. 영국 양반, 그녀를 가볍게 여기지 말아 주게. 그녀가 자네와 잤다고 해서 결코 창녀는 아니야.」

「그렇게 생각하지 않네. 난 그녀를 정말 좋아해.」

「자네를 믿네. 그렇지만 아직 얘기가 좀 남았네. 만약에 혁명이 일어나지 않았다면 그녀는 행복하게 살았을 걸세. 자네는 큰 책임을 지고 있는 거야. 그녀는 정말로 고생을 많이 했다네. 그녀는 우리하고는 다르네.」

「나는 결혼하려고 하네.」

「아니, 그런 뜻이 아니네. 지금은 혁명 중이니 그럴 필요는 없네. 하지만…….」 그는 고개를 끄덕이고는 이렇게 말했다. 「하긴 어쩌면 그게 더 나을지도 모르지.」

「난 그녀와 결혼하겠네.」 그는 말하면서 목구멍으로 뜨거운 것이 올라오는 것을 느꼈다.

「난 정말로 그녀를 좋아해.」

「나중에.」 아구스틴이 말했다. 「적당한 때에 하도록 해. 정말로 중요한 것은 그런 의도를 갖고 있는 것이지.」

「난 그런 의도가 있어.」

「들어 보게. 끼어들 만한 권리가 없는 문제에 너무 말이 많은 것 같지만. 자넨 이 나라의 여자들을 많이 알고 있지?」 아구스틴이 물었다.

「약간은.」

「창녀를 말하는 건가?」

「그런 여자 말고도 약간 있어.」

「몇 명이나?」

「대여섯.」

「그 여자들하고 잤나?」

「아니.」

「정말이야?」

「그래, 잤어.」

「내가 이야기하려는 건 마리아는 가볍게 남자와 자는 여자가 아니라는 거야.」

「그건 나도 마찬가지야.」

「자네가 그런 걸 가볍게 여기는 자라고 생각했다면, 자네가 어젯밤에 그녀와 누워 있을 때 자네를 쏘아 죽였을 거야. 여기서는 그런 일이 많이 일어나거든.」

「이봐, 친구.」 로버트 조던이 말했다. 「격식을 갖추지 않은 것은 시간이 없었기 때문이네. 우리에게 가장 모자라는 것은 시간이야. 내일은 전투를 벌여야 해. 나 한 사람에게는 그 전투가 아무 문제도 아니야. 그렇지만 마리아와 나에게는 그 짧은 시간에 두 사람의 삶을 모두 살아야 한다는 것을 의미해.」

「하루 낮과 하룻밤은 짧은 시간인데.」 아구스틴이 말했다.

「그래. 하지만 어제 하루 종일, 그리고 그제 밤과 어젯밤이 있었지. 」

「이보게.」 아구스틴이 말했다. 「내가 자네를 도울 수 있는 일이 없을까?」

「없네. 우린 괜찮으니까.」

「내가 자네를 위해서, 그리고 그 까까머리 처녀를 위해서 할 수 있는 일이 있다면 좋을 텐데.」

「아니, 없네. 고마워.」

「정말 인간이 남을 위해서 할 수 있는 일은 거의 없는 것 같아.」

「아니야, 많이 있지.」

「어떤 일인데?」

「오늘 내일 전투에서 일어나는 모든 일에서 나를 믿어 주고 명령이 틀린 것 같을 때에도 내 명령을 따라 주는 일이지.」

「나는 당신을 믿어. 그 기병을 해치우고 말을 떠나보낸 뒤
로는.」

「그런 것은 아무것도 아니야. 이봐, 자네와 나는 지금 한
가지 일을 놓고 함께 일하고 있어. 전쟁에서 이기기 위해 말
이야. 전쟁에서 지게 되면 모든 것은 끝장이야. 내일 우리가
해야 하는 일은 대단히 중요한 일이야. 무엇과도 비교할 수
없을 정도로 중요한 일이지. 그리고 전투도 있을 거야. 전투
중에는 규율이 있어야 돼. 왜냐하면 많은 것들이 겉보기와는
다르기 때문이야. 규율은 신뢰와 확신에서 나오는 거야.」

아구스틴이 땅에 침을 뱉었다.

「마리아하고 그런 이야기는 별개야.」 그가 말했다. 「자네
하고 마리아는 인간 대 인간으로서 남아 있는 시간을 잘 써
야만 해. 만일 내가 도울 수만 있다면 뭐든 당신 명령을 따를
거야. 물론 내일 일에 대해서도 당신에게 무조건 복종할 거
고. 내일 일을 위해서 누군가 죽어야만 한다면 기꺼이 가벼
운 마음으로 죽을 수도 있어.」

「나도 그렇게 생각하고 있어.」 로버트 조던이 말했다. 「그
렇지만 자네에게 그런 말을 들으니 기쁘군.」

「그리고 또…….」 아구스틴이 프리미티보를 가리키며 말
했다. 「저 위에 있는 녀석은 믿을 만한 녀석이야. 그리고 필
라르는 당신이 생각하는 것보다 훨씬 대단한 여자야. 안셀
모 영감이나 안드레스도 그렇고. 엘라디오도 마찬가지야.
조용하지만 믿음직한 일꾼이지. 그리고 페르난도도. 당신은
그 녀석을 어떻게 생각하는지 모르겠지만 수은보다도 더 둔
중한 녀석이야. 길에서 달구지를 끄는 수소보다 더 멍청해.
하지만 싸우는 일하고 지시한 대로 명령을 지키는 일은 누구

보다도 낫지. 그는 정말 사나이야. 당신도 곧 알게 될 거야.」
「우린 운이 좋아.」
「아니야. 우리에게는 두 가지 약점이 있어. 집시하고 파블로 말이야. 하지만 귀머거리 영감네는 우리보다 낫지. 산양의 똥과 비교하면 우리가 훨씬 나은 것처럼.」
「그렇다면 잘됐군.」
「그래.」 아구스틴이 말했다. 「그렇지만 오늘 다리 폭파 작전이 벌어졌으면 좋겠는데.」
「나 역시 그래. 빨리 끝내 버렸으면 좋겠어. 하지만 그렇게는 안 돼.」
「어려운 작전이 되리라 보나?」
「그럴 수도 있지.」
「하지만 자네는 지금 매우 기분이 좋은 것 같아, 영국 양반.」
「그래. 나쁘지는 않아.」
「나도 그래. 마리아 일이나 다른 일에도 불구하고 기분은 유쾌해.」
「왜 그런지 알아?」
「모르겠어.」
「나도 모르겠어. 아마 날씨 때문인가 봐. 날씨가 좋으면 기분이 유쾌해지기 마련이니까.」
「또 누가 알겠나? 어쩌면 지금부터 전투가 벌어질 거라고 생각해서 그런지.」
「나도 그렇게 생각하지만, 오늘은 안 돼. 무엇보다 더 중요한 것은 오늘은 전투를 피해야 한다는 거니까.」
그가 이렇게 말했을 때 무슨 소리가 들려왔다. 그것은 멀리서 나뭇가지를 스치는 따뜻한 바람 소리보다도 더 먼 곳에서 나는 소리였다. 그는 자신의 귀를 의심하면서 입을 벌리고 귀를 기울인 모습으로 프리미티보에게 시선을 보냈다. 분명히 무슨 소리가 들린 것 같은데 잠시 후 그 소리는 사라져 버렸다. 바람은 소나무 숲 쪽에서 불고 있었다. 로버트 조던은 온몸을 긴장시키고 신경을 귀에 집중했다. 그러자 그 소리가 바람에 섞여 희미하게 들려왔다.

「내 경우는 비극적인 일도 아니야.」 그는 아구스틴이 말하는 것을 들었다. 「마리아를 차지하지 못한 것은 아무것도 아니야. 언제나처럼 창녀들과 지내면 되니까.」

「조용히 해.」

그의 말은 듣지도 않고 로버트 조던이 말했다. 그리고 아구스틴 옆에 누워 고개를 돌려 그를 바라보았다. 아구스틴은 재빨리 그를 쳐다보았다.

「왜 그래?」 아구스틴이 물었다.

로버트 조던은 입에 손가락을 갖다 대는 시늉을 하고는 다시 귀를 기울였다. 또 소리가 들려왔다. 희미하고 억눌린 듯하고 메마른 소리가 멀리서 들려왔다. 이젠 의심의 여지가 없었다.

그것은 정확하고, 무엇이 구르는 듯한 요란한 소리를 내는 자동 소총 발사 소리였다. 그것은 마치 거의 소리가 들리지 않을 정도로 먼 곳에서 작은 폭죽이 차례로 터지는 소리와도 같았다.

로버트 조던은, 이제 머리를 들고 그들 쪽으로 얼굴의 방향을 바꾸고 귀에 손을 갖다 대고 있는 프리미티보를 쳐다보았다. 그러자 프리미티보는 저쪽 산 너머에 있는 고지를 가리켰다.

「엘 소르도가 있는 곳에서 전투가 벌어졌어.」 로버트 조던
이 말했다.
　「그럼 도우러 가야 하지 않아?」 아구스틴이 말했다. 「모두
집합시켜. 어서 가자.」
　「안 돼. 우리는 여기 그대로 있어야 돼.」 로버트 조던이 말
했다.

<h1 style="text-align:center">25</h1>

　로버트 조던은 망보는 자리에 서 있는 프리미티보를 올려다보았다. 그는 총을 들고 총소리가 나는 곳을 가리켰다. 프리미티보는 고개를 끄덕이면서 아직도 못 들었느냐는 듯이 손을 귀에다 갖다 대고는 총으로 소리 나는 곳을 계속 가리켰다.

　「총을 계속 가지고 있어. 정말로, 정말로 확실하지 않으면, 그놈들이 들어오기 전에는 발사하지 말게.」 로버트 조던이 아구스틴에게 말했다. 「이해하겠나?」

　「응. 그렇지만⋯⋯.」

　「그렇지만이라고 토를 달지 마. 나중에 자네에게 설명해 주지. 난 프리미티보에게 가겠어.」

　안셀모는 그의 옆에 있었는데 로버트 조던은 그 노인에게 말했다.

　「영감, 아구스틴과 함께 총이 있는 곳에 머물러 계십시오.」 그는 천천히 바쁘지 않게 말했다.

　「기마병이 정말로 눈앞에 나타나지 않는 한 발사해서는 안 돼요. 만약 그들이 단순히 나타나기만 할 경우에는 전에 우리가 했던 대로 해서 녀석들을 그대로 통과시켜야 해요. 만약 그가 발사하기 시작하면 삼각대의 다리를 꼭 잡아 줘요. 총알이 떨어지면 그에게 클립을 넘겨주고.」

「알았습니다. 라 그란하는?」 노인이 말했다.

「나중에.」

로버트 조던은 잿빛 바위에 손을 대고 위로 기어 올라갔다. 태양은 바위 위에 쌓인 눈을 녹이고 있었고 바위는 원기를 되찾은 것처럼 이제 물기를 머금은 채 말라 가고 있었다. 위로 올라감에 따라 그는 주변 풍경을 볼 수 있었다. 소나무 숲과 길게 트인 숲 속의 빈터, 저 너머 고산지 앞에 있는 움푹 팬 곳이 보였다. 그는 큰 바위 두 개 사이의 움푹 팬 곳에 있는 프리미티보 옆으로 가서 섰다. 작고 누런 얼굴의 프리미티보가 그에게 말했다.

「그들이 엘 소르도를 공격하면 우리는 어떻게 해야 되지?」

「아무것도 할 게 없어.」 로버트 조던이 말했다.

이곳에서는 총성이 분명히 들렸다. 저 멀리 산이 깊게 패는 지점인 골짜기를 가로질러 건너편 쪽을 내려다보니, 기병대가 삼림에서 빠져나와 눈 덮인 산기슭을 가로질러 자동 소총이 발사되는 방향으로 올라오고 있었다. 그는 눈밭을 가로질러 난 두 줄의 사람 발자국과 말 발자국을 보았다. 그들이 언덕 위로 올라갔음이 분명했다. 그는 능선 꼭대기 쪽으로 더 멀리 떨어진 숲까지 이어진 두 줄의 발자국 흔적을 보았다.

「우리가 도우러 가야 해.」 프리미티보가 무뚝뚝한 목소리로 말했다.

「그건 불가능해. 난 아침에 일이 이렇게 될 줄 알았어.」

「어떻게?」

「그들이 어제 말을 훔치러 갔었잖아. 눈에 발자국이 남아서 저들이 추적해 온 거야.」

「그렇지만 우리가 도와야 해. 이대로 그들을 방치할 순 없어. 그들은 우리의 동지야.」

「우린 아무것도 할 수 없어. 나도 그랬으면 좋겠지만.」 로버트 조던이 프리미티보의 어깨에 손을 얹고 말했다.

「위에서 저기로 가는 길이 있어. 말을 끌고 총 두 자루만 가지고 저 길로 가면 돼. 여기 자네 것하고 내 것이 있어. 그렇게 하면 도울 수 있어.」

「들어 봐…….」 로버트 조던이 말했다.

「내가 지금 듣고 있는 건 저 총소리뿐이야.」 프리미티보가 말했다.

자동 소총이 발사되는 소리가 진동하면서 울렸다. 이어서 건조하게 울리는 자동 소총 발사 소리에 묻혀서 수류탄의 폭음이 들려왔다.

「그들은 끝난 거야.」 로버트 조던이 말했다. 「눈이 멈추었을 때 이미 진 거야. 그곳에 가면 우리도 역시 패배할 거야. 우리가 힘을 보태 준다는 것은 불가능해.」

프리미티보의 턱과 입술과 목은 텁수룩한 흰 수염으로 덮여 있었다. 얼굴의 나머지 부분은 평평했는데 코뼈가 부러진 평평한 코와 깊숙이 들어간 잿빛 눈의 소유자였다. 로버트 조던은 이 사내의 텁수룩한 입가의 수염과 목젖이 떨리는 것을 보았다.

「저 소리를 들어 봐.」 프리미티보가 말했다. 「완전 몰살시키고 있어.」

「그들이 골짜기를 포위했다면 그렇겠지만.」 로버트 조던이 말했다. 「몇 명은 빠져나왔을 거야.」

「이제 우리가 그들에게 가서 배후에서 그들을 끌어내야 해.」 프리미티보가 말했다. 「우리 네 사람이 말을 가지고 가자.」

「그다음엔 뭘 하지? 그들을 거기서 데리고 나온 뒤에는 어떻게 할 건데?」

「엘 소르도와 합류하는 거야.」

「거기서 죽으려고? 태양을 봐. 해가 너무 많이 남았어.」

하늘은 높고 구름 한 점 없었다. 햇볕이 그들 등 뒤에 따갑게 내리쬐고 있었다. 그들 아래쪽에 있는 숲 속의 남쪽 비탈은 눈이 녹아 군데군데 커다란 땅뙈기가 드러나 있었다. 소나무에서 눈이 모두 떨어진 상태였다. 눈이 녹으면서 물기가 남아 있는 바위가 뜨거운 햇빛을 받아 김을 냈다.

「견뎌 내야 해.」 로버트 조던이 말했다. 「견뎌 내야 하는 것이 있어. 전쟁이란 다 이런 거야.」

「그렇지만 우리가 할 수 있는 일이 아무것도 없다고? 그게 정말이야?」

프리미티보가 그를 쳐다보았다. 로버트 조던은 그에게 신뢰감을 주어야 한다는 것을 알았다. 「나나 다른 사람을 작은 기관총 하나 들려서 보낼 수도 없다는 거야?」

「그건 소용없는 짓이야.」 로버트 조던이 말했다.

그는 일이 자신의 예측대로 되어 간다고 생각했다. 그때 매 한 마리가 바람을 가르고 내려왔다가 저 멀리 소나무 숲의 가장자리 위로 날아올라가는 것이 보였다. 「우리 모두가 간다고 해도 아무 소용 없어.」

그때 다시 두 배로 강화된 총격 소리가 들려왔고 수류탄이 터지는 소리도 들려왔다.

「나쁜 놈들.」 프리미티보가 온갖 저주를 담아서 욕을 했다. 그의 눈에 눈물이 괴었고 볼이 실룩거렸다. 「오, 하느님, 성모 마리아님, 저놈들이 저들의 더러운 똥물 속에서 저주받게 하소서.」

「진정하게나.」 로버트 조던이 말했다. 「곧 실컷 싸우게 될 테니. 어이구, 저기 필라르가 올라오네.」

몸이 무거운 필라르가 바위틈으로 쩔쩔매며 올라오고 있었다.

프리미티보가 계속 중얼거렸다. 「더러운 놈들. 오, 하느님, 성모 마리아님, 저들을 벌하소서.」

거센 총성이 규칙적으로 바람을 타고 들려오고 있었다. 로버트 조던은 필라르가 올라오는 것을 도와주었다.

「어쩐 일입니까, 필라르.」

그가 그녀의 양 손목을 꽉 잡아 주면서 말했을 때 필라르는 이제 막 바위의 끝 부분을 올라오는 참이었다.

「당신의 망원경을 가져왔어.」 그녀는 말하면서 머리 위로 가죽 끈을 들어 올렸다. 「그래, 소르도 영감 쪽인가?」

「그래요.」

「불쌍해라.」 그녀가 동정을 금치 못하며 말했다.

그녀는 올라오느라 힘이 들어서 가쁜 숨을 몰아쉬었고 로버트 조던의 손을 꽉 잡은 채로 아래를 내려다보았다.

「전투는 어떤 것 같아?」

「나빠요, 아주 나빠.」

「제수 없게 포위당했나?」

「그런 것 같아요.」

「불쌍해라. 분명히 말 때문이겠지?」
「아마 그럴 겁니다.」
「불쌍해.」 필라르가 말했다. 「라파엘이 그 빌어먹을 기병대 놈들에 대해서 다 이야기해 주긴 했지만, 그래 어떤 놈들이 왔던가?」
「척후병 한 명과 기병 중대의 일부였어요.」
「어디까지 왔었지?」
로버트 조던은 척후병이 멈춰 섰던 곳을 가리킨 뒤 총을 숨겨 둔 곳도 가르쳐 주었다. 세 사람이 서 있는 곳에서 위장망 뒤로 튀어나온 아구스틴의 장화가 보였다.
「집시는 놈들의 선두에 선 녀석이 제 총구에 닿는 곳까지 왔었다고 하더라고.」 필라르가 말했다. 「아이고, 집시란 인종은. 동굴 속에 망원경이 있어서 가져왔어.」
「짐은 꾸렸습니까?」
「가지고 갈 것은 모두. 파블로에게서는 소식이 없나?」
「그는 기병대보다 40분 먼저 떠났습니다. 기병대 놈들은 그의 발자국을 따라갔을 겁니다.」
필라르가 그를 향해 빙긋 웃었다. 그녀는 여전히 그의 손을 잡고 있었다. 이제 그녀는 손을 놓았다.
「그들은 그를 따라잡지 못할 거예요.」
「그나저나 엘 소르도를 어떻게 하지? 우리가 할 수 있는 일은 없나?」
「없습니다.」
「오, 불쌍해라. 난 그 귀머거리 영감을 좋아했는데. 당신 생각엔 확실히 그가 포위된 것 같아?」
「네. 보기에 기병대 놈들이 꽤 많았어요.」

「여기 있는 우리보다도?」

「그들이 올라온 곳에는 기병대의 나머지 병력이 잔류해 있을 겁니다.」

「저 총격 소리 좀 들어 봐.」 필라르가 말했다. 「불쌍한 귀머거리 영감. 아이고, 불쌍해라.」

그들은 다 함께 총격 소리를 들었다.

「프리미티보는 저기로 올라가기를 원하고 있어요.」 로버트 조던이 말했다.

「미친 거 아니야?」 필라르가 무표정한 얼굴의 그 사내에게 말했다.

「난 그들을 돕고 싶을 뿐이야.」

「대단하셔.」 필라르가 말했다. 「여기 낭만주의자가 또 한 분 계시구면. 그런 쓸데없는 여행을 하지 않아도 여기서 죽게 될 텐데, 그걸 너는 모르나 보지?」

로버트 조던은 그녀를 바라보았다. 인디언같이 툭 튀어나온 광대뼈에다 갈색 얼굴빛, 미간이 넓은 검은 눈, 두툼한 입술에 조소를 띤 뚱뚱한 얼굴이 거기 있었다.

「좀 사나이답게 말을 해야지.」 그녀가 프리미티보에게 말했다. 「사내답게 말이야. 머리가 희끗희끗해진 나이에 맞는 말을 해야 될 거 아니야.」

「놀리지 마.」 프리미티보가 불쾌하다는 듯이 말했다. 「약간의 인정과 어느 정도의 상상력만이라도 있는 사람이라면 당연히 ―」

「당연히 그걸 자제할 줄 알아야지.」 필라르가 말했다. 「당신도 곧 우리와 함께 죽게 될 거야. 다른 사람들과 함께 죽을 필요는 없지 않겠어? 그리고 당신은 상상력 운운하지만 그런 것은 모두 집시에게 맡기라고. 그러지 않아도 그 녀석이 멋진 소설을 이야기해 주니까.」

「당신도 직접 그걸 보았다면 소설 어쩌고 하는 이야기는 하지 않을 거야.」 프리미티보가 말했다. 「아주 심각한 순간이 있었다고.」

「그까짓 게 뭐라고.」 필라르가 말했다. 「그래 봤자 기병이 서너 명 여기까지 왔다가 되돌아간 정도 아니야? 그걸 가지고 무슨 영웅이라도 된 줄로 생각하는 거야? 너무 오랫동안 아무것도 하지 않은 탓이야.」

「그러면 귀머거리 영감의 일도 심각하지 않은가?」 프리미티보가 경멸하는 태도로 말했다. 총소리가 바람에 실려 올 때마다 그의 표정에는 고통스러운 빛이 역력히 나타나곤 했다. 귀머거리 영감네를 구하러 가든가, 아니면 필라르가 돌아가서 혼자 있게 되기를 바라는 것 같았다.

「전부 얼마나 될까?」 필라르가 말했다. 「올 것이 온 거야. 남의 불행 때문에 자네 불알을 잃어버리지는 말게.」

「마음대로 지껄여, 할망구야.」 프리미티보가 말했다. 「세상에는 바보에다 인정머리 없고 전혀 쓸모도 없는 여자가 있기 마련이지.」

「그건 자식도 낳지 못하는 불쌍한 사내놈들을 먹여 살리기 위해서야.」 필라르가 말했다. 「아무도 오지 않는 모양이니 난 내려가겠어.」

바로 그때 로버트 조던은 머리 위로 높이 비행기가 나는 것을 보았다. 하늘을 쳐다보니 오늘 아침에 그들이 본 정찰기와 비슷해 보였다. 이제 전선 쪽에서 돌아오는 중이었고 귀머거리 영감이 공격을 받고 있는 고지 쪽으로 날아갔다.

「불길한 새가 나타났군.」 필라르가 말했다. 「비행기에선 저쪽 싸움터가 보일까?」

「물론이죠.」 로버트 조던이 말했다. 「비행기에 탄 놈들이 장님만 아니라면.」

그들은 햇빛에 은빛 날개를 반짝이며 높이 날아가는 비행기를 쳐다보았다. 왼쪽에서 날아왔기 때문에 두 대의 프로펠러가 만드는 원반의 빛깔이 잘 보였다.

「엎드려.」 로버트 조던이 말했다.

그러자 비행기는 머리 위로 날아왔고 그 그림자가 아래쪽의 평지를 지나는 것이 보였다. 공기를 진동시키는 그 소리는 불길한 징조의 절정을 이루었다. 드디어 그곳을 지나서 저쪽 골짜기 위로 멀어져 가는 것이 보였다. 유유히 예정된 코스를 날다가 올려다보는 그들의 시야에서 숨어 버렸나 싶었는데 다시 커다란 원을 그리며 돌아왔다. 그렇게 두 번을 왕복하더니 저쪽 고지 상공을 돌고 세고비아 쪽으로 사라져 버렸다.

로버트 조던은 필라르를 쳐다보았다. 그녀는 이마에 땀을 흘리며 고개를 저었다. 아래윗니로 혀를 깨물고 있었다.

「누구든지 그런 게 한 가지씩은 있겠지만, 난 저게 제일 싫어.」

「내 공포심이 옮아간 거 아니야?」 프리미티보가 조롱하는 투로 말했다.

「아니야, 자넨 옮길 만한 공포심도 없어. 나는 알지. 내가 아까 그렇게 심하게 군 것은 정말 미안해. 우리는 모두 한솥밥을 먹는 처지잖아? 서로 감싸 주어야지.」 그런 다음 로버트 조던에게 말했다. 「내가 음식과 술을 좀 보내 줄게. 뭐 더 필요한 거 없우?」

「지금은 없습니다. 다른 사람들은 어디 있나요?」

「자네의 예비 물자는 저 밑에 말과 함께 안전하게 있어.」 그녀가 빙긋 웃으며 말했다. 「아무것도 보이지 않도록 해두었지. 모두 준비되었어. 마리아가 당신 짐을 가지고 있고.」

「만약에 비행기가 공격을 받으면 마리아를 동굴 속에다 숨겨 줘요.」

「네, 알아 모시겠습니다, 영국 양반 나리.」 필라르가 말했다. 「당신의 집시 녀석(난 그자를 당신에게 인도하겠네)은 토끼 요리에 필요한 버섯을 따러 보냈어. 지금은 버섯이 많을 때거든. 그 토끼는 내일이나 모레 먹으면 더 맛이 있겠지만 지금 먹는 게 나을 것 같아 요리하려고 해.」

「나도 그걸 먹어 버리는 편이 좋겠다고 생각해요.」 로버트 조던이 말했다. 그러자 필라르는 경기관총의 끈을 가슴을 가로지르도록 두르고 있던 그의 어깨에 자신의 커다란 손을 올려놓더니 손을 조금씩 들어 그의 머리털을 만지작거렸다. 「멋진 영국 양반이야.」 필라르가 말했다. 「토끼 전골 요리가 다 되면 마리아를 시켜 냄비를 보낼게.」

멀리 위쪽에서 들려오던 총성은 이제 거의 잦아들었고 아주 드문드문 총격 소리가 들려올 뿐이었다.

「다 끝난 걸까?」 필라르가 물었다.

「아닙니다.」 로버트 조던이 말했다. 「지금까지 들려온 소리로 보아 놈들은 지금 귀머거리 영감네를 포위하고 있는 것 같아요. 비행기가 오기를 기다리면서 숨어 있는 겁니다.」

필라르가 프리미티보에게 말했다. 「이봐, 당신을 모욕하려고 한 것은 아니야. 이해하겠지?」

「알고 있어.」 프리미티보가 말했다. 「당신한테는 그보다 더 심한 말도 많이 들었잖아. 당신은 입이 험하니까.. 그렇지만 입은 조심하는 것이 좋겠어, 필라르. 난 동지로서 귀머거리 영감을 좋아하고 있어.」

「난들 그의 동지가 아니고?」 필라르가 그에게 물었다. 「들어 봐, 뚱한 양반. 전쟁 중에는 아무도 느낀 대로 다 말할 수 없는 거야. 귀머거리 영감이 아니라도 우리가 생각해야 할 일이 너무나 많다고.」

프리미티보는 아직도 약간 불쾌해하고 있었다.

「당신은 설사약이라도 먹어야겠구먼.」 필라르가 그에게 말했다. 「나는 이제 식사 준비나 하러 가야겠어.」

「참, 그 죽은 기병대원의 서류는 가지고 왔나요?」 로버트 조던이 그녀에게 물었다.

「아이고, 이런 멍청이.」 그녀가 말했다. 「깜박 잊었어. 마리아 편에 보내 줄게.」

26

오후 3시가 지나자 비행기들이 다시 나타났다. 정오쯤에 눈은 다 녹아 버렸고 바위는 햇볕을 받아 뜨거웠다. 하늘에는 구름 한 점 없었다. 로버트 조던은 바위틈에 앉아 셔츠를 벗어 갈색 등을 내놓고 햇볕을 쬐면서 주머니에 들어 있던 죽은 기마병의 서류를 읽고 있었다. 때때로 읽기를 멈추고 넓은 경사지 너머의 숲과 고산지를 쳐다보기도 하면서 쉬엄쉬엄 읽었다. 기병대는 그 후 다시 나타나지 않았다. 간간이 귀머거리 영감네 쪽에서 총성이 들려왔으나 산발적인 것이었다.

군대 수첩을 살펴본 결과 그 젊은이는 나바라의 타파야 출신으로 나이는 21세이고 미혼에 대장장이의 아들이었다. 로버트 조던을 놀라게 한 사실은 그 젊은이가 N 기병대 소속이라는 점이었다. 그 연대는 북부 전선에 투입된 것으로 알고 있었기 때문이다. 젊은이는 카를로스 당원이고 내란 초기에 있었던 전투에서 부상한 경력이 있었다.

어쩌면 팜플로나의 우시장(牛市場)에서 이 젊은이가 거리를 가로질러 황소 앞을 뛰어가는 것을 보았을지도 모른다고

그는 생각했다. 그러고는 전쟁에선 죽이고 싶은 사람만 죽이
는 것이 아니라고 생각했다. 그래, 그건 드문 일이지. 이렇게
생각하면서 그는 다시 서류를 읽어 나갔다.

그가 읽은 첫 번째 편지는 격식을 갖추어 조심스럽게 쓴
것으로서 주로 그 지방의 사건들에 대해서만 이야기하고 있
었다. 그것은 젊은이의 누이동생이 쓴 편지로 타파야에서는
모든 일이 잘되어 가고 있으며 아버지도 안녕하시고 어머니
도 가끔 허리가 아파서 불평하시는 것 빼놓고는 잘 계시다는
이야기였다. 그리고 어머니는 오빠가 몸 성히 잘 지내기를,
너무 위험한 상황에 처하지 않기를 바라고 있고, 오빠가 마
르크스주의자들의 지배로부터 스페인을 해방시키기 위해
빨갱이를 없애는 일을 하고 있다는 것을 자랑스럽게 생각한
다는 내용이었다. 그다음에는 여동생이 지난번 편지를 쓴 이
후에 전사하거나 중상을 입은 타파야 출신 젊은이들의 이름
이 나열되어 있었다. 전사자는 열 명이었는데 타파야라는 도
시의 규모를 생각하면 상당한 숫자였다.

편지는 신앙심으로 가득 차 있었다. 그녀는 성 안토니우
스, 성모 마리아, 그 밖의 여러 성모님들에게 오빠를 보호해
달라고 기도한다고 썼다. 그리고 오빠가 부적으로 몸에 지
니고 있는 예수님의 성심이 오빠를 보호한다는 것도 잊지 말
라고 적었다. 그 부적은 지금까지 수많은 전투에서 언제나
오빠의 심장을 보호해 주셨고(이 말 밑에는 밑줄이 그어져
있었다) 총알을 막아 주는 힘을 가지고 있으니 틀림없이 오
빠를 보호해 줄 거라는 얘기였다. 편지 마지막에 〈언제나 오
빠를 생각하는 누이동생 콘차로부터〉라고 적혀 있었다.

로버트 조던은 가장자리가 더러워진 이 편지를 군대 수첩

과 함께 조심스럽게 도로 집어넣었다. 그리고 이번에는 필체로 볼 때 자연스럽게 쓴 듯한 다른 편지를 펼쳤다. 그것은 젊은이의 약혼녀로부터 온 것으로 그의 안부를 매우 걱정하면서 부드럽게 써 내려간 것이었다. 로버트 조던은 그것을 끝까지 읽고 편지 전부를 서류와 함께 바지 뒷주머니에 넣었다. 다른 편지는 더 보고 싶지 않았다.

오늘 난 임무를 멋지게 수행했어, 하고 그는 생각했다. 그리고 그렇게 한 것은 잘한 일이라고 자신에게 말했다.

「뭘 읽고 있소?」 프리미티보가 그에게 물었다.

「우리가 아침에 쏘아 죽인 그 병사의 서류와 편지들이야. 자네도 보겠나?」

「난 읽을 줄 몰라.」 프리미티보는 말했다.

「뭐 재미있는 이야기라도 있소?」

「아니.」 로버트 조던이 말했다. 「그냥 개인적인 편지들이야.」

「그 사람의 고향에서는 상황이 어떻대? 편지에 혹 쓰여 있던가?」

「다 잘되어 가고 있는 모양이던데.」 로버트 조던이 말했다. 「그런데 그 고장에서 전사자가 많이 나왔더군.」

위장한 자동 소총이 있는 곳을 내려다보니까 눈이 녹으면서 약간 변형되어 더 나아져 있었다. 위장 효과는 충분했다. 그는 눈을 돌려 산과 들을 바라보았다.

「어디 출신?」 프리미티보가 물었다.

「타파야.」 로버트 조던이 말했다.

좋아. 그는 혼자 중얼거렸다. 죽은 친구, 정말 미안하네. 이렇게 말하는 것이 내 영혼에 도움이 된다면.

그는 또 스스로에게 말했다. 아니, 아무런 도움이 안 되는데.

좋아. 그럼 그 문제는 잊어버려.

그래. 이제 잊어버렸어.

그렇지만 그리 쉽게 잊어버릴 수 있을 것 같지 않았다. 사람을 얼마나 많이 죽였는가? 하고 그는 자신에게 물었다. 모른다. 네가 사람을 죽일 권리가 있다고 생각하나? 아니, 그렇지만 나는 죽이지 않으면 안 돼. 네가 죽인 사람 중에 진짜 파시스트는 과연 얼마나 될까? 거의 없을 거다. 하지만 그들은 우리 군대와 맞서고 있는 적의 군대다. 그렇지만 넌 스페인의 어느 지방보다도 나바라 사람들을 더 좋아하지 않았는가? 그렇다. 그런데 넌 그들을 죽였다. 그랬다. 만약 못 믿겠거든 저기 캠프까지 내려가 봐라. 거기 시체가 있다. 사람을 죽인다는 것이 잘못이라는 것을 모르지는 않겠지? 알고 있다. 알고 있다. 알고 있으면서 그런 짓을 해? 그렇다. 너는 아직도 네 행동의 동기가 절대적으로 옳다고 믿고 있나? 그렇다.

그렇게 하는 것은 옳다. 그는 중얼거렸다. 단지 안심을 시키기 위해서가 아니라 자부심을 느끼며 그렇게 중얼거렸다. 나는 민중의 권리를 믿고 있고 또 민중이 스스로 바라는 대로 자신의 나라를 통치할 권리가 있다고 믿는다. 그러나 살인을 믿지는 않는다. 그는 중얼거렸다. 어쩔 수 없는 상황에서 살인을 하지만 그것을 믿지는 않는다. 만약 그걸 믿는다면 세상의 모든 일이 잘못 돌아가게 될 것이다.

사람을 얼마나 죽였다고 생각하나? 모른다. 흔적을 남기지 않았으니까. 하지만 사실 알고 있지? 알고 있다. 몇 명이지? 얼마나 되는지 정확히는 모른다. 하지만 열차를 폭파시키면서 사람들을 많이 죽였으니까 매우 많을 거다. 그렇지만 그 숫자는 모르겠다. 그래도 얼마나 죽였는지 분명하게 말해야 한다면 어느 정도나 되나? 스무 명 이상 된다. 그들 중 몇 명이나 파시스트였나? 확실했던 것은 두 사람이다. 그들은 내가 우세라에서 포로로 잡았을 때 총으로 죽였으니까. 그래서 그때는 거리낌이 없었던가? 없었다. 그렇다 해도 기분이 좋지는 않았겠지. 그렇다. 나는 그 뒤 절대로 그런 짓을 하지 않겠다고 생각했다. 그래서 피해 왔다. 무장하고 있지 않은 자는 죽이지 말아야겠다고 생각했다.

이봐, 하고 그는 자신에게 말했다. 이제 그만해 두지. 그런 생각은 너나 네 일을 위해서도 좋지 않으니까. 그러자 그의 내부에 있는 다른 사람이 반발했다. 이봐 너, 잘 들어 봐. 알겠어? 지금 넌 매우 중대한 임무를 수행하는 중이야. 나는 네가 그걸 이해하도록 주의를 주는 거야. 정신을 똑바로 차리고 있어야 해. 왜냐하면 정신을 똑바로 차리지 않으면 지금 네가 하는 그런 일을 할 권리가 없어지니까. 왜냐하면 그런 행동은 모두 범죄 행위니까. 그리고 다른 사람들에게 더 큰 불행이 벌어지는 것을 막기 위한 것이 아니라면 사람의 생명을 앗을 권리가 네게는 없으니까. 그러니까 그것을 바로 인정하고 자신에게 거짓말을 하지 말아야 해.

하지만 내가 죽인 사람의 숫자를 마치 상패의 숫자라도 되는 것처럼 세거나, 총에다 무슨 표시를 새기는 비열한 짓을 하는 건 싫다, 하고 그는 생각했다. 그것을 세지 않았던 것은 나의 권리이며 숫자를 잊어버리는 것도 나의 권리이다.

아니다. 그는 자신에게 말했다. 무슨 일이든 잊어버릴 수 있는 권리는 네게 없다. 무슨 일에서나 눈을 감아 버리거나 잊어버리거나 약화시키거나 변경하거나 할 권리는 없다.

그만 지껄여라, 하고 그는 자기 자신에게 말했다. 넌 너무

건방져.

아니, 무슨 일에서든지 자신을 속이려 하지 마. 내부의 자기 자신이 계속 로버트 조던에게 이야기했다.

알았어. 그는 자신에게 말했다. 충고 고마워. 그런데 마리아를 사랑하는 것은 괜찮은 거야?

괜찮아. 내부의 다른 사람이 그에게 말했다.

사회를 순수하게 유물론적인 관점에서 보자면 그런 사랑의 감정은 존재하지 않는다, 라고 해도?

언제부터 그런 관점을 가지게 되었는데? 내부의 다른 사람이 또 그에게 물었다. 넌 그런 관점을 가진 적이 없어. 앞으로도 가질 수 없고. 너는 진짜 마르크스주의자가 아니야. 그건 너도 알고 있어. 넌 자유, 평등, 박애를 믿는 자이며 생명, 자유, 행복을 추구하는 자야. 너무 변증법에 기울어서 자신을 속이지 마. 변증법은 다른 누군가를 위한 것이지 너를 위한 것이 아니야. 단지 바보 취급을 받지 않을 정도로만 그걸 알고 있으면 되는 거야. 이 전쟁에 이기기 위해서는 많은 것들을 유보 상태로 남겨 두어야 해. 전쟁에서 진다면 그 모든 것들을 잃게 되니까 우선 전쟁에 이기는 일에 집중해야 돼.

그렇지만 전쟁이 끝나면 네가 믿지 않는 것은 버릴 수 있어. 네가 믿지 않는 것도 엄청나게 많지만 진정으로 믿는 것도 엄청나게 많아.

그리고 또 한 가지, 어떤 사람을 사랑하는 문제와 관련해서는 절대 농담을 하지 마. 사랑한다는 것, 이거야말로 아무에게나 찾아오는 행운이 아니야. 너도 지금까지 한 번도 가져 보지 못했다가 이제 간신히 얻게 되었잖아. 마리아와 함께 누릴 수 있었던 것, 그것이 오늘과 내일까지만 계속될 수 있는 것이든, 평생 동안 지속되는 것이든, 사람에게 일어나는 일 중에서 가장 중요한 사건은 사랑이야. 물론 자신들이 소유하지 못했기 때문에 그런 건 이 세상에 존재하지 않는다고 말하는 사람은 어느 시대에나 있었어. 하지만 넌 그것을 소유하고 있어. 그걸 자신 있게 말할 수 있어. 그렇기 때문에 넌 내일 죽을지라도 운이 좋은 사내인 거야.

죽는 얘기는 그만 집어치워. 그가 자신에게 말했다. 우린 그런 얘기 안 해. 그건 우리의 친구들인 무정부주의자들이 즐겨 말하는 거야. 언제나 상황이 나쁘게 돌아가면 그들은 불을 지르고 죽고 싶어 하지. 그들은 좀 이상한 정신을 가지고 있어. 아주 이상한 정신을 말이야. 역전의 용사인 우리는 오늘 이 하루를 잘 견디고 있어. 이제 거의 오후 3시가 다 되었구나. 조만간 음식을 가지고 오겠는걸, 하고 그는 생각했다. 적들은 계속 귀머거리 영감 쪽에 총격을 퍼붓고 있었다. 그건 적들이 그를 포위하고 지원군을 기다린다는 뜻이었다. 물론 밤이 되기 전에 병력을 지원받아야 하겠지만.

귀머거리 영감이 있는 곳은 어떻게 되었을까? 지금 살아 있지만 시간이 지나면 언젠가 우리들에게도 닥칠 일이다. 영감 쪽에서 끔찍한 상황이 벌어지고 있는 건 분명하다. 어젯밤 말을 훔치러 간 일은 영감을 난처한 지경에 빠뜨렸다. 이런 경우 스페인 사람들은 뭐라고 하더라? *Un callejón sin salida*(출구 없는 통행로). 나라면 그 상황을 멋지게 감당할 수 있을 것 같아. 딱 한 번 부딪치면 되고 곧 끝날 거니까. 하지만 포위당해 항복할 수도 있는 그런 전투에서 한번 싸워 본다는 것은 정말 멋진 일이 아닐까? *Estamos copados*(우린 포위당했다). 이건 이 전쟁에서 공포의 울부짖음이 되었다. 그다음

단계는 총에 맞아 죽는 것이다. 운이 좋아 총살 전에 모욕적인 일을 겪지 않고 말이다. 귀머거리 영감에게 그런 행운이 있을 것 같지 않아. 놈들 역시 그때가 되면 그런 행운을 얻지 못하겠지만.

3시가 되자 저 멀리서 웅웅거리는 소리가 들려왔다. 하늘을 바라보니 비행기가 몇 대가 날아오고 있었다.

27

엘 소르도는 산꼭대기 위에서 싸우고 있었다. 그는 이 산이 마음에 들지 않았다. 처음 이 산을 보았을 때 마치 염증으로 툭 불거진 환부(患部) 같다고 생각했다. 그러나 이 산에서 싸우는 도리 외엔 다른 방법이 없었으므로 이 산이 겨우 보일 만한 거리에서부터 이곳을 향해 달려왔다. 영감의 어깨에는 자동 소총이 무겁게 걸려 있었다. 수류탄을 담은 자루와 자동 소총의 클립이 영감의 양쪽 다리에 부딪치며 계속 흔들거렸다. 영감을 태운 말은 헉헉대며 몸통이 들쑥날쑥하는 게 보일 정도로 숨 가쁘게 뛰었다. 그 사이 호아킨과 이그나시오는 영감에게 총을 설치할 시간을 벌어 주기 위해 중간 중간 멈추어 쏘면서 여기까지 왔다.

그때까지도 산에는 눈이 남아 있었다. 그들을 파멸로 몰아간 몹쓸 놈의 눈. 영감의 말은 총에 맞아 펄쩍 뛰어올랐다가 빛나는 분수처럼 치솟는 눈발을 일으키면서 간신히 비틀비틀 산꼭대기까지 올라왔다. 여기까지 말을 데리고 오느라고 영감은 말고삐를 어깨에 걸고서 힘껏 잡아당기며 헐떡거리는 말을 끌어 올리다시피 했다. 총알은 쉴 새 없이 바위를 때렸고 영감은 무거운 자루 두 개를 지고 그 사이를 빠져 기어오르느라 죽을 맛이었다. 그러다 영감은 마침 적당한 곳에서 말갈기를 붙들고 재빨리, 기술적으로, 그리고 살며시 말을 쏘았다. 영감의 생각대로 말은 곤두박질쳐서 두 바위 사이의 틈새에 처박혔다. 영감은 말 등 너머로 총을 쏠 수 있도록 서둘러 총을 설치한 다음 두 개의 클립 안에 있는 총알을 다 쐈다. 요란한 총소리와 함께 빈 탄피가 눈밭에 흩어져 쌓였고 뜨겁게 달아오른 총구 때문에 말가죽이 타면서 털 타는 냄새가 코를 찔렀다. 영감은 산을 올라오려고 하는 적들에게 계속 총알을 퍼부어 그들을 흩어지게 했으나 뒤에서 무엇이 튀어나올지 몰라 내내 등골이 오싹했다. 마침내 살아남은 다섯 명 모두 산꼭대기로 올라오자 그제야 오싹오싹 죄어들던 등 뒤의 긴장이 풀렸고 필요할 때를 대비해서 남은 탄약을 아껴 두어야겠다고 제법 여유 있는 생각까지 하게 되었다.

산비탈에는 죽은 말이 두 마리 더 있었고 이곳 산꼭대기에 오르고 나서 죽은 말도 셋 있었다. 어젯밤에는 고작 말 세 필을 훔치는 데 성공했으나 그나마 한 마리는 캠프의 말 울타리에서 안장 없이 타려고 하자 펄쩍펄쩍 뛰어올라 달아나 버렸다. 첫 총탄이 날아오기 시작한 것은 바로 그때였다.

산꼭대기까지 오르는 데 성공한 다섯 사람 중 셋은 부상당한 상황이었다. 귀머거리 영감 소르도는 장딴지와 왼쪽 팔두 군데를 다쳤다. 그는 목이 무척 탔고 상처 입은 곳은 통증으로 뻣뻣하게 마비되었으며 왼쪽 팔에 입은 상처 한 군데는 참기 힘들 정도로 고통스럽게 쑤셨다. 거기다 지독한 두통까지 겹쳐 영감은 누운 채 비행기가 오기를 기다리면서도 〈아스피린을 먹느니 죽어 버리는 편이 두통에 더 잘 들을 것이다〉라는 스페인 농담을 떠올렸다. 그러나 고통 때문에 소리 내어 말하지는 못했다. 지독한 두통과 팔을 움직일 때마다 솟는 구역질에 쓴웃음을 지으면서 그는 살아남은 부하들을 둘러보았다.

곁에 있던 부하들은 다섯 꼭짓점으로 된 별 모양으로 흩어져 있었다. 그들은 무릎과 손으로 흙을 파내어 머리와 어깨 앞쪽에다 흙과 돌멩이를 쌓아 방어물을 만들었다. 각자 앞에 방어물을 만들고 나자 그들은 돌과 진흙으로 각각의 방어물을 하나로 연결했다. 열여덟 살 호아킨은 철모로 땅을 파내고 그 안에다 흙을 담아 나르고 있었다.

철모는 기차 폭파 사건 때 주운 것이었다. 철모에는 총구멍이 하나 나 있었는데 모두들 그런 모자를 계속 쓰고 다니는 호아킨을 놀려 댔다. 그러나 호아킨은 톱니처럼 삐죽삐죽한 총구멍을 망치로 두들겨 매끈하게 고르고 나무 마개를 끼워 넣어 잘 다듬는 등, 그 모자에 여간 정성을 들이는 게 아니었다.

총격이 시작되었을 때 호아킨은 그 난리 통 속에서 이 철모를 너무 재빨리 뒤집어쓴 바람에 그 충격으로 머리가 마치 냄비로 한 대 얻어맞은 것처럼 얼얼했다. 그의 말은 마지막 고비를 올라올 때 죽었다. 그 요란한 총성 속에서 호아킨의 가슴은 찢어질 듯 아팠으며 다리는 얼얼하게 휘청거리고, 입은 바짝 타고, 철모는 엄청난 무게로 머리를 누르며 쇠줄로 얽어매는 듯이 그의 터질 듯한 이마를 죄어들었다. 그러나 그런 상황에서도 호아킨은 결코 모자를 벗으려 하지 않았다. 지금 그는 이 철모를 가지고 열심히 기계처럼 규칙적으로 땅을 팠다. 그는 아직 총상은 입지 않았다.

「그 모자가 결국 한몫하는구나.」소르도가 목구멍 속에서 웅얼거리는 그렁그렁한 소리로 호아킨에게 말했다.

「굴하지 말고 보루를 지키는 것은 승리하는 것이다.」공포에 질려 있는 호아킨은 보통 싸움터에서 맛볼 수 있는 갈증보다 한결 더한 갈증으로 입이 뻣뻣해져 있으면서도 간신히 말했다. 그가 한 말은 공산당의 선전 문구 중 하나였다.

소르도는 시선을 옮겨 주위를 둘러보다가 비탈 아래의 바위 뒤에 숨어 총격을 하는 기병 쪽을 보았다. 영감은 호아킨을 무척 아끼고 있었지만 그가 말한 선전 문구에 공감할 기분은 아니었다.

「뭐라고 말했어?」

방어물을 만들고 있던 부하 한 명이 고개를 돌려 물었다. 이 사내는 턱을 땅에 괴고 납작하게 엎드린 채 조심조심 손을 뻗어 돌을 하나씩 방어물 위에 쌓아 올렸다.

호아킨은 잠시도 땅 파는 일을 멈추지 않고 소년티가 나는 바싹 메마른 목소리로 다시 그 선전 문구를 되풀이했다.

「맨 나중에 한 말이 뭐였지?」여전히 턱을 땅에 괸 채 그 사내가 물었다.

「〈승리하는 것이다〉.」호아킨이 다시 말했다.

「똥 같은 소리.」땅에 턱을 괸 사내가 말했다.

「지금의 우리에게 잘 어울리는 선전 문구가 또 하나 있지.」마치 은밀한 부적을 꺼내듯이 호아킨이 말했다. 「파시오나리아[6]는 〈무릎을 꿇어 굴복하며 사느니 차라리 꼿꼿이 서서

6 Dolores Ibárruri Gómez(1895~1989). 스페인 공산당의 사무총장. 〈라 파시오나리아La Pasionaria〉로 더 잘 알려져 있다. 스페인 내전 때 공화파의 지도자였다.

죽는 편이 낫다〉라고 했지.」

「또다시 똥 같은 소리.」 그 사내가 다시 비꼬자 다른 사내가 어깨 너머로 말했다. 「우린 무릎을 꿇고 있는 게 아니라 배를 땅에 대고 있어.」

「이봐, 공산당원. 너 알아? 내란이 시작되고 나서 너의 고귀하신 파시오나리아가 너만 한 나이의 아들을 소련에 피신시켜 두었다는 거 말이야.」

「그건 거짓말이야.」 호아킨이 발끈해서 말했다.

「뭐라고? 거짓말은 뭐가 거짓말이야? 그 희한한 이름을 가진 다이너마이트 전문가한테 들었는데. 그 사람도 너희 당이라고. 같은 당인데 뭐 하러 그 사람이 그런 거짓말을 꾸며대겠어?」

「거짓말이라니까. 그 여잔 전쟁 따위가 겁나서 아들을 러시아로 피신시킬 사람이 아니라고.」 호아킨이 말했다.

「나도 지금 소련에나 있으면 좋겠다. 이봐, 빨갱이. 너의 거룩하신 파시오나리아가 날 소련으로 보내 주시지 않을까 몰라?」 또 한 부하가 끼어들었다.

「그 정도로 대단한 파시오나리아를 믿는다면 우리를 이 산에서 탈출시켜 달라고 그 여자에게 부탁해 보시지그래.」 허벅지에다 붕대를 멘 사내가 말했다.

「젠장맞을 파시스트들이나 그렇게 해주겠지.」 흙구덩이 속에다 턱을 대고 있는 사내가 말했다.

「그런 식으로 말하지 말아 줘.」 호아킨이 턱을 괸 사내에게 말했다.

「엄마 젖 빠는 소리는 이제 관두고 네 모자로 흙이나 가득 퍼서 이리 좀 줘. 우리 중 아무도 오늘 밤 해 떨어지는 걸 보지 못할 거야.」턱을 땅에 괸 사내가 말했다.

엘 소르도는 생각했다. 아무리 봐도 이 산은 부풀어 오른 환부 같군. 어찌 보면 아직 젖꼭지도 안 오른 처녀 젖가슴 같기도 하고. 또 원추형 화산 꼭대기하고도 닮았어. 넌 아직 한 번도 화산을 본 적이 없잖아. 그는 혼자 중얼거렸다. 앞으로도 화산을 볼 기회는 없을지도 몰라. 어쨌든 이 산은 염증으로 부푼 환부 같아. 화산 따위에 대한 생각은 집어치우자. 이미 너무 늦었어.

그는 죽은 말의 어깨뼈 사이로 불룩 솟아오른 부분을 유심히 훑어보았다. 때마침 비탈을 따라 한참 아래쪽에 있는 바위 뒤에서 짧게 총탄이 터져 나왔는가 싶더니 경기관총 탄알이 말에 푹푹 박히는 소리가 들렸다. 그는 말 뒤로 기어가서 말 엉덩이와 바위 사이로 내다보았다. 그가 있는 곳 바로 아래의 산비탈에는 시체 세 구가 있었다. 파시스트들이 자동소총과 경기관총으로 무장하고 산꼭대기를 향해 들이닥쳤을 때 소르도와 부하들이 수류탄을 던지고 돌을 굴리고 하면서 공격을 저지하는 과정에서 죽은 사람들이었다. 여기서 보이지는 않지만 반대편 산등성이에도 시체들이 있었다. 주변의 지형으로 보아 적들이 소르도 일당의 눈을 피해 산꼭대기로 올라올 수는 없었으므로 영감은 탄약과 수류탄이 떨어지지 않는 한, 또 최소한 네 명의 병력만 유지된다면 적들이 박격포라도 가지고 오지 않는 이상, 자신을 이곳에서 끌어내릴 수 없다는 것을 잘 알았다. 그는 저들이 라 그란하에서 박격포를 가지고 왔는지 아직 가져오지 않았는지 그것까진 알지 못했다. 하지만 이제 곧 비행기들이 나타날 것이므로 박격포는 가져오지 않을 것이라고 그는 생각했다. 정찰기가 머리 위로 지나간 게 벌써 네 시간 전이었다.

이 산은 아무리 봐도 부풀어 오른 상처 같군. 소르도는 다시 산을 둘러보며 생각했다. 그럼 우리는 상처에 박힌 고름이겠군. 우린 이미 꽤 많은 사람들을 죽였어. 놈들이 아까 멍청한 짓을 했을 때 말이야. 그 멍청한 놈들은 어떻게 그런 식으로 우릴 죽일 수 있다고 생각했을까? 현대식 무기를 가졌다고 아마 자만심으로 정신이 나갔던 모양이야. 소르도는 아까 돌격을 지휘하던 젊은 장교 한 명을 수류탄으로 죽였다. 그가 던진 수류탄이 반쯤 몸을 굽히고 산꼭대기로 뛰어 올라오던 적들 쪽으로 굴러 내려가 터졌던 것이다. 수류탄이 터지면서 황색 섬광과 희뿌연 연기가 터져 올랐고 그 속에서 적군의 장교가 지금 누워 있는 곳으로 푹 곤두박질쳤다. 영감은 그 현장을 목격했다. 죽은 장교는 헌 누더기처럼 무겁게 축 늘어져 적이 돌격해 온 최전선 지점을 가리켰다. 소르도는 시체에서 눈을 돌려 그보다 아래쪽에 있는 다른 시체들도 보았다.

저들은 용감했지만 결국 어리석었어, 하고 그는 생각했다. 하지만 이젠 제정신이 돌아왔는지 비행대가 올 때까지 공격하지 않을 모양이었다. 아니면 박격포가 오기를 기다리고 있을지도 모르지. 만약 박격포가 있다면 그들로서는 문제가 훨씬 쉬워지는 셈이다. 박격포는 흔한 무기이고 그것만 있으면 적들은 쉽게 소르도 일당을 전멸시킬 수 있을 것이다. 그러나 비행대가 올 것을 생각하니, 소르도는 옷뿐 아니라 피부 껍질까지도 다 벗겨진 채 이 산꼭대기에 벌거숭이로 세워진 듯한 끔찍한 기분이 들었다. 이보다 더 알몸뚱이일 수는 없을 거라고 그는 생각했다. 껍질이 벗겨진 토끼도 지금의 우리와 비교해 보면 곰 껍질을 뒤집어쓴 정도로 훨씬 처지가 나을 것이다. 그런데 적들이 굳이 비행대를 부를 필요가 있을까? 박격포만 가지고도 그들은 쉽게 우릴 해치울 수 있지 않은가. 어쩌면 자랑 삼아 비행대를 불렀을지도 모르지. 최신 자동 무기를 믿고 그토록 멍청하게 설쳐 댔던 것을 보면 이번에는 또 비행대를 자랑하고 싶어 할 만하지. 아니야, 틀림없이 박격포도 가지러 갔을 거다.

부하 중 한 사람이 총을 쏘았다. 그리고 재빨리 노리쇠를 잡아당겨 다시 발사했다.

「탄약을 아껴야 돼.」 소르도가 말했다.

「빌어먹을 갈보 새끼 한 놈이 저 바위로 올라오려고 했다고요.」 총을 쐈던 사내가 손가락으로 가리켰다.

「그래, 그놈을 맞혔나?」 소르도가 힘겹게 고개를 돌리면서 물었다.

「아뇨. 그 죽일 놈이 몸을 쏙 수그려 버렸거든요.」 그 사내가 말했다.

「갈보 중의 갈보는 필라르야. 그 여편네는 우리가 여기서 죽어 가는 걸 알고 있어.」 진흙 속에 턱을 박은 사내가 말했다.

「그 여잔들 어쩌겠나. 알고 있다고 해도 뭘 어떻게 하겠어?」 영감이 말했다. 그 사내가 잘 들리는 귀 쪽에서 말했기 때문에 영감은 고개를 돌리지 않고도 말소리를 똑똑히 들을 수 있었다.

「적 후방에서 저 빌어먹을 놈들을 덮칠 수 있잖아요.」

「허튼소리. 저들은 언덕배기 여기저기에 흩어져 있다고. 어떻게 그 여자가 덮칠 수 있겠어? 150명은 족히 될 텐데, 아니, 지금은 그보다 더 많겠지.」 소르도가 말했다.

「제발 어두워질 때까지만이라도 버틸 수 있다면…….」호 아킨이 말했다.

「쳇, 차라리 크리스마스와 부활절이 같은 날에 오게 해달라고 빌지.」땅에 턱을 박은 사내가 말했다.

「아무렴. 네 엄마가 불알만 가지고 있다면 네 아빠가 될 수 있다고 하는 것과도 같은 말이지. 너의 고귀하신 파시오나리아를 부르지그래. 그녀만이 우리를 구원할 수 있으리로다.」또 다른 사내가 말했다.

「어쨌든 난 그분의 아들에 대한 소문은 믿을 수 없어. 설사 소련에 있는 게 사실이라 해도 조종사 훈련을 받거나 뭐 그런 특별한 이유가 있을 테지.」호아킨이 말했다.

「그놈의 아들인지 뭔지는 피신 간 거라니까. 그놈은 변증법을 공부하고 있다고. 너의 파시오나리아도 그곳에 가 있었지. 리스테르도 모데스토도 마찬가지야. 그 괴상한 이름을 가진 친구가 그렇게 말해 줬어.」처음 이 말을 꺼냈던 사내가 말했다.

「만일 그렇다 해도 거기서 공부하고 돌아와 우리를 도울 생각일 거야.」호아킨이 말했다.

「그래? 그래서 지금 그 사람들이 우리를 도우러 오느냐고?」 또 한 사람이 말했다. 그는 총을 쏘면서 말을 계속했다.

「소련에 있는 그 덜떨어진 사기꾼 녀석들이 지금 당장 우리를 도우러 와야 하는 거 아냐? 제기랄, 왜 이런 거야. 또 놓쳤군.」

「탄약을 아껴. 그리고 말을 너무 많이 하지 마. 그러다간 금세 목이 마를 테니까. 이 산에는 물이 없다고.」소르도가 말했다.

「이걸 좀 드세요. 이걸로 목 좀 축이셔야겠어요. 상처 때문에 무척 목이 마르실 거예요.」 총을 쏘던 사내가 소르도 쪽으로 굴러가듯 다가가 어깨에 메고 있던 술 부대를 꺼내 영감에게 주면서 말했다.

「자네들이나 나눠 마시게.」 소르도가 말했다.

「정 그러시면 제가 먼저 조금 마시죠.」 술 부대를 가지고 온 부하가 말하고는 길게 술을 들이마셨다. 그러고 가죽 술 부대를 돌렸다.

「소르도, 비행기는 언제 올까요?」 땅에 턱을 처박고 있는 사내가 물었다.

「언제라도 올 수 있지. 실은 오려면 이미 왔어야 해.」 소르도가 말했다.

「저 창녀의 자식 놈들이 다시 공격해 올까요?」

「비행대가 오지 않는다면야 그러겠지.」

소르도는 박격포에 대해서는 말할 필요가 없을 거라고 생각했다. 곧 박격포가 나타나면 그때 알게 되더라도 늦지 않을 것이었다.

「어제 본 바로 놈들에겐 비행기가 많은 것 같아요.」

「너무 많다고 할 수 있지.」 소르도가 대꾸했다.

그는 몹시 심한 두통을 느꼈고 팔은 통증으로 뻣뻣해져서 움직일 때마다 견디기 힘들 지경이었다. 그는 아프지 않은 팔로 가죽 술 부대를 들어 올리면서 눈부시게 푸르고 높은 초여름의 하늘을 올려다보았다. 소르도는 쉰둘이라는 그의 나이를 떠올리면서 이게 그가 볼 수 있는 마지막 하늘일 거라고 생각했다

죽음이 두렵지는 않았다. 하지만 단지 피할 도리 없이 이

산에 갇혀서 죽어 가고 있다는 사실에 화가 났다. 만일 여길 빠져나갈 수만 있다면. 그는 생각했다. 놈들을 저 기다란 골짜기로 처넣을 수 있다면, 저 도로를 가로질러 포위망을 뚫고 넘어갈 수만 있다면 모든 게 잘될 텐데, 하고 그는 생각했다. 그러나 이 빌어먹을 환부 같은 산! 어쨌든 이곳에 갇힌 이상 이 산을 될 수 있는 한 잘 이용해야만 한다. 여태까진 그럭저럭 잘해 오고 있다.

만약 역사상 얼마나 많은 사람들이 산을 죽음의 장소로 삼았던가를 소르도가 알았더라도 그게 그에게 어떤 위안이 되진 못했을 것이다. 죽음을 눈앞에 둔 인간이 비슷한 상황 속에 있는 다른 사람들의 일까지 떠올린다는 것은 하루아침에 과부가 된 여자가 다른 여자들의 남편도 죽어 가고 있다는 것을 떠올리는 것만큼이나 힘든 일일 것이다. 죽음에 대한 두려움을 가진 사람이든 갖지 않은 사람이든 자신의 죽음에 처하면 그 사실을 받아들이기 힘겨운 법이다. 영감은 죽음을 받아들이고 있지만 쉰둘의 나이에도 죽음을 받아들이는 일이 수월하지만은 않은 것임을 새삼 느꼈다. 더구나 세 군데나 부상을 입고 이렇게 산꼭대기에 갇혀 있는 상황에서야 더 말할 나위가 없었다.

혼자 마음속으로 이런저런 죽음에 관한 것들을 농담 삼아 생각하다가 영감은 하늘을 쳐다보고 다시 먼 산을 바라보고 술 한 모금을 삼켰다. 마시고 싶어 마신 것은 아니었다. 사람이 꼭 죽어야 한다면(그래, 분명히 그건 피하지 못할 사실이다) 나도 죽을 수 있다. 하지만 죽는 건 싫다.

그에게 있어 죽음이란 하찮은 일에 불과했고 마음속에 두려움도 없었다. 그러나 언덕 한 귀퉁이에서 바람에 흔들리고 있는 날 알갱이도 살아 있다. 하늘의 매는 어떤가. 탈곡장 옆에 놓인 흙으로 만든 물동이도 날 알갱이와 왕겨 가루를 뒤집어쓴 채 살아 있다. 이 두 다리를 받치고 있는 말도 살아 있고 한쪽 다리로 누르고 있는 카빈총도, 산도, 계곡도, 나무들이 늘어선 개울도, 저 멀리 보이는 골짜기 귀퉁이도, 먼 산도 모두 살아 있지 않은가.

소르도는 술병을 부하에게 넘겨주면서 고개를 까딱해 고맙다는 표시를 했다. 그러고는 몸을 앞으로 숙여 자동 소총으로 껍질이 탄 죽은 말의 어깨를 토닥거려 주었다. 아직도 털가죽 타는 냄새가 났다. 그는 머리 위로 옆으로 총알이 빗발치는 그 난리 통에 떨고 있던 이 말을 끌고 왔을 때의 일을 떠올렸다. 양쪽 귀와 두 눈을 연결하는 교차점 사이를 교묘히 쐈지. 총에 맞아 말이 푹 쓰러지자 소르도는 따뜻하고 축축한 말 뒤에 숨어 적이 산을 타고 올라올 동안 총을 쏠 채비를 했다.

「너는 정말 대단한 말이었어.」 그는 말을 쓰다듬으면서 말했다.

엘 소르도는 자세를 고치면서 다치지 않은 팔을 괴고 누워 하늘을 보았다. 그가 누운 곳에는 빈 탄피가 널브러져 있긴 했지만 바위가 그의 머리를 가려 주고 있었고 몸은 말 등으로 가려져 있었다. 그의 상처는 점점 더 심하게 아려 왔고 고통 때문에 움직이는 것조차 감당하기 힘들었다.

「왜 그러세요, 영감?」 옆에 있던 사내가 물었다.

「아무것도 아닐세. 그냥 좀 쉬고 있는 중이야.」

「눈 좀 붙이세요. 그놈들이 오면 어차피 깨게 되겠죠, 뭐.」 또 다른 사람이 말했다.

바로 그때 비탈 아래에 있던 적병들 중 누군가가 소리를 질렀다.

「이봐! 잘 들어라! 지금 당장 항복해라. 안 그러면 비행기가 네놈들을 산산조각 내고 말 테니까.」 그 목소리는 가장 가까운 자동 소총이 놓여 있는 바위 뒤에서 들려왔다.

「뭐라고 하는 거야?」 소르도가 물었다.

호아킨이 영감에게 대답해 주었다. 그는 한쪽으로 굴러 다시 총대 뒤에 몸을 고정시켰다.

「아마 비행대가 당장은 오지 않을 모양이다. 놈들에게 대꾸하지 말고 발사하지도 마. 놈들이 다시 공격해 오도록 만들 수 있을 테니까.」

「좀 욕해 주는 건 나쁘지 않겠죠?」 호아킨에게 파시오나리아의 아들이 소련에 가 있다고 말했던 사내가 영감에게 물었다.

「안 돼. 그 큰 권총 이리 줘봐. 또 큰 권총 가진 사람?」

「여기 있어요.」

「이리 주게.」

쭈그리고 앉아서 영감은 9밀리미터 스타 대형 권총을 받아 죽은 말 옆의 땅을 향해 한 발 쏘았다. 그러고는 잠시 기다렸다가 다시 띄엄띄엄 불규칙한 간격으로 네 발 더 쏘았다. 그다음 예순을 세면서 기다렸다가 죽은 말에 대고 정확하게 마지막 한 발을 쏘았다. 영감은 씨익 웃고는 권총을 다시 주인에게 돌려주었다.

「다시 장전해. 모두들 입을 다물어. 아무도 총을 쏴선 안 돼.」 그는 낮은 소리로 속삭였다.

「산적 놈들아!」 바위 뒤에서 아까의 그 목소리가 외쳤다.

산 위에 있는 사람들은 아무도 대답하지 않았다.

「산적 놈들아! 당장 항복하지 않으면 다 날려 버릴 테다.」

「저놈들, 걸려들었어.」 소르도가 즐겁다는 듯이 속삭였다.

그가 보니 바위 꼭대기로 어떤 사람의 머리가 조금 올라오는 것이 보였다. 산꼭대기에선 아무도 총을 쏘지 않았고 그 머리는 다시 쏙 들어갔다. 영감은 잠시 기다렸다가 내다보았으나 아무 반응도 없었다. 소르도는 머리를 돌려 각자 맡은 구역을 감시하는 부하들을 내려다보았다. 그가 바라보자 그들은 다들 머리를 저었다.

「아무도 움직이지 마.」 그가 속삭였다.

「야, 이 후레자식들아!」 다시 바위 뒤에서 소리가 났다. 「빨갱이 돼지들! 에미하고나 붙어먹을 놈들! 애비의 정액이나 빨아먹고 사는 놈들아!」

소르도는 빙그레 웃었다. 그는 잘 들리는 귀를 소리 나는 쪽으로 대 꽥꽥거리는 욕지거리를 다 들을 수 있었다. 이건 아스피린보다 훨씬 효과적인걸, 하고 그는 생각했다. 몇 놈이나 해치울 수 있을까? 놈들이 아무려면 그렇게 바보일 리는 없을 텐데?

목소리는 다시 끊어졌고 아무런 움직임도 나타나지 않았다. 최소한 3분 정도는 잠잠해졌다 싶더니 비탈 아래쪽으로 90미터쯤 떨어진 바위 뒤에서 소리 지르던 사내가 모습을 드러내고 총을 쏘기 시작했다. 총알이 바위에 부딪히고 쉭 소리를 내면서 귓전을 스치기도 했다. 그때 영감은 허리를 굽힌 적병 하나가 자동 소총이 설치되어 있는 바위 뒤에서 뛰어나오는 것을 보았다. 그는 훤히 뚫린 공터를 가로질러 아까 총을 쏘아 댔던 놈이 있는 바위 뒤로 숨었다.

영감은 주위를 둘러보았다. 부하들이 반대쪽 산비탈에서는 아무 움직임이 없다고 손짓해 보였다. 영감은 만족한 듯이 빙그레 웃고 머리를 흔들었다. 이건 아스피린보다 열 배는 나은걸, 하고 그는 생각했다. 그는 사냥꾼만이 느낄 수 있는 쾌감을 맛보며 기다렸다.

비탈 아래에선 조금 전 바위로 몸을 숨겼던 적병이 동료 저격병에게 말하고 있었다.

「자넨 저놈들이 모두 죽었다고 보나?」

「글쎄요.」 저격병이 답했다.

「가능한 얘기야. 놈들은 포위됐어. 죽기를 기다리는 수밖에 없지.」 말한 사람은 부대를 지휘하는 장교였다.

저격병은 아무 말도 하지 않았다.

「어떻게 생각하나?」 장교가 물었다.

「잘 모르겠습니다.」 저격병이 말했다.

「권총 소리가 난 뒤에 아무 움직임도 보지 못했나?」

「못 봤습니다.」

장교는 손목시계를 들여다보았다. 3시 10분 전이었다.

「비행대가 올 시간이 한 시간이나 지났는데.」 장교가 말했다. 바로 그때 또 한 사람의 장교가 바위 뒤에서 뛰어 들어왔다. 저격병은 그에게 자리를 마련해 주기 위해 옆으로 비켜났다.

「이봐, 파코. 어떻게 생각해?」 첫 번째 장교가 말했다.

지금 막 들어온 장교는 자동 소총이 있는 곳에서 냅다 달려왔기 때문에 숨을 가쁘게 몰아쉬고 있었다.

「이건 놈들이 꾀를 부리고 있는 거야.」 그가 말했다.

「하지만 그렇지 않을 수도 있잖아? 여기서 멍하니 앉아 죽어 가는 놈들을 둘러싸고만 있다니 우습지 않아?」

「우린 이미 더 우스운 짓도 저질렀어. 저 비탈을 보라고.」 두 번째 장교가 말했다.

그는 시체들이 널려 있는 비탈에서부터 산꼭대기 부근까지 올려다보았다. 산꼭대기의 방어선 주위에는 여기저기 흩어진 바위, 죽어 나자빠진 소르도가 타던 말의 배와 쑥 삐져 나온 다리, 흙을 파서 쌓아 올린 새 진흙 방어물 등이 보였다.

「박격포는 어떻게 된 거야?」 두 번째 장교가 물었다.

「틀림없이 한 시간 안으로 올 거야.」

「그럼 계속 기다려 보기로 하지. 이미 멍청한 짓은 저지를 만큼 저질렀다고.」

「산적 놈들아!」

첫 번째 장교가 별안간 일어서서 목을 빼고 소리 질렀다. 똑바로 서서 보니 산꼭대기가 훨씬 가깝게 보였다. 그는 계속 고함을 질러 댔다.

「이 빨갱이 돼지들! 겁쟁이들!」

두 번째 장교는 저격병을 보고 고개를 절레절레 저었다. 저격병은 고개를 돌렸으나 그의 입술은 굳게 다물어져 있었다.

첫 번째 장교는 여전히 서서 머리를 바위 위로 훤히 드러내 놓고 권총 자루를 잡고 있었다. 그는 계속 산꼭대기에 대고 욕을 퍼부었다. 그러나 아무 반응도 없었다. 그러자 그는 바위 뒤에서 완전히 빠져나와 산꼭대기를 바라보고 섰다.

「쏘라고, 이 겁쟁이들아. 살아 있다면 쏴봐. 난 갈보 년의 배에서 나온 빨갱이 새끼들은 조금도 두렵지 않다고.」 그가 외쳤다.

마지막 말은 상당히 긴 말이어서 그 말을 마친 장교의 얼굴은 숨 가쁜 듯 벌겋게 달아올라 있었다.

두 번째 장교는 마르고 햇볕에 그은 얼굴을 하고 있었는데 차분한 눈과 얇고 긴 입술, 퀭하니 마른 볼에다 구레나룻도 기르고 있었다. 그는 다시 고개를 저었다. 첫 번째 돌격을 명령한 것은 바로 지금 소리를 지른 장교였다. 비탈 중턱에 죽어 있는 젊은 장교는 두 번째 장교인 파코 베렌도의 가장 가까운 친구였다. 베렌도 중위는 흥분에 차서 소리 지르는 대위를 보고 있었다.

「저놈들이 내 누이와 어머니를 죽인 돼지 새끼들이라고.」 대위는 말했다. 그는 불그스름한 낯빛을 한 금발의 사내였는데 영국인같이 콧수염을 길렀고 눈은 좀 사팔뜨기 같았다. 그는 엷은 푸른색 눈에 눈썹도 옅었다. 이 눈을 바라보는 사람은 쉽게 초점이 잡힐 것 같지 않은 눈이라는 생각이 들 것이다. 그는 계속해서 〈빨갱이들〉, 〈겁쟁이들〉이라고 소리 지르면서 다시 욕설을 퍼부어 댔다.

이제 그는 완전히 몸을 드러내고 서서 조심스레 조준한 다음 산꼭대기에 있는 영감의 죽은 말에 대고 총을 쐈다. 달리 표적이 될 만한 것이 없었던 것이다. 총알은 말이 있는 곳에서 15야드 떨어진 아래쪽에 맞더니 진흙을 튀기며 튕겨 나갔다. 대위는 다시 한 발 쏘았다. 총알은 바위에 맞더니 소리를 내며 튀어나갔다.

대위는 산꼭대기를 올려다보며 서 있었다. 베렌도 중위는 꼭대기 바로 아래 쓰러져 있는 친구의 시체를 보았다. 저격병은 자기 아래를 내려다보았다가 고개를 들어 대위를 올려다보았다.

「산 위에는 한 놈도 살아 있지 않아.」 대위가 말했다.

「너! 올라가서 살펴보고 와.」그는 저격병에게 말했다.

저격병은 고개를 떨구고 아무 말도 하지 않았다.

「내 말 안 들리나?」대위가 저격병에게 소리를 질렀다.

「들립니다, 대위님.」저격병은 대위를 보지 않고 말했다.

「그럼 어서 올라가서 보고 와. 이봐, 안 들려?」

대위는 아직도 권총을 쥐고 서 있었다.

「그럼 왜 당장 올라가지 않는 거야?」

「올라가고 싶지 않습니다, 대위님.」

「못 올라간다고?」대위는 권총을 저격병의 등에 들이댔다.「못하겠단 말이지?」

「무섭습니다, 대위님.」저격병이 용기를 내어 말했다.

베렌도 중위는 대위의 얼굴과 그의 눈에 서린 묘한 표정을 읽고서 그가 저격병을 쏠 결심을 하고 있다는 것을 알아차렸다.

「모라 대위.」그가 말했다.

「베렌도 중위, 말하게.」

「이 병사의 말을 꼭 나무랄 수만은 없을 것 같네.」

「무섭다고 말하는 것이 정당하다는 뜻인가? 그래서 명령에 복종하지 않아도 아무렇지도 않은 거라고?」

「아니, 그런 뜻이 아냐. 그가 놈들이 술수를 쓰는 중이라고 말한 게 옳다는 뜻이지.」

「놈들은 모두 죽었어. 그들이 모두 죽었다고 하는 말을 못 알아듣겠나?」대위가 말했다.

「비탈에서 몰살당한 우리 편을 얘기하는 거야? 그 얘기라면 나도 동감일세.」베렌도가 말했다.

「파코, 어리석은 소리 하지 마. 자네 혼자만 죽은 훌리안을 가엾게 여긴다고 착각하지 말게. 내 다시 말하지. 저 빨갱이 놈들은 모두 죽었어. 보라고!」 대위가 말했다. 그는 일어서서 양손을 바위에 대고 훌쩍 몸을 추켜올려 바위 위에 섰다. 「쏴라, 쏴! 죽여 보라고!」

대위가 잿빛 화강암 바위 위에 서서 양팔을 내흔들며 소리쳤다.

산꼭대기에 있던 소르도는 죽은 말 뒤에 누워 미소 지었다.

참 한심한 놈들이군, 하고 그는 생각했다. 그는 다친 팔이 울려서 욱신거리자 터져 나오는 웃음을 참으려고 애썼다.

「빨갱이 놈들아! 이 시뻘건 개새끼들아, 쏴봐, 어서 날 죽여 보라고!」 비탈 밑에서 계속 고함 소리가 들려왔다.

소르도는 웃음 때문에 가슴이 흔들거리는 가운데 말 궁둥이 너머로 바위 위에서 팔을 흔들고 있는 대위를 보았다. 또한 장교는 바위 곁에 서 있었고 저격병은 반대편에 서 있었다. 그는 거기서 눈을 떼지 않고 유쾌한 듯이 머리를 흔들었다.

「쏴봐! 날 죽여 보라고!」

소르도는 대위가 한 말을 나직이 흉내내 보았다. 다시 웃음이 터져 나왔다. 웃음 때문에 팔이 쑤셨고 웃을 때마다 머리가 터질 듯 아팠다. 그러나 그는 참지 못하고 다시 웃었다.

모라 대위가 바위 위에서 내려왔다.

「자, 이제 내 말을 믿을 수 있겠나, 파코?」 그는 베렌도 중위에게 물었다.

「아니, 믿을 수 없네.」 중위가 말했다.

「빌어먹을! 온통 멍청이와 겁쟁이들뿐이군.」 대위가 말했다.

저격병은 눈치를 살피다 다시 바위 뒤로 숨었고 베렌도 중위도 그 옆에 쭈그리고 앉았다.

대위는 바위 옆의 공터에서 산꼭대기 쪽으로 욕지거리를 해대기 시작했다. 그러고 보면 스페인어만큼 상스러운 말도 없었다. 영어에 있는 상스러운 말은 다 있고, 종교의 존엄성 못지않게 신성 모독이 만연한 촌구석에서나 쓰이는 욕과 상스러운 표현도 있었다. 베렌도 중위는 독실한 가톨릭 신자였다. 저격병도 마찬가지였다. 이 두 사람은 모두 나바라 출신의 카를로스 당원들이었고 어쩌다 화를 참지 못해 욕지거리나 신을 모독하는 말을 내뱉은 경우가 있긴 해도 나중에는 반드시 참회하는 사람들이었다.

지금 두 사람은 바위 뒤에 웅크리고 앉아 대위를 보며 그가 하는 말을 들었지만 마음은 대위가 하는 말이나 대위로부터 점점 멀어져 가고 있었다. 그들은 오늘처럼 죽을지도 모르는 날에 대위가 내뱉고 있는 욕지거리 따위를 정말로 귀에 담고 싶지 않았다. 저렇게 말한다고 해서 나아지는 것은 아무것도 없는데, 하고 저격병은 생각했다. 성모님의 말을 저런 식으로 하다니 큰 벌을 받고 말 거야. 이 대위는 저 빨갱이들보다도 더 험한 말을 해대고 있어.

훌리안은 죽었다. 베렌도 중위는 생각했다. 오늘 같은 날, 저 언덕 위에 죽어 있다. 그리고 저 더러운 입은 저기에 저러고 서서 신을 모독하는 지독한 말로 더 심한 불행을 초래하고 있다.

이제 대위는 소리치기를 멈추고 베렌도 중위 쪽으로 돌아섰다. 그의 눈은 그전보다도 더 이상해 보였다.

「파코, 자네와 내가 저 위로 올라가세.」 그가 의기양양하게 말했다.

「난 가지 않겠네.」

「뭐라고?」 대위는 다시 권총을 들이댔다.

툭하면 권총을 들이대는 이자가 싫다. 베렌도는 생각했다. 도무지 총을 갖다 대지 않고 명령하는 법이 없잖아. 이런 놈들은 아마 화장실에 갈 때도 총을 빼들고 자기 엉덩이에 명령을 할 작자들이지.

「명령이라면 따라가겠네. 하지만 항의를 할 수는 있다는 조건을 달기로 하지.」

베렌도 중위가 대위에게 말했다.

「그렇다면 나 혼자 가겠네. 겁쟁이들의 냄새가 역겨울 정도로 코를 찌르는군.」 대위가 말했다.

대위는 오른손에 권총을 들고 비탈을 타고 올라가기 시작했다. 베렌도와 저격병은 그를 바라보았다. 대위는 몸을 가릴 생각도 하지 않고 똑바로 앞에 있는 바위와 죽은 말과 산꼭대기에 있는 새로 쌓은 진흙 방어물만 보며 걸어갔다.

귀머거리 영감은 말 뒤의 바위 귀퉁이에 기대고 누워 대위가 꼭대기로 다가오는 것을 지켜보았다.

겨우 한 놈뿐이로군. 영감은 생각했다. 고작 한 놈 걸려들었어. 하지만 말투로 봐선 거물임에 틀림없다. 걸어오고 있는 저놈 꼴 좀 봐. 꼭 짐승 같군. 똑바로 앞으로 걸어오는 것 좀 봐. 이놈은 내 몫이다. 저승길에 동행하게 생겼군. 지금 걸어오는 저놈은 나와 똑같이 저승길로 성큼성큼 다가서고 있는 꼴이지. 와라, 저승길의 길동무여. 뚜벅뚜벅 걸어서 어서 와봐. 똑바로 와. 죽음을 향해 어서 와봐. 어서, 계속 걸어. 늦장부리지 말고. 똑바로 걸어와. 오던 대로 쭉. 멈춰 서서 쓸데없는 것들이나 보지 말고. 그래그래, 내려다보지도 말란 말이야. 눈을 똑바로 앞에 두고 계속 와. 어라, 콧수염이 있군, 길동무. 대위다. 옷소매를 좀 봐. 내가 말했지, 거물일 거라고. 영국 사람 같은 얼굴이군. 봐. 불그스름한 얼굴에 금발, 푸른 눈. 모자도 쓰지 않고 수염은 노란색이고, 사팔뜨기 같은 눈은 옅은 푸른색이야. 초점도 잘 잡히지 않는 옅은 푸른 눈. 굉장히 가까워졌잖아. 아주 가까워. 좋아, 잘 왔네, 친구. 이걸 받게.

자동 소총의 방아쇠를 살며시 당기자 다리 세 개가 붙은 자동 소총이 반동으로 심하게 흔들리면서 영감의 어깨에 세 번 부딪혔다.

대위는 얼굴을 땅에 박고 쓰러졌다. 왼쪽 팔이 그의 몸에 깔렸다. 권총을 쥐고 있던 오른팔은 그의 머리 쪽을 향해 앞으로 쭉 뻗었다. 비탈 아래 있던 적들은 일제히 산꼭대기를 향해 총을 쏴대기 시작했다.

바위 뒤에 웅크리고 있던 베렌도 중위는 저 총알을 뚫고라도 공터를 지나가야겠다고 생각하고 있었는데, 마침 산꼭대기에서 소르도가 쉰 듯한 거친 목소리로 말하는 소리가 들려왔다.

「산적 놈들아! 산적 놈들아! 날 쏴! 날 죽여 봐!」 소르도가 죽은 대위를 흉내 내며 소리쳤다.

산꼭대기에서 소르도는 자동 소총 뒤에 누워 가슴이 쑤시고 머리가 터질 정도로 웃었다.

「산적 놈들아!」 그는 다시 유쾌하게 소리쳤다. 「날 죽여 줘, 이 산적 놈들아!」

소르도는 즐거운 듯 머리를 흔들어 댔다. 이미 많은 저승길 동무를 확보해 놨구나, 하고 그는 생각했다.

그는 또 한 명의 장교가 바위 뒤에서 나올 때를 틈타 자동 소총을 쏘려고 겨누고 있었다. 곧 그는 바위 뒤에서 나올 수밖에 없을 것이다. 영감은 그 장교가 바위 뒤에 숨어서 지휘할 수는 없다는 것을 잘 알았고 바로 그 기회를 이용해서 그를 없애야 한다고 생각했다.

바로 그때 산에 있던 다른 사람들은 비행대의 굉음을 들었다.

소르도는 그 소리를 듣지 못했다. 그는 바위 끝에 자동 소총을 조준해 두고 계속 장교를 죽일 방법을 궁리하고 있었다. 내가 그를 볼 때 이미 그는 뛰고 있는 중일 테니까 주의하지 않으면 놓치고 말 거야. 저쪽 방어물까지 뛰어가는 동안 언제라도 그놈의 뒤에 대고 총을 쏠 수 있어. 그가 가는 방향으로 그보다 앞질러 총을 돌려놓을 수 있을 거야. 아니면 그놈이 마음대로 뛰어가도록 내버려 두고 총을 훨씬 앞질러 세워 놓았다가 쏠 수도 있어. 될 수 있으면 저기 바위 끝에서 그를 겨누고 그의 앞쪽으로 총을 돌리자. 그때 누가 영감의 어깨에 손을 대는 걸 느끼고 영감은 고개를 돌렸다. 창백하게 겁에 질린 호아킨의 얼굴이 보였고 이어 영감은 그가 가리키는 쪽을 보았다. 비행기 석 대가 날아오고 있었다.

바로 이때 베렌도 중위는 바위 뒤에서 뛰어나와 머리를 숙이고 껑충껑충 뛰면서 비탈을 타고 자동 소총이 설치되어 있는 바위 은신처로 달려갔다.

비행기를 보느라고 소르도는 중위를 보지 못했다.

「이걸 끌어 내리게 도와 줘.」

소르도가 호아킨에게 말하자 청년은 바위와 말 사이에 설치되어 있는 자동 소총을 끌어 내렸다.

비행기는 유유히 날아오고 있었다. 사다리꼴 모양을 하고 날아오는 비행대가 매초마다 커지면서 굉음도 커져 갔다.

「저놈들을 쏠 수 있게 등을 대고 누워. 날아오는 앞쪽을 겨누고 쏴.」소르도가 말했다.

그는 한순간도 눈을 떼지 않고 비행기들을 쳐다보았다.

「빌어먹을 놈들! 더러운 갈보 새끼들!」그가 빠르게 말했다.

「이그나시오! 이 아이 어깨에 총을 대줘. 너 말이야!」이어 호아킨에게 말했다. 「거기 앉아서 움직이지 마. 몸을 숙이고. 더. 안 돼, 더 숙여.」

그는 등을 대고 바로 누워 자동 소총으로 유유히 날아오는 비행기들을 조준했다.

「이봐, 이그나시오. 삼각대를 꼭 잡아 줘.」청년의 어깨에 걸린 자동 소총은 몸이 움직일 때마다 흔들거렸다. 호아킨은 겁에 질려 꼼짝없이 머리를 숙이고 웅크렸지만 비행기의 굉음이 가까워지자 움직이지 않을 수 없었다.

납작하게 배를 대고 엎드려서 하늘을 올려다보며 비행기를 보고 있던 이그나시오는 두 손으로 삼각 다리를 모아 총이 움직이지 않도록 했다.

「머리 숙여. 앞으로 머리 숙이라니까.」이그나시오가 호아킨에게 말했다.

「파시오나리아가 말하길, 무릎을 꿇고 사는 것보단…….」

호아킨은 폭음이 들려오는 중에도 혼자 중얼거렸다. 그러다 갑자기 말을 바꿔 전혀 다른 소리를 또 해대기 시작했다.

「오, 거룩하신 성모 마리아여, 주께서 당신과 함께 하시나이다. 오, 모든 여자 중에서 가장 축복받은 마리아 님, 당신의 몸에서 나신 예수님께 축복을. 거룩하신 마리아여, 주의 어머니 되시는 분이여, 지금 죽음을 눈앞에 둔 우리 죄인들을 위해 기도해 주시옵소서, 아멘. 거룩하신 마리아 님, 주의 성모님이시여……」 호아킨은 굉음 소리가 요란하게 들려오자 얼른 생각을 더듬어 그 소리와 경주라도 하듯이 더욱 빠르게 참회의 기도를 올리기 시작했다. 「오, 나의 주님. 저의 모든 사랑을 다해야 하는 당신께 지은 죄를 진실로 참회하나이다.」

그 순간 쉴 새 없는 총탄 소리가 그의 귓전을 때렸고 그의 어깨에 걸려 있는 총은 뜨겁게 달아올랐다. 다시 망치로 두들기는 듯한 소리를 내며 연신 총탄이 터졌고 호아킨은 총에서 뿜어 나오는 열기로 귀가 먹어 버렸다. 이그나시오가 삼각대를 꼭 붙잡고 있어 총의 열기가 호아킨의 등을 태우는 것 같았다. 다시 자동 소총이 불을 뿜었고 호아킨은 참회의 기도를 기억해 낼 수 없었다.

그가 기억해 낼 수 있는 부분은 우리가 죽을 때와 아멘뿐이었다. 우리가 죽을 때와 아멘. 우리가 죽을 때와 아멘. 우리가 죽을 때와 아멘. 우리가 죽을 때와 아멘. 나머지 사람들은 모두 총을 쏘고 있었다. 이제와 우리가 죽을 때, 아멘.

바로 그때 빗발치는 총탄 속에서 마치 공기를 두 쪽으로 가르는 듯한 날카로운 쇳소리가 나더니 그가 무릎을 대고 있는 땅이 들썩거리고 파도가 지나가는 듯 땅이 솟아올랐다. 이어 진흙과 바위 조각이 일제히 그의 얼굴을 때리며 쏟아져 내렸다. 이그나시오는 호아킨 위로 푹 쓰러졌고 자동 소총도 호아킨을 덮치며 쓰러졌다. 그러나 아직 죽지는 않았다. 휘파람 소리 같은 날카로운 소리가 나고 다시 그의 밑에 있는 땅이 굉음과 함께 들썩거렸다. 그러자 쉭 하는 소리가 터져 나왔고 땅이 그의 배 밑에서 움직이더니 산 한 귀퉁이가 하늘로 날아 오르다가 호아킨이 누워 있는 곳으로 천천히 떨어져 내렸다.

비행기들은 세 번이나 연거푸 산꼭대기를 폭격했지만 산꼭대기에 있던 사람들은 아무도 그걸 몰랐다. 폭격을 마친 비행기들은 산꼭대기에 기총 소사를 퍼붓고는 날아가 버렸다. 그들이 마지막으로 기관총을 쏘기 위해 산꼭대기 쪽으로 하강했을 때 선두에 있던 비행기는 그대로 날아올라가 버렸고 이어 차례차례 다른 비행기들도 똑같이 날아올라 V 자 모양을 이루며 세고비아 쪽으로 날아가 버렸다.

베렌도 중위는 계속 산꼭대기를 향해 무차별 사격을 가하면서 정찰병 한 명을 시켜 꼭대기 쪽으로 수류탄을 던지기에 안성맞춤인 폭격 구덩이로 가게 했다. 정찰병은 꼭대기에 생존자가 있을 거라고 보지 않았으므로 죽은 말, 깨지고 부서진 바위들, 흩어지고 파헤쳐진 진흙으로 엉망진창이 된 꼭대기를 향해 수류탄을 네 개 연속 던졌다. 그러고는 살펴보기 위해 폭격 구덩이를 빠져나와 꼭대기로 올라갔다.

호아킨을 빼고는 살아남은 자가 아무도 없었다. 그는 죽은 이그나시오 밑에 의식을 잃고 깔려 있었다. 귀와 코에선 피가 흘러 나왔다. 그는 갑자기 지독한 포화 한가운데 내던져졌으므로 무슨 일이 벌어졌는지 아무것도 알지 못했고 의식도 감각도 없었다. 폭탄 하나가 그의 바로 곁에서 터지고 난 뒤부터는 숨도 제대로 쉬지 못했다. 베렌도 중위는 십자가를 긋고 재빨리 그리고 부드럽게 호아킨의 뒤통수를 쐈다. 귀머거리 영감이 부상당한 말을 쏠 때와 같이.

베렌도 중위는 산꼭대기에 서서 비탈 아래쪽을 내려다보았다. 전우들의 시체가 보였고 엘 소르도 일당을 쫓기 위해

가로질러 온 산과 들이 보였다. 그는 자기 부대가 남긴 모든 흔적을 훑어보고는 주인 잃은 말들을 데려와 시체들을 실어라 그란하까지 운반하도록 했다.

「이것도 가져가게. 자동 소총에 손을 얹고 있는 놈 말이야. 그놈이 소르도겠지. 가장 나이 많고, 총을 쏜 것도 그놈이었을 거야. 아니, 머리를 잘라 내 판초에 싸.」 그는 잠시 생각하다가 이렇게 말했다. 「모두 모가지만 잘라서 가져가자. 저 아래 비탈에 있는 놈들도, 최초로 놈들을 본 장소에 죽어 있는 놈들도 모두 모가지를 잘라. 소총과 권총도 모아. 그 자동 소총은 말에 매게.」

명령을 내리고 나서 중위는 첫 돌격 때 숨진 중위가 누워 있는 곳으로 내려갔다. 그는 시체를 내려다보았으나 만지지는 않았다.

「전쟁이란 정말 나쁜 것이로구나.」 그는 혼자 중얼거렸다.

그는 다시 십자가를 긋고 비탈을 내려오기 시작했다. 그는 동료의 안식을 빌면서 주기도문과 성모송을 다섯 번 되풀이하여 외웠다. 그는 현장에 머물러 그의 명령이 집행되는 것을 감시하고 싶지 않았다.

28

비행기가 돌아간 후 로버트 조던은 프리미티보와 함께 사격 소리를 들었고 그의 심장은 그 소리에 놀라 다시 뛰는 것 같았다. 구름 같은 연기가 고지대의 제일 멀리 보이는 능선 위로 피어올랐고 비행기는 점점 멀어져 하늘에 떠 있는 검은 점처럼 보였다.

놈들은 아마 빌어먹을 제 편 기병대 놈들을 박살 내고 소르도 일당은 손대지 못했을 거야. 저 망할 비행기들이 우리를 죽일 것처럼 겁주긴 했지만, 그리 쉽게 죽이진 못할 거라고, 하고 로버트 조던이 혼잣말로 중얼거렸다.

「전투가 계속되고 있어.」 프리미티보가 요란한 사격 소리에 귀를 기울이면서 말했다. 그는 폭탄이 터질 때마다 움찔움찔 놀라며 바싹 마른 입술을 빨았다.

「물론이지. 비행기 따위론 사람 하나 죽이지 못해.」 로버트 조던이 말했다.

그런데 갑자기 사격 소리가 뚝 그치고 아무 소리도 들리지 않았다. 바로 그 순간 권총 한 발이 호아킨의 뒤통수를 맞혔다. 그러나 베렌도 중위의 권총 소리가 이곳까지 들릴 수는 없었다.

처음 총성이 멈췄을 때까지만 해도 로버트 조던은 별다른 생각을 하지 않았다. 그러나 침묵이 계속되자 그의 가슴이 서늘해지면서 공허한 느낌이 스며들기 시작했다. 그때 수류탄이 연달아 터지는 소리가 들렸고 한동안 그의 가슴은 고동쳤다. 다시 침묵이 시작되었고 고요함은 그칠 줄 몰랐다. 비로소 그는 모든 게 다 끝나 버렸다는 것을 알아차렸다.

잠시 후 마리아가 캠프 쪽에서 음식을 가지고 올라왔다. 버섯을 넣고 끓인 토끼 요리, 빵, 가죽 병에 담은 술 그리고 양철 접시 네 개와 컵 두 개, 숟가락 네 개 등이었다. 그녀는 자동 소총이 있는 곳에 멈춰 서서 아구스틴과, 안셀모와 교대한 엘라디오에게 수프를 떠주고 빵을 꺼내 놓았다. 그리고 병마개를 뽑아 술도 따라 주었다.

로버트 조던은 어깨에 빵 자루를 메고 한 손에 들통을 들고 짧은 머리를 햇볕에 반사시키면서 유연하게 감시 초소를 올라오는 마리아를 바라보았다. 그는 내려가서 들통을 받아 들고 그녀가 초소 앞의 바위로 올라서는 것을 도와주었다.

「비행기가 무슨 짓을 한 거죠?」 그녀가 놀란 눈빛으로 물었다.

「소르도를 폭격했어.」

그는 들통을 열고 수프를 한 접시 펐다.

「아직도 싸우고 있는 거예요?」

「아니, 다 끝났어.」

「아.」 그녀는 입술을 깨물며 신음 소리를 내고는 멀리 산과 들이 있는 쪽을 내다보았다.

「먹고 싶지 않군.」 프리미티보가 말했다.

「억지로라도 먹어 둬야 해.」 로버트 조던이 그에게 말했다.

「음식이 목구멍에 넘어가질 않아.」

「이걸 먼저 한 모금 마셔 보게.」 로버트 조던은 그에게 술병을 건네주었다. 「그러면 좀 먹을 수 있을 거야.」

「영감 생각이 나서 못 먹겠네. 자, 자네나 들게. 난 입맛이 없어.」 프리미티보가 말했다.

마리아가 프리미티보에게 다가가서 그의 목을 끌어안고 입 맞추며 말했다.

「아저씨, 어서 드세요. 모두들 자기 몸을 돌보지 않으면 안 돼요.」

프리미티보는 그녀에게서 얼굴을 돌렸다. 그는 술병을 집어 들고 고개를 젖혀 술을 쭉 들이켰다. 그러고는 수프를 퍼서 먹기 시작했다.

로버트 조던은 마리아를 바라보며 고개를 내저었다. 그녀는 곁에 앉아 팔로 그의 어깨를 감쌌다. 두 사람 모두 서로의 심정을 잘 알고 있었다. 로버트 조던은 토끼 요리를 먹고 천천히 버섯 맛을 음미했다. 마지막으로 술까지 마시고 난 뒤 그는 입을 다물었다.

「여기 있고 싶으면 계속 있어도 좋아, 예쁜이.」 그는 음식을 다 먹고 나서 잠시 후에 입을 열었다.

「아뇨, 필라르에게 가봐야 해요.」 그녀가 말했다.

「여기 있어도 괜찮아. 당장 무슨 일이 생길 것 같진 않으니까.」

「아뇨, 필라르에게 가봐야 해요. 뭘 배우고 있는 중이거든요.」

「뭘 가르쳐 주는데?」

「그냥 제게 뭘 좀 가르쳐 주고 있어요.」마리아가 싱긋 웃으며 그에게 키스했다. 그녀는 얼굴을 붉히며 말을 이었다. 「종교에 대한 강의 들어 본 적 없으세요? 지금 배우고 있는 것도 뭐 그런 거예요.」마리아는 잠시 말을 끊었다가 다시 얼굴을 붉히며 말했다. 「좀 다르긴 하지만.」

「그럼 어서 배우러 가야겠군.」그가 말하며 그녀의 머리를 쓰다듬어 주었다. 그녀는 다시 그를 향해 미소 짓다가 프리미티보에게 말했다. 「뭐 필요한 거 없으세요? 제가 갖다 드릴게요.」

「없어, 아가씨.」그가 대답했다. 그는 아직도 기분이 나아지지 않은 모양이었다.

「그럼, 안녕, 아저씨.」그녀가 그에게 말했다.

「이봐, 들어 봐. 난 죽는 게 두렵진 않아. 하지만 영감 일당을 그렇게 죽도록 내버려 두다니…….」프리미티보의 말끝이 흐려졌다.

「어쩔 수 없는 상황이었소.」로버트 조던이 말했다.

「나도 알아. 하지만 그래도 참을 수가 없어.」

「어쩔 수 없는 일이었소. 그리고 지금은 그 일에 대해 말하지 않는 편이 낫겠어.」

로버트 조던이 다시 같은 말을 되풀이했다.

「그래, 나도 그렇게 생각하네. 하지만 우린 전혀 그들을 돕지 못했고 그들은 그렇게 적막하게…….」

「더 이상 말하지 않는 편이 좋아. 그리고 예쁜이, 어서 수업받으러 가야지.」로버트 조던이 말했다.

그는 마리아가 바위 사이로 내려가는 것을 지켜보았다. 그리고 고지대 쪽을 보며 한참 생각에 잠긴 채 앉아 있었다.

프리미티보가 뭐라고 말했으나 그는 대답하지 않았다. 햇볕이 뜨거웠으나 그는 더위에도 아랑곳하지 않고 산비탈과 가장 높은 산꼭대기까지 뻗어 있는 솔밭을 보며 앉아 있었다. 족히 한 시간은 지난 것 같았다. 이제 해는 그의 왼쪽으로 꽤 많이 기울어졌다. 바로 그때 그는 망원경으로 비탈을 넘어오는 적들을 보았다.

가장 선두에 선 기마병 둘이 높은 산의 길고 푸른 비탈에 나타났을 때는 말이 아주 조그맣게 보였다. 뒤이어 기마병 넷이 넓은 들판에 띄엄띄엄 흩어져서 내려오는 것이 보였고 곧 두 줄로 나란히 정렬한 기마대가 망원경에 똑똑히 잡혔다. 로버트 조던의 겨드랑이에는 어느덧 땀이 괴어 옆구리를 타고 흘러내렸다. 선두에는 지휘자인 듯한 사람이 한 명 보였다. 그 뒤로 점점 많은 기마병이 보이더니 안장에 짐을 실은 말이 보였다. 이어 말을 탄 사람 둘이 보이고 그 뒤로 말에 실린 부상자들이 걷는 사람들의 부축을 받으며 내려왔다. 마지막으로 또 많은 수의 기마병이 보였다.

로버트 조던은 그들이 산비탈을 내려와 나무숲으로 사라질 때까지 눈을 떼지 않고 노려보았다. 거리가 멀었기 때문에 외투에 싸여 질질 끌리게 말안장에 매달린 불룩불룩한 짐 보따리까지는 알아보지 못했다. 그 짐 보따리는 안장에 걸쳐져서 양쪽 끝이 가죽끈으로 묶여 있었다. 안장 위에는 이 짐 보따리와 나란히 소르도의 자동 소총이 보란 듯이 매여 있었다.

선두에서 말을 타고 가는 베렌도 중위는 대열의 측면에서 앞쪽으로 쑥 비어져 나온 위치에 있었다. 그는 어떤 자랑스러움도 느끼지 못했다. 다만 작전이 끝난 뒤에 덮쳐 오는 공허함만을 느낄 뿐이었다. 그는 생각했다. 놈들의 모가지를 자르라고 했던 건 야만적인 짓이었어. 하지만 증거와 신원 확인이 필요해. 나는 이렇게 일을 처리한 것만으로도 충분히 고통을 당했다. 하지만 누가 알겠는가? 이 모가지들은 그들을 기쁘게 할지도 모른다. 이런 것을 좋아하는 자들도 있으니까. 부르고스까지 보내질지도 몰라. 어쨌든 야만스러운 짓이다. 비행기가 너무 많았어. 대단해. 대단한 비행기들. 박격포가 있었더라면 비행기 없이도 멋지게 해냈을 텐데. 노새 두 필에 포탄을 싣고 한 필의 안장 양쪽으로 박격포를 실었으면 되었을 거다. 그랬더라면 우리가 훌륭한 부대임을 증명할 수 있었을 텐데. 이만한 자동 화기도 갖고 있으니까. 그리고 또 노새 한 필. 아니, 두 필은 있어야 탄알을 운반할 수 있지……. 집어치우자. 그는 계속 혼자 중얼거렸다. 그렇게 되면 기마대도 아니게? 그만두자. 자기 멋대로 군대를 조직하고 있군. 다음엔 산악용 대포까지 갖다 붙이겠어.

베렌도 중위는 산에서 죽은 훌리안을 생각했다. 그는 지금 죽어서 저기 첫 대열의 말에 실려 있다. 어둠침침한 솔밭으로 들어서면서 중위는 훌리안을 위해 다시 기도하기 시작했다.

「오, 거룩하고 자비로운 성모 마리아여. 우리의 생명이고 우리의 기쁨이며 희망이신 성모 마리아여. 당신께 한숨으로 고하나이다. 비통과 애도의 울부짖음으로 이 눈물의 계곡에서 당신을 부르옵니다…….」

그는 기도를 계속했다. 떨어진 솔잎을 밟는 말발굽 소리가 나직하게 들렸다. 나무 사이로 비쳐 오는 햇살은 성당의 기둥 사이로 비쳐 들어오는 성스러운 햇빛처럼 고요히 숲을 적시고 있었다. 그는 기도를 올리면서 숲 사이로 진군하는 측면의 군대를 보았다.

그는 숲에서 벗어나 라 그란하로 가는 황톳길로 접어들었다. 말이 걸으면서 일으키는 먼지가 사람들을 뿌옇게 덮어씌웠다. 얼굴을 아래로 축 늘어뜨린 채 안장에 매달려 있는 죽은 자들도 뿌옇게 흙먼지를 뒤집어썼다. 부상자들도, 그리고 부상자 곁에서 걸어가는 사람들도 온통 먼지투성이였다.

바로 이 지점에서 안셀모는 먼지를 뒤집어쓰고 지나가는 적들을 보았다.

그는 죽은 사람과 부상자의 수를 세어 보았고, 소르도의 자동 소총을 알아보았다. 그러나 담요 같은 외투에 싸여 말 옆구리에 툭툭 채이면서 실려 가는 짐 보따리가 무엇인지는 알 수 없었다. 하지만 돌아오는 길에 소르도가 싸웠던 컴컴한 산에 올라선 순간 문득 아까 보았던 그 둘둘 말린 긴 꾸러미 속에 무엇이 들어 있었는지 알게 되었다. 어둠 속이라 이 산꼭대기에 누구누구가 있었는지는 알아볼 수 없었다. 거기 쓰러져 있는 사람의 수를 세어 보고 안셀모는 파블로의 캠프를 향해 급히 길을 재촉했다.

어둠 속에서 혼자 걸어가며 노인은 폭격이 남기고 간 구덩이를 밟을 때마다 심장이 얼어붙는 공포에 떨었다. 산꼭대기에서 보았던 처참한 광경과 시체를 떠올리면서, 노인은 내일 일 따위는 생각하지 않으려고 애썼다. 그는 그가 본 것들을 한시바삐 알려 주기 위해 있는 힘을 다해 빨리 걸었다. 그렇게 빨리 걸으면서 소르도와 그 부하들 모두의 영혼을 위해 기도했다. 이 운동이 시작된 이후 처음으로 하는 기도였다.

「더없이 자비로우시고 더없이 상냥하시며 더없이 온유하신 성모 마리아님……」 그는 기도를 올리기 시작했다.

그러나 자꾸 내일 일에 대한 생각이 떠오르는 것은 어쩔 수 없었다. 그래서 그는 생각하기 시작했다. 나는 그 영국 양반이 말하는 대로, 영국 양반이 시키는 대로만 해야지. 오, 주여, 제발 그 사람 가까이 붙어 있게 해주시옵소서. 비행기가 폭격하기 시작하면 도저히 스스로를 감당하지 못할 것만 같습니다. 그리고 그의 명령이 정확하고 틀림없도록 도와주옵소서. 오, 주여, 내일은 제발 이 못난 사람이 사나이답게 최후를 맞이할 수 있도록 굽어살펴 주시옵소서. 내일의 싸움이 얼마나 중요한 것인지 제가 잊지 않도록 도와주소서. 오, 주여, 위험한 순간이 닥치더라도 제멋대로 도망치지 않도록 제게 힘을 주옵소서. 내일은 사나이로서 행동할 수 있게 저를 도우소서. 제발 간곡히 기도드리오니 제 기도를 들어주시옵소서. 너무나 간절한 일이오니, 두 번 다시 이런 청을 드리지 않겠사오니, 제발 저의 기도를 들어주소서.

어둠 속에서 혼자 걷는 동안 기도라도 드리고 나니 한결 기분이 나아졌다. 이대로라면 내일도 훌륭히 행동할 수 있을 거라는 자신감도 생겼다. 고지에서 평지 쪽으로 이어진 내리막길을 걸으면서 그는 다시 소르도 일당을 위해 기도를 드렸다. 어느덧 위쪽 초소에 도달했고 페르난도가 누구냐고 소리치는 것이 들렸다.

「날세. 안셀모야.」 그가 대답했다.

「다행이군요.」 페르난도가 말했다.

「이봐, 소르도 일당이 어떻게 되었는지 아는가?」

안셀모가 페르난도에게 물었다. 두 사람은 어둠 속에서 큰 바위 어귀에 서 있었다.

「왜 모르겠습니까? 파블로가 말해 줬어요.」 페르난도가 말했다.

「그 사람, 저 꼭대기까지 갔다 왔다던가?」

「그럼요. 기병대가 떠나자마자 소르도가 싸우던 산에 갔다 왔답니다.」 페르난도가 기운 없이 말했다.

「그렇다면 들었겠군.」

「죄다 들었지요. 이 천하에 둘도 없는 야만인 같은 파시스트들! 우리는 이 땅에서 그런 야만인들을 모조리 쓸어 없애 버려야 해요.」 페르난도가 문득 말을 끊었다가 다시 침통하게 말했다. 「그놈들은 위엄이라는 걸 전혀 모르는 족속들이에요.」

안셀모는 어둠 속에서 씨익 웃음 지었다. 한 시간 전만 해도 웃는다는 건 상상조차 할 수 없었다. 이 친구는 정말 괜찮은 친구로군, 하고 그는 생각했다.

「그래, 자네 말이 맞아. 우리가 놈들에게 그걸 가르쳐 주자고. 그놈들 비행기며 자동 무기며 탱크며 대포며 몽땅 빼앗고서 놈들에게 위엄이 뭔지 가르쳐 주자고.」 그가 페르난도에게 말했다.

「그래, 바로 그거예요. 당신도 그렇게 생각한다니 기쁘네요.」 페르난도가 말했다.

안셀모는 위엄 있게 서 있는 페르난도를 남겨 두고 동굴 쪽으로 갔다.

29

　안셀모가 동굴 안으로 들어갔을 때 로버트 조던과 파블로는 두꺼운 판자 탁자를 사이에 두고 마주 앉아 있었다. 탁자 한가운데에는 와인이 가득 담긴 그릇이 놓여 있고 술이 담긴 컵 두 개가 두 사람 앞에 각각 놓여 있었다. 로버트 조던은 수첩을 꺼내 들고 연필을 쥐고 있었다. 필라르와 마리아는 동굴 뒤편에 가 있는지 보이지 않았다. 이들의 대화를 듣지 못하도록 필라르가 마리아를 데리고 나갔다는 것을 안셀모는 알 턱이 없었다. 그는 다만 필라르가 여기 없는 것이 이상하다고 생각했다.

　로버트 조던은 고개를 들어 안셀모가 입구에 걸려 있는 담요를 젖히고 안으로 들어오는 것을 보았다. 파블로는 탁자를 뚫어지게 보고 있었다. 그의 시선은 술을 담은 그릇에 고정되었으나 실은 그걸 보고 있는 것이 아니었다.

　「산꼭대기에 들렀다 왔소.」 안셀모가 로버트 조던에게 말했다.

　「파블로가 우리에게 다 말해 줬습니다.」 로버트 조던이 말했다.

「죽은 사람이 여섯 명이었는데 다 목이 잘렸더군. 내가 올라갔을 때는 이미 컴컴해졌을 때였지.」 안셀모가 말했다.

로버트 조던이 고개를 끄덕였다. 파블로는 여전히 술 그릇을 보며 아무 말도 하지 않았다. 그의 얼굴에는 아무 표정도 없었고 조그만 눈은 마치 난생 처음 술그릇을 보는 듯 거기에 고정되어 있었다.

「앉아요.」 로버트 조던이 안셀모에게 말했다.

노인은 탁자 곁에 있는 가죽을 씌운 걸상에 걸터앉았다. 로버트 조던은 탁자 밑으로 손을 넣어 소르도에게 선물로 받은 조그만 위스키 병을 끄집어냈다. 술이 반쯤 남아 있었다. 로버트 조던은 다시 탁자 밑으로 손을 넣어 컵을 찾아내서 술을 따르고는 안셀모 앞으로 밀어 놓았다.

「마셔 보세요, 영감님.」 그가 말했다.

파블로는 이윽고 시선을 옮겨서 술을 마시는 안셀모의 얼굴을 보더니 다시 술 그릇 쪽으로 시선을 돌렸다.

술을 한 모금 넘기자 안셀모는 코와 눈과 입이 한꺼번에 타는 듯 화끈거렸다. 그러나 곧 기분이 좋아지면서 배 속에 뜨듯한 온기가 전해졌다. 그는 손등으로 입을 쓱 닦았다.

그는 로버트 조던을 보면서 말했다. 「한 잔 더 주지 않겠소?」

「아무렴요, 얼마든지 더 드세요.」 로버트 조던은 한 잔 더 따라 주었다.

두 번째 잔을 들이켤 때는 타는 듯한 느낌이 들지 않았지만 온몸이 아까보다 더 뜨듯한 온기로 덮이는 걸 느낄 수 있었다. 피를 많이 흘린 사람에게 염분 주사가 잘 듣듯이 이 술은 그의 영혼에 원기를 회복시켜 주는 듯했다.

노인은 다시 술병을 바라보았다.

「남은 술은 내일 마시도록 하세요. 길에서 뭐 본 거라도 있습니까?」 로버트 조던이 말했다.

「상당히 큰 움직임이 있었소. 당신이 하는 것처럼 나도 본 걸 다 적어 두었소. 나 대신 계속 망을 보도록 어떤 여자에게 부탁해 뒀으니, 곧 또 무슨 소식을 들을 수 있을 거요. 나중에 그 여자한테 가서 알아 오리다.」 안셀모가 말했다.

「대전차용 대포도 봤습니까? 길고 고무 타이어가 달려 있는 거 말입니다.」

「봤지. 화물차가 네 대 지나가는 걸 봤소. 화물차마다 그런 대포가 실려 있었는데 모두 소나무 가지로 가려져 있었고 대포 한 문마다 무장한 사내 여섯 명이 그걸 지키더구먼.」 안셀모가 말했다.

「대포가 넷이라고 했던가요?」 로버트 조던이 다시 물었다.

「그렇소, 넷이었지.」 안셀모는 적어 온 종이를 보지 않고 대답했다.

「그 밖에 또 뭐가 있었는지 말해 보세요.」

안셀모는 그가 길에서 보았던 것을 빠짐없이 말하기 시작했고 로버트 조던은 그가 말하는 것을 적어 내려갔다. 노인은 처음부터 낱낱이, 글을 모르는 사람들이 가진 특유의 기억력으로 말했다. 그의 이야기가 이어지는 동안 파블로는 두 번 더 술 그릇에서 술을 덜어 마셨다.

「엘 소르도가 싸웠던 산에서 내려온 기병대가 라 그란하 쪽으로 가는 것도 봤소.」 안셀모가 계속 말했다.

그는 또한 부상자의 수와 말안장에 매여 있던 사망자의 수도 얘기했다.

「어떤 말에는 뭔지 알 수 없는 짐 꾸러미가 얹혀 있었지.

나중에 그게 잘라 낸 모가지였다는 걸 알게 됐지만.」 그는 쉬지 않고 계속 말했다. 「기병은 1개 중대였소. 살아남은 장교는 단 한 명뿐이었고, 오늘 아침 일찍 당신이 자동 소총 곁에 있을 때 여기 왔던 그 사람은 아니었네. 그 사람은 아마 죽었겠지. 옷소매를 보니까 죽은 사람 중 두 사람은 장교였거든. 둘 다 얼굴을 땅으로 향하고 팔을 덜렁거리면서 말안장에 매여 있더군. 잘린 머리를 실은 말에는 소르도의 자동 소총도 얹혀 있었소. 총이 구부러져 있더군. 그게 내가 본 전부일세.」 안셀모가 말을 마쳤다.

「그 정도면 충분해요. 그런데 영감 말고 전선을 뚫고 공화국 쪽으로 가본 사람이 누가 있습니까?」 로버트 조던이 컵을 술 그릇에 푹 담그면서 말했다.

「안드레스와 엘라디오 형제가 있지.」

「둘 중 누가 더 낫소?」

「그야 안드레스지.」

「그 사람이 여기서 나바세라다까지 가는 데 얼마나 걸릴까요?」

「짐 없이 조심해서 갈 경우, 잘하면 세 시간 정도 걸릴 거요. 우린 짐 때문에 안전을 생각해서 좀 더 먼 길로 돌아온 거였지.」

「그가 틀림없이 해낼 수 있을까요?」

「모르겠소. 틀림없이라는 말은 할 수가 없는 거지.」

「영감도요?」

「나도 마찬가지요.」

이것으로 결정됐군. 로버트 조던은 혼자 생각했다. 만약 노인이 틀림없이 해낼 수 있다고 확답했으면 나는 물론 이 노인을 보냈을 거다.

「안드레스가 영감만큼 잘해 낼 수 있을까요?」

「오히려 더 나을지도 모르지. 훨씬 젊으니까.」

「하지만 이번 일은 조금이라도 어긋나면 안 되는 일입니다.」

「별일 없다면 그곳까지 잘 갈 거요. 또 만약 일이 생긴다면 누가 가도 피할 수 없는 건 마찬가지 아닌가.」

「상황 보고서를 써서 그 사람 편에 보내도록 하겠습니다. 어딜 가면 장군을 만날 수 있는지 그에게 일러 주겠습니다. 틀림없이 사단 사령부에 있을 겁니다.」 로버트 조던이 말했다.

「사단이니 뭐니 설명해 줘도 그가 알아들을 수 있을까 몰라. 나도 항상 뭐가 뭔지 잘 모르겠거든. 장군의 이름과 그가 있는 장소를 똑똑히 일러 줘야 할 거요.」 안셀모가 말했다.

「아까 말한 대로 사단 사령부에 있을 겁니다.」

「그러나 그게 어떤 장소의 이름은 아니잖소?」

「물론 그게 바로 장소지요, 영감. 하지만 장군의 선택에 따라 정해지는 장소지요. 장군이 선택해서 전쟁의 지휘 본부로 이용하는 장소 말입니다.」 로버트 조던이 설명했다.

「그게 대체 어디 있다는 얘기지?」

안셀모는 피곤했고 피곤 때문에 더욱 로버트 조던의 설명을 이해하기가 어려웠다. 여단이니 사단이니 군단이니 하는 말은 좀처럼 알아듣기가 힘들었다. 군대의 조직은 가장 처음에 중대가 있고 그다음에 연대, 그다음이 여단 순서로 되어 있다. 지금은 여단과 사단이 다 있다. 노인은 이런 걸 알지 못했다. 그의 생각으론, 장소는 장소일 따름이다.

「천천히 잘 들어 봐요, 영감.」 로버트 조던이 말했다. 만약 안셀모가 그의 말을 알아듣지 못한다면 안드레스도 알아들지 못할 것이 뻔하다. 「사단 사령부란 사령관인 장군이 지휘 본부를 설치하기 위해 정하는 장소를 말하는 겁니다. 그는 사단을 통솔하는데, 한 사단은 두 여단으로 이루어지죠. 지금 바로 그 사단 사령부가 어디 있는지는 알 수 없습니다. 사령관이 그 장소를 정할 때 옆에 없었기 때문이죠. 아마 어디 동굴이나 참호같이 은밀한 곳에 있을 거고 전화선이 안으로 연결되어 있을 겁니다. 안드레스는 사령관과 사단 사령부가 어디 있는지 물어서 가면 돼요. 그리고 이 보고서를 사령관이나 참모장이나, 내가 이제 쓸 이름을 가진 사람에게 전해 줘야만 합니다. 공격 작전 준비를 위해 정찰 나간 사람이 있을지도 모르지만 그중 한 명은 반드시 안드레스가 찾아간 곳에 있을 겁니다. 이제 알겠습니까?」

「알겠네.」

「그럼 안드레스를 불러오십시오. 지금 보고서를 쓰고 봉인으로 봉해 놓을 테니까.」

그는 안셀모에게 작고 둥근 나무를 댄 고무도장을 꺼내 보여 주었다. 그가 늘 주머니 속에 갖고 다니는 그 도장에는 S.I.M.이라는 글자가 새겨져 있었다. 그는 또 50센트짜리 동전만 한 동그란 주석 뚜껑 속에 있는 도장용 잉크도 꺼냈다.

「이 봉인을 보면 모두들 정중히 대해 줄 겁니다. 어서 가서 안드레스를 데리고 오십시오. 내가 다시 직접 그에게 설명해 줄 테니까. 한시라도 서둘러 가야 하지만, 먼저 안드레스가 내 말을 알아듣는 것이 순서입니다.」

「내가 이해하면 그도 알아들을 테지. 그러나 좀 더 신경 써서 잘 말해 보시게나. 아무래도 난 그 사단이니 참모니 하는 것들을 바로 알아들을 수가 없거든. 난 항상, 예를 들어 어떤 집이라든가 하는 명확한 장소만 찾아갔었다오. 나바세라다에도 사령부가 있는데 그건 오래된 호텔 안에 있고, 과다라마라에 있는 건 정원이 딸린 어떤 집이었소.」

「내가 말하는 이 사령관의 경우엔, 아마 전선 아주 가까운 곳에 있을 겁니다. 공습에 대비해서 어디 지하에 있을 가능성도 크죠. 사령부가 어디 있는지 물어보면 쉽게 알아낼 수 있습니다. 안드레스는 단지 내가 쓴 걸 보여 주기만 하면 돼요. 자, 시간이 없으니 어서 그를 불러오십시오.」

안셀모가 입구에 걸려 있는 담요를 들치며 밖으로 나갔다. 로버트 조던은 그의 수첩에 무언가를 쓰기 시작했다.

「들어 보시오, 영국 양반.」 파블로가 여전히 술 그릇을 보며 말했다.

「난 지금 보고서를 쓰고 있소.」 로버트 조던이 파블로 쪽을 보지 않고 말했다.

「들어 보시오. 오늘 일로 낙심할 필요는 없소. 소르도가 없어도 우리는 충분한 병력을 갖고 있소. 초소를 빼앗고 당신이 그 다리를 폭파하는 데 아무 지장이 없을 만큼은.」

파블로가 마치 술 그릇에다 대고 말하듯이 되풀이했다.

「좋소.」 로버트 조던은 여전히 쓰는 일을 멈추지 않고 말했다.

「충분해. 난 오늘 당신의 판단력에 감탄했어, 영국 양반. 자넨 굉장한 지휘관이야. 나보다 훨씬 나아. 난 자넬 믿어.」

파블로가 술 그릇을 보며 말했다.

로버트 조던은 간결하면서도 분명하게 자신의 뜻을 전하기 위해, 골스에게 보내는 보고서에 온 신경을 쏟는 중이었다. 그는 무슨 일이 있어도 공격은 중지되어야 한다는 것을 알리고, 결코 그가 임무를 두려워해서 공격을 중지시키는 것은 아니라는 것을 간곡히 표현하려고 애썼다. 다만 실제 상황을 본부에서 제대로 파악해 주기를 바라는 그의 뜻을 설득력 있게 표현하느라 고심하느라 파블로의 말에는 거의 귀를 기울이지 않았다.

「영국 양반.」 파블로가 그를 불렀다.

「난 지금 보고서를 쓰는 중이오.」 로버트 조던은 수첩에서 시선을 떼지 않고 대답했다.

두 통을 써서 보내야지. 그는 생각했다. 그러나 그렇게 해서 두 사람이나 보낼 경우 다리를 폭파할 때 병력이 모자랄지도 몰라. 대체 이 공격이 왜 필요한지조차 나는 모르지 않나. 어쩌면 적의 공격을 방어하기 위한 수단일 수도 있겠지. 아니면 적군 병력을 다른 어떤 곳에서 끌어들이기 위한 양동 작전일지도 모른다. 그럴 경우 북쪽 전선에서 적의 비행대를 끌어들이려는 거겠지. 그게 진짜 이유일 수도 있다. 애당초 성공하길 기대하지는 않겠지. 내가 정말 알고 있는 것은 무엇인가? 이건 내가 골스에게 보낼 보고서다. 나는 공격이 시작되기 전에는 다리를 폭파하지 않을 것이다. 내 뜻은 분명하고, 공격이 중지된다면 난 아무것도 폭파하지 않을 것이다. 그렇지만 명령을 집행하는 데 필요한 최소한의 병력은 이곳에 확보해 두어야 한다.

「뭐라고 말했지?」 그가 파블로에게 물었다.

「당신을 믿는다고 말했소, 영국 양반.」 파블로는 여전히 술 그릇을 보며 말했다.

나도 그런 믿음을 갖고 있다면 좋겠군, 친구. 그는 보고서를 계속 써 내려갔다.

30

그날 밤 해둬야 할 일들은 이제 모두 해치웠다. 필요한 명령은 모두 전달되었고, 모두들 내일 아침에 뭘 해야 하는지 잘 알았다. 안드레스는 세 시간 전에 떠났다. 이제 새벽에 폭파 작전이 시작될지 아니면 시작되지 않을지 둘 중 하나다. 나는 시작될 거라고 믿는다. 로버트 조던은 혼자 중얼거렸다. 그는 위쪽 초소에 있는 프리미티보를 만나고 걸어 내려오는 참이었다.

골스는 공격을 실행할 수 있을 뿐, 공격을 취소할 권한은 갖고 있지 않다. 공격 취소 허가는 마드리드에서 내려야 한다. 그러나 마드리드에 가서 이른 새벽부터 사람을 깨우긴 힘들 테고 설령 깨운다 하더라도 너무 졸려서 옳게 생각하기 힘든 시간일 것이다. 적의 공격에 대비하라고 좀 더 빨리 골스에게 알려야 하지 않았을까? 하지만 어떻게 실제 일이 발생하기 전에 그 일에 대해 알릴 수 있단 말인가? 놈들은 어두워지고 나서야 움직이기 시작했다. 그들은 도로에서 일어나는 어떤 움직임도 이쪽 비행기가 발견하지 못하도록 작전을 짰던 것이다. 하지만 그 비행기들은 대체 뭐란 말인가? 그 파시스트 놈들의 비행기는 무얼 뜻하는 것인가?

틀림없이 아군도 비행기를 경계하기 시작했을 것이다. 그러나 파시스트들은 비행기로 과달라하라를 공습할 것처럼 가장하는 것인지도 모른다. 이탈리아군이 북쪽 전선뿐 아니라 소리아와 시구엔사에도 집결하고 있다는 추측이 나돌았다. 그러나 아무리 이탈리아군이라 해도 결정적인 공격을 동시에 두 곳에서 감행할 만한 병력이나 무기는 갖고 있지 않다. 그건 불가능한 일이다. 그저 그러는 척 가장해서 위협하는 양동 작전인 게 분명하다.

하지만 우리는 어느 정도 규모의 이탈리아 병력이 지난달과 그 전달부터 카디스에 상륙했는지 알고 있다. 그러고 보면 그들이 과달라하라를 다시 침공할 가능성은 언제라도 있다. 이번에는 지난번처럼 우둔한 작전이 아니라, 세 부분으로 분산하여 넓게 침공해 내려오고, 점차 세력을 뻗어 철로를 따라 고지대 서쪽으로 진격해 간다는 그럴듯한 작전을 갖고 말이다. 그들에겐 이런 작전을 훌륭히 수행해 낼 방법이 있다. 독일 놈들이 그걸 가르쳐 준 것이다. 하지만 지난번 공격 때 놈들은 많은 실책을 범했다. 그땐 전체적인 작전부터가 영 엉망이었다. 놈들은 마드리드와 발렌시아 사이의 도로를 폭격한 아르간다 공세 때 과달라하라에서 동원되었던 부대를 다시 이용하지 않았다. 그렇다면 충분히 두 공격을 한꺼번에 감행할 수 있었다는 얘긴데 왜 동시에 그 두 대공세를 펼치지 않았을까? 어째서? 무슨 이유로? 휴, 도대체 우린 언제나 그 이유를 알 수 있을까?

반면 우리는 그 양 공격을 모두 같은 부대로 막아 내야만 했다. 그들이 동시에 대공세를 두 곳에서 개시했다면 아군은 절대로 그걸 막아 내지 못했을 것이다……. 괜한 걱정일랑 접어 두자. 그는 스스로 위로했다. 이미 일어난 기적을 보라. 해가 뜨면 다리를 폭파시키든지 전혀 그럴 필요가 없어지든지 둘 중 하나일 뿐이야. 하지만 폭파 안 해도 될 거라는 쪽에 생각이 기울어 스스로를 기만하지는 말자. 어차피 너는 내일이 아니라도 다른 어떤 날 다리를 폭파해야 할 것이다. 혹은 저 아래 계곡의 다리가 아니라 다른 다리를 폭파해야 할지도 모른다. 결정하는 쪽은 네가 아니다. 넌 명령에 따라야 할 뿐이야. 그저 명령에 따르면 돼. 그 이상은 생각할 필요가 없다고.

이 일에 대한 명령은 기다리나마나 뻔하다. 너무 명확하다. 하지만 걱정할 필요도 없고 놀랄 필요도 없다. 왜냐하면 네가 그 흔하고 사치스러운 공포감에 젖어 들게 되면 그 두려움이 너와 함께 일하는 모든 사람들에게까지 전염되고 말 테니까.

하지만 놈들이 소르도 일당의 목을 자른 일은 아무리 생각해도 그냥 참아 넘기기 힘들다. 그는 혼자 중얼거렸다. 소르도가 혼자 산꼭대기에서 적들에게 대항한 일은 어떻고. 너 같으면 감히 그런 식으로 맞설 엄두조차 내지 못했을 거다. 정말 감동적인 일이야, 그렇지 않은가? 그래, 너는 굉장히 감동받았어, 조던. 오늘은 감동받은 일이 한두 가지가 아니야. 어쨌든 오늘 너는 그럭저럭 잘 행동했다. 아직까지는 잘해 내고 있어.

너는 몬태나 대학의 스페인어 강사로 적격이지, 하고 그는 혼자 농담도 했다. 그 점은 믿을 만하지. 하지만 네 자신이 매우 특별한 존재라는 자아도취에 빠져들어선 안 돼. 아직 대단한 역할을 하고 있는 건 아니니까. 두란을 생각해 봐. 군사 훈련이라고는 받아 본 적이 없는 작곡가가 아니었던가. 내전이 터지기 전까지만 해도 거리의 건달에 불과하더니 지금은 어엿한 여단장이 되어 있지. 장기에 흥미를 가진 어린 아이가 장기 두는 법을 배우듯이 두란에게는 작전을 배우고 이해하는 일이 여간 흥미롭고 쉬운 일이 아니었던 거야. 너는 어렸을 때부터 전술에 대한 책도 읽어 왔고 나름대로 연구도 해왔어. 네 할아버지는 어린 네게 미국 남북 전쟁 이야기를 들려주었지. 할아버진 남북 전쟁을 꼭 반란 전쟁이라고 부르긴 했지만. 어쨌든 넌 두란에 비하면 장기를 두는 어린 아이를 상대하는 능숙한 장기 전문가에 조금도 뒤질 게 없지 않은가. 두란 녀석. 그를 다시 한 번 만나 보는 것도 좋을 듯하다. 그는 이 일이 끝난 뒤 게일로드에서 두란을 만나 보는 것이 좋겠다고 생각했다. 그래, 이 일만 끝나면. 그 녀석이 얼마나 잘 행동하고 있는지 곧 알게 될 테지.

이 일이 끝나면 게일로드에서 녀석을 만나도록 하자. 그는 다시 중얼거렸다. 자신을 놀릴 생각일랑 하지 마. 그는 말했다. 너는 모든 일을 빈틈없이 잘해 내야 돼. 냉정해져. 자신을 기만하지 말고. 두란 녀석을 만나 볼 생각 따위는 더 이상 하지 말고. 또 생각해 보면 그건 대수로운 일도 아니다. 더 이상 이런 식으로도 생각하지 말자. 그는 계속 중얼거렸다. 더는 사치스러운 감정의 유희를 즐겨선 안 돼.

그렇다고 영웅인 체하며 체념하는 것도 옳지 않아. 쉽게 운명에 복종하는 사람 따윈 이 산에 단 한 명도 필요 없어. 네 할아버지는 남북 전쟁에서 4년 동안이나 싸우셨는데 너는 이제 겨우 이 전쟁에서 첫해를 보내고 있지 않은가. 아직 네가 겪어야 할 시간은 길고 너는 이 일에 잘 단련되어 있어.

게다가 지금은 마리아도 옆에 있지 않은가. 그래, 넌 모든 걸 가진 거나 다름없어. 아무것도 걱정할 필요가 없다고. 게릴라 일당과 기병대 사이에서 조그만 충돌이 있었을 뿐인데, 그게 뭐 대수로운 일인가? 그건 아무 일도 아니야. 그놈들이 모가지를 잘라 갔다고 해도, 그게 뭐 어쨌단 말인가? 그래서 뭐가 달라졌단 말인가? 아니, 전혀 달라진 게 없어.

전쟁 후 할아버지가 포트 커니 부대에 근무하실 때, 인디언들은 허다하게 사람의 머리 가죽을 벗겨 갔다고 한다. 아버지 사무실에 있던 캐비닛을 기억해 봐. 선반 위에는 화살촉이 여럿 놓여 있었고, 매의 깃이 비스듬히 꽂힌 군대 모자도 벽에 걸려 있었지. 사슴 가죽 타는 냄새가 나던 각반이랑 셔츠랑 구슬이 달린 노루 가죽 장화의 촉감도 기억나지? 캐비닛 구석에 비스듬히 세워져 있던 물소의 뿔과 사냥용 화살과 전투용 화살이 들어 있던 두 개의 화살집 그리고 화살 묶음을 두 손으로 쥐었을 때의 그 느낌, 이런 것이 모두 기억나지?

그런 일들을 자꾸 떠올려 보자. 무언가 구체적이고 실제적인 것들을 기억해 보자. 할아버지의 군도(軍刀)도 있었지. 늘 기름칠을 해서 윤이 나고 반듯이 칼집에 꽂혀 있던 그 군도. 할아버지는 너무 자주 칼을 갈게 해서 칼날이 그만큼 얇아졌다고 말씀해 주시곤 했었지. 할아버지의 스미스웨슨 권총도 떠올려 보자. 장교용 32구경으로 안전장치가 없는 단발식 총이었다. 방아쇠를 당겼을 때 그 느낌이 얼마나 부드럽고 감미로웠던지 여태까지도 잊을 수가 없다. 갈색 총신의 금속과 탄창은 가죽집과의 마찰로 반질반질하게 닳아 있었지만 그것 역시 항상 기름칠을 해서 잘 간수했고 총구도 무척 깨끗했다. 할아버지는 곁에 U.S.라는 글자가 새겨진 가죽

집에 항상 총을 잘 넣어 캐비닛 서랍에 간직해 두셨다. 총구를 소제하는 도구와 2백 발의 탄약도 그 서랍에 함께 들어 있었다. 또 판지로 된 무기 상자들은 잘 봉해져서 밀랍을 먹인 끈으로 단단히 묶여 있었다.

서랍에서 총을 꺼내 볼 수도 있었지.

「마음대로 만져 보렴.」 이게 그때마다 할아버지가 늘 하셨던 말씀이다. 그러나 그것은 할아버지 말에 따르면 〈심각한 무기〉였기 때문에 장난감으로 가지고 놀 수는 없었다.

한번은 할아버지께 그 총으로 사람을 죽인 일이 있느냐고 물었는데, 할아버지가 이렇게 대답하셨다.

「그렇단다.」

그때 넌 또 물었지. 「언제요, 할아버지?」

그러면 할아버지께선 또 대답해 주셨다. 「반란 전쟁 때랑 또 그 뒤에.」

그러면 너는 또 말했다. 「좀 더 자세히 말씀해 주세요, 할아버지.」 너는 보채듯 말했지.

그러면 할아버지는 이렇게 말씀하셨다. 「로버트, 그 얘기는 하고 싶지 않구나.」

그 후 아버지가 바로 그 총으로 자살을 했고, 학교에서 집으로 돌아왔을 때 장례식은 이미 끝나 있었다. 그때 검시관은 몇 마디 신문하듯 물어보고 나서 내게 그 총을 돌려주었다. 그는 말했지. 「보브,[7] 네가 이 총을 간직하고 싶을 거라고 생각한다. 실은 압수해 가야 하지만 네 아버지가 이걸 얼마나 소중히 생각했는지 난 잘 알아. 네 할아버지도 전쟁 내내, 그리고 기병대와 함께 처음 이곳에 나타났을 때도 늘 이걸

7 로버트의 애칭.

몸에 지니고 다니셨지. 지금도 괜찮은 총이긴 해. 오늘 오후 이걸 꺼내다가 성능을 실험해 보았단다. 총알을 많이 쏠 수는 없지만 어쨌든 무언가를 맞히는 데는 아직 아무 문제가 없더구나.」

총을 돌려받은 뒤 로버트 조던은 그 총을 원래 있던 곳에 넣어 두었다. 그러나 그다음 날 그는 다시 총을 꺼내 들고 친구 처브와 함께 레드 로지 너머 고지대 꼭대기까지 냅다 말을 달렸다. 그곳에는 고개 너머 베어 투스 고원을 지나 쿠크 시티로 가는 길이 놓여 있었고, 그날 바람은 매우 약했다. 한여름에도 눈이 녹지 않는 산꼭대기를 보면서 로버트 조던과 처브는 바닥이 보이지 않는 청록색 호숫가에 멈춰 섰다. 처브에게 말 두 마리를 지키도록 해놓고 그는 호숫가의 바위에 올라가 투명한 물에 얼굴을 비춰 보았다. 그러고는 총을 꺼내 빙그르르 돌려 본 다음 물속으로 떨어뜨렸다. 물거품을 내며 물속으로 들어간 총이 점점 작아지더니 마침내 보이지 않게 될 때까지 그는 눈을 떼지 않고 쭉 지켜보았다. 뚫어지게 호수를 들여다보다가 그는 바위에서 내려와 껑충 말안장에 올라타고는 늙은 말 베스의 옆구리를 박차로 힘껏 찼다. 베스는 펄쩍 뛰어올라 흔들거리는 목마처럼 날뛰기 시작했다. 놀란 말이 호숫가를 빙빙 돌다가 겨우 안정되자 그는 아까 왔던 길을 더듬어 내려오기 시작했다.

「그 낡은 총을 네가 왜 그렇게 했는지 난 알아, 보브.」 처브가 그에게 말했다.

「그래, 그렇다면 더 이상 그 얘긴 안 하는 게 좋겠어.」 로버트 조던이 그의 말을 받았다.

그들은 서로 그 일에 관해 아무 말도 하지 않았고 그로써 할아버지가 아끼던 무기는 없어졌다. 이제 남은 건 군도뿐이었다. 그는 그 군도를 트렁크에 담아 다른 짐과 함께 고향 마을 미술라에 두었다.

할아버지가 계셨다면 이 일에 대해 어떻게 생각하셨을까? 모두들 할아버지는 무척 훌륭한 군인이었다고 말했다. 만일 그날 할아버지가 커스터[8]와 함께 있었더라면 커스터 장군이 그런 식으로 궁지에 몰리지는 않았을 거라는 얘기도 있었다. 아침 안개가 짙게 깔린 것도 아니었는데 커스터가 리틀 빅 혼 강 일대의 인디언 부락에서 피어오르는 연기와 먼지를 못 볼 리 있었겠는가? 실제로 안개 따윈 없었다.

할아버지가 지금 여기 나 대신 계신다면 좋겠다. 어쩌면 내일 밤쯤 할아버지뿐만 아니라 아버지까지도 한자리에서 만나게 될지 모를 일이다. 내세라는 것이 정말 있을까? 아니, 난 그런 우스운 것 따윈 믿지 않아. 하지만 정말 할아버지와 얘기해 보고 싶다. 그에게 직접 묻고 싶은 것이 너무나 많아. 지금이라면 나도 할아버지가 했던 일과 같은 종류의 일을 해 온 참이니 그런 것들을 물어볼 자격이 있지 않은가. 지금이라면 내가 이런 것들을 물어도 할아버지는 거리낌 없이 대답해 주실 거다. 전에는 그럴 자격이 내게 없었지. 전엔 또 할아버지가 나를 이해하지 못하셨기 때문에 그런 얘기를 해주지 않으셨다는 것도 잘 안다. 하지만 지금이라면 서로 잘 이해하고 얘기를 주고받을 수 있을 텐데. 지금 할아버지께 알고 싶은 것들을 물어보고 그분의 충고를 얻을 수만 있다면. 아

8 George A. Custer(1839~1876). 남북 전쟁에서 용맹한 장군으로 이름을 날렸으나 종전 이후 수족 인디언과의 리틀 빅 혼 전투에서 작전을 잘못 세워 부대원 전원과 함께 전사했다.

니, 충고를 들을 수 없더라도 그저 얘기만이라도 나눌 수 있다면. 할아버지와 나 사이에 이만큼이나 메우지 못할 시간적인 틈이 생겨 버리다니, 빌어먹을.

계속 할아버지 생각을 하다가 그는 문득 아버지 생각을 하게 되었다. 죽어서 아버지를 만나게 되면 우린 둘 다 굉장히 뜨끔할 것이다. 누구나 그럴 수 있는 법이다. 하지만 그게 좋은 일은 결코 아니지. 난 그걸[9] 이해하지만 찬성할 순 없어. 〈*lâche*(비겁하다)〉가 그에 해당하는 말이지. 그 말이 뭘 뜻하는지 알기나 해? 정말 그걸 이해하고 있는 거야? 물론, 하지만……. 그래, 하지만……. 그런 짓은 항상 자신에만 몰두하는 사람들이나 하는 짓인 거다.

아, 할아버지가 여기 계신다면……. 그는 생각했다. 단 한 시간만이라도. 그 권총을 잘못 사용한 사람을 통해 할아버지는 내게 나약한 기질을 물려주셨는지도 모를 일이다. 그게 할아버지와 나를 연결시키는 유일한 끈이 아닐까?

집어치워. 그따위 헛소리는 당장 그만둬. 하지만 아무리 큰 시간 차이라도 뛰어넘어서 할아버지를 붙들고 얘기하고 배우고 싶다. 아버지가 한 번도 내게 가르쳐 주지 않았던 것들을. 하지만 할아버지도 처음에는 공포심을 갖고 있었다고 상상해 보자. 4년 동안, 그리고 그 뒤 별로 대수로운 전투는 아니라 해도 인디언과 전투를 치르면서 공포에 시달리고, 억누르고, 마침내는 그걸 몰아내 버렸다고 상상해 보자. 그리고 투우사의 자식이 아버지와는 달리 공포심을 가진 것처럼 할아버지가 몰아냈던 그 공포심이 아버지에게 전달되어 그를 겁쟁이로 만들어 버렸던 것은 아닐까? 만일 정말 그렇다

9 아버지의 자살을 말하는 것.

면? 그리고 아버지를 지나쳐 할아버지의 좋은 피가 곧바로 내게 유전된 것은 아닐까?

아버지가 〈*cobarde*(비겁자)〉라는 걸 처음 알았을 때 내가 맛보았던 수치심을 결코 잊을 수 없다. 그래, 외국 말 따위는 관두고 똑바로 다시 말해 봐, 겁쟁이라고. 비겁자. 직접 입에 담으니 한결 낫군. 개새끼라는 욕을 외국어로 말한다면 그 느낌이 훨씬 무뎌지는 것도 마찬가지 경우겠지. 하지만 아버지를 욕할 수는 없다. 그는 그저 겁이 많았을 뿐이고 그건 누구에게나 찾아올 수 있는, 피할 도리 없는 나쁜 운명이었을 뿐이다. 만일 그가 겁쟁이가 아니었다면 그 여자에게 당당히 맞서서 그렇게 남편을 괴롭히도록 내버려 두지도 않았을 것이다. 아버지가 딴 여자하고 결혼했다면 난 어떻게 됐을까? 그건 도저히 알 수 없는 일인걸, 하고 생각하며 그는 씩 웃었다. 그녀의 폭군 같은 기질이 오히려 아버지의 부족한 점을 보충해 주었는지도 모른다. 그러니까 어렵게 생각하지 말자. 좋은 피니 하는 것들은 내일 일이 끝날 때까지 생각지 말자. 걸핏하면 코흘리개처럼 유치한 생각을 하는 것도 자제해야지. 두 번 다시 그래선 안 돼. 네가 어떤 피를 가지고 있는지는 내일 밝혀질 거다.

하지만 그는 다시 할아버지에 대한 생각을 했다. 그의 할아버지는 조지 커스터에 대해 이렇게 말씀하신 적이 있다.

〈조지 커스터는 현명한 기병대 지휘관이 못 됐어, 로버트. 하나의 인간으로서도 현명하지 못했지.〉

이 말을 들었을 때 그는 왜 모두들 커스터 장군에 대해서 나쁘게만 말하는지 이해할 수 없어서 기분이 언짢았다. 레드 로지의 당구장 벽에 걸려 있는 앤호이저 부시 맥주 회사의 오래된 석판화 광고에는 노루 가죽 셔츠를 입고 노란 곱슬 머리를 나부끼며 권총을 든 커스터 장군이 인디언들에게 둘러싸여 산을 등지고 있는 모습이 멋지게 새겨져 있었다.

〈그는 자신을 곤경에 빠뜨릴 수도 있었고 곤경에서 빠져나올 능력도 있었어. 리틀 빅 혼 강 전투에서도 그는 일단 자신을 곤경에 빠뜨렸지. 하지만 그것뿐이었어. 다시는 거기서 헤어날 수 없었으니까.〉

할아버지는 말씀을 계속 이었다.

〈필 셰리던이나 제브 스튜어트 같은 사람들은 모두 훌륭한 기병대 지휘관들이었지. 하지만 역사상 가장 뛰어난 기병대장은 역시 존 모스비야.〉

고향 미술라에 있는 트렁크 속에는 필 셰리던 장군이 킬리 더 호스 킬패트릭[10]에게 보내는 편지가 있었다. 그 편지의 내용은, 할아버지가 비정규 기병대장으로서는 존 모스비보다 우수하다는 것이었다.

골스에게도 할아버지 애기를 들려줘야겠군. 한 번도 할아버지에 대해서 애기해 준 적이 없으니까. 어쩌면 존 모스비에 대한 애기도 전혀 모르고 있을지 몰라. 하지만 다른 유럽 사람들에 비하면 영국인들은 우리의 남북 전쟁에 관해 훨씬 들은 것이 많아. 까르꼬프는 이 전쟁이 끝난 뒤 내가 원한다면 모스끄바에 있는 레닌 연구소에 보내 주겠다고 말했어. 내가 원한다면 러시아 붉은 군대의 사관 학교에도 보내 주겠다고 했지. 할아버지는 그 일에 대해서 뭐라고 말씀하실까? 한평

10 Hugh J. Kilpatrick(1836~1881). 북군의 기병대 장교. 급습의 명수였기 때문에 말이 죽을 정도로 빨리 달린다는 뜻으로 〈킬리 더 호스〉라는 별명이 붙었다.

생 민주당원과는 마주 앉기도 싫어하셨던 할아버지라면.

난 군인이 되기 싫어. 난 그걸 잘 알아. 그 문제는 그걸로 끝이야. 어쨌든 이 전쟁에서 우리 쪽이 이기기만을 바랄 뿐이다. 정말 훌륭한 군인들이 다른 일에 있어서도 훌륭하다는 것은 드문 일이야. 아니, 그건 틀린 말이다. 나폴레옹이나 웰링턴[11] 장군을 봐. 넌 오늘 밤 유난히 헛갈리는 소리만 해대는군.

보통 때 같으면 그는 자신의 마음을 상대로 좋은 대화를 나눌 수 있었다. 오늘 밤도 할아버지 생각을 할 때까지만 해도 그런대로 얘기는 잘되어 갔다. 하지만 아버지 생각을 하면서부터는 생각이 영 엉망이 되어 버렸다. 그는 아버지를 이해하고 또 모든 걸 용서했다. 그리고 아버지에게 연민까지 느끼지만 아버지의 존재를 떠올리면 수치스러운 기분을 억제할 수가 없었다.

아무것도 생각하지 않는 편이 낫다. 그는 생각했다. 이제 곧 마리아와 함께 있게 될 테고 아무 생각도 하지 않아도 될 거야. 지금으로선 그게 최선이다. 온통 한 가지 일에 열중해 왔기 때문에 걷잡을 수 없이 머리가 제멋대로 돌아가고 만다. 아무 생각도 하지 않는 편이 좋아.

하지만 한번 가정해 보자. 그는 다시 생각했다. 만일 우리 편 비행기가 와서 공습을 시작한다면 아마 대전차포를 박살 내고 진지를 쑥밭으로 만들고 말 것이다. 그리고 낡은 탱크가 일제히 산을 타고 올라오고 주정뱅이든 깡패든 놈팡이든 정신병자든 영웅이든 누구나 할 것 없이 제14여단 소속이라면 다 골스의 발길질에 진격하지 않을 수 없을 것이다. 내가

11 Arthur W. Wellington(1769~1852). 영국의 장군 겸 정치가. 워털루 전투에서 나폴레옹의 군대를 완전히 패배시킨 장군이다.

알기론 골스가 지휘하는 다른 연대에 소속된 두란의 연대도 꽤 우수한 놈들로 구성되어 있다. 그렇게 되면 내일 밤쯤이면 아군은 세고비아까지 진격할 수 있을 것이다.

그래, 이건 단지 가정일 뿐이야. 그는 중얼거렸다. 나는 라그란하에 갈 수 있을 거야. 문득 분명한 사실 한 가지가 떠올랐다. 우선 그 다리를 폭파시키지 않으면 안 된다. 중지시킬 수는 없다. 네가 지금 잠시 동안 상상했던 일은 공격 명령을 내리는 사람들이 간절히 바라는 하나의 가능성에 지나지 않기 때문이지. 그래, 넌 어차피 다리를 폭파시키지 않을 수 없어. 다리 폭파는 피할 수 없는 현실이야. 안드레스를 보낸 결과가 어떤 것이 되든 그건 중요하지 않아.

어둠 속에서 산길을 내려오면서 그는 이제 해야 할 일은 모두 마쳤다는 생각과 엄연한 사실을 재차 확인했다는 안도감으로 마음이 시원해졌다. 앞으로 네 시간, 다리를 폭파해야 한다는 사실이 이제 편안하게 받아들여졌다.

불확실함 그리고 자꾸만 커져 가던 불안감이 이젠 깨끗이 사라졌다. 안드레스를 시켜 골스에게 상황 보고서를 보내고 난 다음 계속 불안감이 가시질 않았다. 파티에 초대한 손님들이 약속 날짜를 잘못 알고서 안 오는 것이 아닐까 초조하게 기다리는 주인의 심정처럼 계속 불안했다. 그런 불안감이 말끔히 사라졌다. 그는 이제 파티가 취소되지 않을 것이라고 확신했다. 단단히 마음을 먹고 나니 한결 낫군. 언제나 불안해하는 것보다는 확신을 갖는 편이 훨씬 나아, 하고 그는 생각했다.

31

이제 밤이 매우 깊었고 두 사람은 다시 함께 이불 속에 누워 있었다. 마리아는 그에게 바싹 붙어 길고 부드러운 그녀의 허벅지를 그의 다리에 대고 있었다. 그녀의 가슴은 샘물이 있는 먼 평지에 불룩 솟은 두 개의 작은 언덕 같았고, 그녀의 목은 그 언덕 너머에 있는 매끄러운 골짜기 같았다. 그는 그녀의 목에 입술을 대었다. 그는 아무 생각 없이 조용히 누워 있었고 마리아는 손으로 그의 머리를 빗어 내리듯 쓰다듬었다.

「로베르토.」 마리아가 부드럽게 그의 이름을 부르며 그에게 입 맞추고 말했다. 「부끄러워요. 당신을 실망시켜 드리고 싶진 않지만, 너무 아프고 고통스러워요. 오늘 밤엔 사랑을 나눌 수 없을 것 같아요.」

「언제든 아픔과 고통스러움은 있을 수 있지. 염려 마, 그건 아무 문제도 아니니까. 우린 고통스러운 일은 하지 않을 거야.」 그가 말했다.

「그게 아니에요. 제가 말하고 싶은 건, 제가 당신을 받아들이려 해도 제 몸이 그럴 수 없다는 거예요.」

「그런 건 중요한 게 아니야. 그건 지나고 나면 아무렇지도 않게 될 거야. 우린 대신에 이렇게 나란히 누워 있잖아.」

「네, 알아요. 하지만 그래도 전 부끄러워서 견딜 수가 없어요. 그 일을 당하고 나서 이렇게 되었어요. 당신과 제 탓은 아니에요.」

「그 일은 말하지 않도록 해.」

「저도 그 얘긴 하고 싶지 않아요. 하지만 오늘 밤 당신을 실망시켜 드린 것이 마음에 걸려서 그렇게라도 변명하지 않으면 안 될 것 같아요.」

「들어 봐, 마리아. 지난 일은 지난 일일 뿐이야. 시간이 지나면 아무 문제도 되지 않아.」 하지만 그는 속으로는 실망하고 있었다. 마지막 밤인데, 운이 나쁘군.

그러나 곧 그는 부끄러워져서 마리아에게 말했다. 「자, 이리 가까이 꼭 붙어. 이렇게 어둠 속에서 가까이 누워 있으니 이것만으로도 정말 좋아.」

「전 정말 부끄러워요. 엘 소르도 영감님을 뵙고 돌아오던 히스 숲에서처럼 오늘 밤도 똑같이 잘될 거라고 생각했거든요.」

「염려 마. 매일 그렇게 할 수 있는 건 아니니까. 난 지금도 그때처럼 좋아. 우린 이렇게 나란히 누워서 조용히 얘기도 나누고 잠도 잘 수 있어. 당신 얘기를 좀 해봐. 좀처럼 당신 얘긴 하지 않았잖아.」 그가 말했다. 그는 실망을 감추고 거짓말을 했다.

「내일 일과 당신이 할 일을 얘기해 볼까요? 당신이 하는 일에 관해서라면 저도 잘 알고 싶어요.」

「아니, 그 얘긴 하지 말지.」 그는 침낭 깊숙이 파고들었다. 그러고는 그녀의 어깨에 볼을 대고 왼팔로 그녀의 머리를 받치면서 말을 계속했다. 「내일 일에 대해서나 오늘 일어났던 일에 관해서는 아무 말도 하지 않는 편이 현명해. 이 전쟁에서는 손실에 대해 말한다는 것이 무의미하지. 그건 이미 각오한 일이고 또 내일 일은 어차피 내일 하게 될 테니까. 겁내고 있는 거야?」

「그래요. 언제나 두려워요. 하지만 지금은 저 때문에 겁을 내고 있는 게 아니라 당신을 염려하고 있는 거예요.」 그녀가 말했다.

「날 염려하다니, 그럴 필요 없어. 난 별별 일을 다 겪은 사람이야. 이보다 더 위험하고 어려운 일도 많았다고.」 그가 한 말은 사실이 아니었다.

그때 문득 무엇엔가 굴복당하듯, 그는 비현실적인 세계로 빠져들고 싶은 사치스러운 유혹을 물리치지 못하고 말했다. 「마드리드 얘기를 해보지. 우리가 마드리드에 간다면 어떤 일을 하게 될까? 자, 생각해 봐.」

「좋아요.」 그녀는 선뜻 대답하더니 다음 순간 또 아까 했던 이야기를 꺼냈다.

「아, 로베르토, 정말 당신을 실망시켜서 죄송해요. 그거 말고 당신을 위해서 제가 할 수 있는 일이 없을까요?」

그는 그녀의 머리를 쓰다듬으며 그녀에게 키스했다. 그리고 밤의 정적에 귀 기울이면서 그녀를 끌어안고 나른하게 누워 말했다.

「자, 마드리드 얘기를 해보자고.」 그는 한편으로 생각했다. 과용하지 말고 내일을 위해 비축해야지. 내일은 동원할 수 있는 것은 모두 동원해야 하니까. 하다못해 오늘 써야 할 솔잎이 내일 더 요긴하게 쓰일지도 모른다. 성서에서 땅에

씨앗을 버린 자는 누구였지? 오난[12]이다. 오난은 어떻게 되었더라? 그는 생각해 보았다. 오난에 대해 들은 이야기가 더 이상 생각나지 않는군. 그는 어둠 속에서 미소 지었다.

그러자 그는 다시 유혹을 이기지 못하고 공상 속으로 빠져들어 가면서, 뿌리치지 못한 쾌감을 맛보았다. 마치 예고 없이 한밤중에 머릿속에 찾아드는 상대와 성적 희열을 맛보았을 때 느낄 수 있는 그런 기쁨이었다.

「사랑하는 마리아.」 그가 키스하며 그녀에게 말을 하기 시작했다. 「들어 봐요. 며칠 전 밤에 난 마드리드에 대해 이런 생각을 해봤어. 당신과 함께 거기에 가고, 내가 누군가를 만나려고 외출하면서 당신을 호텔에 남겨 두고, 뭐 그런 것들 말이야. 하지만 틀렸어. 난 당신을 호텔 같은 데 혼자 있게 하지 않을 거야.」

「왜요?」

「왜냐하면 난 당신을 가장 소중하게 생각하니까. 당신을 혼자 내버려 두는 일은 없을 거야. 난 세구리다드로 서류를 가지러 갈 때도 당신이랑 함께 갈 거고, 둘이서 필요한 옷을 사러 나갈 때도 함께 갈 거야.」

「옷 같은 건 많이 필요하지도 않고, 또 저 혼자서도 살 수 있어요.」

12 「창세기」 38장에 나오는 인물. 유다의 아들이었는데 형인 에르가 죽자 아버지는 오난에게 형수 타마르를 취하여 대를 잇게 하라고 말했다. 그러나 오난은 형수와의 사이에 난 아이들이 자기의 자식이 아니라 형의 자손으로 간주되는 것이 싫어서 형수와 동침할 때 정액을 땅에 뿌렸다. 이 때문에 오난은 주님으로부터 죽임을 당했다. 위에서 나오는 씨앗은 정액이고 그 후 오난은 수음의 대명사가 되었다. 조던이 어둠 속에서 미소 지은 것은 오난처럼 수음을 하면 어떨까 생각하다가 그만두었다는 뜻이다.

「아냐, 옷이란 많이 있어야 돼. 우린 같이 옷을 사러 갈 거고, 당신에게 잘 어울리는 아름다운 옷을 많이 살 거야.」

「전 우리가 호텔에 머물러 있고 옷은 사람을 시켜서 사러 보냈으면 좋겠어요. 그런데 그 호텔은 어디 있는 거죠?」

「카야오 광장에 있지. 그 호텔의 그 방이라면 좋을 거야. 깨끗한 시트가 덮인 널찍한 침대, 언제나 뜨거운 물을 가득 받을 수 있는 욕조 그리고 옷장 두 개. 당신과 내가 각자 하나씩 나누어 쓸 수 있겠지. 넓고 긴 창문을 활짝 젖히고 거리를 내다보면 봄기운이 물씬 느껴질 거야. 맛있는 음식을 파는 식당도 알고 있어. 불법 영업이긴 하지만 음식이 아주 훌륭해. 그리고 와인과 위스키를 파는 상점도 있어. 배고프면 음식을 방으로 주문해서 먹고, 술이 마시고 싶으면 위스키를 주문할 수도 있을 거야. 당신에겐 만사니야를 사주지.」

「저도 위스키를 마시고 싶을 거예요.」

「하지만 위스키는 구하기 어렵고, 또 당신이 만사니야를 더 좋아한다면 그럴 거라는 말이지.」

「당신 위스키는 잘 간직해 두세요, 로베르토. 아, 정말 사랑해요. 당신뿐 아니라 내가 마실 수 없는 위스키도 모두 사랑해요. 이제 보니 당신은 욕심쟁이군요.」 마리아가 말했다.

「천만에. 그럼 당신도 위스키를 마시게 해주지. 하지만 여자가 마시기엔 너무 독해.」

「그래서 여태 여자에게 좋다는 것 말고는 마셔 보지 못했어요. 그런데 그 침대 속에서도 전 웨딩 셔츠를 입고 있을까요?」 그녀가 말했다.

「물론 아니야. 당신 맘에 드는 가지각색의 나이트가운이랑 잠옷을 몽땅 사줄 생각이거든.」

「그럼 일곱 가지 웨딩 셔츠를 사겠어요. 요일마다 다른 것을 입을 수 있게 말예요. 그리고 당신 웨딩 셔츠도 깨끗한 걸로 하나 사고 싶어요. 셔츠를 직접 빨아 입은 적이 있나요?」 마리아가 말했다.

「가끔.」

「전 모든 걸 깔끔하게 해둘 작정이에요. 당신에게는 위스키를 따라 드리고 엘 소르도하고 있을 때 봤던 것처럼 술잔에다 물도 섞어 드리고요. 올리브랑 절인 대구랑 개암나무 열매를 구해 놓고 안주로 드릴 거예요. 그리고 둘이 방에 틀어박혀 한 달이고 나오지 않는 거죠. 제가 당신을 받아들일 수 있는 몸이라면요…….」 그녀는 갑자기 풀이 죽으면서 말끝을 흐렸다.

「마음 쓸 거 없다니까. 정말 그건 아무 문제가 안 돼. 물론 당신이 그 일이 있었을 때 다쳤던 건 사실이야. 그게 지금 와서 더 아플 수도 있어. 그래, 충분히 있을 수 있는 일이야. 하지만 다른 일처럼 상처도 자연히 아물게 돼. 설령 정말 어떤 문제가 있다 해도 마드리드에 가서 좋은 의사를 찾아가면 쉽게 치료할 수 있을 거야.」 로버트 조던이 그녀에게 말했다.

「하지만 전엔 이렇지 않았어요.」 그녀가 호소하듯 말했다.

「그것도 바로 이제 곧 괜찮아질 거라는 증거야.」

「그럼 다시 마드리드 얘길 해봐요.」 그녀가 그의 다리 사이로 자신의 긴 다리를 집어넣고 그의 어깨에 머리를 비벼대면서 말했다.

「하지만 이런 까까머리로 거기에 갈 수 있을까요? 저하고 같이 다니는 게 창피하지 않겠어요?」

「그럴 리가. 당신은 아주 예뻐. 얼굴도 귀엽고 몸매도 날

씬하고 가벼워. 살결도 아주 보드라운 데다가 매력적으로
그을어서 황금빛을 내고 있지. 모든 남자가 다 나를 질투하
며 당신을 내게서 빼앗아 가고 싶어 할 거야.」

「어머나, 절 당신에게서 빼앗는다니요. 죽을 때까지 다른
남자는 제게 손댈 수 없어요. 당신에게서 저를 빼앗다니요!
말도 안 돼요.」그녀가 다짐하듯 말했다.

「하지만 많은 남자들이 그러고 싶어 할 거야. 두고 보라고.」

「아무리 그래도 전 당신밖에 없어요. 그 사람들도 그걸 알
게 되면 제게 손을 뻗친다는 것이 납이 끓는 가마솥에 손을
집어넣는 것만큼이나 무모한 짓이라는 걸 알게 될 거예요.
하지만 당신은요? 당신만큼 똑똑하고 아름다운 여자들을
보게 된다면 절 마다하시겠죠? 아마 절 부끄럽게 여기실 거
예요.」

「그런 일은 절대 없을 거야. 난 당신과 결혼하고 싶어.」

「당신이 원하신다면요. 하지만 여기엔 교회가 없어요. 우리
끼리 결혼하는 건 유효하지 않아요.」마리아가 말했다.

「우리가 이미 결혼한 상태라면 좋겠어.」

「원하신다면 할 수 있어요. 하지만 들어 보세요. 만약 우
리가 지금 교회가 남아 있는 어떤 나라에 있었다면 결혼할
수 있겠죠.」그녀가 말했다.

「우리 나라엔 아직도 교회가 있어. 당신이 나와 결혼할 뜻
이 있다면 우린 거기 가서 결혼하면 돼. 난 전에 결혼한 일도
없으니까 아무 문제도 없어.」그가 마리아에게 말했다.

「당신이 결혼한 적 없다니 기뻐요. 하지만 무엇보다도 기
쁜 건 당신이 이미 저에게 가르쳐 주셨던 그런 일을 다 알고
있다는 점이에요. 그건 당신이 여러 여자들을 알고 있다는

증거고, 필라르가 말하길 그런 남자만이 남편 될 자격이 있다고 했거든요. 하지만 이제부터는 다른 여자와 관계하는 일이 없겠죠? 만일 그런 일이 생긴다면 전 죽어 버릴 거예요.」

「난 여러 여자와 관계한 적 없어. 당신을 만나고 나서야 비로소 진정 누군가를 깊이 사랑하는 느낌을 알게 됐어.」 그가 진심으로 말했다.

그녀는 그의 뺨을 어루만지고 손으로 그의 머리를 감싸 안으며 말했다.

「아녜요. 아마 아주 많이 알고 지냈을 거예요.」

「사랑한 적은 없어.」

「저, 필라르가 제게 뭘 말해 줬어요.」

「그게 뭐지?」

「아니에요. 말하지 않는 게 좋겠어요. 다시 마드리드 얘기나 해요.」

「말하려던 게 뭔지 먼저 말해 봐.」

「말씀드리고 싶지 않아요.」

「하지만 중요한 문제일지도 모르니까 어서 말해 봐.」

「중요한 일일 거라고 생각하세요?」

「응.」

「하지만 뭔지 들어 보지도 않고 어떠한 중요한 문제인지 알죠?」

「당신 태도를 보고.」

「그럼 말씀드릴게요. 필라르가 말하길, 내일이면 우린 모두 죽을 거래요. 당신도 그걸 알고 있는데 일부러 태연하게 굴고 있는 거래요. 필라르는 당신을 비난하는 게 아니라 당신에게 감탄하면서 그렇게 말했어요.」

「필라르가 그런 얘길 했어?」 그렇게 지껄이다니 미쳤군, 하고 로버트는 생각했다. 그리고 마리아에게 말했다. 「그건 그 여자가 즐겨 지껄이는 집시풍의 얘기일 뿐이야. 시장통의 늙은 여자들이나 술집의 겁쟁이들이 말하는 식이지. 추잡스러운 얘기일 뿐이야.」 그는 겨드랑이에 땀이 배어 옆구리를 타고 흘러내리는 것을 느끼며 마음속으로 말했다. 겁내고 있군, 친구? 그리고 큰 소리로 말했다. 「그 여잔 더러운 입을 달고 다니는 불길한 갈보야. 마드리드 얘기나 다시 해보자고.」

「그럼 정말 그런 일은 없는 거예요?」

「물론, 아무 일도 없어. 그런 똥 같은 얘기는 믿지 마.」 그는 더 강하고 야비한 어조로 거칠게 말했다.

하지만 이젠 마드리드 얘기를 해도 아까처럼 공상 속에 빠져드는 안일한 쾌감은 맛볼 수 없었다. 지금 이렇게 여자 곁에 누워 있지만 사실은 전투를 앞둔 몸이라는 것을 몸서리치게 깨달았다. 그는 이렇게 마리아와 나란히 누워 밤을 보내기로 했고 그렇게 하는 것이 좋았다. 하지만 그것을 받아들이는 감정의 사치는 사라지고 말았다. 그는 다시 말하기 시작했다.

「당신 까까머리에 대해서 계속 생각하고 있었어. 이 머리를 어떻게 할까 하고 말이야. 봐, 동물 가죽에 난 털처럼 이제 머리를 덮을 정도로 고르게 자랐어. 만지면 감촉이 아주 좋아. 내가 쓰다듬으면 바람 부는 보리밭처럼 머리카락이 누웠다가 차례로 일어서지.」 그가 말했다.

「한번 쓰다듬어 보세요.」

그는 마리아의 머리를 쓰다듬어 주었다. 그러고는 손을 머리에 얹은 채 그녀의 목에 입을 대고 말했다. 그는 목이 메어 오는 걸 느꼈다.

「하지만 내 생각엔 말이야, 마드리드에 가면 이발소에 가서 나처럼 귀 있는 데랑 뒤쪽을 깨끗이 다듬어 주는 게 좋을 것 같아. 머리가 다 자랄 때까지는 그편이 거리를 다니는데 더 나을 거야.」

「당신처럼 머리를 자르다니, 좋아요.」 그녀가 그를 꼭 끌어안으며 계속 말했다. 「한번 그렇게 자르고 나면 다시는 머리 모양을 바꾸고 싶지 않을 거예요.」

「그럴 리가. 머리는 계속 자랄 거야. 좀 깨끗하게 다듬기 위해서 처음에 한 번만 그렇게 잘라 주자는 얘기야. 머리가 길게 자라려면 얼마나 시간이 걸릴까?」

「아주 길게 자랄 때까지요?」

「아니, 어깨에 닿을 정도로. 난 그 정도로 기르면 좋겠는데.」

「영화에 나오는 가르보처럼요?」

「그렇지.」 그가 여전히 목이 메어 말했다.

또다시 가장(假裝)으로의 도피가 그에게 찾아왔고 그는 그걸 놓치고 싶지 않았다. 그는 그 욕구를 뿌리치지 못하고 계속 가장 속으로 빠져들면서 말했다.

「그래, 머리가 어깨까지 똑바로 자라면 끄트머리는 파도처럼 살짝 구불거리게 될 거야. 머리 빛깔은 여문 보리 색처럼 되고, 햇볕에 그은 황금빛 피부랑 황금색에 점점이 검은 색이 섞인 눈이랑 잘 어울리게 될 거야. 난 당신 머리카락을 뒤로 쓸어 넘기고 당신 눈을 지그시 들여다보다가 당신을 꼭 끌어안겠지.」

「어디에서요?」

「어디든. 우리 둘이 있는 곳이라면 어디에서든지……. 그만큼 머리가 자라려면 얼마나 기다려야 될까?」

「한 번도 이렇게 짧게 머리를 잘라 본 적이 없어서 잘 모르겠어요. 하지만 여섯 달쯤이면 귀밑까지 머리가 자라고 1년 정도면 당신이 바라는 만큼 자라지 않을까요? 머리가 그만큼 자라고 나면 제일 처음 하고 싶은 일이 뭔지 아세요?」

「말해 봐.」

「당신이 말한 그 유명한 호텔의 유명한 방에서 깨끗하고 큰 침대에 누워 있는 거예요. 침대에 일어나 앉아 옷장에 달린 거울을 보면 당신과 내가 보이고, 전 당신 쪽을 보며 팔을 뻗어 당신께 키스할 거예요.」

마리아가 말을 마치자 그들은 어둠 속에서 아무 말 없이 누워 있었다. 두 사람은 괴로우리만치 뜨겁고 단단하게 끌어안았다. 로버트 조던은 절대로 현실이 되지 않으리라는 것을 알면서도 그들이 나눈 그 모든 생각 속의 가장을 끌어안으며 말했다.

「나의 사랑, 하지만 우리는 언제까지고 그 호텔에서 살지는 않을 거야.」

「왜요?」

「마드리드에 가면 부엔 레티로 공원으로 가는 길에 있는 아파트를 얻을 생각이거든. 내가 거기 사는 어떤 미국 여자를 아는데, 운동 전에 가구 딸린 아파트를 빌려 주는 일을 했어. 운동 전의 가격으로 그 아파트를 빌릴 방법이 있어. 공원 맞은편에 있는 아파트를 얻으면 창문으로 공원 안을 들여다볼 수 있을 거야. 철로 만든 담장이랑 정원, 자갈길, 잔디밭, 그림자를 길게 늘어뜨린 나무 그리고 여러 연못까지 모두 다 보일 거야. 지금쯤이면 밤나무에 꽃이 피어 있겠지. 마드리드에 가면 공원에서 산책도 하고, 그 연못에 예전처럼 물이 고여 있다면 보트도 탈 수 있을 거야.」

「왜 연못의 물을 빼냈는데요?」

「비행대가 오면 폭격 대상이 될 테니까 지난 11월에 물을 빼냈지. 잘은 몰라도 아마 지금은 다시 물이 채워져 있을 거야. 하지만 거기 물이 없다고 해도 우린 온 공원을 거닐고 숲처럼 생긴 나무 사이를 지나며 즐거운 시간을 보낼 수 있어. 거기엔 세계 곳곳에서 가져온 나무가 다 있는데, 나무마다 원산지와 이름을 알리는 표지판이 달려 있지.」

「영화 구경도 가고 싶어요. 하지만 그 나무 얘기도 굉장히 재미있어요. 당신이랑 나무 하나하나를 다 살펴보고 이름도 몽땅 외우고 싶어요.」 마리아가 말했다.

「그 나무들은 말이야, 박물관에 있는 것들하고는 달라. 자연 속에서 자라고 있는 거지. 공원 안에는 산처럼 생긴 곳도 있는데 정글을 방불케 할 정도야. 그 아래 길가에는 책 시장이 있는데 수백 개나 되는 조그만 상점이 다닥다닥 붙어서 헌책을 팔고 있어. 운동이 시작되고 난 다음부터는 폭격당한 집이나 파시스트들의 집에서 훔쳐 낸 책까지 보태져서 책이 아주 많아졌지. 운동 전에 그곳에 가서 시간 가는 줄 모르고 하루 종일 책 속에 파묻혀 지낸 적이 있었어. 이제라도 마드리드에 갈 수만 있다면 그렇게 책 속에 파묻혀 있고 싶어.」 로버트 조던이 말했다.

「당신이 그 책 시장에 가 있는 동안 전 아파트에서 이것저것 할 일을 하겠어요. 혹시 하녀를 둘 만한 여유가 있을까요?」 마리아가 말했다.

「물론이지. 당신만 좋다면 호텔에서 일하고 있는 페트라를 데려올 수 있어. 그녀는 깔끔하고 요리도 잘하거든. 신문 기자들이랑 그녀가 만든 요리를 먹어 본 적이 있어. 그 녀석들의 방에는 전기난로가 있었지.」

「당신이 그 여자가 좋다고 생각하신다면 저도 찬성이에요. 아니면 제가 직접 사람을 구할 수도 있고요. 하지만 일 때문에 집을 비우는 시간이 많지는 않을까요? 이번 일처럼 당신을 따라가지 못할 경우도 생길 텐데…….」 마리아가 말했다.

「마드리드에서 살게 되면 아마 일자리를 갖게 될지도 모르지. 난 벌써 오랫동안 이런 일을 해왔고 운동이 시작된 이후 계속 싸워 왔거든. 아마 마드리드에서도 이런 일자리를 얻을 수 있을 거야. 아직 일자리를 청해 본 적은 없어. 운동이 시작된 이후 계속 최전선에 있거나 이런 종류의 일을 해 왔거든.

당신 알아? 당신을 만나기 전까지는 한 번도 내 쪽에서 부탁 같은 걸 하려고 생각해 본 일조차 없었어. 뭘 바란 적도 없고. 전투에서 이겨야 한다는 것 말고는 생각하지 않았지. 난 욕심이나 야심이 없는 사람이었어. 지금까지 퍽 많이 일해 왔고, 이제 당신을 이렇게 사랑하고, 그리고…….」 그는 이제 이루지 못할 것들의 가상에 흠뻑 빠져서 말했다. 「우리가 싸워서 얻고자 했던 모든 것과 마찬가지로 난 당신을 사랑해. 자유와 숭고함과, 모든 인간이 가진 일하고 배곯지 않을 권리만큼이나 당신을 사랑해. 우리가 지켰던 마드리드를 사랑하듯 당신을 사랑하고, 죽은 내 전우들을 사랑하듯이 당신을 사랑해. 아, 많은 전우들이 죽어 갔지. 너무나 많이. 너무나. 얼마나 많은지 당신은 모를 거야. 하지만 나는 세상에 있는 모든 것을 사랑하는 것처럼 당신을 사랑해. 아니, 그보다 더 많이 사랑해. 난 이렇게 당신을 사랑하고 있어. 말로 표현하기 힘들 정도야. 지금 말하고 있는 건 일부에 불과해. 나는 전에 아내를 둔 적이 없어. 이제 당신은 나의 유일한 아내이고 난 그 사실이 무척 기뻐.」

「당신의 좋은 아내가 될게요. 배운 것은 없지만 잘하도록 노력하겠어요. 마드리드에서 살아도 좋고, 다른 곳에서 살게 되어도 좋아요. 살 곳이 없어도 당신만 따라갈 수 있다면 그보다 좋은 일은 없을 거예요. 당신이랑 같이 당신 나라에 가게 되면 영어를 배우겠어요. 그곳 사람들처럼 말할 수 있도록 말이에요. 그 나라의 예법도 배워서 저도 그곳 사람들처럼 지낼 수 있을 거예요.」 마리아가 말했다.

「참 재미있을 거야.」

「물론 그렇겠죠. 때론 실수도 하게 되겠지만 두 번 이상 같은 실수를 저지르진 않을 거예요. 그리고 만일 적당한 학교가 있다면 좋은 아내가 되는 법을 배우기 위해 학교에도 다닐 거예요.」

「그런 학교가 있긴 할 테지만 당신은 그런 학교에 안 다녀도 좋은 아내가 될 거야.」

「필라르도 당신 나라에는 그런 학교가 있을 거라고 말해 줬어요. 어떤 잡지에서 읽었대요. 그리고 영어를 배워야 한다는 것도 일러 줬어요. 제가 영어를 잘해야 당신도 부끄럽지 않을 거라고요.」

「그 여자가 언제 그런 걸 얘기해 줬지?」

「아까 짐을 꾸리면서요. 필라르는 내내 당신의 아내가 되기 위해 제가 뭘 해야 하는지 가르쳐 줬어요.」

그러면 그 여자도 마드리드로 갈 작정인가보군, 로버트 조던은 생각하며 말했다. 「그것 말고 또 무슨 얘길 들었어?」

「또 몸을 잘 돌보고 투우사들처럼 몸매를 잘 유지해야 한다고 말했어요. 그건 아주 중요한 일이래요.」

「사실이야. 하지만 앞으로 몇 년 동안은 그 점에 대해 염려하지 않아도 문제없을 거야.」 로버트 조던이 말했다.

「그렇지 않아요. 스페인 여자는 어느 날 갑자기 뚱뚱해지니까 항상 몸매에 신경을 써야 한대요. 필라르도 한때는 저만큼 날씬했대요. 당시에는 여자들이 운동이라고는 하지 않는 분위기여서 필라르도 몸을 돌볼 생각을 못했다나 봐요. 제게 어떤 운동을 해야 하는지도 일러 주었고, 또 너무 먹지 말라고 주의도 줬어요. 어떤 음식이 안 좋은지도 말해 줬는데…… 생각이 나질 않네요. 다시 물어봐야겠어요.」

「감자 아니야?」 그가 말했다.

「맞아요, 감자라고 했어요. 감자랑 튀긴 음식은 먹지 말라고 했어요. 그리고 제가 아프다는 것도 얘기했더니 당신에겐 그 얘길 하지 말래요. 아픈 걸 참고 당신이 알지 못하게 해야 한대요. 하지만 전 당신에게 절대 거짓말은 하고 싶지 않아요. 그리고 당신이 이제 둘의 합일에서 오는 기쁨을 느끼지 못하고, 또 히스 숲에서의 즐거움이 실제로 벌어지지 않은 일이라고 생각할까 봐 두려웠어요.」

「내게 말한 건 잘한 일이야.」

「정말이에요? 하지만 전 부끄럽고, 당신이 원하는 일이라면 뭐든 다 해드리고 싶어요. 필라르가 제게 남편을 위해 해야 할 아내의 일을 얘기해 줬거든요.」

「애써 무슨 일을 하지 않아도 돼. 우린 모든 걸 함께 나누고, 우리가 가진 것을 소중히 여기며 지켜 나가면 되는 거야. 난 이렇게 당신 곁에 누워 있는 것만으로도 행복하고 기뻐. 이렇게 당신을 만질 수 있고, 당신이 정말 내 곁에 있다는 걸 확인할 수 있어서 감사해. 당신이 또 나의 몸을 받아들일 수 있게 되면 우린 이보다 더한 모든 걸 가질 수 있게 될 거야.」

「제가 할 수 있는 일이 있다면 말씀해 주세요. 항상 당신이 뭘 원하는지 알아야 한다고 필라르가 말해 줬어요.」

「아니, 아무것도 없어. 우린 모든 걸 함께 나눌 거야. 당신과 떨어져서 하고 싶은 일은 아무것도 없어.」

「정말 다행이에요. 하지만 항상 기억해 두세요. 당신이 원하는 일이라면 제가 뭐든 해드릴 수 있다는 것을요. 하지만 꼭 말로 표현해 주셔야 돼요. 그러지 않으면 전 잘 모를 테니까요. 사실 필라르가 제게 말해 준 것도 다 분명히 이해하진 못했어요. 다시 물어보기는 부끄러웠거든요. 필라르는 정말 아는 것이 많고 똑똑한 사람이에요.」

「토끼, 당신은 정말 훌륭해.」 그가 말했다.

「그럴 리가요. 이 난리 통에 좋은 아내가 되는 법을 배우기란 쉬운 일이 아니죠. 캠프를 철수하고, 다른 곳으로 옮겨 가기 위해 짐을 꾸리고, 고지에서는 또 전투가 터지고 하는 와중에선요. 그러니 제가 잘 몰라서 실수를 한다면 제게 꼭 말씀해 주셔야 해요. 전 당신을 사랑하니까요. 조금도 틀리지 않게 모든 걸 정확하게 외우지 못할지도 몰라요. 필라르가 말해 준 것들은 사실 꽤 복잡했어요.」 그녀가 말했다.

「또 들은 걸 말해 봐.」

「그런데 너무 많아서 다 기억해 낼 수가 없을 정도예요. 필라르가 말하길, 당신은 좋은 사람이고, 제가 당한 봉변이랑 아픔을 이미 잘 이해했다고 말했어요. 그러니까 다시 그 일 때문에 괴로워지면 당신에게 말해도 좋다고요. 물론 가능하면 말하지 않는 편이 낫겠지만 그 일이 악몽처럼 다시 절 괴롭힐 때면 당신에게 얘기해도 된다고요. 그러면 제가 그 고통에서 벗어날 수 있을 거래요.」

「아직도 그 일 때문에 괴로워하는 거야?」

「아니에요. 당신과 처음 같이 지내고 나서부터는 마치 그런 일은 일어나지도 않았던 것처럼 말짱해졌어요. 하지만 부모님들 생각을 하면 슬픔을 억누를 수가 없어요. 이 슬픔은 언제까지고 사라지지 않을 거예요. 하지만 제가 당신의 아내가 된다면, 당신에게 꼭 이 말만은 해두고 싶어요. 전 아무에게도 굴복하지 않았어요. 끝까지 반항했기 때문에 봉변을 당할 땐 두 사람 이상이 절 짓눌러야만 했어요. 한 사람은 제 머리맡에 앉아서 절 붙들었죠. 당신의 자존심을 위해서 이건 말씀드리고 싶었어요.」

「그런 말을 하지 않아도 난 당신을 자랑스럽게 생각해.」

「그래도 당신 아내가 되려면, 당신을 위해서 꼭 얘기해 드리고 싶었어요. 또 한 가지 말씀드리고 싶은 것이 있어요. 제 아버지는 마을의 촌장이셨고 훌륭한 인품을 지닌 분이셨죠. 어머니도 좋은 성품이셨고 독실한 가톨릭 신자였어요. 그런데 그놈들이 죄 없는 어머니를 쏘아 죽이고, 아버지도 공화당원이라는 이유만으로 쏘아 죽였어요. 제 눈앞에서 그분들이 총에 맞아 쓰러지는 걸 똑똑히 봤죠. 아버지는 마을 도살장 벽에 기대어 총을 맞는 순간에 〈공화국 만세〉라고 외치셨어요.

어머니도 벽에 기대서 있었는데, 〈이 마을의 촌장이었던 내 남편 만세〉라고 말씀하셨죠. 전 그들이 저도 쏴주기를 바랐고, 〈공화국 만세, 내 부모님 만세〉라고 외치고 싶었어요. 하지만 그들은 절 쏘지 않고 그 지독한 짓을 했어요.

들어 주세요. 우리와 관계있는 일이니까요. 도살장에서 총살이 집행된 후 그들은 옆에서 총살을 지켜보던 친척들이랑 절 끌고 험한 언덕을 넘어 마을 광장으로 갔어요. 모두들 흐느껴 울고 있었지만 어떤 사람들은 너무나 큰 충격을 받아 말을 잃었고 눈물조차 말랐어요. 저 역시 그 참담한 광경을 보고 나서는 울 수조차 없었어요. 광장까지 어떻게 끌려갔는지도 모를 정도였죠. 총에 맞던 아버지와 어머니의 모습만 계속 떠오르고, 〈이 마을의 촌장이었던 내 남편 만세〉라던 어머니의 외침만이 몇 번이고 귓전에 맴돌았어요. 어머니는 공화당원이 아니였기 때문에 〈공화국 만세〉라는 말씀은 하지 않으시고 어머니 발치에 얼굴을 묻고 쓰러져 있던 아버지에 대해서만 그렇게 외치셨던 거죠.

어머니의 외침은 절규에 가깝게 찢어질 듯 크게 울렸고, 그 순간 놈들이 어머니를 쐈어요. 어머니가 쓰러지는 걸 보았을 때 전 어머니 쪽으로 뛰어가고 싶었지만 우린 모두 묶여 있었어요. 총살한 놈들은 경찰이었죠. 팔랑헤 당원들이 우리를 광장 쪽으로 끌고 가기 시작했을 때도 그들은 또 총살할 사람들을 기다리고 있었어요. 경찰들은 권총을 든 채 벽에 기대 서 있었고 시체가 아무렇게나 널려 있었죠. 우리 여자들은 팔목이 묶인 채 긴 대열을 이루며 언덕을 타고 광장 쪽으로 끌려갔어요. 광장에 도착하자 그들은 공회당 맞은편에 있는 이발소 앞에 멈춰 섰어요.

두 사내가 우리 쪽을 보더니 그중 한 명이 말했어요. 〈저

년이 촌장의 딸년이야, 저년부터 시작하지〉라고요. 그러고 나서 그들은 제 양쪽 속목에 있던 밧줄을 끊었고, 한 사람이 다른 사람에게 이렇게 말했어요. 〈다시 밧줄을 한 줄로 묶어.〉 그리고 두 사람이 절 이발소 안으로 끌고 들어가서 번쩍 들어 올려 이발 의자에 앉히고 절 움직이지 못하게 했어요.

이발소 거울에 제 얼굴이 비쳤고 절 붙들고 있는 사람들과 제 쪽으로 몸을 숙이고 있는 다른 세 사람의 얼굴도 보였어요. 전 거울로 그놈들과 절 보았지만 아는 사람은 아무도 없었어요. 놈들은 모두 제 얼굴만 보고 있었죠. 마치 치과 의자에 한 사람이 앉아 있고 미치광이 치과 의사 여럿이서 한꺼번에 환자를 들여다보는 꼴이었죠. 슬픔으로 일그러진 저 자신의 얼굴이 너무나 낯설어 보였어요. 그래도 그게 바로 다름 아닌 내 얼굴이라는 사실을 받아들이지 않을 수 없었죠. 하지만 슬픔이 너무 커서 두려움도 느낄 수 없었고 다른 아무 감각도 없었어요.

그때 전 머리를 두 갈래로 땋고 있었는데 거울로 보니까 그놈들 중 한 놈이 한쪽 머리채를 잡아 올려서 당기는 게 보였어요. 슬픈 와중에도 워낙 아팠기 때문에 깜짝 놀랐죠. 그러더니 면도칼로 머리 타래를 바짝 잘라 버렸어요. 한쪽 머리채만 달고 있는 제 얼굴이 거울에 보였어요. 두 번째 머리채는 잡아당기지 않고 그냥 잘라 버리더군요. 어찌나 귀 옆으로 바짝 잘랐는지 살이 베여 피가 흐르는 것이 보였어요. 한번 만져 보세요. 상처가 아직 있을 거예요.」

「그렇군. 하지만 그런 얘긴 그만두는 게 좋지 않겠어?」

「이건 아무것도 아니에요. 정말 끔찍한 얘긴 하지 않겠어요. 그래서 전 양쪽 머리채를 면도칼로 바짝 잘렸고 옆에 있던 사람들은 마구 낄낄거리며 웃어 댔어요. 전 살이 베인 줄도 몰랐죠. 두 놈이 절 붙들고 있었고, 머리채를 든 사내가 제 정면으로 오더니 자른 머리채로 제 얼굴을 마구 갈기며 말했어요. 〈이게 우리가 빨갱이 수녀들한테 해준 거야. 프롤레타리아 놈들하고 놀아나면 어떻게 되는지 이제 알겠나? 붉은 그리스도의 신부여!〉라고요.

그는 계속해서 머리채로 얼굴을 때리더니 그걸 제 입에 처박아서 목을 친친 감아 머리 뒤로 묶어 버리더군요. 옆에서 잡고 있던 두 놈들은 낄낄거리며 계속 웃어 댔어요.

거울로 그놈들이 웃는 걸 본 순간 전 비로소 울음을 터뜨렸어요. 그전까지는 총살 광경이 자꾸 떠오르는 바람에 울 엄두조차 내지 못하고 있었거든요.

그때 머리채로 절 때렸던 그 사내가 이발기로 제 머리를 밀기 시작했어요. 이마 바로 위쪽부터 깎기 시작하더니 목 뒤까지 죄다 깎아 냈고, 그다음 남은 양쪽 머리도 잘라 냈어요. 마지막으로 귓전까지 남아 있던 머리를 죄다 밀어 내서 전 이 모양이 되어 버렸죠. 그놈들은 절 꼼짝 못하게 붙들고 처음부터 끝까지 거울로 다 보게 했어요. 전 제 머리가 다 잘려 나가는 걸 보면서도 차마 믿을 수가 없었어요. 마침내 머리가 하나도 남지 않게 되자 전 다시 울음을 터뜨렸어요. 울고 또 울고……. 하지만 너무 무서워서 그렇게 입에 머리채가 박힌 채 울부짖으면서도 눈을 돌릴 수 없었어요.

제 머리를 다 밀어 내고 난 다음 그 사내는 선반에서 소독약이 든 작은 병을 가지고 와서, 그 병 속에 들어 있던 유리봉으로 다친 귀에 약을 발랐어요. 슬픔과 공포 속에서도 쓰라린 아픔이 느껴졌어요. 이발사도 역시 조합에 들어 있었기 때문에 그들의 총에 맞아 죽었죠. 제가 들어올 때 문 앞에 시체가 쓰러져 있었어요. 놈들은 그 시체를 넘어 절 데리고 들어왔던 거죠.

약을 바르고 난 사내는 제 앞에 똑바로 서더니 소독약으로 제 이마에 〈U.H.P.〉라고 썼어요. 마치 예술가가 작품을 만들듯이 천천히 심혈을 기울여서요. 전 여전히 거울로 그걸 다 들여다보고 있었는데 더 이상 울음도 나오지 않았어요. 심장이 얼어붙는 것 같았고, 아버지나 어머니에게 일어났던 일쯤은 아무것도 아닐 거라는 생각이 들었죠. 제게 얼마나 끔찍한 일이 벌어지고 있는지 비로소 깨달았던 거예요.

천천히 글씨를 다 쓰고 나서 그 팔랑헤당원 사내는 뒤로 몇 발짝 물러서더니 마치 자신의 작품을 감상하려는 듯이 절 지그시 내려다봤어요. 그리고 소독약 병을 내려놓고 다시 이발기를 집어 들고는 〈다음!〉이라고 외쳤어요. 전 다시 이발소 밖으로 끌려 나갔고, 문 앞에 쓰러져 있는 이발사에 걸려 시체의 등 위로 엎어졌어요. 이발사의 굳은 잿빛 얼굴은 똑바로 위를 향하고 있었죠. 그리고 마침 두 놈에게 붙들려 들어오는 제 가장 친한 친구 콘셉시온 그라시아하고도 부딪칠 뻔했어요. 그녀는 절 보고도 처음에는 알아보지 못하더군요. 그러다 저라는 걸 비로소 알아보고는 비명을 질러 댔어요. 광장에 끌려 나오고 나서도 그녀의 비명 소리가 계속 들렸어요. 전 광장을 가로질러 이발소 맞은편에 있는 공회당 건물로 끌려갔죠. 계단을 올라가서 아버지가 사무실로 쓰던 방으로 들어갔을 때 그놈들은 거기 있던 의자에 절 앉혔어요. 그리고 바로 거기서 놈들이 그 짓을 한 거예요.」

「나의 토끼……」 로버트 조던이 입을 열었다. 그는 조심스럽고 부드럽게 그녀를 꼭 끌어안았지만 마음속에 솟구쳐 오르는 증오심으로 걷잡을 수 없이 괴로웠다. 그는 감정을 억누르며 말을 이었다.「그 얘긴 더 이상 하지 마. 난 지금 증오심을 억누를 수가 없어.」

마리아의 몸은 차갑게 굳어 있었다. 「네, 더 이상 아무 말도 하지 않겠어요. 하지만 그들은 정말 나쁜 놈들이에요. 할수만 있다면 당신이랑 같이 그놈들을 죽이고 싶어요. 제가그 일을 당신에게 말한 건, 조금이라도 제 진심을 당신이 알아주길 바라서예요. 그게 당신에게도 좋을 거라고 생각해요. 당신이 이해해 주시길 바라요.」

「그래, 내게 말해 줘서 정말 고마워. 하지만 기뻐하라고. 내일이면 그놈들 일당을 여럿 죽이게 될 테니까.」그가 말했다.

「저도 나중에 당신이랑 같이 기차를 습격하고 싶어요. 필라르가 절 데리고 왔던 그 기차 습격 때 전 반쯤 미쳐 있었죠. 필라르가 말하지 않던가요? 그때 제 상태가 어땠는지.」마리아가 물었다.

「들었어. 그 얘긴 그만하지.」

「전 도무지 제정신이 아니었고 그저 울고만 있었어요. 하지만 또 한 가지 들어 두셔야 할 일이 있어요. 꼭 말해야 돼요. 이 얘길 들으면 아마 저하고 결혼하고 싶은 마음이 없어질 거예요. 하지만 로베르토, 당신이 만약 저와 결혼하지 않는다 하더라도, 항상 같이 있을 수는 없을까요?」

「난 당신과 결혼할 거야.」

「아니에요. 그럴 순 없어요. 제가 이걸 잊고 있었어요. 전아이를 가질 수 없을지도 몰라요. 필라르가 그러는데, 만일아이를 낳을 수 있었다면 벌써 그 봉변을 당했을 때 그랬어야 한대요. 이걸 진작 말했어야 하는데. 아, 내가 왜 그걸 잊고 있었을까!」

「그런 문제는 조금도 중요하지 않아, 마리아. 그리고 진짜 낳을 수 있을지 없을지는 두고 봐야 알 수 있어. 그런 건 의사에게 물어봐야 할 일이지. 그리고 난 이런 세상에는 딸이든 아들이든 태어나게 하고 싶지 않아. 당신에게 모든 사랑을 쏟는 것만으로 족해.」 그가 말했다.

「하지만 전 당신의 딸이나 아들을 낳고 싶어요. 그리고 파시스트들과 맞서 싸울 우리의 딸이나 아들이 태어나지 않는다면 어떻게 이 세상이 더 좋아질 수 있겠어요?」 마리아가 힘주어 말했다.

「이봐, 당신을 정말 사랑해. 듣고 있어? 그리고 이젠 그만 자야 해. 나는 해가 뜨기 전에 일찌감치 눈을 떠야 하거든. 요즘엔 해가 일찍 뜨잖아.」 그가 말했다.

「그럼 제가 아까 한 말, 정말 괜찮은 거예요? 정말 당신하고 결혼할 수 있는 거예요?」

「우린 이미 결혼했어. 난 지금 당신과 결혼한 몸이야. 당신은 내 아내고. 하지만 자, 이제 그만 자야지. 시간이 별로 없어.」

「아, 정말 결혼할 수 있단 말이죠? 말로만 그러시는 거 아니죠?」

「그래, 믿어. 사실이야.」

「그럼 자겠어요. 그 생각은 일어나서 또 해야겠어요.」

「그래, 나도 그럴게.」

「안녕히 주무세요, 내 남편.」

「잘 자. 잘 자, 나의 아내.」 그가 말했다.

곧 그녀의 규칙적인 숨소리가 들렸고, 로버트 조던은 그녀가 잠들었음을 알았다. 그는 그녀가 깨지 않게 소리를 내지 않도록 조심하면서 눈을 뜨고 있었다. 그는 그녀가 말하지 않은 나머지 부분을 생각하며 증오에 떨었다. 한편 그놈들을 내일이면 죽일 수 있다고 생각하니 기쁜 마음도 들었다. 하지만 이런 사사로운 개인감정만 가지고는 일을 제대로 해낼 수 없다, 하고 그는 생각했다.

하지만 어떻게 개인감정을 개입시키지 않을 수 있단 말인가? 우리 역시 그들에게 끔찍한 일을 저지른 것은 사실이다. 하지만 그건 우리가 배우지 못해서 그 이상의 방법을 생각해내지 못했기 때문이었다. 거꾸로, 그놈들은 알면서도 고의적으로 그런 끔찍한 방법을 사용했다. 그게 놈들의 교육이 낳은 최대의 성과인 것일까? 그래, 그게 바로 스페인 기사도의 정화(精華)인 것이다. 스페인 놈들이란 정말 어떻게 되어 먹은 놈들인가? 코르테스, 피사로, 메넨데스 데 아빌라부터 시작해서 엔리크 리스테르와 파블로에 이르기까지, 다 죽일 놈들뿐이다. 그러면서도 또 어쩌면 그렇게 훌륭한 민족인가. 이 세상에 스페인 놈들보다 더 좋은 민족도 없고, 스페인 놈들보다 더 나쁜 민족도 없다. 이보다 더 온순한 민족도, 이보다 더 잔인한 민족도 없다. 도대체 알 수 없는 민족이다. 도무지 모를 놈들이야. 내가 그들을 이해하고 있다면 이미 그들을 용서했겠지. 이해하면 곧 용서하게 될 테니까. 아니, 그건 틀린 말이다. 용서라니, 그 말은 지금껏 과장되어 오기만 했다. 용서란 기독교적 사상이고, 스페인은 기독교 국가인 적이 없었다. 이 나라는 그 교회 내에 특별한 우상 예배를 갖고 있다. 또 하나의 다른 스페인식 성모. 그래서 놈들은 적들의 처녀들을 그리도 무참히 짓밟은 것인지 모른다. 분명히 스페인식의 종교에 광신적인 놈들이 보통 사람들보다 그런 짓을 더 많이 한다. 교회란 정부에 속해 있고 그 정부는 언제나 부패했기 때문에 일반 민중은 교회로부터 멀어졌다. 이 나라는 종교 개혁이 벌어지지 않은 유일한 나라이다. 그들은 중세에 종교 재판소를 설치하고 이단자를 가혹하게 처단한 대가를 지금 지불하고 있는 것이다.

어쨌든 생각해 볼 만한 문제다. 이런 생각이라도 해서 네 자신의 문제를 걱정하는 걸 막는다는 건 좋은 일이야. 스스로를 기만하는 것보다야 건전하지. 오늘 밤은 무척 허세를 많이 부렸다. 필라르도 하루 종일 무심한 척 허세를 부렸다. 필라르 일당이 내일 죽은들 어떠하리? 그들이 다리를 성공적으로 폭파시킬 수 있다면 그게 뭐 중요한 일일까? 그건 필라르 일당이 내일 반드시 해내야 할 일이다.

정말 중요하지 않다. 너는 이 일을 언제까지고 계속할 수 없다. 게다가 넌 영원히 살 수 있는 사람도 아니다. 어쩌면 나는 지난 사흘 동안에 내 전 생애를 살아 버렸는지도 몰라. 만일 그게 사실이라면, 이 마지막 밤은 뭔가 달랐어야 하지 않을까? 하지만 마지막 밤이란 어떤 식으로 보내든 기분 좋을 리가 없다. 그래, 아까 그 말은 괜찮은 말이었어. 〈이 마을의 촌장이었던 내 남편 만세〉라, 기억해 둘 만한 말이야.

그는 이 말을 하면서 온몸이 후끈 달아오르는 것을 느꼈고, 다시금 그 말이 좋은 말이라고 생각했다. 그는 마리아 쪽으로 몸을 굽혀 자고 있는 그녀에게 키스했다. 그는 아주 낮은 소리로, 영어로 말했다. 「토끼, 나는 당신과 결혼하고 싶어. 난 당신 가족이 너무 자랑스러워.」

32

　그날 밤 마드리드의 게일로드 호텔에는 많은 사람들이 모여 있었다. 자동차 한 대가 청색 헤드라이트를 비추며 호텔 문 앞에 멈춰 섰고, 회색 승마용 바지에 목까지 단추가 채워진 짤막한 회색 재킷을 입은 자그마한 체구의 사내가 차에서 내렸다. 문을 열고 호텔로 들어서면서 그 사내는 두 명의 보초에게 답례 경례를 하고 수위 책상에 걸터앉아 있는 사복 경찰에게도 인사를 하면서 엘리베이터 쪽으로 걸어갔다. 대리석으로 된 입구 안쪽에 의자를 놓고 마주 앉아 있던 보초 두 명은 이 작은 사내가 엘리베이터로 들어서기까지 흘끔 한 번 쳐다보기만 했다. 그들은 모르는 사람이 들어올 경우, 허리와 겨드랑이, 주머니 등을 살피며 권총 소지 여부를 눈여겨본다. 만일 권총이 눈에 띄면 일단 막아서서 수위의 협조를 얻어 그들을 체포하게 되어 있다. 하지만 보초들은 승마용 장화를 신고 들어선 그 작은 사내가 누군지 잘 알았고 그래서 눈길을 한 번 흘깃 주는 것으로 만족했다.

　그 작은 사내가 이 호텔에 잡아 둔 자신의 숙소로 들어섰을 때 이미 많은 사람들이 거기 모여 있었다. 마치 어떤 응접

실 광경처럼, 방 안의 사람들이 각기 앉거나 서서 얘기를 나누고 있었다. 남자고 여자고 모두 위스키소다나 보드카 잔을 들었고, 커다란 통에 담긴 맥주를 떠 마시고 있었다. 제복을 입은 사람도 네 명 있었다. 다른 사람들은 가죽점퍼 따위를 걸쳤고 여자 네 명 중 셋은 평범한 나들이옷을 입었다. 몹시 마르고 살결이 검은 나머지 여자 한 명은 여군복 차림에 치마를 입고 긴 장화를 신고 있었다.

방으로 들어선 까르꼬프는 제일 먼저 그 군복 차림의 여자에게 다가가서 인사하고 악수했다. 그녀는 그의 아내였다. 까르꼬프는 다른 사람이 알아들을 수 없게 러시아 말로 그녀에게 무언가를 말했다. 그녀와 말을 나누는 잠시 동안은, 이 방으로 들어설 때 그가 풍기던 교만한 태도를 찾아볼 수 없었다. 하지만 그가 고개를 돌려 갈색 머리와 육감적인 얼굴에다 꽉 짜인 몸매를 가진 그의 정부를 보았을 때, 그 교만함은 다시 살아났다. 그는 잰걸음으로 다가가 그녀에게도 악수를 청했다. 왠지 그의 아내에게 하던 식을 흉내 내어 인사하는 듯했다. 그의 아내는 그에게 시선을 주지 않았다. 그녀는 키가 크고 잘생긴 스페인 장교와 러시아 말로 대화하며서 있었다.

「당신이 좋아하는 사내 말이야, 살이 좀 찐 것 같아. 우리 영웅들도 이곳에서 2년째 지내게 되니까 다들 살이 찌고 마는군.」 까르꼬프가 그의 정부에게 말했다. 그는 살쪘다고 한 그 남자를 쳐다보지 않았다.

「당신은 너무 못생겨서 두꺼비도 질투할 사람이에요. 내일 진격 때 당신을 따라 같이 갈까요?」 그녀는 유쾌한 듯이 독일어로 말했다.

「안 돼. 따라갈 곳이 못 된다는 거 알잖아.」

「물론 모두들 알고 있죠. 너무 비밀인 체하지 마세요. 돌로레스도 간대요. 전 돌로레스나 카르멘하고 같이 가겠어요. 많은 사람들이 같이 가겠다고 했어요.」 그녀가 말했다.

「누구든 데려가 줄 사람이 있으면 같이 가도록 해. 난 데리고 가지 않을 테니까.」 까르꼬프가 말했다.

이어 그는 여자에게 얼굴을 돌리고 진지하게 말했다.

「누가 그걸 당신한테 얘기해 줬지? 똑바로 대.」

「리하르트요.」 그녀도 역시 진지하게 말했다.

까르꼬프는 어깨를 으쓱해 보이고는 그녀를 남겨 둔 채 자리를 옮겼다.

그때 잿빛 안색을 하고 눈과 아랫입술이 축 늘어진 중키의 한 사내가 그를 불렀다.

「까르꼬프, 뭐 좋은 소식이라도 있던가?」

까르꼬프가 그에게 다가서자 눈이 부은 그 사내가 다시 말했다. 「바로 10분쯤 전에 한 가지 소식을 들었는데 말일세, 굉장한 뉴스야. 세고비아 근처에서 파시스트들이 온종일 자기편끼리 싸웠다는군. 놈들은 자동 소총과 기관총으로 반란군을 진압하지 않을 수 없었다지 뭐야. 오후에는 비행기로 자기편을 폭격하기까지 했대.」

「사실인가?」 까르꼬프가 물었다.

「사실이야. 돌로레스가 직접 전해 준 소식이라고. 그 소식을 전하면서 흥분을 감추지 못하더군. 그녀의 표정을 보니 거짓말은 아니라는 생각이 들었지. 정말 대단했어, 그때의 그 대단한 얼굴이란.」 눈이 부은 사내가 즐겁게 말했다.

「대단한 얼굴이라……」 까르꼬프가 억양 없이 무덤덤한

목소리로 말했다.

「자네가 직접 들었더라면, 그 얼굴에서 나오는 신비로운 광채를 느낄 수 있었을 거야. 그녀의 목소리에서 그 소식이 사실임을 금방 알 수 있었을 거고. 난『이스베스차』지에 그 기사를 쓸 생각이네. 감동과 연민과 진실이 뒤섞인 그녀의 목소리로 그 소식을 들었을 때 나는 이것이야말로 이 운동에서 가장 위대한 순간이라고 확신했네. 진정한 성자에게서 우러나오는 선과 진실이 바로 그녀에게서 빛을 발하고 있었다고. 그녀를 〈라 파시오나리아〉라고 부르는 건 공연한 게 아니었어.」눈이 부은 사내가 여전히 흥분한 듯이 말했다.

「공연한 일이 아니라고? 지금 당장『이스베스차』에 글을 쓰지그래. 그 아름다운 마지막 문구를 잊어버리기 전에 말이야.」까르꼬프가 역시 무덤덤하게 말했다.

「농담할 일이 아니야. 자네처럼 그렇게 냉소적으로 말해서도 안 된다고. 자네가 여기 있어서 그녀가 말하는 모습을 직접 봤어야 하는데.」눈이 부은 사내가 말했다.

「그 위대한 목소리라, 또 그 대단한 얼굴. 그렇게 쓰게나. 그리고 내겐 말할 필요 없네. 쓸데없이 내게 그 대단한 표현을 다 말해 버릴 필요 없다고. 가서 당장 기사나 쓰게.」까르꼬프가 말했다.

「지금 당장 쓸 생각은 아냐.」

「아니, 당장 쓰는 게 좋지 않겠나?」까르꼬프는 사내를 홀긋 보고는 시선을 다른 곳으로 돌렸다. 눈이 부은 사내는 마시던 보드카 잔을 든 채 잠시 도취된 듯 서 있더니 그가 들었던 그 아름다운 말과 그가 목격했던 그 아름다운 모습을 다시 떠올리고는 기사를 쓰기 위해 방을 떠났다.

까르꼬프는 마흔여덟 살쯤 된 작고 통통한 사내에게 갔다. 그 사내는 금발에 엷은 푸른색 눈 그리고 까칠까칠한 노란 콧수염에 명랑한 입을 지니고 있었다. 군복 차림의 사내는 헝가리 사람으로 사단장이었다.

「돌로레스가 여기 있을 때 그 자리에 같이 있었습니까?」까르꼬프가 사내에게 물었다.

「음, 같이 있었네.」

「무슨 얘기를 했습니까?」

「자기편끼리 싸운 파시스트들 얘기였네. 사실이라면 정말 기분 좋은 얘기지.」

「내일 일에 대해서 말들을 많이 하는 것 같군요.」

「말도 안 되는 소리. 이 방에 있는 사람들이나 기자들 모두 총살시켜야겠군. 음모만 꾸며 대는 그 리하르트인지 뭔지 하는 독일 놈은 말할 것도 없고. 누가 됐든 그 일요판『퓌글러』지에다 여단의 공격 명령과 관련하여 기사를 제공한 놈도 총살해야 돼. 자네나 나도 총살당하지 모르지. 있을 수 있는 일이야. 하지만 그것을 건의하지는 말게.」장군은 웃으며 말했다.

「그런 일은 정말 입 밖에 내고 싶지 않군요. 여기에 가끔 오던 그 미국인도 지금 그쪽에 가 있어요. 그 조던이라고 하는 사람 아시죠? 게릴라들과 함께 일하는 사람 말입니다. 사람들이 떠드는 그 일이 벌어지게 될 곳에 그 사람이 가 있어요.」까르꼬프가 말했다.

「그래? 그럼 오늘 밤쯤 그 사람이 무슨 보고서를 보내오겠군. 사령부 쪽 친구들은 내가 거기 나타나는 걸 싫어하니 내가 직접 거기 가서 자넬 위해 뭘 알아봐 줄 수도 없겠군.

그 미국인은 골스하고 같이 이 일에 가담하고 있지? 자넨 내일 골스를 만나 보기로 되어 있지?」 장군이 말했다.

「네, 아침 일찍 만날 겁니다.」

「일이 잘 풀릴 때까지는 그를 방해하지 마. 나하고 마찬가지로 그도 기자들이라면 딱 질색이거든. 하지만 나보다는 참을성이 많은 친구야.」

「하지만 이번 일에 대해서는…….」

「아마 파시스트들이 기동 작전을 벌이는 걸 거야.」 장군이 빙그레 웃으며 말했다. 「아무튼 골스가 놈들의 작전에 어떻게 대응할지 어디 좀 두고 보자고. 골스가 알아서 하게 내버려 둬야 해. 우린 놈들을 과달라하라에서 잘 요리했잖아.」

「장군께서도 여행을 하실 거라고 들었는데요.」

까르꼬프가 고르지 못한 치아를 드러내고 웃으며 말했다. 이 말을 듣자 장군은 갑자기 화를 냈다.

「그래, 이번엔 내가 입방아에 오를 차례로군. 이제 내가 화젯거리로 등장했나? 우리 모두는 좋은 얘깃거리인 셈이군. 남의 말 꾸며 대기 좋아하는 더러운 사람들! 입이 무거운 사람이 한 사람이라도 있다면, 자신감을 가지고 이 나라를 구할 수 있을 거야.」

「장군의 친구이신 프리에토는 입을 다물고 있지요.」

「하지만 그는 자신감이 없어. 확신도 없이, 국민에 대한 믿음도 없이 어떻게 승리를 기대할 수 있겠나?」

「그건 장군이 대답하실 질문이로군요. 전 이만 가서 좀 자야겠습니다.」 까르꼬프가 말했다.

그는 연기와 소문으로 가득 찬 그 방을 나와서 뒤 침실로 들어갔다. 그리고 침대에 앉아 장화를 벗었다. 거기까지 말

소리가 들려오자 그는 문을 닫고 창문을 열었다. 그는 2시에 출발해 콜메나르, 세르세다, 나바세레다를 거쳐 골스가 공격을 개시할 곳까지 차를 몰고 갈 계획이었으므로 옷도 벗지 않은 채 그냥 자기로 했다.

33

필라르가 그를 깨운 것은 새벽 2시였다. 필라르가 손으로 그를 흔들자 그는 마리아인 줄 알고 돌아누우면서 〈토끼〉라고 말했다. 그러나 필라르의 거센 손이 강하게 어깨를 흔들어 그는 갑자기 잠이 깼다. 그는 손을 뻗어 맨살의 오른쪽 다리 옆에 놓인 총을 잡았고 온몸이 안전장치를 벗긴 권총처럼 팽팽하게 긴장되었다.

그는 어둠 속에서 필라르를 알아보았다. 그리고 손목시계의 문자반을 보니 반짝이는 두 개의 야광 바늘이 위쪽에서 좁은 각도를 드러냈다. 아직 2시밖에 되지 않은 시각이었다.

「왜 그래요, 필라르?」

「파블로가 없어졌어.」 몸집이 큰 여자가 말했다.

로버트 조던은 바지를 입고 구두를 신었다. 마리아는 아직 잠에서 깨지 않았다.

「언제?」 그가 물었다.

「한 시간쯤 됐어.」

「그리고?」

「당신 물건을 일부 가져갔어.」 필라르가 큰일 났다는 목소리로 말했다.

「어떤 물건인데요?」

「모르겠어. 어서 가봐.」

그들은 어둠 속을 지나 동굴 입구까지 가 담요를 걷어 올리고 안으로 들어갔다. 로버트 조던은 바닥에 누운 남자들을 밟지 않기 위해 회중전등을 켰다. 동굴 안은 불 꺼진 재와 탁한 공기와 잠자는 남자들의 지저분한 입 냄새로 진동하고 있었다. 그는 필라르를 따라 들어갔다. 안셀모가 잠에서 깨 말했다.

「벌써 일어날 시간인가?」

「아뇨. 더 자요, 영감님.」 로버트 조던이 나지막한 목소리로 말했다.

두 개의 배낭은 담요를 걸어서 별실처럼 꾸민 필라르의 침대 머리맡에 있었다. 로버트 조던은 침대 위에 무릎을 꿇고 회중전등으로 두 개의 배낭을 비추어 보았다. 침대는 인디언의 잠자리처럼 매캐하고 땀에 절고 달착지근한 냄새가 났다. 딱히 꼬집어 말할 수는 없지만 구역질 나는 냄새였다. 배낭에는 위에서 아래까지 커다란 칼자국이 나 있었다. 로버트 조던은 회중전등을 왼손에 쥐고 오른손으로 배낭 하나를 더듬어 보았다. 그 배낭은 침낭을 넣어 가지고 다니는 것이어서 속에 별로 든 것이 없었다. 속을 더듬어 보니 와이어는 그대로 들어 있었지만 폭파기가 든 나무 상자는 사라지고 없었다. 뇌관을 조심스럽게 포장하여 쌓아 둔 잎담배 상자도 없었다. 퓨즈와 캡이 들었던 뚜껑을 비틀어 여닫는 깡통도 없었다. 로버트 조던은 또 다른 배낭을 살펴보았다. 거기에 들어 있는 폭약은 문제가 없었다. 그러나 한 뭉치쯤 없어진 것 같기도 했다.

그는 일어나서 필라르에게 몸을 돌렸다. 아침에 너무 일찍 잠에서 깨면 남자들은 뭔가 공허한 느낌, 재난이 닥친 느낌, 황당한 느낌을 갖게 된다. 그는 그 순간 평소보다 천배는 더 되는 공허감을 느꼈다.

「이렇게 하는 게 당신이 잘 간수한다고 얘기한 그겁니까?」 그가 말했다.

「나는 그걸 베고 잤고 한쪽 팔로 꼭 보듬고 있었어.」

「그럼 배낭은 잊어버리고 푹 잠이 든 게로군요.」

「내 얘길 좀 들어 봐. 그가 밤중에 일어나기에 〈어디 가요, 파블로?〉 하고 물었어. 그랬더니 〈오줌 누러 가〉 하더군. 그래서 난 다시 잠이 들었어. 그때가 언제인지는 모르겠지만 다시 눈을 떠보니까 그가 없어져 있었어. 그 순간에는 평소처럼 말을 보러 갔겠지 하고 생각했지. 그런데 시간이 지나가도 그가 돌아오지 않자 그때부터 걱정이 되기 시작해서 배낭을 만져 봤던 거야. 그랬더니 긴 칼자국이 나 있어서 당신에게 달려간 거지.」 필라르가 낭패한 듯한 어조로 말했다.

「자, 밖으로 나갑시다.」 로버트 조던이 말했다.

그들은 이제 밖에 나와 있었다. 아직은 한밤중이어서 새벽이 오려면 한참 걸릴 것 같았다.

「초소 옆 말고 말을 데리고 빠져나갈 수 있는 길이 있나요?」

「두 군데가 있어.」

「위쪽엔 누가 있어요?」

「엘라디오가 있을 거야.」

로버트 조던은 말을 방목하는 목초지에 도착할 때까지 아무 말도 없었다. 거기에는 말 세 마리가 풀을 뜯고 있었다.

큰 적갈색 말과 회색 말이 사라지고 없었다.

「언제쯤 파블로가 사라진 것 같습니까?」

「한 시간은 충분히 되었을 거야.」

「그럼 이미 끝난 얘기로군. 나는 가서 배낭에 남은 것이나 추스르고 다시 잠이나 자야겠어요.」 로버트 조던이 말했다.

「배낭은 내가 지키겠어.」

「뭐? 당신이 지키겠다고요? 그러다가 그만 이런 꼴이 나고 말았잖습니까.」

「영국 양반, 이 일에 대해서는 나도 낭패스럽기는 마찬가지야. 잃어버린 물건을 되찾기 위해 무슨 일이라도 하겠어. 나를 못살게 굴 것까지는 없잖아. 파블로가 우리를 배신한 것뿐이니까.」 필라르가 말했다.

그는 그녀의 말을 듣고 화를 내봐야 유리할 게 없다는 것을 알았다. 그리고 이 여자와 싸울 처지도 아니었다. 오늘 이 여자의 협조를 얻어 가며 일을 해야 하는데 벌써 그 오늘이 두 시간씩이나 지나가 버렸다.

그는 그녀의 어깨에 손을 얹었다.

「아무것도 아니에요, 필라르. 없어진 것은 그리 중요한 게 아니에요. 다른 것들을 연결해서 똑같은 기능을 내게 할 수 있어요.」 로버트 조던이 말했다.

「파블로가 가지고 간 게 뭐유?」

「별거 아니에요. 없어도 되는 보조 도구일 뿐이에요.」

「기폭제의 부품이었나?」

「그래요. 하지만 다른 방법으로 폭파할 수도 있어요. 파블로가 쓰다 남겨 둔 퓨즈나 캡이 있을 거예요. 군에서 그런 걸 공급해 주지 않았나요?」

「다 가지고 갔어. 즉시 찾아 보았는데 전부 없어졌어.」그
녀의 목소리는 아주 처량했다.

그들은 숲을 지나 동굴 입구까지 되돌아왔다.

「눈을 좀 붙여요. 그가 사라져서 오히려 잘되었어요.」

「난 엘라디오를 보러 가야겠어.」필라르가 말했다.

「파블로는 다른 길로 갔을 겁니다.」

「아무튼 가보겠어. 내가 엉성하게 해서 당신을 배신한 꼴
이 되었군.」

「아니에요. 좀 자도록 해요. 4시면 출발해야 하니까.」그
가 말했다.

그는 필라르와 함께 동굴로 들어가서 찢어진 틈으로 와이
어 등이 쏟아져 나오지 않게 배낭을 양팔로 잘 싸안고 밖으
로 나왔다.

「내가 꿰매 줄게.」필라르가 말했다.

「출발하기 직전에 꿰매도록 합시다. 당신을 못 믿어서 이
배낭을 가지고 가는 게 아니라 이걸 베고 잠을 좀 자려고 합
니다.」

「그렇다면 내게 일찍 가져다줘야 하는데.」

「그렇게 하죠. 잠을 좀 자도록 하세요.」

「당신과 공화국을 실망시켜 미안하기 짝이 없군.」필라르
가 참담한 목소리로 말했다.

「괜찮아요. 잠을 좀 자두도록 하세요.」그가 자상하게 말
했다.

34

　파시스트들은 이 지방 산꼭대기를 장악하고 있었다. 한 골짜기에는 농가가 한 채 있었는데 파시스트들은 그곳을 초소로 삼고 보초를 세워 두었다. 골짜기에는 그 밖에 아무것도 없었다. 로버트 조던의 보고서를 가지고 골스에게 가는 도중 안드레스는 어둠을 틈타 이 초소를 멀찍이 돌아서 길을 재촉했다. 그는 닿기만 하면 자동으로 발포하게 되어 있는 경계선이 어디에 있는지를 잘 알고 있었다. 그는 어둠 속에서 경계선 가까이 다가가 살짝 뛰어넘고 작은 개울을 따라 계속 걸어갔다. 개울 양편에는 포플러가 늘어서 있었는데 밤바람에 잎이 흔들렸다. 마침 파시스트들의 초소에서 닭이 우는 소리가 들려 안드레스는 무심코 뒤를 돌아보았다. 포플러 사이로 보니 농가의 창가 아래쪽에서 불빛이 비치고 있었다. 밤은 고요했고 밤공기가 무척 시원했다. 안드레스는 개울을 지나 풀밭을 갈로질러 갔다.

　풀밭에는 전쟁이 시작된 지난 7월 이후 계속 손대지 않고 내버려 둔 건초더미가 네 개 있었다. 계절이 여러 번 바뀌도록 아무도 그걸 치우지 않았기 때문에 이미 건초는 다 못 쓰게 되어 있었다.

안드레스는 건초 더미 사이에 있는 경계 덫을 넘으면서, 못쓰게 된 건초가 참 아깝다는 생각을 했다. 공화당원들 같았으면 이 풀밭 너머로 가파르게 솟아 있는 과다라마 산비탈로 이걸 운반해 갔을 것이다. 파시스트들에겐 건초가 필요 없는가 보다.

파시스트들은 건초며 곡식이며 이미 필요한 것들은 다 충분히 가지고 있겠지. 그래, 아주 많이 가졌을 거야, 안드레스는 생각했다. 하지만 내일이면 다들 끝장날 테니 두고 보라지. 내일 아침이 되면 저놈들이 소르도에게 했던 짓을 되돌려 주고 말 테다. 야만스러운 놈들! 아침이 되면 신작로에 먼지가 뿌옇게 이는 걸 보게 될 거야.

그는 보고서를 잘 전해 주고 아침 공격에 늦지 않게 초소로 되돌아가야겠다고 마음먹었다. 정말 되돌아가려는 것인지, 아니면 단지 마음뿐인지는 알 수 없었다. 영국 사람이 이 심부름을 시켰을 때 그는 위험한 일을 모면할 수 있다는 안도감을 느꼈다. 그전까진 침착한 마음으로 아침 일을 기다리려고 노력했다. 그 일은 피할 수 없는 일이었고 그는 기꺼이 그 일에 참가할 생각이었다. 소르도가 그렇게 허무하게 당하고 만 것이 그에게 그런 용기를 주었던 것이다. 하지만 결국 그건 소르도의 일이었고, 그들에게 일어난 일은 아니었다. 어쨌든 꼭 해야 할 일이라면 피하지 않고 해야 한다.

하지만 영국 사람이 이 보고서에 대해서 말했을 때, 그는 어린 시절의 어느 날 맛보았던 것과 똑같은 기분을 느꼈다. 그날은 마을 축제 날이었는데 아침에 눈을 떠보니 비가 억수같이 내렸고, 땅이 너무 질퍽해져서 투우 경기는 취소될 거라는 걸 알 수 있었다.

　그는 어렸을 때 투우 경기를 무척 좋아했고, 해마다 그 경기가 벌어질 날을 무척 고대했다. 뜨거운 햇볕이 내리쪼이는 광장에서 먼지를 뒤집어쓰며 기다리고 서 있으면 수레들이 광장 둘레를 막아 운동장처럼 되어 있는 한가운데로 소들이 들어선다. 황소들은 빗장이 벗겨진 우리에서 미끄러져 내려와 당장이라도 싸울 듯이 네 발로 땅을 울렸고 그는 그때마다 흥분과 기쁨과 땀이 솟는 긴장을 맛보곤 했다. 판자로 된 우리 벽을 뿔로 들이받는 소리, 우리에서 미끄러져 내려와 머리를 치켜들고 콧구멍을 벌름거리고 귀를 실룩이면서 미간이 널찍한 눈을 빛내며 경기장으로 들어오는 소들의 모습. 까맣게 윤이 나는 털에는 먼지가 앉아 있고, 옆구리엔 똥이 들러붙어 있고, 부드러우면서도 단단한 뿔은 모래에 씻긴 유목(流木) 같아 보였다. 뾰족하게 끝이 솟은 그 뿔을 보면 가슴이 마구 설렜다.

　그는 해마다 그런 소들을 볼 수 있는 날을 손꼽아 기다리곤 했다. 소가 우리에서 내려와 광장 안쪽으로 들어서는 것을 보고 있노라면 소는 갑작스럽게 머리를 내리고 뿔을 앞으로 내밀어 고양이처럼 재빠른 발동작으로 공격할 사람 쪽으로 달려든다. 어렸을 때, 숨이 막힐 듯 흥분되는 그 순간을 그는 매일매일 손꼽아 기다렸다. 하지만 영국 사람이 보고서 얘기를 꺼냈을 때 그가 느낀 기분은 꼭 비가 와서 투우 경기를 못 보게 된 그날의 기분이었다. 슬레이트 지붕에 후드득 후드득 비가 듣는 소리가 들리고, 돌담이랑 마을 길에 있는 웅덩이로도 비 떨어지는 소리를 들었을 때 그가 느꼈던, 이루 말할 수 없는 그 참담한 기분.

황소를 상대하는 데 있어서 그는 인근 마을의 그 누구보다도 용맹했다. 이웃 마을에서 벌어지는 시합에까지 나가지는 않았지만 그의 마을에서 열리는 경기에는 해마다 빠지지 않고 출전했다. 그는 황소가 공격해 올 때 태연히 버티고 서 있다가 마지막 순간에 몸을 살짝 옆으로 비켜세우는 기술을 잘 알았다. 황소가 다른 사람을 쓰러뜨렸을 때에도 그는 황소 주둥이 앞에 대고 자루를 흔들어 주의를 교란시키고, 계속 다른 선수들이 쓰러져 갈 때도 그는 소의 뿔을 쥐고 흔들고 당기고 발로 차고 얼굴을 때리고 해서 결국은 지쳐 물러나게 만들었다.

넘어진 사람에게서 소를 떼어 내려고 죽어라고 소꼬리를 잡아당기고, 꼬고, 당긴 적도 있다. 한번은 한 손으로 소의 꼬리를 잡아당기면서 몸을 비틀어 다른 한 손으로 뿔을 잡은 적이 있었다. 황소는 그를 향해 고개를 쳐들고 덤벼들려고 했으나 양손에 꼬리와 뿔을 잡고 있는 안드레스도 워낙 만만치 않아서 그대로 빙글빙글 돌았다. 놀라움과 흥분 속에 지켜보던 관중들이 우르르 뛰어나와 여기저기서 칼을 꽂아 대자 마침내 소는 쓰러졌다. 먼지와 열기와 아우성, 소와 사람과 술 냄새 속에서 그는 언제나 황소를 향해 덤벼드는 사람들 맨 앞에 있었다. 그는 밑에 깔려 있는 소가 꿈틀거리는 것을 느끼면서 한쪽 팔을 뿔 밑 부분에 단단히 감아 놓고 손으로는 다른 쪽 뿔을 단단히 쥔 채 소가 꼼짝 못 하게 만들려고 안간힘을 썼다. 먼지투성이에다 뜨겁게 열을 뿜은 털투성이의 몸뚱이 위에서 그러고 있노라면 팔은 빠져나갈 것 같았지만, 그러면서도 그는 소의 귀를 단단히 물어뜯고 칼을 꺼내서 몇 번이고 몇 번이고 씩씩거리는 황소의 몸을 힘껏 찔러 댔다. 그가 소의 목에 올라타고 몸으로 내리누르면서 칼을 꽂으면 그의 주먹은 튀어 오르는 피로 범벅이 되었다.

　처음에 그가 이런 식으로 소의 귀를 물어뜯고, 목과 턱이 뻣뻣해질 정도로 소의 몸에서 악착같이 떨어지지 않았을 때, 온 마을 사람들은 두고두고 그 얘기를 화제에 올렸다. 사람들은 그 일로 그를 놀려 대기도 했지만 그를 굉장히 존경했다. 그러자 그는 매년 대회에 나갈 때마다 같은 행동을 되풀이해서 사람들의 인기를 끌었다. 사람들은 그를 비야코네호스의 불도그라고 부르며 소고기를 날것으로 먹는 사람이라고 재미 삼아 농담까지 주고받았다. 마을 사람들 모두가 대회 때마다 그의 그런 모습을 고대했고, 그 역시 대회에 나갈 때마다 소가 덤벼들면 던지고 찌르고 하다가, 사람들이 죽이라고 아우성치면 다른 투우사들을 제치고 자신이 소에게 달려들어 죽여야 한다고 생각했다. 그리고 모든 일이 뜻대로 되고 나서 마침내 소가 굴복하여 투우사들 밑에 깔려 죽게 되면 그는 우뚝 일어나 귀를 물어뜯은 일을 부끄러워하면서 옆으로 물러났다. 하지만 마음 한편으로는 말할 수 없이 자랑스러웠다. 그리고 수레를 지나 돌 분수대로 가서 손을 씻으면 사람들이 우르르 몰려와서 그의 등을 두들기고 그에게 술 부대를 건네주면서 자랑스럽게 외쳐 댔다. 〈어서 마셔, 불도그. 자네 어머니 만세!〉라고.

　또 여러 사람들이 흥분하면서 그를 추켜세웠다. 「바로 그게 불알 두 쪽을 가진 남자가 해야 할 일이지. 해마다 말이야!」

　그러면 안드레스는 겸연쩍고 허탈해지면서도 자랑스럽고 기쁜 마음에, 모두의 악수를 사절하고 손과 팔과 칼을 세심히 닦았다. 그러고는 술 부대 하나를 받아 들어서 베어 물었던 소의 귀 맛을 깨끗이 씻어 내렸다. 광장의 돌바닥에다 술을 뱉어 내고 그는 다시 술 부대를 높이 들어 올려 목 안으로 술을 콸콸 부어 넣었다.

사실이었다. 그는 비야코네호스의 불도그였고 그 마을에서는 매년 대회가 열렸지만 아무도 그를 능가할 자가 없었다. 하지만 그 빗소리를 들은 날 아침 그가 그 짓을 또 하지 않아도 된다는 생각이 들었을 때, 그는 그 어느 때보다도 기쁜 안도감을 느꼈다.

하지만 난 돌아가야만 한다, 하고 그는 생각했다. 의심할 여지없이 나는 초소로 되돌아가서 다리 폭파 작전에 참가해야 한다. 나와 피와 살을 나눈 형제인 엘라디오도 그곳에 있지 않은가. 안셀모도, 프리미티보도, 페르난도도, 아구스틴도, 얼빠진 라파엘도, 두 여자도, 파블로와 그 영국 양반도 모두 거기 있다. 그 영국 사람은 외국인이고 명령을 이행하고 있는 몸이니까 같이 끼워 넣는 게 이상하지만 말이다. 어쨌든 모두 거기 있어. 보고서 심부름을 핑계 삼아 그 일에서 빠질 수는 없다. 서둘러서 보고서를 제대로 전해 주고 있는 힘을 다해 시간에 맞춰 초소로 되돌아가야만 한다. 이 심부름을 핑계로 그 작전에서 빠지려는 건 비겁한 일이야. 그래, 더 생각할 것도 없이 분명한 일이야. 게다가 어렵게 생각되는 일도 알고 보면 좋은 면을 갖고 있다. 이번 일만 해도 어렵고 힘들게만 느껴지지만, 사실은 좋은 면도 있다. 난 이 일을 계기로 파시스트 놈들을 죽일 수 있다는 게 너무나 기쁘거든. 그놈들 죽여 본 지도 너무나 오래 되지 않았던가. 내일이면 정말 거창한 일을 벌이게 될 거야. 정말 기억할 만한 날이 될 거야. 그래. 내일은 반드시 올 거고 난 반드시 그 자리에 있어야만 해.

바로 그때, 무릎까지 키가 자란 금작화밭을 오르면서 공화국 전선 쪽으로 가고 있던 참에, 어둠 속에서 매 한 마리가 그의 발치로 날아들어 퍼드득 날갯소리를 냈다. 순간 그는 숨이 멎을 것처럼 놀랐다. 이런, 생각지도 못했던 습격이로군. 그는 생각했다. 만일 놈들이라면 그렇게 재빠르게 날갯짓할 리도 없는데 괜스레 놀라기는. 아마 알을 품고 있었던가 보다. 내가 알 가까운 곳을 밟았나 보지. 이따위 전쟁만 없다면 이 덤불에 수건을 매어 두었다가 밝은 대낮에 다시 찾아와서 알을 꺼내 갈 수도 있을 텐데. 우리 집 암탉에게 알을 품게 했다가 알에서 새끼가 나오면 마당에서 매를 기르며 그놈들이 자라는 걸 지켜봤을 거야. 완전히 자라면 새 사냥에 썼겠지. 그러면 자연스럽게 내게 길들여질 테니까 눈을 못 보게 만들지 않아도 날 잘 따를 테지. 아니면 날아가 버릴까? 그래, 그럴지도 모르지. 그러면 아무래도 눈을 못 보게 만들어야겠지.

하지만 내가 기른 새에게 그런 짓을 하고 싶진 않아. 새 사냥을 할 때는 다리에 실을 매어 두든지 깃털을 뽑아 두면 도망가지 못할 거야. 이놈의 전쟁만 아니라면 엘라디오와 함께 아까 지나온 개울에 가서 가재도 잡을 수 있을 텐데. 언젠가 그 개울에서 하루에 40마리가 넘는 가재를 잡은 적이 있지. 다리 폭파 일이 성공적으로 끝나고 그레도스 산으로 가게 되면 거기에서도 가재잡이를 할 수 있을 거야. 그곳에는 맑은 개울이 많으니까 가재뿐 아니라 연어도 잡을 수 있겠지. 그레도스 산으로 가게 된다면 좋겠다고 그는 생각했다. 거기 가면 여름에도 가을에도 굉장히 즐겁게 지낼 수 있어. 하지만 겨울이면 몹시 춥겠지. 그렇지만 겨울이 되기 전에 우리는 이 전쟁에서 이기게 될 거야.

아버지가 공화당원이 아니었더라면 엘라디오와 나는 파시스트들의 군대에서 싸우고 있었겠지. 그놈들의 군대라면 아무 어려움도 없다. 명령에 복종하고, 살게 되면 사는 거고 죽게 되면 죽는 거지. 결국에 벌어질 일은 벌어지는 거다. 권력을 가진 자 밑에서 복종하며 사는 편이 거기에 대항하는 것보다 훨씬 쉬운 일이야.

하지만 이 비정규전은 당연히 해야 할 책임이 있는 전투다. 걱정하기 시작하면 좀처럼 걱정이 줄어들지 않는 법이다. 엘라디오는 나보다 생각이 깊은 편이지. 그래서 나보다 걱정도 많아. 나는 내가 싸우는 이유를 진심으로 정당한 것이라고 믿기 때문에 걱정 따윈 하지 않는다. 하지만 지금의 생활은 무거운 책임감을 갖지 않으면 해나갈 수 없어.

내 생각에 우린 참으로 힘든 시기에 태어났어. 다른 어떤 시대에 태어났더라도 이보다는 나았을 거야. 하지만 인간은 고통을 당하는 만큼 그 고통에 저항할 수 있게 만들어졌기 때문에, 사실은 생각만큼 그렇게 심하게 고생하는 것은 아니야. 고통을 정말 고통으로 받아들인다면 이 땅에서 배겨 나지 못해. 어쨌든 어려운 고비야. 파시스트들이 우리를 공격했기 때문에 우린 맞서 싸워야 했던 거야. 우린 살기 위해 싸우고 있을 뿐이야. 하지만 난 지금과는 다른 생활을 하고 싶어. 아까 그 덤불에 수건을 매어 두었다가 낮에 다시 와서 알을 꺼내고, 우리 집 닭장에 넣어 두었다가 새끼가 나오면 앞마당에서 매를 길러 볼 수 있는 그런 생활. 그런 바람은 비정상적인 것도 아니고 그렇게 거창한 것도 아니지 않은가. 그런 일을 마음대로 할 수 있다면 좋겠다.

하지만 집도 없고 새를 기를 만한 터도 없잖아. 가족이라 곤 내일 전투에 나갈 형제 한 명뿐이고, 바람과 태양과 주린 배 외에는 아무것도 가진 것이 없잖아. 그 바람도 지금은 거의 불지 않고 있고 태양은 전혀 없다. 호주머니 안에는 수류 탄 네 개가 들어 있지만 그건 내던질 때밖에는 쓸모가 없다. 등에는 카빈총이 있지만 총알을 날릴 수 있을 뿐이다. 하지 만 전해야 할 보고서도 있다. 이 땅에 줄 수 있는 똥도 있는 걸. 이런 생각을 하며 그는 혼자 웃었다. 오줌을 땅에다 갈길 수도 있지 않은가. 네가 가진 모든 것을 넌 누군가에게 줄 수 있구나. 너는 하나의 철학적 현상이고, 그리고 불행한 사람 이다. 그는 다시 씨익 웃었다.

하지만 그의 이러한 고상한 생각에도 불구하고, 축제의 날 아침 비가 내리는 소리를 들으며 느꼈던 그 유예된 느낌 이 다시 그에게 찾아들었다. 이제 거의 산꼭대기에 다 올라 왔고, 몇 발짝 안 되는 곳에 정부 초소가 있었다. 거기서 그는 검문을 받게 될 것이다.

로버트 조던은 다시 이불 속에 누워 있었고, 곁에는 여전히 마리아가 자고 있었다. 그는 마리아에게 등을 대고 그녀의 날씬한 몸을 느꼈지만, 이제 그 감촉은 얄궂은 운명으로밖에 느껴지지 않았다. 너란 놈은, 너란 놈은. 그는 자기 자신에게 화가 났다. 그래, 너란 놈 때문에. 그놈을 처음 보았을 때 너는 스스로 말하지 않았던가. 그가 친근하게 굴 때가 바로 배반이 시작될 때라고. 이 빌어먹을 바보 녀석아. 저주받을 바보 녀석. 다 집어치워. 지금은 그런 말이나 하고 있을 때가 아니잖아.

그놈이 그걸 어디다 감추거나 내던졌을 가능성은 얼마나 될까? 그리 높지 않다. 게다가 그렇게 어디다 내던져 놓았다 해도 어둠 속에서 그걸 찾을 수는 없다. 아마 가지고 있을 거야. 놈은 다이너마이트도 가져가 버렸어. 이 더럽고 사악하고 간악한 파블로 새끼! 썩어 빠진 오물 같은 놈! 왜 그놈에게 폭약이나 뇌관을 가져갈 기회를 주었을까? 왜 멍청하게도 그 망할 년에게 배낭을 맡겨 두는 어리석고 부주의한 실수를 저질렀을까? 교활하고 믿을 수 없는 추잡한 놈. 더러운 배반자. 이 파블로 놈!

이런 생각은 집어치우고 마음을 진정하자. 그는 생각했다. 너도 어쩔 수 없었고, 그 배낭도 달리 어떻게 해놓을 도리가 없었다. 누구나 그런 실수는 저지를 수 있어. 넌 오늘 밤 도망가 버린 놈처럼 사악한 놈이 못 되기 때문에 그런 실수도 저지른 거야. 제멋대로 생각하는 머리나 바로잡고 분노를 삭이도록 하자. 이런 너절한 감상 따위는 집어치워. 저 빌어먹을 통곡의 벽 앞에서 통곡하는 그런 값싼 행위는 집어치워. 그 더러운 사기꾼 놈, 지옥에나 떨어져라. 일단 하기로 마음먹었으면 거기에 서서 그 다리를 끊어 버리는 거야. 그래, 그 생각만 하도록 하자. 할아버지하고 한번 상의해 보지그래?

할아버지고 뭐고 아무것도 생각하고 싶지 않다. 이 진절머리 나는 나라도, 지긋지긋한 스페인 사람들도 죄다 없어져 버렸으면 좋겠다. 라르고도, 페리에토도, 아세니오도, 미아하도, 로호도, 모두 다 감옥에나 가거라. 제발 모두들 죽어서 지옥에나 가버려. 그들의 이기심과 자기 위주의 근성도, 자기 위주의 근성과 이기심도 모두……. 그들의 계략과 배반도, 모두 다 날아가 버려라. 언제든 지옥에 떨어져 버렸으면. 우리가 그들 때문에 죽기 전에 그놈들을 먼저 죽여 버려야 해. 우리들이 그놈들을 위해 죽은 뒤에라도, 엿 먹고 지옥에나 가버려라. 파블로도 그런 놈들이랑 매한가지야. 아니, 가장 최악의 경우야. 똥이나 먹어라! 가엾은 스페인 국민들! 그들의 지도자는 언제나 국민들을 멋대로 쥐고 흔들어 왔다. 2천 년 역사상 단 한 사람, 파블로 이글레시아스[13]만이 진정한 의미의 지도자였을 뿐, 나머지는 모두 다 국민을 더럽힌

13 Pablo Iglesias(1850~1925). 스페인 사회 노동당의 사무총장.

놈들이었다. 하지만 그조차도 이놈의 전쟁에서는 어떻게 되었을지 장담할 수가 없다. 라르고는 괜찮은 놈이라고 생각했던 게 기억난다. 두르티도 좋은 친구였는데 푸엔테 데 로스 프란세세스에서 그의 부하들에게 총살당하고 말았다. 단지 공격을 명령했다고 해서 부하들이 그를 사살한 것이다. 두르티는 그 빛나는 무규율의 규율에 따라 처형되었다고 말할 수 있다. 비겁한 돼지 같은 놈들. 죄다 저주받아서 지옥에나 떨어져라. 그리고 내 폭약과 뇌관을 훔쳐 달아난 그 파블로 놈도 똥이나 처먹어라. 제일 참혹한 지옥에나 떨어져 버려라. 하지만 당한 건 우리 쪽이다. 우리야말로 그놈 덕에 똥을 먹은 꼴이야. 코르테스, 메넨데스 데 아빌라부터 시작해 미아하에 이르기까지 항상 당한 쪽은 네 쪽이다. 미아하가 클레베르에게 무슨 짓을 했는지 생각해 보라고. 그 대머리 벗겨진 자기밖에 모르는 돼지 같은 놈. 썩은 대가리를 달고 다니는 멍청한 놈. 스페인과 스페인의 군대를 장악해 왔던 그 돼먹지 못한 정신병자들과 이기주의자들, 배반하는 놈들 모두 똥이나 먹어라. 국민을 제외한 모든 사람은 다 지옥에나 가라. 권력을 가지게 되었을 때 사람들이 어떻게 변하게 되는지도 잘 지켜봐.

그가 분노를 과장하고 조롱과 저주를 계속해 감에 따라 그의 분노는 엷어져 갔고, 자신의 저주가 정당한 것인지 아닌지도 알 수 없게 되었다. 만일 그게 사실이라면, 넌 뭣 때문에 이곳에 와 있는 거냐? 그래, 네가 한 말은 사실이 아니었던 거야. 훌륭한 사람들에 대해서도 생각을 해봐. 그는 자신이 불공평하게 구는 것을 용납할 수 없다는 기분이 들었다. 그는 잔인함을 증오하는 것만큼이나 불공평함을 증오했다.

그의 분별력을 흐리는 분노 속에 푹 빠져 누워 있으니 차츰 분노가 사그라지기 시작했다. 붉고 검고 맹목적이고 살인적인 분노는 사라져 버렸고, 이제 그의 마음은 차분해지고 평온해졌으며, 사랑하지 않는 여자와 섹스한 후의 상태처럼 날카롭고 냉정한 분별력을 다시 찾고 있었다.

「나의 가엾은 마리아⋯⋯.」그는 마리아 쪽으로 몸을 숙이며 말했다. 마리아는 자면서 미소 짓고 있었고 그에게 몸을 바짝 붙였다. 그는 말을 이었다.「조금 전에 당신이 뭐라고 말했더라면 아마 당신을 때렸을지도 몰라. 사내란 화가 나면 짐승과 매한가지거든.」

그는 이제 마리아를 가까이 끌어당겨 품 안에 꼭 안았다. 그는 볼을 그녀의 어깨에 대고, 그가 해야 할 일이 무엇이고 어떻게 해야 하는지 명확하게 떠올려 보았다.

그다지 나쁜 것만도 아니다, 하고 그는 생각했다. 그래, 정말 조금도 나쁘지 않다. 전에도 이런 일을 한 사람이 있는지는 알 수 없다. 하지만 앞으로도 이런 어려움에 처한 사람이라면 항상 나와 같은 일을 할 사람이 있을 것이다. 우리가 이 일을 해내고, 사람들이 이 일에 대해 듣게 된다면. 그래, 그들이 이 일에 대해 듣게 된다면, 그들도 할 수 있을 것이다. 그들이 이 일에 대해 궁금하게 여기지 않는다고 해도 우리가 이 일을 해냈다는 것만큼은 불변의 사실로 남을 것이다. 우리에겐 필요한 만큼의 충분한 인력이 없다. 하지만 염려할 건 없다. 지금 이 사람들만 가지고도 다리는 폭파할 수 있다. 분노를 자제할 수 있어서 너무나 다행이다. 분노 속에 있다는 건 숨도 쉬기 어려울 만큼 거센 폭풍우 속에 갇힌 것과 같았어. 그래, 화를 낸다는 것도 네게는 허용되지 않은 사치야.

「이제 모든 걸 궁리해 놓았어, 예쁜이. 당신은 이 문제 때문에 걱정하지 않아도 돼. 내 뜻대로 당신은 이 일에 대해서 아무것도 모르고 있었던 거야. 우린 죽게 되겠지만, 그 전에 먼저 다리를 폭파하게 될 거야. 당신은 이 일에 대해서 조금도 염려하지 않아도 돼. 대단한 결혼 선물은 아니지만 하룻밤이라도 편히 자게 해주고 싶었거든. 당신은 이렇게 곤히 자고 있잖아. 나의 이 보잘것없는 선물을 그녀가 결혼반지처럼 몸에 지니고 다닐 수 있을까? 푹 자, 예쁜이. 잘 자, 나의 사랑. 깨우지 않을게. 이게 지금 내가 당신에게 해줄 수 있는 전부야.」 그는 마리아의 어깨에 기댄 채 말했다.

그는 살며시 그녀를 껴안고 그녀의 숨소리와 심장이 뛰는 소리를 들었다. 그리고 손목시계를 보면서 시곗바늘이 움직이는 것을 지켜보았다.

36

안드레스는 정부군 초소의 병사에게 검문을 당하기로 결심했다. 세 겹으로 둘러친 철조망 아래쪽에 갑자기 움푹 파인 곳이 있었는데 안드레스는 그곳에 엎드려 위쪽을 향해 냅다 소리를 질러 댔던 것이다. 방어선은 연속적으로 구축되어 있지 않았기 때문에 어둠을 틈타 정부군 초소 더 깊숙한 곳까지 몰래 들어갈 수도 있었다. 하지만 초소의 검문을 거치는 편이 더 안전하고 뒤탈이 없을 것 같았다.

「수고하네. 수고가 많네, 병사 여러분.」 그가 외쳤다.

그러자 바위와 흙으로 된 보루 뒤쪽에 있던 병사들이 노리쇠를 거는 소리가 들렸다. 곧이어 방벽 한참 아래쪽에서 누군가가 총을 발사했다. 뭔가 터지는 소리가 들렸고, 어둠 속에서 노란 화염이 번쩍이는 게 보였다. 안드레스는 머리가 땅에 부딪칠 정도로 급히 납작 엎드렸다.

「쏘지 마, 동지 여러분. 쏘지 말라고! 그쪽으로 가게 해주게나.」 안드레스가 소리 질렀다.

「몇 놈이나 있는 거야?」

방벽 뒤에서 누군가가 물었다.

「나 하나야. 혼자뿐이라고.」

「누군지 이름을 대라.」

「비야코네호스 출신 안드레스 로페스네. 파블로 일당 소속이고. 보고서를 가지고 왔네.」

「총이나 탄알 가지고 있나?」

「그렇다네.」

「총과 탄알을 지닌 놈은 들어올 수 없다. 인원이 셋 이상인 경우에도 들어올 수 없다.」 방벽 뒤의 목소리가 말했다.

「나 혼자야. 중대한 임무를 수행하러 왔네. 들어가게 해줘.」 안드레스가 외쳤다.

곧이어 그들끼리 말하는 소리가 났지만 무슨 말을 하는지는 알아들을 수 없었다. 그러자 그 목소리가 다시 안드레스 쪽을 향해 외쳤다.

「몇 명이라고 했나?」

「한 명이네. 나 혼자뿐이야. 맹세하네.」

다시 그들끼리 뭐라고 말하는 소리가 들렸다. 그러고는 다시 그 목소리가 말했다.

「이봐, 파시스트.」

「난 파시스트가 아닐세. 난 파블로가 이끄는 게릴라 당원이야. 사령부에 올릴 보고서를 가지고 왔어.」 안드레스가 말했다.

「저놈은 미쳤어. 쏴버려.」 어떤 사람이 말하는 소리가 들렸다.

「이봐, 난 혼자야. 정말 나 혼자밖에 없다고. 거룩한 성삼(聖三)에 맹세하건대 난 혼자라고.」 안드레스가 말했다.

「자식, 기독교도처럼 말하는군.」 누군가 이렇게 말하고 웃는 소리가 들렸다.

그때 또 한 사람이 말했다. 「폭탄이나 던져 버리는 게 낫다니까.」

「안 돼. 그러면 엄청난 실수를 범하게 되는 거야. 아주 중요한 임무를 수행하고 있다니까. 제발 들어가게 해줘.」 안드레스가 외쳤다.

바로 이런 이유 때문에 그는 양 진영을 넘나드는 것이 싫었다. 하기야 때로는 이보다 나을 때도 있기는 했다. 하지만 대체로 좋을 때가 없었다.

「정말 혼자요?」 다시 목소리가 들려왔다.

「이런 똥물에 튀길 놈들. 대체 몇 번을 말해야 알아듣겠나? 난 혼자야!」 안드레스가 있는 힘껏 크게 외쳤다.

「정말 혼자라면 일어서서 총을 머리 위로 들어 올려라.」

안드레스는 일어나서 두 손으로 총을 잡고 머리 위로 번쩍 들었다.

「자, 이제 철조망을 넘어와도 좋다. 우리가 기관총을 겨누고 있겠다.」 목소리가 외쳤다.

안드레스는 첫 번째 철조망을 넘으려고 했다.

「이봐, 손을 사용하지 않고는 철조망을 넘을 수가 없어.」 안드레스가 외쳤다.

「계속 손을 올리고 있어.」 저쪽에서 외쳤다.

「이봐, 철조망에 꼼짝없이 걸렸다고.」 안드레스가 말했다.

「저놈에게 폭탄이나 던져 버렸으면 좋겠어.」 누군가가 말했다.

「총을 내던지라고 해. 손을 저렇게 들고는 저길 통과할 수 없어. 머리를 써야지.」 다른 사람이 말했다.

「파시스트 놈들은 다 똑같아. 한 가지 부탁을 들어주면 곧 또 다른 걸 요구한다니까.」 누군가가 말했다.

「이봐, 난 파시스트가 아니라 파블로의 게릴라 당원이래도. 우린 셀 수 없이 많은 파스시트들을 죽였다고.」 안드레스가 외쳤다.

「파블로 유격대라니, 들어 보지도 못했어. 베드로도 바울도 어떤 성자의 유격대 애기도 들은 적이 없어. 총을 집어던지고 철조망을 지나 와.」 이 초소의 대장인 듯한 사내가 말했다.

「쏴버리기 전에 어서 넘어오라고.」 또 다른 사람이 외쳤다.

「우리가 네놈에게 기관총을 쏘아 대기 전에.」 또 다른 자가 외쳤다.

「정말 정떨어지는 말만 하는군!」 안드레스가 말했다.

「정떨어진다고? 이봐, 우린 전쟁 중이야, 이 얼빠진 친구야.」 누군가가 안드레스에게 외쳐 댔다.

「그래, 그 말이 맞는 것 같군.」 안드레스가 말했다.

「뭐라고 하는 거야?」

다시 노리쇠를 당기는 소리가 들렸다.

「아무것도 아냐. 아무것도 말하지 않았어. 이 빌어먹을 철조망을 넘을 때까지 쏘지 말아 줘.」 안드레스가 외쳤다.

「우리 철조망에 대해서 나쁘게 말하지 마. 안 그러면 네놈에게 폭탄 맛을 보여 주겠다.」

「정말 아름다운 철조망이라고 말하고 싶어.」 안드레스가 소리쳤다. 「후진 변소에도 하느님이 깃드는 것처럼. 자, 형제들, 거의 다 넘었네.」

「폭탄을 던져 버려. 그게 저놈을 대하는 최선의 방법이라니까.」 누군가가 말하는 소리가 들렸다.

「형제들이여, 나는 보잘것없는 인간이야.」 안드레스가 말했다. 그는 땀으로 흠뻑 젖었고, 사내가 언제라도 이쪽으로 수류탄을 던질 작정이라는 걸 알고 있었기 때문에 식은땀까지 났다.

「그래, 그 말은 맞는 소리 같군.」 폭탄 얘기를 꺼냈던 사내가 말했다.

「그래, 자네 말이 맞네. 난 아무짝에도 쓸모없는 보잘것없는 인간이야. 하지만 내가 수행하고 있는 이 임무만은 매우 중요하다네.」 안드레스가 말했다. 그는 조심스레 세 번째 철조망을 넘는 중이었고 이제 거의 장벽까지 다다랐다.

「자유보다 중요한 것은 없어. 자유보다 더 귀중한 게 있다고 생각하나?」

그 사내가 계속 말했다. 그의 물음은 매우 도전적으로 들렸다.

「아니, 그보다 더 중요한 것은 없다고 생각하네, 친구. 자유 만세!」

안드레스는 안도하며 말했다. 그는 지금 자신이 광신자들을 상대하고 있음을 알았다. 검고 붉은 스카프를 목에 매고 있는 광신자들.

「F.A.I.[14] 만세! C.N.T.[15] 만세! 자유 만세!」 그들은 일제히 소리쳤다.

「우리도 만세! 우리도 길이 남기를!」 안드레스가 외쳤다.

「저놈도 우리와 같은 것을 신봉하고 있는 동지야. 동지를 죽일 뻔하다니.」 폭탄 얘기를 했던 사내가 말했다.

그는 손에 쥐고 있던 수류탄을 내려다보다가, 매우 감동

14 Federación Anarquista Ibérica. 스페인 무정부주의자 동맹.
15 Confederación Nacional del Trabajo. 노동자 국민 동맹.

하여 안드레스가 올라오는 것을 지켜보았다. 안드레스가 가까이 오자 그는 안드레스를 끌어안았다. 손에는 여전히 수류탄을 쥐고 있어 껴안는 순간 안드레스의 어깨에 수류탄이 닿았다. 그는 안드레스의 양 볼에 입을 맞췄다.

「무사히 이곳까지 오게 되어 반갑군, 형제. 정말 기쁘네.」 그가 말했다.

「이곳의 지휘관은 어디 계신가?」 안드레스가 물었다.

「내가 바로 지휘관일세. 보고서를 가져왔다고 했지? 어디 보세.」 그가 말했다.

그는 그 보고서를 들고 참호 안으로 들어가서 촛불에 비춰 보았다. 공화국 기가 그려진 실크가 네모난 모양으로 조그맣게 접혀 있었고 가운데에는 〈S.I.M.〉이라는 인장이 찍혀 있었다. 임무를 수행하는 안드레스의 신분을 보장하기 위해 그의 신상을 자세히 기록한 로버트 조던의 글이 첨부되어 있었는데, 〈S.I.M.〉이라는 고무 인장이 찍혀서 통행증으로 사용할 수 있게 만들어져 있었다. 그 밖에 골스에게 보내는 네 통의 보고서가 있었는데 노끈으로 묶여 있었고 각각 밀랍으로 봉해져 있었다. 그곳에도 역시 〈S.I.M.〉이라는 봉인이 찍혀 있었는데 이번 것은 고무 도장의 나무 손잡이 끝에 있는 금속 인장이었다.

「이건 본 적이 있지.」 지휘자가 말했다. 그는 천 조각을 안드레스에게 돌려주며 덧붙였다.

「이것은 누구나 가지고 있는 것이지. 진짜 중요한 것은 이 통행증이야.」

그가 안전 통행증을 들어 보이며 그걸 다시 죽 훑어보았다. 그리고 안드레스에게 확인 질문을 했다. 「자네 고향이 어디인가?」

「비야코네호스.」 안드레스가 말했다.

「거기서 생산되는 특산물은 뭔가?」

「멜론이지. 세상이 다 아는 일이야.」 안드레스가 말했다.

「그곳에 아는 사람이 있나?」

「왜 그런 걸 묻지? 당신도 거기 태생이신가?」

「아니. 하지만 거기에 가본 적이 있어. 난 아란후에스 출신이야.」

「누구든 아는 사람이 있으면 어디 물어 보게.」

「호세 링콘에 대해 말해 보게.」

「그 술집 주인을 어떻게 알지?」

「그 사람 생김새를 말해 봐.」

「머리는 벗어졌고 배도 불쑥 튀어나왔지. 한쪽 눈이 사팔 뜨기고.」

「좋아. 믿을 만하군. 한데 자넨 그 일당에 끼어서 무얼 하고 있나?」

지휘관이 서류를 안드레스에게 돌려주면서 말했다.

「아버지가 이 난리가 나기 전에 비야카스틴에 자리를 잡고 살았네. 저기 산맥을 넘어 평지에 말이지. 이 난리가 시작되었을 때 우린 그곳에 살고 있었어. 그리고 그때부터 파블로 밑에서 싸워 왔지. 그런데 난 지금 몹시 급한 임무를 수행하는 중이네. 어서 이 서류들을 가지고 길을 떠나야만 해.」 안드레스가 말했다.

「파시스트 쪽 지방은 요즘 어떤가?」 지휘관이 매우 느긋한 투로 물었다.

「오늘은 굉장한 날이었네. 신작로에 하루 종일 먼지가 뽀

얇게 일 정도로 놈들의 움직임이 많았지. 놈들이 엘 소르도 일당을 소탕해 버리기도 했고.」 안드레스가 힘주어 말했다.

「엘 소르도가 누구지?」 옆에 있던 사내가 못마땅한 투로 물었다.

「산악 지대에 진을 치고 있던 부대 가운데 가장 우수한 부대의 대장이었지.」

「당신네들 모두 공화국 쪽으로 넘어와 이쪽 군대에서 싸워야 하는 것 아니오? 쓸데없이 게릴라들은 많지만 아무짝에도 쓸모가 없다고. 모두 이쪽으로 와서 우리의 자유주의 정신에 복종해야 해. 게릴라는 우리가 필요하다고 판단될 때 우리 쪽에서 파견하면 되는 거 아냐.」 지휘관이 말했다.

다행스럽게도 안드레스는 천성적으로 참을성이 많았다. 철조망 속에서 그 수모를 겪으면서도 이렇게 태연히 여기까지 오지 않았던가. 그들이 아무리 그의 인내심을 시험하는 말을 해도 그를 당황하게 만들지는 못했다. 이런 놈들은 우리에 대해 전혀 모르고 또 우리가 무얼 하고 있는지도 전혀 모르는 자들일 뿐이다. 이런 식의 조롱은 이미 예상한 것이었다. 금세 순조롭게 이 검문대를 통과하지 못할 것도 알고 있었다. 하지만 이젠 제발 가고 싶다.

「이봐, 동지. 자네가 옳을지도 몰라. 하지만 난 지금 35사단의 사령관에게 중요한 보고서를 가지고 가는 중이네. 지금은 한밤중이고 그 부대는 새벽 일찍 이 산악 지대를 공격하게 되어 있어. 지금 당장 출발해야 하네.」 그가 말했다.

「공격이라니? 무슨 공격? 자네가 그걸 어떻게 아나?」

「몰라. 내가 아는 것은 아무것도 없어. 하지만 어쨌든 난 지금 나바세라다로 가야 하고 거기서도 또 더 가야 하네. 당신 사령관에게 날 데려가서 그쪽으로 갈 차편이라도 좀 마련해 준다면 고맙겠어. 누구 한 사람이 나와 같이 가서 급한 일이라는 걸 말해 주면 좋겠는데.」

「정말 무슨 소리를 하고 있는지 도무지 모르겠군. 철조망을 넘을 때 자넬 쏘아 버릴 걸 그랬어.」 지휘관이 말했다.

「내 서류들을 봤잖아, 동지. 내 임무도 이미 설명했고.」 안드레스가 참을성 있게 계속 그를 설득했다.

「서류란 꾸며 낸 것일 수도 있어. 파시스트들이라면 이만한 일쯤은 쉽게 꾸밀 수 있거든. 내가 자네와 같이 사령관에게 가도록 하지.」 지휘관이 말했다.

「고맙소. 그럼 같이 가게나. 하지만 정말 서둘러야 해.」 안드레스가 말했다.

「이봐, 산체스. 내가 없는 사이 이곳을 지휘하게. 임무는 잘 알고 있겠지? 난 이 동지인지 뭔지 모를 놈을 데리고 사령관께 다녀오겠네.」 지휘관이 말했다.

둘은 산꼭대기 뒤에 얕게 파놓은 참호 쪽으로 발길을 옮겼다. 안드레스는 어둠 속에서 비탈 아무 곳에나 갈긴 지독한 똥 냄새를 맡았다. 그는 꼭 무모한 짓을 아무렇지도 않게 저지를 수 있는 아이들 같은 이 사람들이 싫었다. 더럽고 추잡스럽고 무식하고 친절하고 사랑할 줄 알고 우둔하고 무지하지만 무기를 들고 있으면 더없이 위험해지는 사람들. 안드레스는 그가 공화당 편이라는 것 말고는 정치에 대해 아는 것이 없었다. 그는 이런 사람들이 말하는 것을 들어 본 적이 여러 번 있었다. 그들이 말하는 것을 들으면 때때로 아름답고 훌륭하다고 생각될 때도 있었지만 그들이 좋아지지는 않았다. 제 놈이 싼 것을 치우지도 못하는 게 무슨 놈의 자유란 말인가. 동물 중에서도 가장 멋대로 구는 놈은 고양이다. 하지만 고양이도 제 똥은 묻을 줄 안다. 고양이야말로 가장 그럴듯한 무정부주의자다. 이놈들이 최소한 고양이처럼만 되어 먹었어도 난 이놈들을 존경할 것이다.

앞서 가던 지휘관이 갑자기 멈춰 서더니 말했다.

「아직 그 카빈총을 가지고 있군.」

「그래. 왜, 안 되나?」 안드레스가 말했다.

「이리 주게. 등 뒤에서 날 쏠지도 모르잖아.」 그가 말했다.

「왜? 내가 뭣 때문에 당신 등에다 대고 총을 쏘겠어?」 안드레스가 그에게 물었다.

「누가 아나? 난 아무도 믿지 않네. 그 총 이리 줘.」 그가 말했다.

안드레스는 총을 내려서 그에게 주었다.

「그러고 싶으면 그렇게 하시게.」 안드레스가 말했다.

「이 편이 낫지. 이게 훨씬 안전해.」 그가 말했다.

둘은 어둠 속에서 계속 비탈길을 따라 내려갔다.

<h1 style="text-align:center">37</h1>

이제 로버트 조던은 마리아와 함께 누워 야광 손목시계 위에 시간이 흘러가는 것을 지켜보았다. 시간은 거의 감지하지 못할 정도로 천천히 지나갔다. 그의 야광 손목시계는 소형이었기 때문에 초침이 보이지 않아 더욱 그런 느낌이 들었다. 그러나 신경을 집중하여 분침을 지켜보면 시간의 움직임을 알아볼 수 있었다. 마리아의 머리는 그의 턱 아래에 놓여 있었다. 그가 시계를 보려고 몸을 움직이자 짧은 머리칼이 볼에 와 닿았다.

머리칼의 감촉은 담비처럼 부드러웠다. 담비를 잡으려고 덫의 아가리를 활짝 열어 놓았다가 냉큼 잡아 올려 그놈을 쥐고 털을 부드럽게 쓰다듬어 줄 때 느껴지는 그런 느낌이었다. 머리칼은 담비의 털이 일어서는 것처럼 부드럽고 생동감 있게 그의 손길에 따라 굽이쳤다.

그는 자신의 뺨이 마리아의 머릿결에 닿자 목구멍이 메어 왔다. 팔로 마리아를 꼭 안고 있으니 목구멍을 통해 온몸으로 텅 빈 아픔이 퍼져 나갔다. 그가 시계에 눈을 바싹 갖다 대자 광채를 발하는 날카로운 창끝 같은 분침이 문자반의 왼쪽 표면에서 서서히 위로 올라갔다. 이제 그는 분침의 움직임을 명확하게 지속적으로 볼 수 있었다. 그는 시간의 흐름을 멈추기 위해 마리아를 꼭 껴안았다. 그녀를 깨우고 싶지는 않았으나 이 마지막 시간에 그녀를 그냥 내버려 둘 수는 없었다.

그는 마리아의 귀 뒷부분에 입술을 대고 목덜미를 따라 내려갔다. 피부와 머릿결의 부드러운 촉감이 느껴졌다. 그는 시곗바늘이 움직이는 것을 볼 수 있었다. 그는 그녀를 꼭 껴안고 혀끝으로 뺨을 애무하다가 귓불로 옮겨갔다. 이어 아름다운 나선형의 귓바퀴를 거쳐 감미로우면서도 딱딱한 귀 가장자리의 윗부분을 핥았다.

그는 분침이 예각을 이루면서 시침이 있는 꼭대기를 향해 올라가는 것을 보았다. 그는 아직도 잠이 들어 있는 마리아의 머리를 자기 쪽으로 돌렸다. 두 사람의 입술이 포개어졌다. 그의 입술이 잠들어 단단히 닫힌 마리아의 입술을 살짝 건드렸다. 그는 가볍게 스칠 정도로 그녀의 입술을 비벼 댔다. 그가 그녀에게 몸을 돌리자 길고 탄력 있고 아름다운 몸매가 가볍게 떨었다. 그녀는 잠든 채 한숨을 내쉬면서 그를 껴안았다. 그러더니 곧 잠에서 깨어났다. 그녀는 힘차게 압박하는 그의 입술에 자신의 입술을 열렬하게 비벼 대기 시작했다.

「안 돼. 당신은 아프잖아.」 그가 말했다.

「이제 아프지 않아요.」

「토끼.」

「아무 말도 하지 마세요.」

「나의 토끼.」

「아무 말도 하지 마시라니까요.」

그러자 그들은 하나의 몸이 되었다. 그래서 이제 움직이는 시곗바늘이 보이지 않았다. 그들은 이제 상대방의 일이 바로 자신의 일이며 그리고 지금 이 사랑의 행위야말로 영과 육이 포개어지는 합일의 극치라는 것을 알았다. 그들은 지금 이 순간이 그들이 가진 전부이며 영원이라는 것을 알았다. 지금 이야말로 과거이고 미래이며, 그들이 더 이상 좋기를 바랄 수 없는 바로 그 순간이었다. 지금 이외의 순간은 없고 오로지 지금만 있으며 그것은 미래를 알려 주는 예언자였다. 지금 이외에는 그 어떤 것도 중요하지 않았다. 지금 이 순간에 내가 존재하고 상대방이 존재했다. 그리고 그 이외의 것, 이를테면 두 사람의 관계가 왜 이렇게 되었는지에 대한 물음 같은 것은 무의미했다. 바로 이 순간만이 소중한 것이었다. 지금 그들은 공중으로 떠오르고 항해하고 떠나가며 바퀴를 타고 구르고 솟아오르며 바로 이 순간을 만끽했다. 그들은 이제 하나가 되어 부드럽게 내려오며 친절하고 행복하고 선량하게 사랑의 언어를 속삭이며 서로를 보듬어 주었다. 그들은 소나무 가지로 만든 베개에 팔꿈치를 대고 땅 위를 뒹굴며 하나가 되었다. 밤공기와 소나무 가지의 축축한 냄새가 그들에게 전해져 왔다. 그들은 이제 곧 다가올 새벽과 함께 땅으로 돌아왔다.

「마리아, 당신을 사랑해. 그리고 내게 이렇게 잘해 준 걸 정말 고맙게 생각해.」

「아무 말도 하지 마세요. 이런 때는 차라리 말 없는 편이 더 나아요.」

「난 말해야겠어. 멋진 사랑이었다고.」

「아이, 몰라요.」

「나의 토끼…….」

마리아는 그를 꼭 껴안으면서 머리를 돌렸다.

「아파서 그래, 토끼?」 그가 부드러운 목소리로 물었다.

「아뇨. 또 한 번 〈*la gloria*(환희)〉를 느껴 고마울 따름이에요.」

그러고 나서 그들은 아무 말 없이 누워 있었다. 나란히 누워 있는 그들은 발목, 허벅지, 엉덩이 그리고 어깨가 모두 맞닿아 있었다. 로버트 조던은 이제 시계를 쳐다볼 수 있었다.

「로베르토, 우린 참 운이 좋은 것 같아요.」

「그래, 우린 운이 좋아.」

「더 잘 시간은 없나요?」

「없어. 이제 곧 나가야 해.」

「그럼 일어나서 무얼 좀 먹으러 가요.」

「그러지.」

「당신, 당신은 전혀 걱정이 안 돼요?」

「응.」

「정말이에요?」

「물론. 지금은 그래.」

「하지만 전엔 걱정했죠?」

「잠깐 동안.」

「제가 도와 드릴 일은 없나요?」

「아니. 지금까지 해준 것만으로도 충분해.」

「사랑의 행위 말인가요? 그건 오히려 제게 더 유익한 것이었어요.」

「우리 둘 다에게 좋은 거였어. 그런 사랑의 환희는 혼자서 도달할 수 없는 거야. 자, 토끼, 옷을 입읍시다.」

　그러나 로버트 조던의 영원한 친구인 내면의 마음은 〈글로리아〉를 생각했다. 글로리아는 영어의 〈글로리glory〉와도 상관이 없었고 프랑스어의 〈글루아르gloire〉와도 다른 것이었다. 그것은 안달루시아 집시의 노래 형식인 칸테 혼도와 성모 마리아에게 바친 노래인 사에타스에서 발견되는 그런 광영(光榮)이었다. 그것은 엘 그레코가 그린 그림과 16세기 스페인 신비주의 시인인 산 후안 데 라 크루스의 시편(詩篇)과 그 밖의 다른 것들에서 발견되는 형이상(形而上)의 것이었다. 난 물론 신비주의자가 아니야. 그렇지만 그런 신비는 부정할 수 없는 거야. 그걸 부정한다는 건 사람들이 널리 사용하는 전화기가 있다는 사실, 그리고 지구가 자전한다는 사실, 혹은 지구 이외의 혹성이 있다는 사실을 부인하는 것만큼이나 부질없는 일이야.

　우리가 알고 있는 지식은 알아야 할 지식에 비해 얼마나 적은 것인가! 나는 오늘 죽지 않고 앞으로도 오래 살았으면 좋겠어. 지난 사흘 동안 지금까지 잘 알지 못했던 것을 잘 알게 되었어. 다른 어떤 때보다 더 많이 배운 것 같아. 노인이 될 정도로 오래 살아 진정 많은 것을 알고 싶어. 사람은 계속 배워 나갈 수 있는 것인지, 아니면 일정 수준에 이르면 그다음부터는 배울 게 없는 것인지 궁금하군. 나는 실제로 잘 알지도 못하면서 매우 잘 아는 것처럼 생각해 왔지. 좀 더 시간이 있으면 좋으련만.

　「당신은 내게 많은 것을 가르쳐 주었어, 예쁜이.」 그는 영어로 말했다.

　「뭐라고요?」

　「당신에게서 많은 것을 배웠다고.」

「무슨 말씀을. 당신은 이미 많이 배운 사람이잖아요.」마리아가 말했다.

많이 배웠다고? 그는 속으로 생각했다. 아주 기본적인 교육만 받았을 뿐이지. 그것도 아주 작은 부분일 뿐이야. 오늘 죽는다면 그건 얼마나 아까운 일일 것인가! 이제 겨우 몇 가지 사실을 알기 시작했는데. 시간이 너무 없어 신경이 극도로 예민해졌기 때문에 이런 사실도 감지하게 되는 것일까? 그러나 시간이 없다는 건 말도 안 되는 얘기야. 이미 그런 정도는 알고 있었잖아. 나는 이곳에 나온 이래 평생 동안 산야를 돌아다녔어. 안셀모는 내가 가장 오래 사귄 친구지. 내가 알고 있는 미국 친구, 영국 친구, 프랑스 친구보다 더 오래된 친구야. 험담을 잘하는 아구스틴은 형제가 없는 내게는 형제나 마찬가지야. 마리아는 나의 진정한 애인이며 또 아내야. 그리고 여동생이 없는 내게 여동생이기도 하지. 그리고 앞으로 어떻게 될지 모르지만 딸 같은 여자이기도 해. 이처럼 아름다운 것을 놓치기 싫어. 그는 로프 창 신발을 꽉 죄었다.

「나는 인생이 매우 흥미진진하다는 것을 알았어.」그가 마리아에게 말했다.

그녀는 침낭 위에서 발목을 꼭 쥐고 앉아 있었다. 동굴 입구에 쳐져 있던 담요가 옆으로 밀쳐지며 그 안에서 불빛이 흘러나왔다. 아직도 깊은 밤이었고 아침이 올 기미는 느껴지지 않았다. 그는 소나무 가지 사이로 하늘을 올려다보면서 하늘에 낮게 깔린 별들이 아주 가까이 있는 것을 느꼈다. 이번 달부터는 아침이 더 빨리 올 것 같았다.

「로베르토.」마리아가 말했다.

「응, 예쁜이.」

「오늘 우리는 함께 있는 거예요?」

「일단 일이 진행되고 나면 같이 있을 수 있을 거야.」

「처음부터는 안 되고요?」

「안 돼. 처음에는 말을 보아야 하니까.」

「당신과 함께 있으면 안 돼요?」

「안 돼. 내가 꼭 해야 하는 일이 있는데 당신이 옆에 있으면 걱정이 되어 잘할 수가 없어.」

「일이 끝나면 바로 돌아올 거지요?」

「물론이지. 자, 가서 식사나 합시다.」 그는 어둠 속에서 씩 웃으며 말했다.

「침낭은요?」

「말아 놔. 치울 생각이라면.」

「치우고 싶어요.」 그녀가 말했다.

「내가 도와줄게.」

「아뇨. 혼자 할 수 있어요.」

그녀는 무릎을 꿇고 침낭을 말기 시작했다. 그러다가 마음을 바꿔 일어서더니 침낭을 펴서 흔들었다. 그런 뒤 그것을 땅에다 쫙 펴놓고 말기 시작했다. 로버트 조던은 배낭의 찢어진 칼자국에서 내용물이 흘러나오지 않게 주의하면서 그것을 들어 올렸다. 그는 소나무 숲을 통해 연기 밴 담요가 걸려 있는 동굴 입구 쪽으로 가 팔꿈치로 담요를 밀치고 동굴 안으로 들어섰다. 손목시계를 보니 3시 10분 전이었다.

38

모두 동굴 안에 모여 앉아 있었고 마리아는 불을 지펴 부채질을 했다. 필라르는 커피를 끓여 놓았다. 파블로 일로 로버트 조던을 깨운 이후 그녀는 한숨도 자지 못했다. 그녀는 연기가 가득한 굴속 걸상에 앉아서 옆이 터진 로버트 조던의 배낭을 꿰매고 있었다. 또 하나의 배낭은 이미 꿰매어져 옆에 놓여 있었다. 불빛이 그녀의 얼굴을 비추었다.

「국물 좀 더 들지그래. 든든히 먹어 둬야지. 벌써 배가 부른 거야? 다쳐도 고쳐 줄 의사는 없어.」 그녀가 페르난도에게 말했다.

「이 여편네, 그런 식으로 말하지 말라고. 언제쯤 그 더러운 입을 다물 거야?」 아구스틴이 말했다.

그는 긁힌 총신을 뒤로 하고 다리가 접힌 자동 소총에 기대고 있었다. 주머니에는 수류탄이 가득 들어 있고, 한쪽 어깨에는 클립 자루가 걸려 있었으며 다른 쪽 어깨에는 탄약이 가득 찬 탄띠를 두르고 있었다. 그는 담배를 피우고 있었는데 담배 연기를 뿜을 때마다 커피 잔을 입 가까이 들어 올려 잔에다 연기를 뿜어 대곤 했다.

「쳇, 아예 걸어다니는 철물점이군. 그렇게 한 짐 지고서 몇 발짝이나 갈 수 있겠어?」 필라르가 아구스틴에게 말했다.

「걱정 마슈. 계속 내리막길이니까.」 아구스틴이 말했다.

「초소로 가는 길은 오르막길이야. 그다음부터가 내리막길이지.」 페르난도가 말했다.

「산양처럼 가볍게 올라갈 수 있으니 염려 말게.」 아구스틴이 말했다.

「그런데 자네 형제는 어찌 된 걸까? 그 유명하신 몸이 나가자빠지신 건 아닌지 몰라?」

그가 엘라디오에게 물었다.

벽에 기대어 서 있던 엘라디오가 발끈해서 말했다. 「입 닥쳐!」

그는 신경이 날카로웠고, 다른 사람들도 그걸 잘 안다고 생각했다. 그는 항상 행동이 개시되기 전이면 이렇게 신경이 날카롭게 곤두서 있었다. 그는 벽에서 몸을 떼고 탁자 있는 쪽으로 와서 수류탄을 주머니 속에 담기 시작했다. 수류탄을 담은 가방은 동물 가죽에 덮인 채 탁자 다리에 비스듬히 기대어져 있었다.

로버트 조던은 큰 광주리 옆에 쭈그리고 앉아 있다가 거기에 손을 넣어 수류탄 네 개를 끄집어냈다. 그중 세 개는 타원형이고 톱니 모양의 무거운 강철로 만들어진 것으로, 잡아 뽑을 수 있는 쐐기형 핀이 달려 있었다.

「이건 어디서 난 거지?」 그가 엘라디오에게 물었다.

「그거? 공화국 쪽에서 가져온 것들이지. 영감이 갖고 왔어.」

「성능은 좋은가?」

「뭐, 하나하나가 다 제 몫은 하는 셈이지.」 엘라디오가 대답했다.

「내가 가지고 온 것들이야. 가방 하나에 60개씩 넣어서 들고 왔는데 상당히 무거웠지.」 안셀모가 말했다.

「직접 써본 적 있소?」 로버트 조던이 필라르에게 물었다.

「뭐라고. 이걸 써본 적이 있냐고? 파블로가 오테로에서 초소를 날릴 때 이걸 사용했지.」

그녀가 대답했다.

파블로의 이름이 나오자 아구스틴이 욕설을 퍼붓기 시작했다. 로버트 조던은 불빛에 환히 비치는 필라르의 얼굴 표정이 바뀌는 걸 보았다.

「그만둬. 말해 봐야 소용없는 일이야.」 그녀가 아구스틴에게 말했다.

「사용할 때 불발탄은 없었나?」

로버트 조던이 회색으로 칠한 수류탄을 손에 들고 물었다. 그는 손가락으로 핀을 만지작거렸다.

「항상 잘 터졌어. 불발탄은 하나도 없었지.」 엘라디오가 말했다.

「얼마나 빨리 터지지?」

「멀리서 힘껏 던질 정도는 되지. 아주 빨리 터져. 굉장히 빨리.」

「그럼 이것들은 어떤가?」 그가 깡통처럼 생긴 수류탄을 집어 들며 말했다. 거기 있는 쇠줄 테두리에는 테이프가 감겨 있었다.

「그건 고물이야. 물론 터지기는 하지. 하지만 번쩍하는 불빛만 나지 파편은 생기지 않아.」 엘라디오가 말했다.

「그래도 항상 터지기는 하나?」

「항상이라니 무슨 말씀. 우리 것이든 상대편 놈들 것이든 탄약이 어김없이 항상 터져 주지는 않아.」 필라르가 말했다.

「하지만 아까 것은 어김없이 터진다고 말했잖습니까?」

「난 그렇게 말한 적 없다우. 딴 사람에게 물어봤으니까. 언제나 터지지 않는 것이 있었어.」 필라르가 그에게 말했다.

「아니, 항상 터졌어. 사실대로 말하라고, 이 여편네야.」 엘라디오가 주장했다.

「어떻게 그렇게 장담하지? 그걸 던진 사람은 파블로였어. 넌 오테로에서 아무도 죽이지 못했잖아.」 필라르가 지지 않고 말했다.

「그 개자식 얘기는 꺼내지도 마.」 아구스틴이 말했다.

「그만들 해.」 그녀는 날카롭게 쏘아붙이고는 로버트 조던에게 계속 말했다. 「그 물건들은 다 똑같아, 영국 양반. 그건 그렇고, 그 톱니 모양의 것이 사용하기에는 더 간단할 거야.」

두 가지 다 하나씩 사용해야겠군. 로버트 조던은 생각했다. 하지만 톱니 모양으로 된 것이 더 쉽고 정확히 폭발할 것 같다는 생각이 들었다.

「수류탄을 던져서 터뜨릴 작정인가, 영국 양반?」 아구스틴이 물었다.

「못 할 것도 없지.」 로버트 조던이 대답했다.

하지만 그곳에 쭈그리고 앉아 수류탄을 고르면서 로버트 조던은 대답과는 다른 생각을 했다. 그건 불가능해. 내가 왜 이렇게 스스로를 기만하는지 나 자신도 이해할 수 없군. 눈이 멎었을 때 소르도가 낭패라고 생각했던 것처럼, 우리도 그놈들이 소르도 일당을 습격했을 때 위축되어 있었다. 또다시 그런 식으로 기가 죽어선 안될 일이다. 너는 계속 앞만 내다보며 작전을 짜고 그것이 이행 불가능한 계획이라는 걸 알면서도 행동에 옮겨야 한다. 그런 계획을 여러 번 짜왔지만 다 짜놓고 생각해 보면 항상 쓸모없다는 생각이 들었다. 그래, 마침내 작전을 개시할 아침이 온 지금, 또다시 나의 작전이 무슨 쓸모가 있을까 싶은 의문이 든다. 만일 양 초소 가운데 한 곳만 빼앗는 일이라면, 지금의 이 계획에 따라 여기 있는 사람들만 가지고도 충분히 해낼 수 있다. 하지만 둘 다 빼앗을 수는 없다. 확실히 장담할 수 없다는 뜻이다. 스스로를 기만하지 마라. 동이 트고 있는데 기만할 시간 따윈 없다.

아무래도 양쪽 초소를 다 장악한다는 건 불가능한 일이다. 파블로는 내내 그걸 알고 있었던 거다. 그놈은 그동안 내내 우리와 결별할 생각을 품고 있었다. 그리고 엘 소르도가 당했을 때, 머지않아 우리도 소탕되리라는 것을 확실히 깨달았던 것이다. 기적이 일어나 주리라고 기대하면서 일을 벌일 수는 없는데. 지금의 조건보다 훨씬 나아지지 않는다면, 다리 폭파도 하기 전에 이 사람들은 몽땅 죽고 말 것이다. 다리는 폭파시키지도 못하고 필라르, 안셀모, 아구스틴, 프리미티보 그리고 지금 안절부절못하는 엘라디오와 보잘것없는 집시, 늙은 페르난도까지 모두 다 내가 죽이고 마는 거다. 넌 기적이 일어나서 골스가 보고서를 받아 보고 이 일을 중단시킬 거라고 생각하나? 만일 그런 기적이라도 일어나지 않는다면 넌 하찮은 명령 따위로 그들을 모두 죽이는 것이다. 마리아까지도. 그녀 역시 너 때문에 죽게 될 것이다. 그녀를 구해 낼 수도 없다. 이 죽일 놈의 파블로, 지옥에나 떨어져라.

아니, 화를 내선 안 된다. 화를 내는 것은 겁을 내는 것만큼이나 좋지 않다. 하지만 너는 여자와 섹스를 즐길 것이 아니라 밤새 산간 지방을 돌아다니면서 이 일에 가담할 사람들을 모았어야만 했다. 그래. 그는 자책하듯 생각했다. 그러다 무슨 일이 생겨서 차라리 이곳에 돌아오지 못하게 되고, 다리도 폭파할 수 없게 되었더라면. 그래, 그랬어야 했다. 하지만 정말 그런 식으로 네 자신이 이 일에서 도피하게 될까 봐 넌 사람들을 모으러 떠나지 못했던 거다. 다시 돌아오고 싶지 않은 충동을 너 자신이 억누르지 못할 것만 같았던 거지. 누구를 대신 시켜 사람을 모으게 하지도 못했던 건 그 사람이 도망갈까 봐 염려해서 그랬던 거다. 이 상황에서 한 사람이라도 더 잃을 순 없으니까. 너는 지금 있는 인원을 잘 지켜야만 했고, 그들과 함께 이 일을 계획하지 않으면 안 되었다.

그러나 너의 계획은 틀려먹었다. 그 계획은 틀려먹었어. 그것은 밤에 세워진 것이고 지금은 아침이다. 밤에 세운 계획은 아침이 되고 보면 아무 소용 없는 것으로 둔갑하게 되지. 밤에 생각했던 것들이 눈뜨고 나서 생각해 보면 얼마나 어리석게 느껴지는지. 그래서 지금 눈을 뜨고 나서야 이 계획이 얼마나 무모한 것인지 절실히 깨닫고 있다.

존 모스비라면 이렇게 불가능한 일을 눈앞에 둔 상태에서도 잘해 낼 수 있었을까? 그래, 물론 그라면 잘해 냈을 것이다. 훨씬 어려운 일이었다 하더라도. 하지만 예기치 못하게 발생할 수도 있는 일을 과소평가해선 안 돼. 그래, 그걸 염두에 두자. 끝까지 버틸 수만 있다면 이번 일도 그렇게 무모한 것만은 아니야. 하지만 너는 그 방법을 알지 못하는 것 같다. 지금 내게 필요한 것은 이 일을 가능한 일로 만드는 게 아니라 확실한 일로 만드는 것이다. 하지만 여태까지 일이 어떻게 돌아갔는지 돌이켜 보라. 그래, 애당초 일은 꼬이기 시작했고 그렇게 시작된 일은 눈밭을 굴러가는 눈덩이처럼 점점 심각하게 악화되어 갔던 거야.

탁자 곁에 쭈그리고 앉아 있다가 고개를 들어 보니 마리아가 그를 향해 웃고 있는 것이 보였다. 그는 복잡한 심경을 감추며 싱긋 웃어 보이고는 수류탄 네 개를 더 집어 주머니에 넣었다. 뇌관 대신 이것들을 어떻게든 써볼 수 있겠다고 그는 생각했다. 파편이 나쁜 영향을 끼칠 것이라곤 생각할 수 없다. 파편은 폭발과 동시에 생기는 것이므로 폭약을 흩어 놓지는 않을 것이다. 그건 장담할 수 있다. 확신한다. 그래, 조금이라도 자신을 가져 봐, 하고 그는 스스로를 타일렀다. 게다가 넌 어젯밤 너와 네 할아버지가 매우 용감하고, 아버지는 수치스러울 만큼 겁쟁이였다고 생각하지 않았던가. 그런 네가 겁만 내고 있다는 건 용서할 수 없는 일이다. 자신감을 가져라.

그는 다시 마리아 쪽을 보며 미소 지어 보였다. 하지만 이번에도 진심에서 우러난 미소는 아니었다. 볼과 입이 뻣뻣하게 느껴졌다.

마리아는 널 훌륭한 사내라고 생각하고 있다. 그가 생각했다. 내 생각에 넌 썩어 빠진 놈이다. 그러면서 글로리아니 뭐니 하며 헛소리를 지껄이지 않았나. 그래, 넌 생각 하나만은 아주 멋지지. 네 생각 하나만으로 아주 그럴듯하게 이 세상을 재어 버렸지? 자로 재듯이 세상을 측정한다고, 지옥에나 가라.

진정해. 그는 스스로를 타일렀다. 화를 내선 안 돼. 그것도 비겁한 행동에 포함되는 것이다. 항상 도피할 길은 있다. 지금은 이를 악물어야 할 때다. 이제 모든 것을 잃게 됐다고 해서 여태까지 존재했던 모든 것들을 거부할 권한은 없다. 자기 꼬리를 물어뜯는 등뼈 부러진 뱀처럼 되진 말아야 해. 더구나 네놈의 등골은 멀쩡하기만 하다. 상처도 입기 전에 울기부터 하다니, 안 될 말이지. 전투가 시작되지도 않았는데 화를 낸다는 것도 말이 안 된다. 일단 전투가 개시되면 화를 낼 기회는 어차피 많이 생길 것이다.

필라르가 배낭을 가지고 그에게 다가와서 말했다. 「이젠 튼튼해졌어요. 내가 아까 말한 그 수류탄은 아주 좋은 것이오, 영국 양반. 믿어도 된다니까.」

「기분이 어때요, 필라르?」

그녀는 고개를 저어 보이고는 그냥 웃었다. 그는 그녀가 진심으로 웃은 것일까 생각해 보았다. 정말 웃고 싶어서 웃은 것 같았다.

「좋아. 이런 심각한 상황에도 불구하고…….」그녀가 말했다. 그리고 그의 곁에 쭈그리고 앉으며 말을 이었다. 「이제 정말 일을 벌이게 되는 건가?」

「그래요. 마음에 걸리는 것은 인원이 모자란다는 점입니다.」로버트 조던이 얼른 대답했다.

「나도 그렇게 생각해. 아주 많이 모자라.」그녀가 말했다.

그리고 그에게만 들리게 낮은 소리로 말했다. 「마리아는 말을 혼자서 지킬 수 있어. 내가 같이 있을 필요는 없다고. 말을 매어 두면 문제없을 거야. 기마대용 말이니까 폭발 때문에 놀라진 않을 거고. 난 아래 초소에 가서 파블로가 맡았던 일을 하겠어. 그러면 인원이 한 명 느는 셈이 되잖아.」

「좋은 생각이군요. 당신이 그렇게 말해 줄 거라 생각했습니다.」그가 말했다.

「그런데 영국 양반, 너무 걱정하지 마시우. 모든 게 잘될

테니. 그놈들은 우리 쪽에서 이런 일을 벌이리라고는 생각지
도 못할 거야.」 필라르가 그를 유심히 쳐다보면서 말했다.

「알겠소.」 로버트 조던이 말했다.

「또 한 가지 얘기해 둘 게 있어, 영국 양반. 그 손금 말이지.」
그녀가 목소리를 더욱 낮추어 속삭이듯 말했다.

「손금이 어떻단 말이죠?」
그가 불쑥 화를 내며 말했다.

「아니, 일단 들어 보라고. 그렇게 어린아이처럼 화내지 말
고, 얘길 들어 봐. 집시들이 늘 그렇듯이 손금 얘기는 내가 뭔
가 중요한 걸 아는 체하려고 꾸며 댄 것이야. 그건 사실이 아
니었어.」

「그만해 두세요.」 그가 냉랭하게 말했다.

「아니, 그건 정말 내가 꾸며 낸 거짓말이래도. 손금 얘기
때문에 행여 전쟁터에서 조바심 낼까 봐 사실대로 말해 주는
거라우.」 그녀가 나무라듯이, 그러나 다정한 어조로 말했다.

「신경 쓰지 않습니다.」 로버트 조던이 말했다.

「아니, 초조해하고 있는걸. 무척 걱정하는 게 당연한 일이
겠지만. 하지만 모든 일이 잘될 테니 두고 봐, 영국 양반. 우
린 이번 일을 위해서 태어난 것이나 마찬가지야.」 그녀가 말
했다.

「정치 자문 위원은 필요 없어요.」 로버트 조던이 그녀에게
말했다.

그녀가 다시 그를 보며 웃었다. 거친 입술과 큰 입을 벌리
고 명랑하게 진심으로 웃으며 말했다.

「난 정말 당신이 염려돼서 이러는 거야, 영국 양반.」

「이 상황에선 달갑지 않군요. 당신도 하느님도.」 그가 말

했다.

「그래, 알고 있어. 하지만 그 얘긴 꼭 해주고 싶었우. 그리고 걱정 말아. 우리 모두 잘해 낼 테니.」 그녀가 쉰 목소리로 속삭이듯 말했다.

「물론 그래야지. 당연히 그럴 겁니다. 모두 무사할 거라고요.」

로버트 조던이 입가에 보일 듯 말 듯한 엷은 미소를 띠면서 말했다.

「언제 출발하지?」 필라르가 물었다.

로버트 조던은 시계를 들여다보면서 말했다.

「곧.」

그는 안셀모에게 짐 하나를 주면서 물었다.

「준비는 잘되었습니까, 영감?」

노인은 로버트 조던이 한 것을 본보기 삼아서 쐐기를 높이 쌓아 놓고, 이제 막 마지막 쐐기를 깎고 있는 참이었다. 여분의 쐐기로, 만일의 경우에 대비해서 만든 것이었다.

「문제없소. 지금까지는 아무 탈 없이 모든 게 잘돼 가고 있지.」 영감이 고개를 끄덕이면서 말했다. 그는 보란 듯이 손을 내밀고는 미소를 지었다. 그의 손은 조금도 떨리지 않았다.

「좋습니다. 하지만 대단하지는 않군요. 내 손도 조금도 떨리지 않거든요. 손가락 하나만 펴보십시오.」 로버트 조던이 그에게 말했다.

안셀모가 시키는 대로 손가락 하나를 펴서 무언가를 가리키는 자세를 취했다. 손가락은 떨리고 있었다. 그는 로버트 조던을 보고는 머리를 저었다.

「나도 손가락은 떨려요. 항상 그렇죠. 하지만 그건 정상적인 겁니다.」 로버트 조던이 자신의 손가락을 보여 주며 말했다.

「내 손가락은 떨리지 않는걸.」페르난도가 말했다. 그는 자신의 오른쪽 손가락을 보여 주었다. 그다음 왼쪽 손가락도.

「침은 뱉을 줄 아나?」아구스틴이 페르난도에게 물으며 로버트 조던 쪽을 보고 눈을 찡긋해 보였다.

페르난도는 문제없다는 듯이 당당하게 동굴 바닥에 침을 뱉고 발로 쓱쓱 문질렀다.

「이 지저분한 얼간이 같으니라고. 뽐내려거든 불 속에다 대고 침을 뱉어 보시지그래.」필라르가 그에게 말했다.

「우리가 오늘 여길 뜰 생각이 아니었다면 바닥에 침을 뱉지 않았을 겁니다, 필라르.」페르난도가 뚱하게 말했다.

「오늘이야말로 침 뱉는 곳을 가려야 해. 괜스레 아무 곳에나 침 뱉었다가 네놈이 빼도 박도 못 하고 처박힐 곳이 될지도 모르니까.」필라르가 그에게 말했다.

「검은 고양이처럼 말하는군.」아구스틴이 말했다. 그는 긴장하고 있어서 농담이라도 한마디 하지 않고는 견딜 수 없는 심정이었다. 그건 다른 사람도 모두 마찬가지였다.

「농담이야.」필라르가 말했다.

「나도 농담이었어. 하지만 아주 지랄 같은 기분이군. 하지만 막상 작전이 시작되면 괜찮아질 거야.」아구스틴이 말했다.

「접시는 어디 있지?」로버트 조던이 엘라디오에게 물었다.

「말 있는 데 있소. 동굴 입구에 가면 보일 거요.」엘라디오가 말했다.

「기분은 어떻던가?」

「무척 두려워하고 있더군.」엘라디오가 씩 웃으며 말했다. 다른 사람이 겁먹고 있다는 걸 얘기하니까, 자신은 두려움에서 잠시 벗어나 있는 것 같다는 느낌이 들었다.

「저것 좀 봐요, 영국 양반.」 필라르가 다시 말을 꺼냈다. 로버트 조던이 그녀를 쳐다보자 그녀가 입을 벌리고 믿기 어렵다는 표정을 짓고 있는 것이 보였다. 그는 권총에 손을 대면서 홱 하고 동굴 입구 쪽으로 몸을 돌렸다. 거기에는 한 손으로 담요 자락을 젖히고 짤막한 자동 소총을 어깨에 멘 파블로가 서 있었다. 떡 벌어진 어깨를 하고 작은 키에 뚱뚱한 몸집을 한 그는 그렇게 입구에 선 채 특별히 누군가를 보는 것은 아니었지만 동굴 안으로 시선을 두고 있었다.

「당신…… 당신.」 필라르가 믿을 수 없다는 투로 말했다.

「나요.」 파블로는 아무 일도 없었다는 듯 침착하게 말하며 동굴 안으로 들어섰다.

「잘 잤소, 영국 양반? 저 위 엘리아스와 알레한드로 대원 중에서 다섯 명을 데리고 왔소. 말도 같이.」 파블로가 말했다.

「그럼, 폭약이랑 뇌관은? 그리고 다른 물건들은?」 로버트 조던이 말했다.

「골짜기에서 강물에 던졌소. 하지만 수류탄을 뇌관 대신 사용할 방법을 생각해 왔어.」

파블로는 여전히 누구도 똑바로 보지 않고 말했다.

「나도 생각해 봤소.」 로버트 조던이 말했다.

「뭐 마실 거 없소?」 파블로가 침울하게 말했다.

로버트 조던이 물통을 건네주자 그는 벌컥벌컥 물을 마셨다. 그러고는 손등으로 입을 닦았다.

「대체 어떻게 된 거야?」 필라르가 물었다.

「아무것도 아니야. 결국 돌아오고 말았어.」 파블로가 다시 입을 닦으면서 말했다.

「그래도 어떻게 된 건지 말해 봐.」

「뭐, 대수로울 것도 없어. 순간적으로 나약해져서 도망쳤고 이렇게 다시 돌아왔어.」

그는 로버트 조던에게 고개를 돌리고 말을 계속했다.

「난 실은 겁쟁이가 아니야.」

하지만 다른 많은 단점들을 가지고 있지. 네가 겁쟁이가 아니라고 해도 말이야. 로버트 조던은 생각했다. 하지만 이렇게 돌아와서 기쁘네, 이 개자식아.

「엘리아스와 알레한드로 부대에서 다섯 명 이상은 데려올 수 없었네. 난 여길 떠난 이후 계속 말을 달렸지. 우리 아홉 명으로는 이 일을 할 수 없어. 절대로. 어제 영국 양반이 작전을 설명했을 때 난 그걸 알았지. 그건 불가능한 일이야. 아래 초소에는 병사 일곱 명과 하사 한 명이 있어. 놈들이 기습을 미리 알고 공격해 온다면 결과가 어떻겠어?」 그는 이제 로버트 조던을 보며 말하고 있었다. 「이곳을 떠났을 때 난 자네들이 사태를 제대로 파악하고 이 일을 포기하게 될 거라고 믿었어. 하지만 자네 물건을 내던지고 나서 나는 이 문제를 다르게 보게 되었네.」

「자네를 이렇게 다시 보게 되어 기쁘네.」 로버트 조던은 이렇게 말하면서 그에게 걸어갔다. 「수류탄만 있어도 괜찮을 거야. 그것만으로도 일을 해낼 수 있어. 다른 건 아무 문제도 없어.」

「아니, 난 자네를 위해 이 일을 하려는 게 아냐. 자넨 오히려 불길한 암시를 주는 자야. 이 모든 일이 다 자네에게서 비롯되었네. 소르도도 그 바람에 죽은 거야. 하지만 자네 물건들을 강물에 처넣고 나니까 너무 외롭다는 생각이 들더군.」 파블로가 말했다.

「니미!」필라르가 말했다.

「그래서 차라리 이 일을 가능하게 만들어야겠다고 마음먹고 다른 사람들을 구하러 갔던 거야. 난 최선을 다해서 가장 우수한 사람들을 데리고 왔어. 먼저 자네에게 알리는 게 좋을 거라고 생각해서, 그 사람들을 저 위에서 기다리게 했네. 그들은 내가 여기 대장이라고 생각하고 있어.」

「당신이 대장이지. 그렇게 원한다면 말씀이야.」필라르가 말했다. 파블로가 그녀를 쳐다보았지만 아무 말도 하지 않았다. 잠시 후 그는 담담하고 나직하게 말했다. 「소르도가 그렇게 된 후 많은 생각을 했네. 그리고 아무래도 끝장을 볼 일이라면 모두 함께 해야 한다고 생각하게 되었지. 하지만 당신, 영국 양반. 이런 일을 몰고 온 당신이 밉네.」

「하지만 파블로, 당신은 이 일이 성공할 것이라는 걸 어째서 믿지 않지? 얼마 전 밤엔 성공할 것을 확신한다고 말했잖아.」페르난도가 여전히 주머니 가득 수류탄을 담고 어깨에 무거운 탄약띠를 두른 채 말했다. 그는 아직까지 빵 조각으로 수프 그릇을 훑고 있었다.

「저 사람에게 먹을 걸 좀 더 줘.」필라르는 시큰둥한 투로 마리아에게 말해 놓고 파블로 쪽으로 고개를 돌려 부드러운 눈빛으로 말했다. 「어쨌든, 그래서 이렇게 돌아왔군, 응?」

「그래, 이 여편네야.」파블로가 말했다.

「어찌 됐건 환영이야. 난 당신이 그렇게 나쁜 사람은 아닐 거라고 생각했지.」필라르가 말했다.

「그런 일을 저지르고 나니 참을 수 없는 외로움이 밀려들더군.」파블로가 그녀에게 조용히 말했다.

「그래, 외로움을 참기란 힘들어. 당신이라면 단 15분도 견지지 못해.」 필라르가 그를 놀려 댔다.

「비웃지 마. 돌아왔다니까.」

「그래, 환영이라니까. 아까 그렇게 말한 거 듣지 못했어? 커피 마시고 어서 출발해야지. 너무 신파조로 나오면 나는 곧 지루해져.」 그녀가 말했다.

「저게 커핀가?」 파블로가 물었다.

「그래.」 페르난도가 말했다.

「커피 좀 줘, 마리아. 넌 별일 없니?」 파블로가 마리아를 보지 않고 말했다.

「다 좋아요. 수프도 좀 드실래요?」

마리아가 그에게 커피를 가져다주면서 물었다. 파블로는 고개를 저었다.

「난 혼자 있는 게 싫었어. 알아? 하루 종일 모든 사람을 위해서 일할 때에는 혼자여도 외롭지 않았어. 하지만 어젯밤에는……. 얼마나 힘든 밤을 보냈는지!」 파블로가 마치 필라르와 단둘만 있는 것처럼 계속 설명을 해댔다.

「당신의 선배인 유다는 목을 매고 죽었지.」 필라르가 말했다.

「이봐, 그런 식으로 말하지 마. 안 보여? 난 돌아왔어. 유다니 뭐니 그런 소리는 집어치워. 돌아왔다고.」 파블로가 말했다.

「당신이 데려온 저 사람들은 어떤 사람들이야? 쓸 만한 놈들이야?」 필라르가 물었다.

「훌륭한 놈들이야.」 파블로가 말했다. 그는 그 기회를 잡아 필라르를 빤히 쳐다보다가 곧 고개를 돌렸다.

「선량하면서 우둔한 자들이지. 죽고 사는 건 가리지 않는 친구들이야. 당신의 입맛에 따라. 당신도 좋아할 만한 놈들이야.」

파블로는 다시 필라르의 눈을 들여다보았지만 이번에는 시선을 돌리지 않았다. 그는 작고 테두리가 붉은 돼지 같은 눈으로 그녀를 똑바로 바라보았다.

「참 당신이란 사람은……. 남자는 한번 어떤 성미나 버릇을 들이면 그걸 쉽사리 없애지 못하나 봐.」 말하는 사이에 그녀의 쉰 목소리에는 다시 애정이 깃들어 있었다.

「난 준비되었어. 오늘 일에 대해 각오가 단단히 되어 있어.」 파블로가 여전히 그녀를 똑바로 바라보며 말했다.

「당신, 정말 돌아왔군. 정말이야. 하지만 그렇게 멀리 갔다 오다니.」 필라르가 그에게 말했다.

「물 한 모금 더 주게. 그리고 출발해야지.」 파블로가 로버트 조던에게 말했다.

39

어둠 속에서 그들은 소나무 숲을 지나 꼭대기의 좁은 오솔길을 향해 산길을 올라갔다. 모두들 짐을 잔뜩 지고 있어서 발걸음은 더뎠다. 말안장에도 짐을 잔뜩 실었다.

「어쩔 수 없게 되면 말에서 짐을 풀어야 해. 하지만 그러지 않아도 될 상황이라면 캠프 하나는 거뜬히 만들 수 있을 거야.」 필라르가 말했다.

「나머지 탄약은 어디 있지?」

로버트 조던이 모두가 짐을 묶는 것을 보면서 말했다.

「저기 안장에 얹은 꾸러미 안에.」

로버트 조던은 온몸을 누르는 짐 꾸러미의 무게를 느꼈다. 주머니에 가득 담긴 수류탄 때문에 윗옷이 바짝 당겨져서 목덜미가 쓰릴 정도였다. 허벅지에 닿는 권총의 무게와 탄창을 넣은 바지 주머니의 불룩한 융기를 느끼면서 그는 윗옷의 깃을 젖혔다.

「영국 양반…….」 파블로가 어둠 속에서 그의 곁으로 다가오면서 말했다.

「뭔가, 친구?」

「내가 데리고 온 저놈들은 자기들이 왔기 때문에 일이 잘될 거라고 생각하고 있어. 그놈들 생각에 찬물을 끼얹는 말일랑 하지 말아 주게.」 파블로가 말했다.

「알겠네. 염려 말게. 진짜로 성공시켜 보자고.」 로버트 조던이 말했다.

「그들은 말을 다섯 필 가지고 있다네. 알고 있겠지?」 파블로가 조심스레 말했다.

「알고 있네. 말은 한데 모아서 잘 지키도록 하지.」 로버트 조던이 말했다.

「좋아.」 파블로는 그 이상은 아무 말도 하지 않았다.

이봐, 파블로. 자네가 타르수스[16]로 가는 길 위에서 완전히 마음을 바꿔 먹었다니, 난 믿을 수 없는걸. 생각지도 못했던 일이야. 자네가 다시 돌아온 것은 기적이나 다름없어. 하지만 당신은 성자처럼 숭배받지는 못할 거야.

「그 말 다섯 필로 난 아래쪽 초소를 맡겠네. 소르도에게 부끄럽지 않을 만큼 훌륭히 해 보이겠어. 전선을 끊은 다음 예정대로 다리 쪽으로 퇴각해 가겠어.」 파블로가 말했다.

그 얘기는 이미 10분 전에 다 마무리되었잖아. 새삼스럽게 왜 또 그 얘길 하는지 모르겠군, 하고 로버트 조던은 생각했다.

「그레도스까지 간다는 것도 안 될 건 없을 거야. 정말 난그 일에 대해 많이 생각해 봤네.」 파블로가 말했다.

네놈은 바로 조금 전 마음속으로 무언가 또 딴생각을 하고 있었어. 무언가 또 감지한 거야. 하지만 이젠 있는 그대로

----

16 그리스도교도를 박해하던 바울은 타르수스로 가던 중 다마섹에서 하느님의 부름을 받고 그리스도교에 귀의하게 된다.

믿지 않는다. 천만에, 파블로. 내가 자네를 전적으로 믿을 거라는 턱도 없는 기대는 하지 말게.

하지만 파블로가 동굴로 돌아와서 다섯 사람을 데려왔다고 말했을 때부터 로버트 조던은 차츰 낙관적인 기분을 되찾았다. 파블로가 다시 돌아온 순간부터, 이 작전이 아무 쓸모없다는 비극적인 생각이 그에게서 사라졌다. 그는 원래 운명을 믿지 않았기 때문에 그의 운이 좋은 쪽으로 바뀌었다고 생각하진 않았지만, 모든 상태가 훨씬 나아진 것에 용기를 얻어 이 일이 잘될 거라고 믿기 시작했다. 얼마 전까지만 해도 이 일은 반드시 실패하고 말 것이라는 생각에 사로잡혀 있었지만, 납작해진 타이어에 공기가 주입되듯 이젠 그의 마음도 탄탄하게 자신감을 얻고 있었다. 물론 처음에야, 첫 펌프질을 할 때 펌프기가 매끄럽게 움직이지 않고 고무 타이어가 꼼지락대기만 하는 것처럼, 그도 쉽게 모든 걸 단정적으로 낙관하기 힘들었다. 하지만 지금은 물살이 솟구치며 밀려오듯, 나무에 수액이 오르듯, 모든 게 순조롭게만 느껴졌다. 이런 행복감이 찾아들기 위해 처음엔 으레 그런 불안감도 찾아드는 것이었구나, 하는 생각까지 들었다.

그것은 그가 가진 가장 좋은 소질이었고, 또 전쟁을 하기에 적합한 재능이었다. 어떤 나쁜 결과를 무작정 무시하는 것이 아니라, 그것을 경멸할 줄 아는 능력은 보기 드문 재능이었다. 다른 사람들에 대한 무거운 책임감과, 처음부터 뭔가 잘못됐다는 생각에 짓눌려 그는 내내 불안감에 시달렸다. 그리고 이 계획에 대한 비관적인 생각 때문에 그 특별한 소질은 억제되었던 것이다. 그땐 정말 나쁜 결과나 신폐에 대한 가능성을 도저히 떨쳐 버리기 힘들었다. 하지만 자신에게 해가 될까 봐 두려웠던 것은 아니다. 그는 자신쯤이야 어떻게 되어도 상관없다고 생각했다. 자신이 해를 입거나 죽을지도 모른다는 사실은 조금도 중요하지 않았다. 그것만큼은 분명한 사실이었다. 지난 며칠 동안 그는 자신이 다른 사람과 결합함으로써 소중한 사람이 될 수 있다는 것도 알았다. 하지만 마음속으로는, 그런 기분이 드는 것은 예외적인 일이라고 믿었다. 그는 그가 경험한 그 소중한 감정을 지속시킬 자신이 없었다. 하지만, 그는 생각했다. 그걸 경험하고 깨달았다는 것 자체가 내겐 행운이었어. 내가 그걸 한 번도 애써 요구하지 않았기 때문에 오히려 그렇게 뜻하지 않은 순간에 행운이 찾아들었던 것인지도 몰라. 그건 결코 빼앗기거나 잃어버릴 수 없는 것이야. 하지만 그건 아침이 되며 끝나서 사라졌고, 이제 남은 건 해치워야 할 이 일뿐이다.

그리고 너 말이야, 잠시 동안 크게 놓치고 있었던 걸 일부 다시 찾게 되어 기쁘구나. 그가 혼자 중얼거렸다. 하지만 아까 저기선 그처럼 화를 내다니 상당히 좋지 못했어. 아깐 난 널 부끄럽게 여겼어. 이렇게 너 자신을 판단할 수 있는 냉정한 또 하나의 네가 없었으므로. 우린 그저 한데 엉켜 있었던 거야. 너나 나나 우리 둘 다 꼴사나운 모습을 하고 있었지. 하지만 이제 됐어. 정신 분열증 같은 생각은 그만둬. 이젠 차근차근 마음을 가다듬고 하나씩 일을 해나가면 되는 거야. 넌 이제 제대로 돌아왔어. 하지만 이봐, 이제 종일 그 처녀 생각은 하지 마. 그 처녀를 이 일에 직접 가담시키지 않는 것 외에는 그녀를 지켜 줄 방법이 네겐 없어. 단지 그것만이 네가 해줄 수 있는 전부야. 여러 가지 징조를 헤아려 볼 때, 말은 분명 충분히 있어. 그녀를 위해 네가 해줄 수 있는 일은 이 일을 빨리 성공적으로 해치우고 이곳에서 도망치는 거야. 작전 중에 그녀를 생각한다면 이 일을 제대로 해내지 못해. 그러니까 지금부터는 그녀에 대해 생각하지 마.

이런 생각을 하고 나서 그는 필라르와 라파엘 틈에 끼여 말을 데리고 오는 마리아를 기다렸다.

「이봐, 예쁜이. 기분이 어때?」 그가 어둠 속에서 물었다.

「제 걱정은 마세요, 로베르토.」 그녀가 말했다.

「아무것도 걱정하지 말고 마음 푹 놓고 있어.」 그는 그녀에게 말한 뒤 총을 왼손으로 옮겨 쥐고 그녀의 어깨에 오른손을 얹었다.

「아무 걱정도 안 해요.」 그녀가 말했다.

「이번 작전은 매우 치밀하게 구성된 거야. 라파엘이 당신과 함께 남아서 말을 지키게 될 거야.」 그가 그녀에게 말했다.

「전 당신이랑 같이 가고 싶어요.」

「그건 안 돼. 당신이 할 일은 말을 지키는 거야.」

「좋아요. 그럼 말을 지키면서 기다리고 있을게요.」 그녀가 말했다.

바로 그때 말 한 마리가 울음소리를 냈고, 뒤이어 바위 아래 평지에 있던 다른 말도 덩달아 울어 대기 시작했다. 찢어지는 듯 날카로운 말 울음 소리가 사방에 퍼졌다.

로버트 조던은 어둠 속에서 산꼭대기에 있는 다른 말의 윤곽을 어렴풋이 보았다. 그는 걸음을 재촉하여 파블로와 함께 그쪽으로 올라갔다. 사람들이 말 옆에 서 있었다.

「안녕하시오.」 로버트 조던이 말했다.

「안녕하슈.」

그들이 어둠 속에서 인사했다. 그들의 얼굴은 알아볼 수 없었다.

「이분은 우리와 함께 일하고 있는 영국인이라네. 다이너 마이트 전문가지.」

파블로가 말했다. 아무도 말을 하지 않았다. 아마 어둠 속에서 고개를 끄덕여 인사했을 것이다.

「자, 어서 가지, 파블로. 이제 곧 동이 틀 테니까.」 그들 중 한 사람이 말했다.

「수류탄은 더 가져오지 않았나?」 또 한 명이 물었다.

「잔뜩 가지고 왔네. 말들을 계류장에 두고 나면 충분히 나눠 가지도록 하게.」 파블로가 말했다.

「그럼 떠나지. 기다리느라고 밤을 다 샌 기분이야.」 또 한 사람이 말했다.

「이런, 필라르 아냐.」

사내들 중 한 명이 필라르가 올라오는 것을 보고 말했다.

「누가 나를 놀라게 할까. 저렇게 말하는 놈은 틀림없이 페페로군. 그래, 어떤가, 양치기?」 필라르가 쉰 목소리로 말했다.

「좋아. 어려운 상황의 범위 내에서.」 그 사내가 말했다.

「자네가 올라타고 있는 게 뭐지?」 필라르가 물었다.

「파블로의 회색 말이지. 참 괜찮은 말이야.」 그가 말했다.

「어서 가자. 서둘러. 여기서 잡담이나 하고 있을 시간 없다고.」 옆에 있던 사람이 말했다.

「어이, 엘리시오. 자넨 어때?」 필라르가 말에 올라타는 사내에게 물었다.

「뭐 어떻긴 어때? 자, 어서 가자. 우린 할 일이 있는 몸이야.」 그가 무례하게 대답했다.

파블로는 덩치 큰 적갈색 말에 올라탔다.

「입 다물고 날 따라와. 말을 남겨 둘 곳으로 갈 테니.」 파블로가 앞장서며 말했다.

40

　로버트 조던이 마리아와 나란히 자고 있는 동안, 또 그가 거의 잠 못 자며 다리 폭파 작전을 생각하는 동안, 안드레스는 계속 더디게 일을 진행하고 있었다. 공화당 쪽 경계선에 닿기 전까지만 해도 그는 있는 힘을 다해 빠른 속도로 목적지를 향해 갔다. 그도 그럴 것이, 그는 튼튼한 신체를 가진 데다 그 지역 지리에도 휜했으므로, 파시스트들의 눈을 피해 공화국 진영으로 가기란 그리 어려운 일이 아니었다. 하지만 공화국 진영으로 발을 들여놓고 나서는 계속해서 걸리적거리는 일만 생겼다.

　원칙적으로 따지면, 그는 〈S.I.M.〉이라는 로버트 조던의 인장이 찍힌 안전 통행증과 역시 같은 인장이 찍힌 서류 꾸러미만 보여 주고 검문소를 통과했어야 한다. 그렇게 쉽게 검문소를 통과했다고 해도, 제시간에 보고서를 전해 주고 진지로 되돌아가려면 무척 서둘러야만 하는 상황이었다. 하지만 운 나쁘게도 이쪽 경계선에 들어서자마자 보고서에 대해 미심쩍은 생각을 가진 중대장을 만나게 된 것이다.

　그는 중대장을 따라 대대 본부로 가서 대대장을 만났다.

그는 전쟁 전에 이발사였다고 하는데 안드레스의 임무를 보고받고는 매우 감격했다. 고메스라고 하는 이 대대장은 안드레스의 임무를 가볍게 보았다는 이유로 중대장을 꾸짖고 안드레스의 어깨를 두들기며 그에게 값싼 브랜디를 따라 주었다. 그는 자신은 원래 이발사였는데 항상 게릴라 당원이 되는 것이 소원이었다고 말했다. 그리고 부관을 깨워 대대 지휘를 대신 맡도록 시키고, 오토바이병을 불러오도록 했다. 고메스는 일의 신속한 처리를 위해서 오토바이병 대신 자신이 직접 안드레스를 오토바이에 태우고 여단 사령부까지 가기로 했다. 그는 안드레스가 자기 앞 좌석에 꼭 붙어 앉도록 한 다음 두 줄로 나란히 우거진 나무 사이로 헤드라이트를 비추며, 포격으로 움푹움푹 팬 길을 요란하게 달리기 시작했다. 이 운동이 시작된 첫해 여름에 이곳에서도 격렬한 총격전이 벌어졌기 때문에 나무 둥치와 줄기에는 탄흔이 허옇게 남아 있었다. 이윽고 여단 사령부가 있는 산간 휴양지의 거리로 들어섰고, 고메스는 자동차 경주 선수처럼 급하게 브레이크를 밟았다. 이 아름다운 산악 지대에도 전쟁의 자취는 역력해서 산꼭대기가 거의 다 파괴되어 있었다. 고메스는 오토바이를 어느 건물 벽에 기대어 세웠고, 졸고 있던 보초가 당황하여 차렷 자세를 하는 것도 무시하고 큰 방이 있는 실내로 들어갔다. 그 방 벽에는 사방에 지도가 붙어 있었는데 몹시 졸린 눈의 한 장교가 책상 앞에 앉아 있었다. 책상 위에는 독서용 등이 하나, 전화기 두 대, 그리고 「문도 오브레로」 신문 한 부가 놓여 있었다.

그 장교는 고메스를 올려다보더니 말했다. 「자네가 여기 웬일인가? 전화 지시에 대해서는 듣지 못했나?」

「급한 일로 중령을 만나러 왔네.」고메스가 말했다.

「지금 자는 중이네. 아까 멀리서 이리로 오고 있는 자네 오토바이 불빛을 보았지. 자네, 폭탄이라도 맞고 싶은가?」장교가 말했다.

「중령을 좀 만나게 해주게. 이건 매우 중대한 문제야.」고메스가 말했다.

「말했잖아, 취침 중이라고. 같이 온 저놈은 또 누구야?」그가 턱으로 안드레스를 가리키며 물었다.

「저쪽 파시스트 진영에서 온 우리 측 게릴라 요원일세. 내일 새벽 나바세라다 공격을 지휘하게 될 골스 장군에게 긴급한 용무가 있어 왔다네. 어서 중령을 깨워 줘, 부탁이네.」고메스가 흥분해서 거의 애원하듯 말했다.

장교는 흐릿한 눈으로 고메스를 보며 말했다.「다들 미쳤군. 골스 장군이고 공격이고 난 아무것도 들은 바 없어. 이 촌뜨기를 데리고 자네 대대로 돌아가게.」

「이봐, 중령을 깨워야 한대도.」고메스가 말했고 안드레스는 그가 입을 꽉 다무는 것을 보았다.

「마음대로 해봐.」장교는 관심 없다는 듯 말하고는 돌아앉아 버렸다.

고메스는 묵직한 9밀리미터 스타 권총을 꺼내 들고 장교에게 겨눴다.

「이 파시스트 같은 자식! 어서 중령을 깨우지 않으면 쏴 죽여 버릴 거야.」

「이봐, 진정하라고. 이발사 놈들은 다 이렇게 다혈질인가 보군.」장교가 말했다.

안드레스는 고메스의 얼굴에 증오의 빛이 역력히 떠오르

는 것을 보았다. 그러나 고메스는 같은 말만 되풀이했다.

「어서 깨워.」

「이봐, 당번병.」 마침내 장교가 오만한 목소리로 병사 하나를 불렀다.

병사 하나가 문 앞에 오더니 경례를 하고 밖으로 나갔다.

「중령의 약혼녀가 지금 와 있네. 자네를 보면 대단히 반가워할 걸세.」 장교는 이렇게 말하고 다시 신문을 읽기 시작했다.

「자네 같은 사람 때문에 이 전쟁에서 승리하기가 자꾸 어려워지는 거야.」 고메스가 장교에게 말했다.

장교는 아무것도 못 들은 것처럼 반응이 없더니, 마치 혼잣말을 하듯 말했다.

「정말 흥미로운 신문이군.」

「〈엘 데바테〉나 읽지 그래. 자네에게 딱 들어맞는 신문일 테니까 말이야.」

고메스가 말했다. 「엘 데바테」란 운동 전에 마드리드에서 발행되었던 유명한 가톨릭계 보수파 신문이었다.

「내가 자네 상관이라는 걸 잊지 말게. 내 보고가 자네 신상에 어떤 영향을 끼치는지 잘 생각해 봐. 그리고 난 〈엘 데바테〉 따윈 읽지 않아. 엉뚱한 고발은 하지 마.」

그 장교가 눈길도 돌리지 않고 말했다.

「오호, 그래? 그럼 〈ABC〉는 읽을 줄 알겠군. 너 같은 놈 때문에 아직도 군대가 썩어 있어. 너같이 능글맞고 교활한 놈들 덕에! 하지만 언제까지 그게 통할 거라고 생각하나? 우린 무식한 놈들과 잘난 냉소주의자들 틈에 끼여서 꼼짝도 못하고 있어. 무식한 놈들은 차라리 가르쳐서 써먹을 수 있지만 냉소적인 놈들은 없애 버리는 수밖에 없어.」 고메스가 말했다.

「아마도 자넨 숙청이라는 말을 쓰고 싶은 모양이군. 여기도 자네가 좋아하는 저 러시아 놈들을 많이 숙청한 기사가 실려 있군. 이 시대에는 설사약보다 더 지독하게 숙청을 하고 있지.」 장교가 여전히 신문에서 눈을 떼지 않고 말했다.

「숙청이든 뭐든 상관없네. 어쨌든 너 같은 놈은 씻어 내야 해.」 고메스가 힘주어 말했다.

「씻어 내버린다고? 이건 또 새로운 용어로군.」 장교가 여전이 혼잣말하듯 거들먹거리며 말했다.

「그럼 총살이라는 용어를 사용할까? 그 말이면 알아듣겠나?」 고메스가 말했다.

「알아듣지. 하지만 친구, 너무 큰 소리로 말하지 말게. 중령 말고도 이 여단 안에는 자고 있는 사람들이 많아. 그리고 자네의 그 다혈질 기질이라면 난 질렸어. 그래서 난 항상 이발사를 시키지 않고 손수 면도를 하지. 나는 쓸데없이 입씨름하는 걸 싫어해.」

고메스는 안드레스를 보고 고개를 흔들었다. 그의 눈은 증오와 분노로 축축이 빛났다. 하지만 그는 그저 머리만 저으며 장래에 단단히 손볼 때를 대비하여 머릿속에 기억해 놓았다. 대대장으로 승진하기까지 1년 반 동안 그는 허다하게 이런 순간을 참고 지낸 터였다. 마침 중령이 잠옷 바람으로 들어왔고 그는 자세를 고쳐 경례했다.

미란다 중령은 키가 작고 잿빛 얼굴을 한 사내로 평생을 군대에 몸담았다. 모로코에서 소화 불량으로 고생하는 동안 마드리드에 있던 그의 아내의 사랑을 잃었다. 아내와 이혼할 수 없다는 것을 알자(하지만 소화 불량에서 회복되는 것은 문제가 없었다), 그는 공화당원이 되어 중령으로서 이 내전에 참가하게 되었다. 그는 오로지 전쟁이 끝날 때까지 계속 중령 계급을 지키는 것만이 소원이었다. 그는 이곳 시에라 지대를 잘 방어했고, 이곳에 혼자 남아서 언제든 공격을 잘 막아 내려고 노력하고 있었다. 그는 전쟁 중에 훨씬 더 건강해졌다고 느꼈다. 형편상 고기 코스가 들어 있는 식사의 횟수를 줄였기 때문이다. 그는 소화제를 다량 쟁여 놓고 있었고 또 저녁이면 위스키도 마실 수 있었다. 스물셋 난 그의 정부는 지난해 7월 군에 입대한 대개의 다른 의용군 여자들처럼, 그의 애를 임신하고 있었다. 중령은 방으로 들어서서 고메스의 경례에 고개를 끄덕이고 손을 내밀었다.

「무슨 일인가, 고메스? 그리고 페페, 담배 좀 주게나.」 중령은 고메스에게 묻고 나서 그의 작전 참모인 장교에게 담배를 청했다.

고메스는 그에게 안드레스의 보고서와 통행증을 보여 주었다. 중령은 얼른 통행증을 보고 안드레스를 보더니 고개를 끄덕이고 웃어 보였다. 그리고 봉인을 손으로 만져 보는 등 세심히 보고서를 살펴본 다음 안드레스에게 통행증과 보고서를 돌려주었다.

「산중 생활이 무척 고생스럽지?」 그가 물었다.

「아닙니다, 중령님.」 안드레스가 말했다.

「어디로 가야 골스 장군의 사령부가 제일 가까운지 들었나?」

「나바세라다라고 들었습니다, 중령님. 우리와 함께 있는 영국분이 전선 후방에 있는 나바세라다 부근의 오른편 어디에 사령부가 있을 거라고 말해 주었습니다.」 안드레스가 말했다.

「영국 사람이라니, 어떤 사람인가?」 중령이 조용히 물었다.

「우리 게릴라 부대에 합류한 다이너마이트 전문가입니다.」

중령이 고개를 끄덕였다. 그것은 이 전쟁에서 갑자기 발견하게 되는 이해할 수 없는 일들 중 하나였다. 「우리와 함께 지내고 있는 다이너마이트 전문가라…… 영국인이?」 중령이 나지막이 중얼거렸다.

「자, 고메스, 자넨 이자를 태우고 데려다 주는 게 좋겠네. 페페, 골스 장군 참모부 앞으로 안전하게 갈 수 있도록 아주 강력한 통행증을 써주도록 하게. 내가 서명하겠네.」 중령이 말했다. 그는 장교에게 계속 말했다. 「손으로 쓰지 말고 타자기를 사용하게, 페페. 여기 상세한 문건이 있네.」 그는 안드레스에게 통행증을 달라고 손짓했다. 「그리고 여기다 봉인도 두 개 찍고.」 중령은 이번엔 고메스 쪽을 향해 말했다. 「오늘 밤엔 강력한 통행증이 좋겠지. 그래, 당연해. 공격을 계획할 땐 주의를 기울이지 않으면 안 되지. 내가 만들어 줄 수 있는 아주 강력한 통행증을 만들어 주겠네.」 그는 안드레스에게도 매우 친절하게 물었다. 「자넨 뭐 필요한 거 없나? 먹을 거나 마실 것을 주겠네.」

「아닙니다, 중령님. 배고프지 않습니다. 출발하기 전에 코냑을 마셨어요. 더 마시면 멀미가 날 것 같아서요.」 안드레스가 말했다.

「여기까지 오는 동안 적들의 움직임을 보지 못했나?」 중령이 묻자 안드레스가 정중하게 대답했다.

「평상시와 다름없었습니다, 중령님. 무척 조용했어요.」

「3개월 전쯤 세르세디야에서 자넬 만난 적이 없었던가?」 중령이 물었다.

「네, 그때 뵈었습죠.」

「그래, 어쩐지 그런 생각이 들더라고. 안셀모라고 하는 영감과 같이 있었지? 그 영감은 어떻게 지내나?」중령이 안드레스의 어깨를 두드리며 말했다.

「잘 지내고 있습니다, 중령님.」안드레스가 대답했다.

「그래, 잘 있다니 기쁘군.」중령이 말했다. 그때 장교가 타자 친 것을 건네주었고, 중령은 자세히 훑어본 다음 서명을 했다. 그리고 안드레스와 고메스에게 말했다.

「자, 서둘러 가야겠군. 고메스, 오토바이 조심해서 몰게나. 헤드라이트를 사용해. 오토바이 한 대 지나간다고 해서 무슨 일이 생기지는 않을 테니까. 어쨌든 조심하게. 골스 장군 동지에게 내 안부도 전해 주고. 페구에리노스 작전 이후에 장군을 만난 적이 있지.」그는 안드레스와 고메스에게 악수를 청하고는 덧붙였다. 「서류를 품 안에 넣도록 하게. 오토바이를 타면 바람이 많이 부니까.」

그들이 방에서 나간 뒤 중령은 캐비닛으로 가서 술병과 잔을 꺼냈다. 그러고는 위스키를 잔에 따른 다음 벽에 기대어 세워 둔 도자기 병에서 물도 따랐다. 천천히 위스키를 한 모금씩 마시면서 그는 벽에 걸려 있는 커다란 지도를 보고 서 있었다. 그리고 나바세라다 위쪽 지방에 대한 공격 가능성에 대해 곰곰 생각해 보았다. 이윽고 책상에 앉아 있는 장교에게 말했다.

「나 아닌 골스가 그 일을 맡고 있어서 참 다행이군.」

장교는 대답하지 않았다. 중령이 지도에서 눈을 뗄 때 장교 쪽을 보니 그는 책상 위에 엎드려 자고 있었다 중령은 책상으로 가서 선화기 두 대를 장교의 양쪽 귀에다 바짝 붙여 놓왔다. 그리고 선반 쪽으로 가서 위스키를 한 잔 더 따르고 물을 섞은 다음 다시 지도를 보기 시작했다.

안드레스는 고메스의 오토바이에 꼭 붙어 앉아서 바람을 피하려고 머리를 숙였다. 오토바이는 요란한 소리를 내면서 달렸다. 거뭇거뭇한 포플러가 늘어선 길이 어둠 속으로 트여 있었다. 길은 노란색으로 흐려지면서 개울가로 이어져 안개에 휩싸였고, 가파르게 비탈졌다고 생각되는 순간, 곧바로 앞이 탁 트인 시골 들판 한복판을 달렸다. 오토바이는 연신 요란한 소리를 내며 고르지 못한 길을 따라 질주했고, 얼마 후 산에서 내려오는 텅 빈 트럭들이 헤드라이트에 비쳐 회색 빛 덩어리로 보였다.

41

파블로는 가던 길을 멈추고 말에서 내렸다. 사람들이 말에서 내리자 여기저기에서 삐걱거리는 소리며 가쁜 숨소리가 들렸고 말이 고개를 쳐들면서 굴레가 부딪치는 금속음도 들렸다. 로버트 조던은 새벽 공기 속에서 말의 냄새와, 새로 가담한 사내들의 땀에 전 냄새, 동굴에 있던 사람들의 그을음 냄새를 맡았다. 파블로가 그의 옆에 가까이 섰는데, 그도 입속에 구리 동전이 든 것처럼 구린 와인 냄새를 풍겼다. 로버트 조던은 손으로 담뱃불을 가리면서 담배를 피워 물었고 연기를 힘껏 들이마셨다. 파블로가 낮게 말하는 소리가 들렸다.

「우리가 말을 맬 테니까 수류탄 자루를 내려, 필라르.」

「아구스틴, 자네와 안셀모가 지금 나와 함께 다리 쪽으로 가세나. 기관총의 클립 자루는 챙겨 왔나?」 로버트 조던은 속삭이듯 목소리를 죽여 말했다.

「가지고 왔네. 잊을 리가 있나?」 아구스틴이 말했다.

로버트 조던은 말에서 자루를 내리는 필라르 쪽으로 갔다. 프리미티보가 필라르를 거들고 있었다.

「이것 봐요, 필라르.」 그가 조용히 말했다.

「왜 그러시우?」 필라르가 말의 배에서 배띠 고리를 풀어내면서 쉰 목소리로 말했다.

「폭탄이 터지는 소리가 들려오기 전에는 초소를 공격하지 않는 거, 잘 알지요?」

「도대체 몇 번이나 말할 셈이야? 점점 꼭 할멈같이 구는구먼, 영국 양반.」 필라르가 말했다.

「그저 확인하는 것뿐입니다. 그리고 초소를 파괴하고 나면 다리로 돌아와서 내 위쪽과 측면에서 도로 쪽을 감시해야 합니다.」 로버트 조던이 말했다.

「처음에 말해 줬을 때 빠짐없이 정확하게 이해했다고. 당신 일이나 신경 쓰시구랴.」 필라르가 그에게 속삭였다.

「모두들 폭탄 소리가 들리기 전까지는 절대로 움직이거나 총을 발포하지 말고, 폭발물도 던지지 말아야 합니다.」 로버트 조던이 나지막이 말했다.

「나한텐 더 이상 말할 필요 없다니까요. 우리가 엘 소르도를 찾아갔을 때부터 그런 것쯤은 다 알고 있었어요.」 필라르가 열을 올리면서 낮은 소리로 말했다.

로버트 조던은 말을 매고 있는 파블로에게 갔다. 파블로가 그에게 말했다.

「잘 놀라는 놈들만 매어 두었네. 쉽게 풀 수 있게 해놨지. 어떤가?」

「좋아.」

「저 처녀랑 집시 여자에게 이걸 푸는 방법을 일러 줘야겠어.」

파블로가 말했다. 그가 데리고 온 사내들은 카빈총에 기대어 서서 자기들끼리 모여 있었다.

「자, 다 잘 알겠소?」 로버트 조던이 물었다.

「물론이지. 초소를 파괴한다. 전선을 끊는다. 다리로 되돌아간다. 자네가 다리를 폭파할 때까지 주위를 지킨다.」파블로가 말했다.

「그리고 폭격이 시작되기 전에는 어떤 행동도 하면 안 돼.」

「알고 있어.」

「자, 그러면 행운을 비오.」

파블로가 잠시 툴툴거리더니 말했다. 「자네가 중기관총과 경기관총으로 우릴 엄호해 주겠지, 영국 친구?」

「물론 가장 먼저. 그 일부터 해줄 거요.」로버트 조던이 말했다.

「그럼, 다 됐네. 하지만 여간 조심하지 않으면 안 돼, 영국 양반. 그렇게 호락호락한 일은 아니잖소.」파블로가 말했다.

「내가 직접 기관총을 맡겠소.」로버트 조던이 그에게 말했다.

「기관총을 다뤄 본 경험이 많소? 난 아구스틴에게 총 맞아 죽고 싶은 생각은 없어. 그놈이 우릴 엄호한다는 좋은 의도로 총을 마구 쏘다가 실수로 우릴 쏘아 버릴 수도 있으니까.」

「많이 해봤소. 정말이오. 만일 아구스틴이 같이 기관총을 쏘게 된다 하더라도 당신 쪽으로 겨누지 않도록 내가 주의를 주겠소. 당신 위쪽으로 쏘도록 틈날 때마다 명심시키겠소.」

「그럼, 이제 됐소. 그런데 아무래도 말이 모자라.」파블로가 소리를 낮추어 로버트 조던에게만 들리도록 말했다.

이 개새끼 같으니라고. 로버트 조던이 생각했다. 이놈은 내가 그 말을 처음 했을 때 못 알아들었다고 생각하나 보군.

「나는 걸어서 가겠소. 말은 당신이 알아서 하시오.」로버트 조던이 말했다.

「아니, 당신이 탈 말은 있어, 영국 양반. 우리가 탈 말은 있다고.」파블로가 역시 나직이 말했다.

「그건 당신 소관이오. 나까지 말을 타도록 배려해 주지 않아도 되고. 당신 새 기관총에 쓸 탄약은 충분히 있소?」로버트 조던이 말했다.

「충분해. 그 기마병이 갖고 있던 건데 고스란히 남아 있어. 시험 삼아 단 네 발만 썼을 뿐이오. 어제 높은 산에 올라가 시험해 봤지.」파블로가 말했다.

「자, 이제 출발합시다. 거기 일찌감치 도착해서 눈에 띄지 않게 숨어 있어야 됩니다.」로버트 조던이 말했다.

「자, 모두들 가자고. 갑시다, 영국 양반.」파블로가 말했다.

로버트 조던은 생각했다. 도대체 저 믿을 수 없는 놈은 도대체 무슨 계획을 세우고 있는 걸까? 나는 그 계획이 뭔지 확실하게 알 것 같다. 하지만 그건 저놈의 계획이고, 내 계획은 아니야. 그가 데리고 온 저 새로운 친구들을 내가 모른다는 것이 차라리 다행이다.

그는 손을 앞으로 내밀고 말했다.「잘해 봅시다, 파블로.」둘은 어둠 속에서 손을 맞잡았다.

로버트 조던은 손을 내밀면서, 파블로의 손을 잡으면 그 촉감이 파충류나 문둥이의 피부같이 낯설고 소름 끼칠 거라고 생각했다. 그는 여태껏 파블로의 손이 어떤 느낌인지 잘 몰랐다. 그러나 어둠 속에서 파블로의 손이 로버트 조던의 손을 잡았을 때, 그 느낌은 단단하고 솔직했다. 그래서 그도 힘주어 파블로의 손을 잡았다. 어둠 속에서 잡은 파블로의 손은 좋은 느낌을 주었고, 로버트 조던은 그날 아침 비길 데 없이 묘한 느낌을 받았다. 그래, 지금은 우리가 뭉쳐야 할 때다, 하고 그는 생각했다. 동지들끼리는 이런 식으로 악수하지. 그리고 동지들끼리는 양 뺨에 장식도 하고 키스도 한다. 우리가 그런 것까지 안 해도 되는 건 다행이다. 모든 동지들은 이런 식이라고 생각한다. 그들은 마음속 깊은 곳에서는 언제나 서로를 미워하는 것이다. 하지만 이 파블로라는 사내는 정말 알 수 없는 놈이다.

「잘해 봅시다, 파블로.」 그는 다시 그 묘하고 단단하고 의미심장한 손을 쥐었다. 그리고 그에게 거듭 말했다. 「내가 잘 엄호해 줄 테니 조금도 염려하지 마시오.」

「당신 물건들을 없애 버려서 정말 미안하네. 그건 책임 회피였소.」 파블로가 말했다.

「하지만 당신은 우리에게 필요한 것을 가지고 돌아오지 않았소.」

「다리 일에 대해서는 당신에게 반대하지 않네, 영국 양반. 나는 꼭 이 일이 성공적으로 마무리되는 걸 보고 말 거야.」 파블로가 말했다.

「둘이서 뭘 하고 있는 거야? 갑자기 동성애자가 된 거유?」

아직 컴컴한데, 뒤에서 불쑥 필라르의 목소리가 들렸다. 그리고 파블로에게 들으라는 듯이 말했다. 「아직도 그런 배알이 남아 있으신가? 이보오, 영국 양반. 작별의 인사는 그만 하고 어서 갑시다. 이 인간이 남은 폭약마저 훔쳐 가기 전에 말이우.」

「당신은 날 이해하지 못해, 이 여편네야. 영국 양반과 난 서로 이해하고 있다고.」 파블로가 말했다.

「당신을 이해할 사람은 아무도 없어. 하느님도 당신 어머니도 마찬가지야. 나도 물론 이해 못 해. 갑시다, 영국 양반. 저 까까머리하고나 작별 인사를 나누고 어서 가도록 해. 난 당신 때문에 정말 죽을 똥을 쌌어. 투우장 안으로 황소가 나타날 시간이 되니까 두려워지기 시작한 모양이지?」 필라르가 말했다.

「니미.」 로버트 조던이 말했다.

「댁은 에미 없어.」 필라르는 쾌활하게 말했다. 「자, 이제 가. 어서 시작해서 빨리 끝장을 보고 싶어 죽겠다고. 어서 당신이 데려온 사람들이랑 같이 가.」 그녀는 이어 파블로에게 말했다. 「저들의 굳은 결심이 얼마나 오래갈지 어떻게 알아? 저들 중에 당신하고 바꾸고 싶지 않은 사람이 둘 있더군. 어서 그들을 데리고 가.」

로버트 조던은 그의 배낭을 메고 마리아를 찾으러 말이 있는 곳으로 갔다.

「안녕, 예쁜이. 곧 당신을 다시 보게 될 거야.」

그는 이 모든 것에 대해 어떤 비현실적인 느낌이 들었다. 그것을 전에 이미 말한 적이 있는 것 같은 기시감이 느껴졌다. 또는 떠나는 기차를 바라보는 듯한 느낌도 들었다. 철도역의 승강장에 서 있는데 그 기차가 멀리 사라져 가는 그런 기이한 느낌이었다.

「안녕, 로베르토. 부디 몸조심하세요.」 마리아가 말했다.

「그래, 염려 마. 조심할게.」

그가 머리를 숙여 그녀에게 키스하려고 했을 때, 등에 멘 배낭이 뒤통수 쪽으로 밀려와 그의 이마가 그녀의 이마를 세게 쳤다. 그 일이 벌어지는 순간, 그는 전에도 이런 일이 벌어졌다는 기시감에 또다시 빠져들었다.

「울지 마.」 그는 당황하며 말했다. 그런 당황한 태도는 꼭 짐 때문만은 아니었다.

「울지 않아요. 하지만 빨리 돌아오세요.」 그녀가 말했다.

「폭음 소리를 들어도 겁내지 마. 아마 폭탄이 굉장히 많이 터질 거야.」

「네, 두려워하지 않을게요. 빨리 돌아오기만 하세요.」

「안녕, 예쁜이.」 그가 당황해하면서 말했다.

「몸조심하세요, 로베르토.」

로버트 조던은 레드 로지에서 빌링스로 가는 기차를 타던 때 이후로 이처럼 순수하고 젊은 기분을 느껴 본 적이 없었다. 빌링스에서는 다시 기차를 타고서 난생 처음 타지로 유학을 떠나는 것이었다. 그때 그는 집을 떠나는 것이 두려웠지만 남들에게 그 두려움을 들키는 것이 싫었다. 그 역에서 차가 막 떠나려 하자 그의 아버지는 그에게 작별의 키스를 하고서 말했다. 〈우리가 서로 떨어져 있게 되더라도 주님이 우리 둘 사이를 지켜 달라고 기도드리겠다.〉 그의 아버지는 매우 신앙심 깊은 사람이었고, 그 말을 아주 간결하면서도 성심껏 말했다. 하지만 아버지의 콧수염은 젖어 있었고 복받치는 감정을 이기지 못해 눈에도 눈물이 매달려 있었다. 로버트 조던은 아버지의 눈물 젖은 종교적 기도, 작별을 고하며 키스해 주시는 모습, 그 모든 것에 무척이나 당황했다. 그는 갑자기 자신이 아버지보다 더 나이 든 듯한 느낌이 들었고, 작별의 슬픔을 이기지 못하는 아버지가 안쓰럽게 느껴졌다.

기차가 출발한 뒤 그는 제일 뒤 칸에 서서 기차역이랑 급수탑이 자꾸만 작아져 가는 것을 지켜보았다. 철로 멀리 기차역과 급수탑이 하나의 검은 점으로 자꾸 작아져 가는 걸 보면서 그는 자신을 멀리 싣고 가는 기차의 덜커덩거리는 소리를 들었다.

그때 제동사(制動士)가 와서 그에게 말했다. 「아버지는 너의 유학을 무척 견디기 힘드신 것 같더구나, 보브.」

「네.」 그는 철로변을 따라 시냇물처럼 달리고 있는 쑥들을 보면서 말했다. 먼지가 자욱한 철로 양편에는 전신주가 줄지어 서 있었다. 그는 실은 뇌조(雷鳥)의 암컷을 찾고 있었다.

「유학 가기 위해 집을 떠나는 것이 마음 아프지 않니?」

「아뇨, 괜찮아요.」 그는 대답했고 그건 사실이었다.

그전 같았으면 그건 사실이 아니었을지 모른다. 하지만 그 순간에는 진실이었다. 지금 이 순간, 마리아와 작별을 하는 지금 이 순간, 그는 유학 가기 위해 기차를 타고 떠날 때처럼 자신이 어리다는 느낌이 들었다. 그는 이제 자신이 아주 어린 소년 같았고 또 아주 어색한 느낌이 들었다. 그 어색한 느낌은 마치 학교에 다니는 소년이 현관에서 어린 소녀에게 작별 인사를 고하면서, 그 소녀에게 키스할까 말까 망설이는 그런 어색한 느낌이었다. 하지만 그가 어색해하는 것은 헤어지는 것 때문이 아니라, 앞으로 다시 만날지 어쩔지 잘 알 수가 없었기 때문이다. 지금의 작별 인사에서 느끼는 어색함은 그 재회에 대해서 그가 느끼는 어색함의 일부에 지나지 않았다.

넌 또다시 그런 느낌을 갖고 있군, 하고 그는 혼자 중얼거렸다. 하지만 너무 어려서 그것을 할 수 없다고 생각하는 사람은 없다고 봐. 그것이 무엇인지 구체적인 이름을 붙이지는 않겠어. 자, 자, 어서 움직여. 너의 두 번째 유년기를 논하기에는 너무 이른 시점이잖아?

「안녕, 예쁜이. 안녕, 귀여운 마리아.」 그가 말했다.

「안녕, 나의 로베르토.」 그녀가 말했다.

그는 안셀모와 아구스틴이 서 있는 곳으로 가서 말했다.

「어서 갑시다.」

안셀모는 무거운 배낭을 둘러멨다. 동굴에서부터 짐을 잔뜩 지고 왔던 아구스틴은 나무에 기댄 채 서 있었는데 자동소총이 짐 꼭대기로 삐죽이 나와 있었다.

「좋아, 가지.」 그가 말했다.

세 사람은 비탈을 타고 내려가기 시작했다.

「잘하시오, 돈 로베르토.」 페르난도가 세 사람이 차례로 곁을 지나가자 말했다. 페르난도는 그들이 지나는 곳에서 조금 떨어진 곳에 쭈그리고 앉아 있었는데, 그의 말투는 매우 위엄 있게 들렸다.

「자네도 잘하게, 페르난도.」 로버트 조던이 말했다.

「자네가 하는 모든 일이 순조롭기를.」 아구스틴이 말했다.

「고맙소, 돈 로베르토.」 페르난도가 아구스틴의 말에 대꾸하지 않고 말했다.

「저자는 참 묘하지, 영국 양반?」 아구스틴이 낮은 소리로 말했다.

「정말 그렇네. 참, 도와줄까? 말처럼 짐을 많이 지고 있군.」 로버트 조던이 말했다.

「괜찮네. 이보게, 이렇게 행동을 개시하러 가게 되어서 기쁘네.」 아구스틴이 말했다.

「목소리를 낮춰. 지금부터는 되도록 말을 하지 말고, 하더라도 아주 작은 소리로 해.」 안셀모가 말했다.

안셀모가 제일 앞에서 걸었고, 아구스틴과 로버트 조던이 차례로 뒤쪽에서 조심스럽게 걸어갔다. 로버트 조던은 발이 미끄러지지 않도록 조심하며 비탈을 내려갔는데 발밑으로 솔잎이 밟히는 것이 느껴졌다. 한번은 나무뿌리에 발이 걸려서 앞으로 넘어져 한 손으로 땅을 짚고 겨우 몸을 지탱했는데, 자동 소총과 접힌 삼각대의 싸늘한 감촉이 앞으로 밀려와 피부에 닿았다. 그 후 계속 길 가장자리를 골라 조심해서 아래쪽으로 내려오는데 다시 신발이 바닥에 걸려 미끄러져서 왼손을 뻗어 나무줄기를 짚었다. 몸을 좀 더 안정되게 가누기 위해 손을 좀 더 뻗치자 끈적끈적한 것이 만져졌다. 송진이었다. 잠시 후 그들은 험한 비탈을 내려가 첫날 안셀모와 로버트 조던이 함께 보았던 다리 위의 그 지점에 도착했다.

그때 안셀모가 어둠 속에서 어떤 소나무 옆에 발을 멈추더니 로버트 조던의 팔을 잡아당기며 살며시 말했다. 그가 너무도 소리를 죽여서 말했기 때문에 무슨 소리인지 겨우 알아들을 수 있을 정도였다. 「저길 보시오. 놈들이 난로에 불을 지피고 있나 보오.」

로버트 조던이 보니까 다리와 도로가 만나는 지점에 불을 지피는 게 콩알만 하게 보였다.

「전에 이곳에서 망을 봤었지.」 안셀모가 말했다. 그리고 로버트 조던의 손을 잡고 아래쪽으로 당겨 나무둥치에 새겨진 작은 자국을 만지게 했다.

「전에 당신이 다리를 정찰할 때 내가 여기에 표시를 해두었지. 여기서 오른쪽에 기관총을 설치해야겠다고 당신이 말했소.」

「바로 거기에다 설치하겠습니다.」

「좋소.」

그들은 소나무 밑동 뒤에다 짐을 내려놓았다. 둘은 안셀모를 따라 어린 소나무가 빽빽이 들어서 있는 평평한 곳으로 갔다.

「여기요. 바로 여기야.」 안셀모가 말했다.

로버트 조던이 작은 나무들 뒤에 쭈그리고 앉아 아구스틴에게 작은 소리로 말했다. 「환할 때 여기서 보면 말이야, 도로의 일부와 다리의 입구가 보이지. 다리가 몽땅 다 보이고, 바위 모퉁이로 숨는 도로의 일부가 보이지.」

아구스틴은 아무 말도 하지 않았다.

「우리가 폭파 준비를 하는 동안 이곳에 엎드려 있다가, 위에서든 아래쪽에서든 누가 나타나면 바로 쏴버려.」

「저 불빛이 있는 곳은 어딘가?」 아구스틴이 물었다.

「다리 이쪽 끝에 있는 초소야.」 로버트 조던이 속삭이듯 말했다.

「누가 그 초소를 공격하지?」

「아까 얘기한 대로 노인하고 내가 하겠네. 하지만 만일 우리가 제대로 저 초소를 박살 내지 못한다면 초소와 눈에 띄는 놈들에게 빠짐없이 발포해야 하네.」

「좋아, 아까 들어서 잘 알고 있어.」

「폭파 후 저 모퉁이로 파블로 일당이 올 때 놈들이 추격해 오면 우리 편 머리 위로 총을 쏴야 해. 우리 편을 엄호하면서 추격대를 따돌리려고 총을 쏘는 거니까, 반드시 우리 편 머리 훨씬 위로 총을 겨눠야 해. 알아듣겠나?」

「물론이지. 어젯밤 말한 대로잖아.」

「그 밖에 다른 질문 있나?」

「없어. 난 자루를 두 개 가지고 있어. 저 위에 둬도 안 보이겠지만 이리로 가져올 생각이네.」 아구스틴이 말했다.

「여기서 땅을 파면 안 돼. 우리가 저 위에 있을 때처럼 잘 숨어 있어야만 해.」

「안 보이게 하면 돼. 아직 컴컴하니까 흙을 묻혀서 가져오면 돼. 염려 안 해도 된다고. 그리고 눈에 안 띄게 잘 놔둘 수 있어.」

「우린 놈들에게 매우 가까운 곳에 있네, 알고 있나? 해가 뜨면 저 밑에서도 여길 훤히 볼 수 있을 거야.」

「걱정 말게, 영국 양반. 한데, 어딜 가나?」

「경기관총을 가지고 저 밑으로 좀 더 내려갈 생각이네. 영감은 이제 골짜기를 건너 맞은편 초소 있는 쪽으로 갈 준비를 하십시오. 이쪽 방향입니다.」

「그럼 다 된 거로군. 행운을 비네, 영국 양반. 그런데 담배 가진 것 있나?」 아구스틴이 말했다.

「담배는 피울 수 없어. 너무 가까워서 발각될지도 몰라.」

「아니, 피우려는 게 아니야. 그냥 입에 물고 있으려고. 나중에 피우려고.」

로버트 조던은 아구스틴에게 담배 케이스를 꺼내 주었다. 아구스틴은 담배 세 개비를 꺼내 목동들이 쓰는 납작한 모자의 앞 챙 안쪽에 집어넣었다. 그는 삼각대를 꺼내 총구를 야트막한 나무숲 사이에 설치해서 눈에 띄지 않게 했다. 그리고 짐을 내리고 하나씩 하나씩 적당한 곳에 늘어놓았다.

「더 이상 없어. 준비 완료야.」 그가 말했다.

안셀모와 로버트 조던은 그 자리를 떠나서 짐 꾸러미가 있던 곳으로 돌아갔다.

「이것들을 어디다 두는 것이 좋을까?」 로버트 조던이 나직이 말했다.

「여기가 좋겠는데. 하지만 그 경기관총으로 정말 보초를 쏘아 죽일 수 있을까?」 안셀모가 말했다.

「여기가 정말 그날 우리가 정확히 봐뒀던 그곳이 맞나요?」

「맞소. 그때 표시해 뒀던 나무도 바로 여기에 있고. 내가 직접 여기에 칼로 새겨 놓았잖소.」 안셀모가 너무 작은 소리로 말했기 때문에 로버트 조던은 가까스로 말을 알아들었다. 그는 안셀모가 첫날에 그랬던 것처럼 입술을 움직이지 않고 말한다는 것을 알았다.

로버트 조던은 이 모든 일이 전에도 이미 일어난 적이 있다는 기시감을 느꼈다. 하지만 지금 그런 느낌이 든 것은 그가 똑같은 질문을 되풀이하고 안셀모 역시 똑같은 대답을 했기 때문이었다. 그건 아구스틴하고도 마찬가지였다. 아구스틴은 이미 대답을 알고 있었지만 아까 보초에 대하여 질문을 했다.

「여기라면 충분히 가까워. 너무 가깝다고 할 수 있지. 하지만 불빛은 우리 뒤에 있어. 여기라면 안전해.」 그가 속삭였다.

「그럼 난 골짜기를 건너 맞은편으로 가겠소. 그런데, 영국 양반, 내가 실수하지 않도록 다시 얘기해 줄 수 없겠소? 내가 우둔하게 행동할지도 모르니까.」 안셀모가 말했다.

「뭐라고요?」 로버트 조던이 들릴락 말락 하게 숨을 내쉬듯 말했다.

「내가 정확하게 임무를 수행할 수 있게 마지막으로 한 번만 더 얘기해 주시오.」

「내가 쏘면 영감도 쏘는 겁니다. 놈을 해치우면 다리를 건너서 이쪽으로 오세요. 난 거기로 폭약이 든 배낭을 가지고 갈 테니까 영감은 내가 시키는 대로 폭약을 설치하면 됩니다. 모든 건 내가 말해 드리겠습니다. 만일 내게 무슨 일이 생기면 가르쳐 드린 대로 그 일을 영감이 대신 해주십시오. 서두르지 말고 차근차근 잘해야 합니다. 쐐기 핀이 떨어지지 않게 꼭 집어넣고, 수류탄을 단단히 묶고 말입니다.」

「이제 됐소. 다 기억할 수 있소. 자, 나는 이만 가리다. 해가 뜨면 발각되지 않게 몸을 잘 감추시오, 영국 양반.」 안셀모가 말했다.

「총을 쏠 때는 차분하게 명중시키도록 하십시오. 상대를 사람이라고 생각하지 말고 그저 과녁이려니 생각해요. 또 총을 조준할 때는 정해진 지점을 겨누세요. 배 한가운데를 쏘는 게 요령입니다. 만일 놈이 당신 쪽을 보지 않고 있으면 등 한가운데를 쏘는 겁니다. 잘 들어 두세요, 영감. 총을 쏠 때 만약 놈이 앉아 있으면, 놈은 달아나거나 몸을 굽히기 전에 일단은 일어설 것입니다. 놈이 일어선 바로 그때 쏴야 합니다. 만일 계속 앉아 있으면 그냥 쏴버리십시오. 기다릴 것 없습니다. 하지만 명심하세요. 놈들로부터 50야드 이내에 있어야 맞힐 수 있습니다. 당신은 사냥꾼이니 아무런 문제도 없을 겁니다.」

「당신 명령대로만 하겠소.」 안셀모가 말했다.

「그래요. 내가 이렇게 하라고 명령한 겁니다.」

잊지 않고 노인에게 이건 명령이라고 못 박은 건 잘한 거야, 하고 로버트 조던은 생각했다. 노인에겐 그게 도움이 될 거야. 그게 살인의 저주를 어느 정도 무디게 할 거야. 아무튼 그렇게 되었으면 좋겠어. 그중 일부라도 덜어 줄 수 있다면 좋겠어. 노인이 도착 첫날 내게 말해 준 살인 혐오증을 그만 잊고 있었네.

「자, 내가 이렇게 하라고 명령했으니까 잘 기억해 두십시오. 자, 이제 출발합시다.」 그가 말했다.

「나는 가오. 곧 다시 만날 때까지 그럼 안녕히, 영국 양반.」 안셀모가 말했다.

「그래, 곧 다시 만나게 될 겁니다, 영감님.」 로버트 조던이 말했다.

그는 기차역에서 그를 배웅하던 아버지와 나눈 눈물 젖은 작별의 순간이 생각났고, 그래서 안녕이라든가 행운을 빈다든가 하는 말 따위는 하지 않았다.

「총구의 기름은 닦아 냈습니까, 영감? 그렇게 하지 않으면 총알이 멋대로 튀어요.」 로버트 조던이 말했다.

「동굴 안에서 닦았지. 꽂을대로 말끔히 닦아 냈소.」 안셀모가 말했다.

「그럼, 어서 가요. 곧 다시 만나기로 합시다.」

로버트 조던이 말했다. 영감은 발소리를 내지 않고 맞은 편을 향해 성큼성큼 나무 사이로 걸어갔다.

영감이 내려간 뒤, 그는 숲에 가득 깔린 솔잎 위에 엎드렸고 동이 트면서 소나무 가지에 바람이 스치는 소리를 들었다. 그는 경기관총에서 탄창을 꺼내고 노리쇠를 앞뒤로 당겨 보았다. 그러고는 어둠 속에서 총을 돌려 손잡이를 열어 둔 채 총구에 입을 갖다 대고 훅 불었다. 입술을 살짝 갖다 대자 기름 먹인 금속의 느낌이 전해져 왔다. 그리고 총을 팔에 기대게 해서 솔잎이나 이물질이 총구 안으로 들어가지 않게 해 놓고, 엄지손가락으로 클립에서 탄창을 모두 끄집어내 앞에 펼쳐 놓은 손수건 위에 죽 늘어놓았다. 그는 어둠 속에서 그것들을 하나씩 다 만져 보고는 다시 끼워 넣었다. 탄창을 집어넣자 클립은 다시 무거워졌고, 총에다 끼우니 제 집을 찾은 듯 찰칵하고 기분 좋은 소리를 냈다. 그는 소나무 밑동 뒤쪽에 엎드려서 총을 왼팔에 기대고 아래쪽 초소 불빛을 지켜보았다. 때때로 불빛이 안 보일 때도 있었는데 그것은 보초병이 난로 앞을 지나기 때문이라는 것을 알았다. 로버트 조던은 거기 그렇게 엎드려서 동이 트기를 기다렸다.

42

파블로가 산에서 동굴로 돌아오는 사이, 그리고 작전 개시를 위해 모두가 말을 매어 두는 곳까지 내려오는 사이, 안드레스는 골스 사령부를 향해 빠른 속도로 가고 있었다. 안드레스와 고메스가 바로 나바세라다로 통하는 도로로 접어들었을 때, 산에서는 트럭들이 여러 대 내려왔다. 산 위쪽에는 검문소가 있었다. 고메스가 보초병에게 미란다 중령이 발행한 안전 통행증을 보여 주자 보초는 플래시 불빛으로 그걸 비춰 보고 다른 병사에게도 보여 주더니 얼른 다시 돌려주었다.

「좋소, 계속 가도 좋소. 단 불은 끄도록 하시오.」

오토바이는 다시 출발했고 안드레스는 여전히 앞 좌석에 꼭 붙어 있었다. 넓은 도로 쪽으로 진입하자 고메스는 다른 차량에 유의하면서 운전했다. 트럭들은 모두 불을 끈 채 긴 행렬을 이루며 움직이고 있었다. 맞은편에서도 짐을 실은 트럭들이 달려오고 있었는데 그 곁을 지날 때마다 먼지가 일어서 시야가 뿌옇게 흐려지곤 했다. 안드레스는 구름처럼 이는 먼지가 얼굴에 불어닥칠 때마다 입을 꽉 다물었다.

잠시 후 커다란 트럭이 바로 앞에서 길을 막고 있자 고메스는 속도를 늦추는 듯하다가 다시 속도를 높여 앞차를 추월했다. 계속해서 여러 대를 따라잡는 사이 맞은편에서 오던 트럭들은 요란한 소리를 내며 왼편으로 지나갔다. 자동차 한 대가 그들 뒤를 쫓아오고 있었는데, 트럭들의 소음에 섞여 몇 번이고 그 차의 경적 소리가 들렸다. 그러다 갑자기 라이트를 켜고 기어 올리는 소리를 내더니 위협하듯 경적을 울리며 오토바이를 앞질러 갔다. 순간 안드레스는 차 불빛에 비친 먼지가 노랗게 구름처럼 엉겨 있는 것을 보았다.

그러자 앞서 가던 트럭들이 차례차례 모두 정지하는 것이 보였다. 고메스는 멈추지 않고 계속 오토바이를 몰아 줄지어 멈춰 있는 앰뷸런스, 참모용 자동차 둘, 장갑차 석 대를 지나쳐 갔다. 아직 먼지가 채 가라앉지 않은 상태에서 보니까 정차한 각종 차량의 행렬은 마치 머리 대신 무거운 금속 포를 내민 거북이 같았다. 그러자 또 검문소가 하나 보였는데, 그곳에서 얼마 전 차량 충돌 사고가 발생했다는 것을 알 수 있었다. 정지해 있는 트럭을 미처 보지 못하고 뒤에서 오던 트럭이 앞차를 추돌한 모양이었다. 도로 위에는 작은 탄약통들이 떨어져 있었다. 고메스는 멈추었다가 오토바이를 밀면서 안전 통행증을 보여 주기 위해 검문소 쪽으로 갔다. 엉켜 있는 차들 사이를 빠져나가면서 안드레스는 사방에 흩어져 있는 탄약을 보았다. 탄약통 하나가 땅에 떨어지면서 뚜껑이 열린 모양이었다. 뒤에서 들이받은 트럭은 라디에이터가 완전히 박살 난 상태였다. 그 뒤로 정차한 트럭은 앞차 꽁무니에 바짝 붙어 있었다. 그 뒤로 끝도 없이 차량 행렬이 늘어서 있었는데, 장화를 신은 장교 한 사람이 운전자들에게 차를 뒤로 빼달라고 소리치며 대열 뒤쪽으로 뛰어다녔다. 차량이 빽빽하게 눌어붙어 있어서 사고 차량을 빼낼 수가 없었던 것이다.

하지만 차량이 너무 많았기 때문에 장교가 이 긴 대열의 끝까지 가서 말하지 않는 한 차량은 계속 늘어 가기만 할 뿐 옴짝달싹할 수 없을 것 같았다. 안드레스는 장교가 플래시를 든 채 이리 뛰고 저리 뛰면서 욕하고 소리 지르는 광경을 보았다. 어둠 속에서 차량의 대열은 계속 길어지기만 했다.

검문소에 있던 보초병은 안전 통행증을 얼른 돌려주지 않았다. 그곳에는 보초가 두 명 있었는데 총을 등에 메고 역시 플래시를 비추며 소리를 질렀다. 맞은편에서 트럭 한 대가 나타나자 안전 통행증을 받아 들었던 사내는 그걸 손에 든 채 길을 건너가서 트럭을 세웠다. 그는 운전사에게 다음 검문소에 닿으면 이곳 상황을 알리고 당분간 차량 통행을 막아 달라는 얘기를 전하라고 시켰다. 얘기를 듣고 난 운전사는 다시 차를 몰아 산 아래쪽으로 내려갔다. 통행증을 손에 든 사내는 이번에는 소리를 지르면서 짐을 흩어 놓은 트럭 운전사에게로 갔다.

「그건 내버려 두고 어서 차 좀 빼주시오. 이렇게 버티고 있으니 도저히 저 차를 뺄 수가 없잖아.」 그가 운전사에게 소리쳤다.

「내 변속기가 망가졌단 말이오.」 차 뒤쪽에서 몸을 구부리고 있던 운전사가 말했다.

「그따위 변속기는 내 알 바 아니오. 어서 차를 빼란 말이오.」

「기어가 망가져서 안 돼요.」 운전사는 다시 몸을 구부려서 차를 손보기 시작했다.

「그럼 밀어서라도 앞으로 끌고 가시오. 그렇지 않으면 언제까지고 차 한 대도 꼼짝할 수 없잖아.」 보초병이 부서진 트럭 뒤편에 불빛을 갖다 대자 운전사는 화난 표정으로 그를 노려보았다.

「어서 빼요, 어서.」 보초병은 계속 안전 통행증을 손에 든 채 소리쳤다.

「이봐, 우리도 보내 줘야지. 통행증 이리 줘. 우린 급한 용무가 있어.」 참다못해 고메스가 그에게 말했다.

「통행증인지 뭔지 지옥에나 가져가시지.」 보초병은 통행증을 돌려주고는 맞은편에서 오는 트럭을 세우기 위해 다시 길을 건너갔다.

「교차로까지 가서 차를 돌린 다음, 이 부서진 트럭을 끌어낼 수 있는 위치에다 차를 대시오.」 그가 운전사에게 말했다.

「내가 받은 명령은…….」

「명령이고 뭐고 다 소용없어. 어서 내가 말한 대로 해.」

운전사는 기어를 넣고 똑바로 나가더니 먼지를 일으키며 아래쪽으로 사라져 버렸다.

고메스는 오토바이를 출발시켜 도로 오른쪽으로 달려가기 시작했다. 다시 좌석에 꼭 들러붙은 안드레스는 망가진 트럭 옆을 지나면서, 아까 그 보초가 다시 어떤 트럭을 세우고 창밖으로 고개를 내민 운전사에게 뭔가 말하고 있는 모습을 보았다.

이제 고메스는 다시 속력을 내서 산으로 난 오르막길을 달렸다. 앞서 가던 차량이 모두 검문소에서 발이 묶였기 때문에 도로는 뻥 뚫려 있었고, 간간이 마주 오는 차들만 왼쪽으로 지나쳐 갔다. 아무 방해 없이 전속력으로 달렸기 때문에 얼마 후에는 사고가 나기 전에 검문소를 통과했던 차량까지 앞지르게 되었다.

여전히 불을 켜지 않은 채 고메스와 안드레스가 탄 오토 바이는 네 대의 장갑차를 추월했고, 뒤이어 병사들을 실은 트럭 대열과 만나게 되었다. 병력을 실은 차량은 어둠 속에서 조용히 이동했기 때문에 안드레스는 먼지 속에서 그들의 윤곽만을 희미하게 볼 수 있었다. 잠시 후 참모용 자동차 한 대가 경적을 울리며 뒤에서 나타나더니 라이트를 껐다 켰다 했다. 불빛이 깜박일 때마다 철모를 쓴 병사들이 보였다. 수직으로 세워진 총과 기관총의 총구가 하늘로 향하고 있는 것이 보이더니 불이 꺼지면서 다시 어둠 속으로 잠겨 들어갔다. 한번은 오토바이가 군대를 실은 트럭 아주 가까이 달리고 있을 때 뒤차의 불이 켜졌는데, 순간 안드레스는 불빛에 비친 병사들의 굳은 얼굴과 슬픈 기색을 볼 수 있었다. 병사들은 공격하러 간다는 것 외에는 아무것도 알지 못한 채, 어떤 미지의 것을 향해 실려 가는 중이었다. 그들은 트럭의 어둠 속에서 저마다의 문제에 몰두하고 있다가, 낮 동안에는 수치심 때문에 내보이지 않았을 그런 얼굴을 불빛에 슬쩍 드러냈다. 이제 곧 폭격과 공격이 시작될 것이고 그러면 아무도 자신의 얼굴 따위는 신경 쓰지 않을 것이다.

안드레스는 이제 병력을 실은 트럭 곁을 잇달아 지나쳤고, 고메스는 용케 뒤쫓아 오는 참모용 자동차에게 추월을 당하지 않으면서 일정한 속력을 유지하여 달려 나갔다. 안드레스는 병사들의 얼굴에 대해 그 어떤 생각도 하지 않았다. 그는 오로지 이런 생각만 했다. 〈이 얼마나 훌륭한 군대인가! 저 장비들은 또 어떻고, 모두 훌륭한 기계식 장비에다 잘 조지된 병사들. 이들을 한번 보라! 이들이 공화국의 군대다. 보

라. 연이어 달려가는 저 트럭들의 행렬과, 모두 똑같은 군복을 입은 병사들의 모습을. 비행기에 대고 쏠 수 있는 저 기관총을 봐. 우리 군이 이렇게 잘 조직되어 있다니!〉

병사를 가득 실은 잿빛 트럭들은 먼지를 일으키며 꾸준히 오르막길을 기어 올라갔다. 불빛을 깜박이는 참모용 자동차는 계속 이 대열에 붙어 따라왔다. 불이 비쳤을 때 보니까 트럭 뒤쪽에 붉은 별 표시가 있었다. 계속 올라가자 날은 점점 쌀쌀해지고 길은 점점 험해졌다. 구불구불한 급경사를 기어 오르느라 트럭은 그르렁거리며 안간힘을 다했고 오토바이 역시 애를 먹으며 겨우 달리고 있었다. 앞 좌석에 꼭 달라붙은 안드레스는 이제 오토바이를 타는 건 신물이 난다고 생각했다. 그는 전에 한 번도 오토바이를 타본 적이 없었다. 그가 탄 오토바이는 공격 지점으로 이동하는 차량 대열의 중간쯤에서 산길을 기어올랐다. 안드레스는 이제 다리의 초소 공격 시간에 맞춰 산간으로 되돌아가는 것은 불가능하다고 생각했다. 이런 병력 이동과 혼란스러운 상황을 생각하면 내일 밤까지라도 돌아가면 그나마 다행이라는 생각이 들었다. 그는 지금까지 군대의 공격이나 공격 준비 상황을 직접 본 일이 없었다. 그는 길 위로 올라가면서 공화국이 조직한 공격군의 크기와 위용에 감탄했다.

그들은 산중턱을 가로질러 나 있는 긴 오르막길을 올라갔다. 꼭대기에 가까워지자 갑자기 경사가 급해져 고메스는 오토바이에서 내려 고개의 마지막 고비 위로 같이 오토바이를 밀고 올라가야 한다고 말했다. 꼭대기를 넘어가니 바로 왼쪽에 자동차가 방향을 돌릴 수 있는 고리형 도로가 있었다. 그리고 밤하늘을 배경으로 길고 큰 석조 건물의 윤곽이 보였는데 입구에는 등불들이 걸려 있었다.

「저기 가서 사령부가 어디 있는지 물어보도록 하지.」 고메스가 안드레스에게 말했다. 둘은 문을 지키고 서 있는 보초 쪽으로 오토바이를 밀고 갔다. 고메스가 오토바이를 벽에 기대어 세우는데, 가죽점퍼를 입은 오토바이 운전사 한 명이 문을 열고 나왔다. 실내에서 새어 나오는 불빛이 그를 비추었다. 그의 어깨엔 통신용 가방이 메어져 있었고 엉덩이에선 목제 케이스에 든 마우저 권총이 흔들거렸다. 문이 닫히고 불빛이 가려지자 그는 어둠 속으로 들어가 오토바이를 찾아 시동이 걸릴 때까지 밀고 가다가 요란한 소리를 내며 달려갔다.

입구 가까이에 가서 고메스는 보초 한 사람에게 말했다. 「제65여단의 고메스 대위다. 제35사단의 골스 장군 사령부가 어디 있는지 알고 싶네.」

「여긴 아닙니다.」 보초가 말했다.

「그럼 여긴 어딘가?」

「사령부입니다.」

「무슨 사령부?」

「사령부라고 했잖습니까?」

「무슨 부대의 사령부냐니까?」

「그렇게 질문이 많은 당신은 대체 누구십니까?」

보초는 어둠 속에서 고메스에게 말했다. 이 산길 꼭대기에서는 총총한 별이 아주 맑게 보였다. 얼마 전까지 먼지 속에서 시달렸던 안드레스는 이제 어둠 속에서 사방을 훤히 볼 수 있었다. 아래쪽을 보니 길이 오른쪽으로 구부러져 있었고, 지평선을 배경으로 그 위를 달리는 트럭과 각종 차량의 윤곽이 뚜렷히 보였다.

「난 제65여단 제1대대의 로페리오 고메스 대위다. 골스 장군의 사령부가 있는 곳을 알고 싶다고 했네.」

보초는 문을 조금 열고 안쪽을 향해 소리 질렀다. 「위병 하사를 불러.」

안드레스와 고메스가 위병 하사가 나오길 기다리고 있으려니까, 커다란 참모용 자동차가 길모퉁이에서 나타나 건물 현관 앞에 정지했다.

체격이 크고 단단한 노인이 국제 여단의 제복을 입은 부하 두 명과 함께 뒷좌석에서 내렸다. 노인은 프랑스 육군 보병이 쓰는 것과 흡사한 큰 카키색 베레모를 쓰고 외투를 입었으며 손에는 지도 상자를 들었다. 외투 바깥쪽으로는 가죽끈으로 메인 권총이 보였다.

그 노인은 프랑스어로 자동차를 안 보이게 옮겨 두라고 말했으나, 안드레스는 전혀 알아들을 수 없었고, 이발사였던 고메스는 겨우 몇 마디 정도만 알아들었다.

장교 두 명을 거느리고 그가 현관으로 들어설 때, 고메스는 불빛에 비친 그의 얼굴을 똑똑히 보았고, 그가 누구인지도 알아볼 수 있었다. 그는 이 사람을 어떤 정치 집회에서 보았을 뿐만 아니라, 그의 논문이 번역되어 「노동 세계」지에 실린 것도 본 적이 있었다. 그리고 그의 짙은 눈썹과 엷은 회색 눈, 이중 턱도 낯이 익었다. 고메스가 알기로 이 노인은 대표적인 프랑스 현대 혁명가들 중 한 명으로 흑해에서 일어난 프랑스 해군 폭동의 주역이었다. 고메스는 국제 여단에서 이 사람이 얼마만큼 중요한 위치를 차지하는지 잘 알았기 때문에, 이 사람이라면 골스 장군의 소재지를 알 거라고 생각했다. 그러나 시간의 흐름 속에서 이 위대한 혁명가에게 인생의 실망스러운 일들과, 가정적, 정치적 고민과, 위축된 야심 등이 얼마나 깊은 변화를 안겨 주었는지 알았더라면 고메스는 결코 그에게 말을 걸 생각을 하지 않았을 것이다. 사실 그에게 질문한다는 것이 얼마나 위험한 일인지 고메스는 알지 못했다. 고메스는 노인 앞으로 가서 경례를 하고 말했다.

「마르티 동지, 우리는 골스 장군에게 급한 보고서를 올리러 가는 중입니다. 그 사령부가 어디 있는지 아시면 가르쳐 주시기 않겠습니까? 매우 급한 일입니다.」

키가 크고 육중한 체격의 노인은 얼굴을 내밀어 고메스를 보더니 물기 있는 눈으로 그를 찬찬히 살펴보았다. 차가운 봄바람 속을 무개차로 달려온 탓인지 밝은 전등 앞에서도 노인의 얼굴은 노쇠한 티가 더욱 역력했다. 그 얼굴은 마치 늙어 빠진 사자의 발톱에 들려 있는 썩은 먹이를 연상시켰다.

「뭘 가지고 왔다고 했나, 동지?」 그는 카탈루냐 지방 사투리가 섞인 스페인어로 고메스에게 물었다. 그리고 곁눈으로 흘끔 안드레스를 훑어보았으나 곧 다시 고메스 쪽으로 눈길을 돌렸다.

「골스 사령부의 골스 장군에게 급히 보내는 보고서입니다, 마르티 동지.」

「어디서 오는 급보라고?」

「파시스트 전선 후방의 게릴라 부대에서 보낸 겁니다.」 고메스가 말했다.

마르티는 손을 내밀어 보고서와 다른 서류를 받았다. 그리고 흘깃 보더니 그냥 주머니 속에 쑤셔 넣었다.

「이 두 사람을 체포해. 몸을 수색하고, 나중에 내가 부르거든 데리고 오게.」 그가 위병 하사에게 말했다.

그는 서류를 주머니에 쑤셔 넣은 채 건물 안으로 뚜벅뚜벅 걸어 들어가 버렸다.

바깥에 있는 초소에서 고메스와 안드레스는 몸수색을 당했다.

「저 사람 대체 어떻게 된 거야?」고메스가 보초 하나에게 물었다.

「머리가 돌았죠.」보초 하나가 대답했다.

「그럴 리가 있나. 그는 매우 중요한 정치적 인물이 아닌가. 국제 여단의 최고 위원이기도 하고.」고메스가 말했다.

「유감스럽게도 그는 미치광이야. 그런데 적 전선 후방에서 당신들은 뭘 했소?」위병 하사가 말했다.

「이 동지는 그쪽에서 활약하고 있는 게릴라 요원이네. 그런데 골스 장군에게 급한 보고서를 올리러 가는 길이었지. 내 서류들을 잘 보관해 줘. 지갑과 끈으로 매어 둔 탄알도 조심하고. 그건 내가 과다라마에서 첫 부상을 입었을 때 빼낸 거야.」몸을 수색당하고 있는 동안 고메스가 말했다.

「염려 마시오. 죄다 이 서랍에다 넣어 둘 테니까. 골스 장군이 있는 곳이라면 내게 물어보지 그랬소?」위병 하사가 말했다.

「물어보려고 했지. 보초에게 물었더니 자넬 부르더군.」

「바로 그때 그 미치광이가 나타났단 말이지. 그 사람에게 뭘 물어봐서는 안 되는데. 머리가 돌았거든. 이 길로 3킬로미터쯤 더 가면 오른쪽에 솔밭이 있는데, 골스 사령부는 그곳 바위 밑에 있소.」

「지금 우리를 골스에게 데려다 줄 수 없겠나?」

「그건 안 되오. 내 목이 달아날 테니까. 난 당신을 그 미치광이에게 데리고 가야 해. 게다가 그 보고서도 그 친구가 가지고 갔잖소?」

「그럼 누군가에게 좀 말해 줄 수 없겠나?」

「알겠소. 내가 책임감 있는 사람을 만나는 대로 사정 얘기를 해주겠소. 그 친구가 돌았다는 건 세상이 다 아는 얘기니까.」 위병 하사가 말했다.

「난 지금까지 그 친구가 굉장히 중요한 인물인 줄 알고 있었네. 프랑스의 영광이라고 믿었는데.」 고메스가 말했다.

「영광이든 뭐든 다 갖다 붙이라고 하시오. 어쨌든 지금은 미친 빈대야. 광적으로 사람들을 총살시키기나 하고.」 하사가 안드레스의 어깨에 손을 얹으면서 말했다.

「정말 사람들을 총살했나?」

「당신이 들은 바 그대로요. 저 늙은 자는 흑사병보다 사람을 더 많이 죽였을 거야. 하지만 우리처럼 파시스트들을 죽이지는 않아. 농담으로라도 죽이지 못해. 이상한 놈들만 죽이지. 뜨로쯔끼파. 중립파. 각종 진귀한 유형의 놈들을 다 죽여 버리지.」

안드레스는 무슨 소린지 도무지 알아들을 수가 없었다.

「에스코리알에 있을 때만 해도 그놈 때문에 우리가 얼마나 많은 사람을 죽였는지 모르오.」 하사가 말했다. 「항상 우리들 중에서 총살대가 구성됐지. 국제 여단 병사들은 자기 동지들을 총살하기 싫어했으니까. 특히 프랑스 놈들이 그랬어. 어려움을 피하려다 보니, 우리가 선택됐던 거지. 우리가 죽인 사람 중에는 프랑스 사람도 있고 벨기에 사람도 있었소. 그 밖에 다양한 국적의 사람들을 죽였어. 온갖 유형의 인간들이 다 있었지. 저자는 못 말리는 총살광이야. 언제나 총살의 동기는 정치적 문제였지. 미친놈. 매독 약보다도 더 지독한 소독쟁이야.」

「하지만 자네는 그 보고서에 대해 누군가에게 얘기해 줄 거지?」

「그래, 확실하게 해주겠소. 난 이 두 여단 사람들을 모두 잘 알거든. 모두 여길 거쳐 가지. 나는 러시아 사람들도 죄다 알고 있소. 비록 스페인어를 할 줄 아는 사람은 별로 없지만. 어쨌든 미치광이가 스페인 사람들을 죽이게 내버려 두진 않겠소.」

「그럼 그 보고서는?」

「보고서도 잘 지켜 주겠소. 염려 마시오, 동지. 우린 그 미친놈 다루는 법을 잘 알거든. 그는 그의 동료들 사이에서만 위험한 인물이지. 이제 우리도 그 사람에 대해서 알 만큼 알고 있소.」

그때 안에서 바로 앙드레 마르티의 음성이 들렸다. 「체포한 두 사람을 데리고 오게.」

「한잔하시겠소?」 위병 하사가 물었다.

「그러지.」

하사는 선반에서 아니스 술병을 꺼내서 고메스와 안드레스에게 한 모금씩 주었다. 그러고 나서 자기도 한 모금 마시고는 입을 닦았다.

「자, 가봅시다.」 하사가 말했다.

그들은 위병소에서 나왔다. 독한 술을 마신 탓인지 그들은 입도 배 속도 가슴속도 후끈 달아오르는 것을 느꼈다. 그들이 마르티의 방으로 들어가자 마르티는 긴 책상에 앉아 지도를 앞에 펼쳐 놓고, 빨갛고 파란 색연필을 쥐고 있었다. 마치 사령관이라도 된 듯한 거창한 자세였다. 안드레스는 오늘 밤 또 재수 없는 일이 한 가지 더 생겨 버렸군, 하고 생각했다. 오늘 밤엔 정말 가지가지 일들을 다 겪는군. 언제나 온갖 종류의 일들이 일어나긴 하지만. 확실한 증명서가 있고 마음만 단단히 먹고 있다면 아무 일도 없을 것이다. 곧 풀려나서 가던 길을 계속 재촉할 수 있게 될 거야. 하지만 영국 양반이 서두르라고 당부했는데. 이제 다리 폭파 작전에 맞춰 캠프로 돌아간다는 것이 아예 불가능하게 되어 버렸다는 것을 그는 알았다. 보고서를 안전하게 전달해야 하는데 저 테이블에 앉은 노인이 자기 호주머니에 보고서를 찔러 넣어 버렸으니…….

「거기 서.」 마르티는 얼굴을 들지도 않고 말했다.

「마르티 동지, 내 말 좀 들어 주십시오.」 고메스가 술기운으로 화를 내며 말하기 시작했다. 「우린 오늘 밤, 한 번은 무정부주의자의 무지 때문에, 또 한 번은 관료적인 파시스트의 태만 때문에 지체했습니다. 그런데 이제는 공산주의자의 과도한 의심으로 방해를 받고 있습니다.」

「닥쳐. 누가 지금 당신과 회의하자고 했나?」 마르티는 여전히 고개를 쳐들지 않은 채 말했다.

「마르티 동지, 이건 시각을 다투는 급한 용무입니다. 대단히 중대한 일이란 말입니다.」 고메스가 말했다.

그들을 데려온 하사와 위병은 그 광경을 아주 흥미로운 눈빛으로 쳐다보았다. 그들은 여러 번 본 연극을 다시 보고 있는 듯했고 그 연극의 가장 흥미진진한 순간을 맛보는 듯한 그런 태도였다.

「모두들 자기 일은 급하다고 말하지. 뭐든 자기 일은 모두 중요하고 말이야.」 마르티는 연필을 든 채 이번엔 얼굴을 들고 말했다. 「자넨 골스가 여기 있다는 걸 어떻게 아나? 공격을 앞둔 사령관의 소재를 묻는 것이 얼마나 중대한 일인지 알겠지? 그런데 사령관이 여기 있다는 걸 어찌 알고 여기까지 온 것인가?」

「이봐, 자네가 설명해 줘.」 고메스가 안드레스를 보고 말했다.

「장군 동지…….」 안드레스가 말하기 시작했다. 마르티는 안드레스가 그의 직급을 틀리게 불렀지만 고치지 않았다. 안드레스가 말을 이었다. 「전 그 보고서를 전선 저쪽에서 받았는데…….」

「전선 저쪽? 그래, 자네가 파시스트 진영에서 이쪽으로 넘어왔다고 들었네.」 마르티가 말했다.

「그 보고서는요, 장군 동지, 로베르토라는 영국분이 주신 것입니다. 그분은 다리 폭파를 위해 우리를 찾아온 다이너마이트 전문가입니다. 아시겠습니까?」

「이야기를 더 해보게.」 마르티가 안드레스에게 말했다. 마르티는 이야기라는 단어를 거짓말, 가짜, 날조와 같은 뜻으로 사용했다.

「장군 동지, 그 영국 양반이 서류를 아주 긴급히 골스 장군에게 전해 주어야 한다고 말했습니다. 영국 양반은 오늘 산간에서 공격을 할 예정입니다. 우리가 바라는 것은 이 보고서를 골스 장군에게 한시바삐 전달하는 것입니다. 장군 동지만 괜찮다면 말입니다.」

마르티는 또 한 번 고개를 흔들었다. 그의 눈은 안드레스 쪽을 향했으나 그를 보고 있는 것은 아니었다.

골스, 하고 그는 생각했다. 마치 평소에 눈엣가시같이 보이던 사람이 고약한 자동차 사고를 당했거나, 밉기는 하되 그 성실성은 인정하지 않을 수 없는 사람이 명예 훼손죄로 걸려들었거나 할 때 느끼는 환희와 공포가 뒤섞인 감정으로 그는 골스를 생각했다. 골스 그 녀석이 이놈들과 한패란 말이지. 골스 그놈이 이렇게 노골적인 방식으로 파시스트와 연락을 취하고 있었단 말이지. 내가 근 20년을 알아 온 골스. 루카츠와 함께 시베리아에서 금화 수송 열차를 탈취한 골스. 꼴차끄[17]에 대항하여 싸우고 폴란드에서도 전투를 치른 바 있는 골스. 캅카스에서도, 중국에서도 그리고 이 나라에서도 첫해 10월부터 전투에 참가하고 있는 골스. 그러나 놈은 뚜하체프스끼[18]와 친밀한 사이가 아닌가. 보로실로프[19]와도 가깝지. 그리고 또 누구와 가깝지? 그래, 여기에서는 까르꼬프와도 친하지. 루카츠하고도. 그러나 헝가리 사람들은 모두 음모꾼들이야. 그는 갈을 싫어한다. 그래, 골스는 갈을 증오해. 기억해 둬라. 골스가 언제나 갈을 미워한다는 것을 잊지 말라고. 하지만 골스는 푸츠를 좋아해. 이것도 기억해 두자. 그리고 뒤발이란 놈이 골스 사령부의 참모장이지. 그럼 거기서 어떤 결론이 나오나? 골스는 코픽이 바보라고 말한 적이 있다. 그건 확실한 사실이다. 그런 엄연히 사실로 존재한다고. 그리고 지금 파시스트 진영에서 온 이 서류를 봐. 시든 나뭇가지는 가지치기를 해줘야 나무가 잘 자라는 법. 마찬

17 Aleksandr Kolchak(1874~1920) 러시아 볼셰비끼 혁명 시 적군(赤軍)에 반기를 들고 대항했던 반혁명의 해군 제독.

18 Mikhail Tukhachevsky(1893~1937). 러시아의 야전군 원수. 1937년 독일과 내통했다는 혐의로 스딸린에 의해 처형됨.

19 Kliment Voroshilov(1881~1969). 러시아의 야진군 원수. 1930년대에 스딸린의 대숙청을 지지했던 인물.

가지로 부패한 것이 있다면 제거해야만 해. 그러기 위해선 먼저 부패가 분명하게 드러나 만인이 그것을 부패로 인정해야만 한다. 무엇보다도 골스를 먼저 쳐야 한다. 저 골스는 반역자들 중 하나임이 틀림없어. 마르티는 세상에 믿을 놈이라곤 하나도 없다고 생각했다. 단 한 명도 믿을 놈이 없어. 아내도, 형제도, 가장 오래된 전우도 다 믿을 수 없다. 아무도.

「이놈들을 끌고 나가라. 그리고 잘 감시해.」 그가 위병들에게 말했다. 하사는 곁에 있는 위병의 얼굴을 슬쩍 보았다. 마르티의 쇼를 예상했는데 오늘따라 너무 조용했기 때문이었다.

「마르티 동지, 미친 짓 좀 작작 하쇼. 난 충실한 장교이며 당신의 동지요. 내 말을 들어 보시오. 그 보고서를 꼭 전달해야 합니다. 이 동지는 그걸 골스 장군에게 전하기 위해 파시스트 전선을 뚫고 여기까지 온 겁니다.」 고메스가 말했다.

「저들을 데리고 가.」 마르티가 이번엔 위병에게 부드럽게 말했다. 이 두 사람을 처치하는 것이 꼭 필요할지 모른다는 생각에 그도 그들에게 인간적인 미안함을 느꼈다. 하지만 그의 마음을 짓누르는 것은 골스의 비극적 행위였다. 골스가 그런 짓을 하다니, 하고 마르티는 생각했다. 그는 이 파시스트들의 서류를 즉시 바로프에게 가져갈 생각이었다. 아니, 골스에게 직접 가지고 가야지. 그것을 받는 순간 그의 안색이 어떻게 변할지 궁금하군. 그래, 그 편이 낫겠어. 그런데 골스가 그들과 한패라면 바로프인들 내가 어떻게 믿을 수가 있나. 아니, 이 일은 좀 더 신중히 생각해 봐야 할 문제다.

그때 안드레스가 고메스에게 몸을 돌렸다. 「이 사람은 지금 그 편지를 전해 주지 않겠다는 건가요?」 그는 믿을 수 없다는 표정으로 말했다.

「본 그대로야.」고메스가 말했다.

「갈보 에미를 둔 저 똥 같은 놈! 저놈은 미쳤어.」안드레스가 격한 감정을 누르지 못하고 말했다.

「사실이야. 저놈은 정신병자야. 당신은 미쳤어! 들어 봐! 미치광이!」고메스가 말했다. 마르티는 아직 색연필을 손에 든 채 지도를 보고 있었다. 「내 말 듣고 있겠지? 이 미친 살인마야.」

「끌고 나가. 이놈들은 엄청난 죄 때문에 머리의 나사가 풀렸어.」마르티가 위병에게 말했다.

위병 하사는 마르티가 그 말을 전에도 써먹은 적이 있었다는 것을 기억해 냈다.

「미친 살인자!」고메스가 소리쳤다.

「이 더러운 갈보의 자식! 미친놈!」안드레스가 소리 질렀다.

이 사내의 어리석음이 그를 화나게 만들었다. 저놈이 미친놈이라면 미친놈 취급을 해서 제거해야 한다. 서류를 놈의 호주머니에서 빼내야 해. 이 망할 미친놈은 지옥에나 떨어져야 해. 온순하기만 하던 안드레스에게서 스페인인 특유의 불같은 분노가 솟아올랐다. 이제 조금 더 있으면 이 분노가 그를 눈멀게 만들 것이었다.

보초가 고메스와 안드레스를 데리고 밖으로 나가자 마르티는 지도를 쳐다보면서 가여운 듯이 고개를 절레절레 흔들었다. 보초들은 마르티에게 퍼부어진 욕지거리를 재미있게 듣긴 했으나 전체적으로는 실망스러운 연극이었다고 생각했다. 그들은 지금까지 이것보다 훨씬 재미있는 연극을 많이 봐왔던 것이다. 앙드레 마르티는 사람들이 자신을 욕해도 눈도 꿈쩍하지 않았다. 결국에는 많은 사람들이 마르티에게 욕을 했다. 그는 그런 사람들에게 인간적인 미안함을 느꼈다. 그는 그런 미안함이 자신에게 마지막으로 남겨진 진실한 생각이라고 혼잣말을 했고 그런 미안함은 온전히 자신만의 것이라고 생각했다.

그는 자리에 앉아 콧수염과 눈을 지도에 고정시켰다. 그는 지도를 잘 이해하지 못했다. 거미줄같이 가늘고, 하나의 중심을 기준으로 설정된 등고선을 그는 제대로 읽지 못했다. 등고선을 보고 그도 고지나 계곡 같은 것들을 구분할 수는 있었지만, 왜 그 고지가 그 정도 높이이고 또 왜 이 계곡은 이 정도로 낮은지 잘 몰랐다. 하지만 그는 정치 위원회의 제도에 따라 두 여단의 정치 위원 자격으로 군단의 참모 회의에 참석하여 간섭을 할 수 있었다. 그는 지형을 따라 굽어지는 강과 나란히 달리는 도로의 선들이 가로지르는 삼림의 초록 부분 중에 숫자가 매겨지고 가느다란 갈색 동그라미가 쳐진 이런 저런 지점을 손으로 짚으면서 말했다. 「여기, 여기가 바로 약점입니다.」

정치가이며 야심가인 갈과 코픽은 언제나 그의 말에 맞장구를 쳤다. 그래서 그 지도는 본 적도 없고 출발 전에 어느 산인지 번호만 듣고서 참호를 파도록 지시받은 복종적인 애꿎은 사람들만 그 산허리에서 죽임을 당하거나, 올리브 숲에 설치된 적군의 기관총에 부상당해 그 지점에 도달하지도 못하는 것이었다. 다른 전선에서는 그 고지에 손쉽게 올라갈 때도 있지만 그렇다고 해서 전보다 더 좋은 결과를 얻는 것도 아니었다. 하지만 마르티가 골스 사령부에서 지도 위에 손가락을 올려놓을 때에는 군단 사령부 때와는 상황이 좀 다르다. 머리에 상처가 있고 얼굴이 하얀 골스 장군의 턱이 점점 굳어지면서 속으로 마르티에 대해 이런 생각을 하는 것이다. 〈앙드레 마르티, 네놈의 그 썩어 빠진 손가락을 내 지형도 위에 대기만 해봐라. 네놈을 쏴 죽여 버릴 테니. 잘 알지도 못하는 문제에 간섭해 너 때문에 죽은 사람들을 생각하면, 넌 지옥에나 떨어져야 해. 빌어먹을. 트랙터 공장이며 마을이며 조합에다 네놈의 이름을 붙여 줌으로써 네놈은 혁명의 상징이 되었고 그래서 내가 너를 건드릴 수 없게 되었지! 의심하고 참견하고 방해하고 고발하고 살인하는 건 다른 곳에나 가서 해. 내 참모들은 가만히 놔두란 말이야.〉

그러나 입 밖으로 내뱉지는 않고, 상대방의 앞으로 기울어진 상체와, 내민 손가락과, 물기로 번들거리는 잿빛 눈과, 희끗희끗한 수염과, 썩은 입 냄새를 피해 몸을 뒤로 기울일 뿐이었다. 그러고는 이렇게 말한다. 「그래, 마르티 동지. 요점은 잘 알겠소. 하지만 그건 잘못된 지적이고 나로선 동의할 수 없소. 당신이 좋다면 이 문제를 나의 상급자에게 가지고 가도 좋소. 그래, 당신이 하기 좋아 하는 말로 이걸 당의 문제로 만들 수도 있을 거요. 하지만 난 동의하지 않소.」

앙드레 마르티는 지금 갓을 씌우지 않은 전등의 백열하는 불빛을 받으며 자기 눈을 보호하기 위해 챙 넓은 베레모를 앞으로 기울인 채 지도를 들여다보며 공격 명령을 열심히 연구하는 중이었다. 테이블보도 없는 책상 위에 지도를 펴놓고 등사기로 인쇄한 공격 명령의 사본을 대조하면서 골똘히 생각하는 그의 모습은, 참모 대학에서 어려운 문제를 풀기 위해 애쓰는 청년 장교를 생각나게 했다. 그는 머릿속에서 전투를 하고, 또 군대를 지휘하는 중이었다. 그는 작전에 간섭

할 권리를 갖고 있었고 그것이 곧 명령권과 같은 것이라고
생각했다. 그는 고메스와 안드레스를 위병소에 억류시켜 두
고 로버트 조던의 서류를 주머니에 집어넣은 채, 로버트 조
던이 다리 위 솔밭에 엎드려 있는 바로 그 순간에 엉뚱한 생
각에 잠겨 있는 것이었다.

안드레스와 고메스가 마르티의 방해를 받지 않고 계속 앞
으로 나아갈 수 있었더라도, 안드레스의 전령 임무가 어떤
차이를 만들어 낼 수 있었겠는지는 의심스러운 것이었다. 전
선에는 이 대규모 공격 명령을 취소할 권한을 가진 사람이
없었다. 기계는 이미 오래전부터 돌아가기 시작했고 그런 기
계를 어느 한순간에 멈춘다는 건 불가능했다. 어떤 규모의
군사 작전도 엄청난 무기력이 있게 마련이다. 그러나 이 무
기력이 극복되고 움직임이 진행된다면 군사 작전은 시작하
기가 어려운 것처럼 중단하기도 어려워진다.

이날 밤 노인이 지도를 앞에 두고 베레모를 푹 눌러쓴 채
앉아 있는데, 문이 열리고 러시아인 기자 까르꼬프가 방 안
으로 들어왔다. 그는 가죽 외투에 모자를 쓰고 평복 차림의
소련인 두 명과 함께 들어왔다. 위병 하사는 그들이 방 안으
로 들어가자 정말 아쉬워하며 그 문을 닫아 주었다. 까르꼬
프는 하사가 만난, 얘기가 통하는 최초의 책임 있는 사람이
었고 그래서 안드레스의 건을 다 말해 주었다.

「마르티 동지.」

까르꼬프가 정중히, 그렇지만 경멸하는 듯한 허짤배기소
리로 말하며 씩 웃어 보였고 그의 썩은 이빨이 드러났다.

마르티는 일어섰다. 그는 까르꼬프가 싫었지만, 「프라우
다」지 특파원으로 스딸린에게 직접 보고할 수 있는 이 인물

이 현재 스페인에서 가장 영향력 있는 세 인물 중 한 명이라는 걸 잘 알았다.

「까르꼬프 동지.」 마르티가 말했다.

「공격 구상이라도 하고 계신가 보군.」 까르꼬프가 턱으로 지도를 가리키며 말했다.

「그저 검토 중일세.」 마르티가 대답했다.

「당신이 공격하는 건가, 아니면 골스 장군이 하는 건가?」 까르꼬프가 스스럼없이 물었다.

「나는 정치 위원에 지나지 않네. 그건 자네도 알잖나.」 마르티가 말했다.

「아니, 굉장히 겸손하시군. 사실은 당신이 진짜 장군이지. 지도에다 망원경도 갖고 있으니까. 하지만 당신은 옛날에 해군 제독이 아니었던가?」 까르꼬프가 말했다.

「아닐세. 난 함포 준위의 조수였네.」 마르티가 말했다. 하지만 이 말은 거짓이었다. 사실은 함상 반란 때 그가 맡았던 일은 서류를 담당하는 서무계였다. 그러나 그는 언제나 자신이 함포 준위의 조수였다고 생각했다.

「아, 그렇던가. 난 서무계로 잘못 알고 있었지 뭔가. 이런, 난 항상 사실과는 다르게 알고 있군그래. 바로 이게 신문 기자의 특성인가 봐.」 까르꼬프가 말했다.

곁에 있던 다른 소련인들은 이 대화에 끼어들지 않았다. 그들은 마르티의 어깨 너머로 지도를 들여다보고, 가끔 소련 말로 몇 마디씩 주고받았다. 마르티와 까르꼬프는 처음 인사를 나눈 다음부터 프랑스어를 썼다.

「〈프라우다〉에 사실을 왜곡시켜 보도하지 않는 게 좋지.」 마르티는 자기 자신을 좀 내세우기 위해 갑자기 말했다. 까르꼬프는 언제나 그를 찔러 댔다. 〈왜곡시켜 보도하다〉에 해당하는 프랑스어는 〈*dégonfler*〉였는데, 마르티는 걱정을 하면서 까르꼬프를 경계했다. 까르꼬프가 말할 때면, 앙드레 마르티는 자신이 프랑스 공산당의 중앙 위원회에서 중대한 임무를 맡아 파견된 몸이라는 사실을 기억하기 어려웠다. 마르티 자신이 감히 손댈 수 없는 몸이라는 것을 기억하기 어려웠다. 까르꼬프는 원할 때면 언제든 손쉽게 그를 주무르는 것 같았다. 이제 까르꼬프가 입을 열었다. 「난 〈프라우다〉에 기사를 보내기 전에 언제나 사실 여부를 확인하고 고칠 것은 철저히 고치고 있소. 절대로 거짓 기사 따윈 보내지 않소. 그런데 세고비아 쪽에서 일하고 있는 우리 편 게릴라가 골스 장군에게 보고서를 보내기 위해 사람을 파견했다는데? 그곳엔 조던이라는 미국인 동지가 있지. 그가 무슨 소식을 보내기로 했는데 말씀이야. 파시스트군 후방에서 전투가 벌어졌다는 보고들이 들어와 있지. 그 미국인도 골스에게 무슨 소식을 보냈을 거라고.」

「미국인?」 마르티가 반문했다. 안드레스는 영국인이라고 했는데 바로 그놈을 말하는 것인가 보다. 그 촌뜨기가 잘못 말한 거로군. 하지만 그렇다고 해도……. 그런데 위병소의 바보들이 이 친구에게 뭘 말해 준 거지?

「그렇소.」 까르꼬프가 그를 경멸하는 눈빛으로 쳐다보았다. 「정치 의식이 그리 발달되지 않은 젊은 미국인이오. 하지만 스페인 사람들을 깊이 이해하고 있고, 유격대원으로서도 좋은 전력을 가진 친구지. 그 보고서를 내게 주시오, 마르티 동지. 벌써 굉장히 지체되었을 테니까.」

「보고서라니?」

마르티가 시치미를 떼고 물었다. 그렇게 말한 건 매우 어리석은 일이었고 스스로도 그것을 알았다. 하지만 그는 자신이 잘못했다는 것을 재빨리 인정할 위인이 못 되었다. 그저 굴욕의 순간을 늦추기 위해 그렇게 말한 것이었다.

「당신 주머니 안에 들어 있는 것 말이오. 조던이 골스에게 보내는 그 서류 말이야.」

까르꼬프가 다시 썩은 이를 드러내 보이며 말했다.

앙드레 마르티는 주머니에 손을 넣어 보고서를 책상 위에 꺼내 놓았다. 그리고 까르꼬프의 눈을 똑바로 들여다보았다. 좋아. 내가 잘못한 거로군. 그걸 이제 어떻게 해볼 수는 없지만 그는 그 어떤 굴욕도 받아들이려 하지 않았다.

「그리고 안전 통행증도.」 까르꼬프가 부드럽게 말했다.

마르티는 그것을 보고서 위에 올려놓았다.

「하사 동지.」 까르꼬프가 스페인어로 하사를 불렀다.

위병 하사가 문을 열고 들어왔다. 그는 흘끔 앙드레 마르티 쪽을 보았는데, 마치 사냥개들에게 쫓겨 궁지에 빠진 늙은 멧돼지 같은 표정으로 그도 하사 쪽을 보고 있었다. 하지만 마르티의 얼굴에는 공포도 굴욕도 나타나 있지 않았다. 그는 단지 화가 나 있을 뿐이었고, 잠시 궁지에 빠졌을 뿐이라는 표정이었다. 그는 이 개들이 결코 자기를 붙잡지 못할 것임을 알았다.

「이걸 위병소에 있는 두 동지에게 내주고 골스 사령부로 가는 길을 안내하게. 너무 지체되었어.」 까르꼬프가 말했다.

하사가 밖으로 나갔고, 마르티는 그의 뒷모습을 보다가 까르꼬프에게 시선을 돌렸다.

「자네가 얼마나 건드릴 수 없는 사람인지 앞으로 알게 되겠지, 마르티 동지.」까르꼬프가 말했다.

마르티는 까르꼬프를 빤히 쳐다보았으나 아무 말도 하지 않았다.

「위병 하사를 어떻게 할 생각은 하지 마시오. 그 하사가 한 짓이 아니니까. 위병소에서 두 사람을 만났는데 그들로부터 직접 들었지.」(그건 거짓말이었다.)「난 항상 모든 사람이 내게 진실을 말해 주길 바라오.」(이건 진실이었지만 그에게 말해 준 것은 하사였다). 하지만 까르꼬프는 선(善)에 대해 믿음을 가지고 있었다. 그것은 선량한 의도가 가져오는 인간적인 가능성으로부터 나오는 것이었다. 그것은 그가 냉소적으로 바라보지 않는 단 하나의 사안이었다.

「당신도 알지요? 내가 소련에 있을 때 아제르바이잔의 어느 마을에 부정이 있어서, 사람들이 〈프라우다〉지의 내 앞으로 글을 보냈던 사실을. 그들은 〈까르꼬프라면 우리를 도와줄 거야〉라고 말했지요.」

앙드레 마르티는 무표정하게 그를 쳐다보았다. 그의 마음속에는 분노와 증오뿐이었다. 그의 마음속에는 까르꼬프가 자신을 엿 먹였다는 한 가지 생각밖에 없었다. 좋아, 까르꼬프, 네놈이 얼마나 영향력 있는지 어디 두고 보자.

「이번 일은 그것과는 경우가 좀 다르지.」까르꼬프가 계속 말했다. 「하지만 원칙은 똑같아. 마르티 동지, 난 당신이 얼마나 건드릴 수 없는 인물인지 알아내고 싶어. 당신 이름이 붙은 그 트랙터 공장의 이름은 바꿀 수 없겠는지 알아보고 싶단 말이지.」

마르티는 눈을 돌려 다시 지도를 보았다.

「젊은 조던이 뭐라고 보고했지?」까르꼬프가 물었다.

「읽어 보지 않았네.」앙드레 마르티가 말했다. 「이제 그만 날 조용히 내버려 두게, 까르꼬프 동지.」마르티가 말했다.

「좋소. 혼자 군사 학습이라도 하시오.」

까르꼬프는 방에서 나와 위병소 쪽으로 갔다. 안드레스와 고메스는 이미 떠나고 없었다. 그는 잠시 그 자리에 서서 도로와 산꼭대기 쪽을 올려다보았다. 산꼭대기 너머에서는 새벽의 회색빛 동이 터오고 있었다. 저기까지 올라가 봐야겠군. 그는 생각했다. 곧 작전이 시작될 거야.

안드레스와 고메스는 다시 오토바이를 달리고 있었다. 주위는 환해지고 있었다. 오토바이는 산길 언저리에 걸려 있는 엷은 잿빛 안개를 헤치고 모퉁이와 급경사를 빠져나가느라 애썼다. 안드레스는 앞 좌석에 착 달라붙어 오토바이의 속도감을 느끼고 있었다. 얼마 후 고메스는 옆으로 미끄러져 오토바이를 세우고, 둘은 긴 내리막길 위에서 내려섰다. 왼쪽 숲 속에는 소나무 가지로 위장한 탱크가 몇 대 있었다. 이 숲 속에는 병사들이 아주 많았다. 안드레스는 들것에 쓰는 기다란 막대기를 어깨에 메고 가는 병사들을 보았다. 참모용 자동차 석 대가 오른쪽 도로 옆, 나무들 밑에 주차되어 있었는데 나뭇가지들이 차량의 양옆을 가렸고 또 소나무 가지들이 그 위에 덮여 있었다.

고메스는 그 자동차들 쪽으로 오토바이를 밀고 갔다. 그도 소나무 옆에 오토바이를 세우고는 나무에 등을 기댄 채 자동차 옆에 앉아 있는 운전병에게 용건을 말했다.

「날 따라오십시오. 우선 당신 오토바이를 안 보이는 곳에 가져다 놓고 이걸로 덮으십시오.」그는 운전사가 꺾어 둔 소나무 가지를 가리키며 말했다.

햇빛이 높다란 소나무 가지 사이로 비쳐 들 무렵, 고메스와 안드레스는 비센테라고 하는 운전사의 안내로 도로를 건너 솔밭을 지나 참호 입구로 난 오르막길을 걸었다. 참호 꼭대기에는 전화선들이 경사진 숲 속으로 무수히 연결되어 있었다. 운전사가 안으로 들어간 뒤, 두 사람은 잠시 밖에 서서 기다렸다. 그 사이 안드레스는 산허리를 뚫고 만든 이 참호의 구조에 감탄했다. 밖에서는 보이지 않고 주위에는 진흙도 떨어져 있지 않을뿐더러 의외로 속은 상당히 깊고 넓었다. 무거운 재목으로 만든 천장 아래에서 움직이는 사람들은 머리를 숙이지 않고 자유롭게 다닐 수 있었다.

운전사 비센테가 다시 밖으로 나와 그들에게 말했다.

「장군은 공격 준비 때문에 군대가 배치된 저 산 위에 올라가 계시답니다. 그래서 참모장에게 드리고 왔습니다. 받았다는 서명도 받아 왔습니다. 자, 여기 있습니다.」

그가 서명이 담긴 봉투를 고메스에게 내밀었다. 고메스는 봉투를 받아서 안드레스에게 주었고 그는 그것을 찬찬히 본 다음 셔츠 속에다 넣었다.

「서명을 해주신 분의 이름이 뭐죠?」 그가 물었다.

「뒤발이라는 분입니다.」 비센테가 대답했다.

「됐군. 그분이라면 보고서를 내줘도 좋다고 한 세 사람 중 한 분이니까.」

「기다리고 있다가 회답을 받고 갈까?」 고메스가 안드레스에게 물었다.

「그게 좋을 것 같군요. 하지만 다리 일이 끝난 뒤, 그 영국 사람도 다른 사람도 어디로 가야 만날 수 있을지 모르겠는걸.」

「장군이 돌아올 때까지 제가 있는 곳에서 기다리시죠. 커피를 드릴 테니까. 틀림없이 배가 고프겠죠?」비센테가 말했다.

「그런데 이 탱크는 뭐지?」고메스가 그에게 말했다.

그들은 소나무 가지로 가려진 진흙색 탱크 옆을 지나갔다. 탱크가 도로에서 회전하며 후진할 때 생긴 자국이 솔잎 위에 두 줄로 깊게 패여 있었다. 탱크에 달린 45밀리미터 포가 소나무 가지 아래에서 수평으로 쑥 삐져나와 있고, 가죽 외투에 불룩한 철모를 쓴 운전병과 포병들이 나무에 기대어 앉아 있거나 땅에 누워 자고 있었다.

「이건 예비용 탱크죠. 그 군대도 예비 병력이고. 공격을 시작할 군대는 장군과 함께 저 위에 있답니다.」비센테가 말했다.

「정말 많군.」안드레스가 말했다.

「그렇죠. 일개 사단이 다 모여 있는 거니까요.」비센테가 말했다.

참호 속에서는 뒤발이 로버트 조던의 보고서를 왼손에 든 채 연신 시계를 들여다보았다. 그는 네 번이나 보고서를 읽고, 읽을 때마다 겨드랑이에서 땀이 솟아 옆구리를 타고 흘러내리는 것을 느꼈다. 그리고 초조하게 전화통에다 대고 고함을 질렀다.

「그럼 세고비아 진지를 대줘. 뭐, 장군이 거기 없다고? 그럼 아빌라 진지를 대.」

그는 계속해서 전화를 걸어 댔다. 하지만 아무 소용 없었다. 그는 양쪽 여단에다 문의했다. 골스는 공격 준비 배치 상황을 보려고 산 위에 올라갔고, 관측소로 가는 중이었다. 뒤발은 관측소로 전화를 돌렸으나 골스는 그곳에 없었다.

「항공대를 대줘.」뒤발이 갑자기 모두 책임을 각오한 듯 말했다. 내가 이 일에 대한 모든 책임을 진다. 중지시키는 편이 낮다. 이미 이쪽의 공격을 알고 대비하고 있는 적에게 이번 기습은 아무런 의미가 없다. 이런 공격을 감행할 수는 없다. 이건 살인일 뿐이다. 안 돼. 절대로 해선 안 돼. 무슨 일이 있어도. 총살을 당한대도 할 수 없다. 즉시 항공대를 불러 폭격을 중지시키는 거다. 하지만 이것이 단순한 지연 작전이라면? 우리 측의 모든 물자와 병력을 이끌어 내려는 것이었다면? 정말 단순한 견제 공격만이 목적이라면? 양동 작전을 펼 때 그것이 양동 작전이라고 말해 주는 사람은 아무도 사람은 없다.

「항공대 호출은 그만둬.」 그가 통신병에게 말했다. 「제69여단 관측소를 대.」

그가 관측소에 전화를 넣고 있는 동안, 첫 비행기들이 공중으로 떠오르는 소리가 들려왔다.

바로 그때 전화가 관측소와 연결되었다.

「뭔가?」 전화를 받은 골스가 조용히 말했다.

골스는 발을 바위에 올리고 담배를 아랫입술에 꼬나문 채 모래 자루에 기대앉아 있었다. 그가 통화하면서 고개를 돌려 하늘을 올려다보니 해가 오르기 시작한 먼 산 위로 은빛 날개를 반짝이면서 쐐기 같은 모양으로 비행기 석 대가 온 하늘에 폭음을 울리며 날아가고 있었다. 골스는 햇빛을 받아 아름답게 반짝거리는 비행기들을 계속 지켜보았다. 비행기가 가까이 다가오면서 햇빛이 프로펠러들을 비추자 그는 거기서 두 개의 원광(圓光)이 만들어지는 것을 보았다.

「그래.」 그가 전화기에다 대고 말했다. 그는 상대가 뒤발이었으므로 프랑스어로 말했다.

「우린 끝장났어. 그래. 늘 그렇지. 그래. 정말 유감스러워.

그래. 그 보고서가 너무 늦게 온 것이 유감이군.」

비행기가 날아오는 것을 보는 그의 눈에는 자랑스러운 기색이 역력했다. 이제 날개에 그려진 붉은 날개 표시도 보일 정도로 가까이 왔다. 그는 계속 비행기가 당당한 위세로 굉음을 울리며 날아오는 것을 지켜보았다. 바로 이렇게 될 수 있는 당당한 모습이다. 이게 바로 우리의 비행대다. 흑해에서 마르마라 해협과 다르다넬스 해협을 거치고 지중해에 도착하여 여기까지 배에 실려 온 비행기들이다. 알리칸테에서 조심스레 내려져 다시 조립되어 본 모습을 되찾고, 시험 비행을 거쳐 완벽하다는 평가를 받은 우리의 비행기들. 한 치의 착오도 없이 V 자 모양을 이루고 아침 햇살 속에서 은빛을 반짝거리며 높이 날고 있는 저 석 대의 비행기들. 저쪽 건너편 능선으로 날아가 그곳을 폭격해 하늘 높이 날려 버리면 우리의 군대는 그곳으로 진격해 들어가는 것이다.

골스는 비행기들이 일단 머리 위를 통과해 저쪽으로 날아가서 폭탄을 투하하면 그 폭탄들이 마치 공중의 돌고래처럼 보이리라는 것을 잘 알았다. 그다음엔 산등성이가 튀어 오르는 구름처럼 솟아올랐다가 하나의 커다란 구름이 되어 사라질 것이다. 그러면 탱크들이 저 두 갈래 비탈길을 요란하게 올라가고 그 뒤로 두 개의 여단이 진격할 것이다. 만약 예상대로 그것이 기습전이 된다면 아군은 계속 산을 타고 진군하면서 일시 정지하기도 하고, 소탕하고, 재정비하고, 얼마든지 할 일이 많이 있을 것이다. 더구나 든든한 탱크들이 도와주고 있으니 많은 일을 기민하게 해낼 수 있을 것이다. 탱크가 나아가고 뒤돌고 하면서 엄호 사격을 가하고 아군의 진격로를 터주면, 아군의 공격 부대는 경사로를 넘고 숲을 통과하여 그 아래쪽으로 계속 나아갈 수 있다. 아무런 반역 행위가 없고 전투원 전원이 맡은 바 임무를 완수한다면 일은 이렇게 풀려 나가는 것이다.

능선은 두 개였고, 탱크를 선두에 세운 우수한 두 개 여단이 언제라도 떠날 수 있도록 대기 중이었다. 그리고 이제 비행기들까지 온 것이다. 그가 해야 할 일들은 계획대로 모두 완료되었다.

하지만 이제 거의 그의 머리 위까지 와 있는 비행기들을 보고 있으려니 아까 받은 뒤발의 전화 내용이 생각나서 갑자기 속이 메스꺼워졌다. 뒤발은, 로버트 조던이 보내온 보고서에 따르면, 그 능선에는 적군이 없을 것이라고 말했다. 적은 폭격을 피하기 위해 조금 아래의 좁은 참호 속으로 대피했거나 솔밭 속에 숨어 있을지도 모른다는 것이었다. 만일 그렇다면 적은 일단 비행기가 지나가고 난 다음 로버트 조던이 보았다고 하는 기관총, 자동화기, 대전차포를 가지고 도로에 다시 올라와 본격적인 대응 작전을 펼 것이다. 그렇다면 이번 작전은 또 하나의 창피스러운 만용으로 끝나고 말 것이다. 하지만 지금 굉음을 내는 비행기들은 아주 당당한 모습을 뽐내며 날아갔다. 골스는 그 비행기들을 올려다보면서 전화통에 대고 말했다.

「아냐, 아무것도 할 게 없어. 아무것도. 우린 다른 생각을 할 필요가 없어. 현재의 상황을 받아들여야 해.」

골스는 차갑고 자랑스러운 눈빛으로 비행기들을 올려다보았다. 그는 적의 움직임에도 불구하고, 작전이 현지의 보고와는 다르게 벌어질 수도 있고 또 아군에게 유리하게 풀려나갈 수도 있다고 생각했다. 그는 작전이 설혹 예상대로 낭패로 끝날지 몰라도, 실제로는 얼마든지 다르게 벌어질 수도 있고 또 아군에게 유리하게 풀려 나갈 수도 있다는 쪽에 희망을 걸면서 이렇게 말하고 전화를 끊었다. 「좋아. 우린 우리의 이 자그마한 작전을 가능하게 만들 거야.」

하지만 뒤발은 골스의 말을 듣지 못했다. 수화기를 든 채 책상에 앉아서 그가 들은 것이라고는 웅웅거리는 비행기의 굉음뿐이었다. 그리고 이런 생각을 했다. 이제 그 시간이 되었어. 저 비행기의 굉음을 한번 들어 보라고. 폭격기가 놈들을 모두 박살낼 거야. 그럼 우린 적의 전선을 돌파할 거고, 골스는 그가 요청한 예비 사단을 승인받을 거야. 그래, 바로 이거야. 이게 바로 그 순간이라고. 자, 가자, 가자, 어서 가자. 하지만 비행기 굉음이 너무 커 그는 자신이 생각하는 것도 제대로 들을 수 없었다.

43

　로버트 조던은 도로와 다리가 내려다보이는 등성이의 소나무 줄기 뒤에 엎드려서 날이 밝아오는 것을 지켜보고 있었다. 그는 하루 중에서도 이맘때를 제일 좋아했다. 마치 자기 자신이 해뜨기 전의 희미한 여명의 일부나 되는 양 가슴속까지 잿빛인 것 같은 느낌이었다. 이맘때에는 사물의 윤곽이 더 어두워지고 공간은 밝아지고 밤새 빛나던 빛은 노란색으로 바뀌었다가 이어 날이 밝으면서 부유스름해지는 것이다. 그의 아래에 있는 단단한 소나무 등걸이 갈색으로 떠오르는 것이 분명하게 보였으며 안개가 끼어 있어 반들거리는 길도 보였다. 숲 바닥에 엎드리자 이슬이 그의 몸을 적셨다. 그는 팔꿈치로 떨어진 갈색 솔방울을 느낄 수 있었다. 아래쪽으로는 냇물 바닥에서 피어오르는 엷은 안개를 통해 계곡에 단단히 걸려 있는 강철 다리가 보였다. 다리 양쪽 끝에는 나무로 만든 초소도 보였다. 그러나 다리의 단단한 구조는 냇물 위에 드리운 안개 때문에 어딘지 모르게 가늘고 섬세한 느낌을 주었다.

　그는 이제 보초가 초소 안에서 일어서는 것을 보았다. 보초는 늘어진 담요 상의에 강철 헬멧을 쓰고 있었는데 그 뒷모습이 보였다. 보초는 몸을 앞으로 구부리고 구멍을 뚫은 기름통으로 만든 난로의 불을 쬐고 있었다. 저 아래쪽에서 바위들 사이를 뚫고 흐르는 냇물 소리가 로버트 조던에게까지 들려왔다. 초소에는 희미하고 가느다란 연기가 피어올랐다.

그는 시계를 쳐다보며 생각했다. 안드레스가 무사히 골스 사령부에 도착했을까? 어차피 저 다리를 폭파해야 한다면 천천히 심호흡을 하면서 서서히 움직이는 게 나을 거야. 안드레스가 보고서를 골스 사령부에 전달했을까? 혹시 메시지를 받았다면 사령부에서는 공격을 연기할까? 그럴 여유가 있다면 말이야. 상관없어. 걱정할 필요는 없어. 연기할 수도 있고 그러지 못할 수도 있지. 이제 더 이상 걱정할 것은 없어. 그 사실에 대해서는 조금만 있으면 알게 될 거야. 가령 공격이 성공리에 끝나면 어떻게 될까? 골스는 그럴 가능성이 있다고 했어. 아군의 탱크가 도로를 타고 내려오고 아군 병력이 라 그란하를 지나 우측에서 몰려온다면 저 산의 왼쪽을 완전히 함락할 수도 있을 거야. 이렇게 해야 이긴다는 것을 전에는 왜 생각하지 못했을까? 너무 오랫동안 수세에 몰려서 그랬을 거야. 정말 그렇군. 그러나 그건 이 도로 위로 온갖 군용 물자가 올라가기 전의 얘기지. 그리고 비행기의 출현 따위는 감안하지 않은 거지. 너무 순진한 생각은 하지 마. 그렇지만 병력을 이 지역에 다 묶어 둘 수 있으면 파시스트들의 작전을 한동안 혼란에 빠뜨릴 수가 있어. 그들은 우리들을 먼저 소탕하기 전까지는 다른 지역은 생각지도 못할 거야. 우리들을 소탕한다는 것이 그리 쉬운 일은 아니지. 프랑스군이 우리를 도와주어 전선을 소개(疏開)시킨다면, 그리고 우리가 미국으로부터 비행기를 얻어 낼 수 있다면 그들은 우리를 소탕하지 못할 거야. 그래, 우리가 물자만 확보한다면 어림도 없는 일이지. 무기 보급만 잘해 주면 이 사람들은 끝까지 싸울 거야.

그러나 앞으로 몇 년 동안 이곳에서 승리를 기대하기는 어려워. 이건 그저 지연술에 지나지 않는 거야. 이 점에 대해서는 착각을 하면 안 되지. 오늘 아군이 이 지역을 돌파하면 어떻게 될까? 우리가 감행한 최초의 대규모 공세가 될 테지. 이봐, 균형 감각을 가지라고. 그렇지만 오늘 전투로 승리를 거둔다면? 이봐, 흥분하지 마. 도로 위를 지나갔던 차량을 생각해 봐. 그건 어쩔 수 없는 일이지. 그렇지만 휴대용 단파 무전기가 꼭 있어야 하는 건데. 곧 입수하게 되겠지. 지금은 없지만. 지금은 그저 도로 위를 살피면서 할 수 있는 만큼 할 뿐이야.

오늘은 모래알같이 많은 날들 중 하루일 뿐이야. 그렇지만 앞으로 올 날들의 모습은 오늘을 어떻게 처리하느냐에 달려 있어. 금년 내내 그런 식이었어. 그리고 이번 전쟁은 늘 그런 식으로 진행되었어. 첫새벽인데도 괜히 거창한 척하는데, 자네. 자, 이제 뭐가 나타나는지 잘 살펴.

그는 망토를 입고 철모를 쓴 두 보초가 소총을 어깨에 메고 도로의 모퉁이를 돌아 다리 쪽으로 걸어오는 것을 보았다. 한 보초는 다리의 저쪽 끝에서 멈추어 섰기 때문에 시야에 들어오지 않았다. 다른 보초는 다리 위로 올라와 어슬렁어슬렁 걸어왔다. 그는 다리 한가운데서 멈추어 서더니 계곡 아래쪽에다 침을 뱉고는 다리 이쪽으로 와 보초 교대를 해 주었다. 교대를 한 보초는 다리 저쪽을 향해 빠른 걸음으로 걸어가기 시작했다. 아마도 커피 생각이 간절하겠지, 하고 로버트 조던은 생각했다. 그 보초도 역시 계곡 아래에다 침을 뱉었다.

　저렇게 침을 뱉는 것은 미신일까, 하고 로버트 조던은 생각했다. 그렇다면 나도 다리 아래에 내려가서는 침을 뱉어야겠는걸. 그때까지 입안에 침이 남아 있다면 말이야. 아냐, 저건 뭐 그리 신통치도 않은 미신 같은데. 난 침을 뱉지 않겠어. 그리고 다리 아래를 벗어나기 전에 그 미신이 틀렸다는 것을 입증해 보이겠어.

　금방 교대한 보초는 초소 안으로 들어가 의자에 앉았다. 그리고 총검이 꽂힌 소총을 초소의 벽에다 세워 놓았다. 로버트 조던은 상의 윗주머니에서 망원경을 꺼내 접안렌즈를 잘 조절하여 다리의 끝 부분이 아주 선명하게 보이게 한 후 그 부근을 세심히 관찰했다. 그는 이어 망원경의 초점을 보초 쪽으로 이동시켰다.

　보초는 초소 벽에 기대어 앉아 있었다. 철모는 벗어서 벽에 박힌 못에다 걸어 놓았다. 보초의 얼굴이 잘 보였다. 로버트 조던은 그 보초가 이틀 전 오후에 다리를 정찰하러 나왔을 때 보초를 서던 바로 그 병사라는 것을 알았다. 그는 여전히 털실로 짠 모자를 쓰고 있었다. 그리고 면도도 하지 않았다. 뺨이 푹 꺼져서 광대뼈가 툭 튀어나와 있었다. 눈썹은 아주 짙어서 미간에 털이 북슬북슬했다. 그는 졸음이 오는지 하품을 했다. 그러더니 담배쌈지와 종이를 한 장 꺼내 담배를 말기 시작했다. 라이터로 불을 붙이려 했으나 여의치 않은 듯 난로 위로 허리를 굽히더니 손을 안으로 밀어 넣어 숯한 덩이를 꺼냈다. 그는 한 손으로 숯덩이를 이리저리 옮겨 잡으면서 훅훅 입김을 불어 댔다. 숯불로 담배를 붙이자 보초는 그것을 도로 난로 속으로 던져 넣었다.

로버트 조던은 자이스 여덟 배 확대 망원경으로 보초의 움직임을 하나도 놓치지 않고 관찰했다. 보초는 초소의 벽에 기대더니 나른한 표정으로 담배를 한 모금 빨아들였다. 로버트 조던은 거기까지 관찰하고 나서 망원경을 도로 접어 주머니 속에 넣었다.

이제 저 친구의 얼굴을 다시는 보지 말아야지. 그는 생각했다.

그는 거기에 엎드려 아래쪽의 도로를 내려다보면서 아무것도 생각하지 않으려 했다. 아래쪽의 소나무 가지에서 다람쥐 한 마리가 땅 쪽으로 내려오고 있었다. 다람쥐는 나무줄기에서 내려오면서 고개를 돌려 로버트 조던을 힐끔 쳐다보았다. 자그마한 눈이 반짝였다. 꼬리는 뭔가 흥분되는 듯 가늘게 떨렸다. 이어 다람쥐는 다른 나무로 옮겨 갔다. 유난스럽게 꼬리를 흔들면서 자그마한 앞뒤 다리를 이용해 깡충깡충 뛰어갔다. 다람쥐는 나무줄기에 올라타서는 다시 한 번 로버트 조던을 쳐다보았다. 그러더니 줄기 위로 올라가 시야에서 사라졌다. 잠시 후 그 다람쥐는 나뭇가지 위에 올라가 찍찍거리기 시작했다. 그러면서 가지 위에 납작 엎드려 꼬리를 가볍게 흔들어 댔다.

로버트 조던은 소나무 사이를 통해 초소를 다시 내려다보았다. 그는 저 다람쥐를 주머니 속에 넣어 가지고 있으면 좋겠군, 하고 생각했다. 그는 손에 넣을 수 있는 것은 모두 가지고 싶었다. 팔꿈치를 솔방울에 비벼 보았으나 전과 같은 느낌이 아니었다. 이런 일을 하면 얼마나 고독해지는지 사람들은 모르지. 그렇지만 난 그걸 알아. 내 토끼는 이곳에서 무사히 빠져나갈 수 있을 거야. 자, 이제 그런 생각은 그만둬. 이 일을 잘해 낼 수 있게 되기만을 빌어. 다리를 잘 폭파하면 그녀가 이곳을 무사히 빠져나갈 수 있어. 그래, 바로 그거야. 그게 내가 바라는 거야.

그는 엎드린 채 도로와 초소에서 눈을 들어 먼 곳의 산을 쳐다보았다. 이제 제발 생각하지 마, 하고 그는 혼잣말을 했다. 그는 거기 조용히 엎드려 아침이 밝아 오는 것을 보았다. 상쾌한 초여름 아침이었다. 5월 말경인 지금은 아침이 매우 빨리 왔다. 도로 쪽에는 사람과 차량의 통행이 가끔씩 있었다. 한번은 오토바이를 탄 사람이 다리를 건너 도로를 따라 올라가는 것이 보였다. 그 사람은 가죽 외투를 입고 왼쪽 다리에 있는 총집에 자동 소총을 차고 전체가 가죽으로 된 헬멧을 쓰고 있었다. 또 한번은 구급차 한 대가 다리를 건너 그의 아래쪽을 지나서 도로를 따라 올라갔다. 그날 아침의 다리 통행은 그게 전부였다. 그는 소나무 냄새를 맡고 시냇물 소리를 들었다. 다리는 이제 선명하게 보였고 아침 햇살을 받아 아름답게 빛나고 있었다. 그는 소나무 뒤쪽에서 자동 소총을 왼쪽 팔목에 걸친 채 엎드려 있었다. 초소 쪽은 쳐다보지 않았다. 폭파 사건 따위는 전혀 벌어지지 않을 것 같은 기분이 들었고 이처럼 아름다운 늦은 5월의 아침에는 아무런 일도 일어나지 않을 것 같은 느낌이 들었다. 그런 생각에 잠겨 있는데 갑자기 능선에 폭탄이 떨어지는 둔탁한 소리가 들려왔다.

폭탄 소리가 나고 나서 한참 있다가 그 소리는 산 쪽에서 우레 소리가 되어 돌아왔다. 로버트 조던은 길게 숨을 들이 쉰 다음 자동 소총을 자리에서 들어 올렸다. 총의 무게 때문에 팔이 뻐근했고 어쩐지 내키지 않는 일이라 손가락도 무거웠다.

초소의 사내는 폭탄 투하 소리를 듣고 일어났다. 그는 소총을 들고 초소 밖으로 나오면서 귀를 기울였다. 보초는 햇살을 온몸에 받으며 도로에 서 있었다. 머리에는 털실로 짠 모자를 쓰고 있었다. 그가 비행기들이 폭탄을 투하하는 쪽으로 고개를 쳐들자 면도도 안 한 얼굴에 햇빛이 내리비쳤다.

이제 도로에는 안개가 걷혔다. 그래서 보초가 도로에 서서 하늘을 쳐다보는 것이 로버트 조던에게 뚜렷하게 보였다. 나뭇가지 사이로 비치는 햇빛이 보초의 얼굴 위에도 머물렀다.

로버트 조던은 와이어로 가슴이 바싹 죄이는 것처럼 숨이 가빠졌다. 그는 팔꿈치를 고정시키면서 손가락으로 총의 앞 손잡이 주름을 만지작거렸다. 로버트 조던은 총 뒤쪽의 가늠자 홈에 잘 놓인 가늠자의 네모난 끝을 그 사나이의 가슴에 겨누면서 가볍게 방아쇠를 당겼다.

총신의 유동적이고 빠른 충격이 어깨에 전달되어 왔다. 도로 위에 서 있던 그 사나이는 총을 맞은 듯 무릎을 꿇으면서 이마를 땅에 찧었다. 그의 소총은 옆으로 떨어졌다. 손가락은 방아쇠울에 의해 비틀어졌으며 손목은 앞으로 꺾였다. 소총에 꽂힌 총검은 도로 쪽을 향했다. 로버트 조던은 도로 위에 거꾸러진 보초를 잠깐 쳐다보았다가 다리 쪽을 쳐다보았고, 이어서 다리의 저편에 있는 초소 쪽을 노려보았다. 그쪽에는 보초병이 보이지 않았다. 그는 아구스틴이 숨어 있는 등성이 아래쪽을 내려다보았다. 이어 안셀모가 총격을 가했고 총성은 온 계곡에 크게 울려 퍼졌다. 이어 그가 다시 총격을 가하는 소리가 들려왔다.

두 번째 총성과 함께 다리 밑의 모퉁이 쪽에서 수류탄이 터지는 파열음이 들려왔다. 이어 도로 위쪽 왼편에서도 수류탄 터지는 소리가 들려왔다. 그다음에는 도로 위쪽에서 소총이 발사되었다. 아래쪽에서는 파블로의 기마대 자동 소총이 드르륵드르륵 하는 소리를 내며 수류탄 터지는 소리에 섞여 들었다. 안셀모가 다리의 저쪽 먼 끝으로 이르는 가파른 지름길을 미끄러져 내려오는 것이 보였다. 로버트 조던은 자동 소총을 어깨에 멘 채 소나무 줄기 뒤에서 두 개의 무거운 배낭을 들어 올려 한 손에 하나씩 들었다. 짐의 무게가 팔을 내리눌러 어깨 힘줄이 끊어지는 것만 같았다. 그는 도로로 나가는 가파른 비탈길을 타고 비틀거리며 내려갔다.

아구스틴이 소리쳤다. 「멋진 사냥이야, 영국 양반, 멋진 사냥이야.」

바로 그때 안셀모가 다리 저쪽 끝에서 사격을 가하는 소리가 들려왔다. 총알은 강철 대들보에 맞아 쨍그랑하는 소리를 냈다. 로버트 조던은 보초가 쓰러져 있는 초소를 지나 다리 있는 곳으로 달려갔다. 배낭이 흔들거렸다.

노인이 한 손에 카빈총을 들고 달려왔다. 「새로운 것은 없었소.」 그가 소리쳤다. 「잘못된 건 없는 것 같소. 황소의 숨통을 끊었소. 난 그자를 해치울 수밖에 없었소.」 안셀모가 말했다.

로버트 조던은 다리 한가운데 꿇어앉아 배낭을 열고 물건을 끄집어내고 있었다. 안셀모의 덥수룩한 잿빛 수염에는 눈물이 흐르고 있었다.

「나도 역시 하나 죽였습니다.」 로버트 조던이 그에게 말했다. 그러더니 고개를 돌려 턱으로 보초병이 쓰러져 있는 다리 쪽 끝과 도로를 가리켰다.

「그래, 젊은이, 알았소. 우린 죽일 수밖에 없어 죽인 거요.」 안셀모가 말했다.

로버트 조던은 다리의 교각 아래로 기어 내려갔다. 교각 대들보는 차가웠고 이슬에 젖어 있는 것이 손에 느껴졌다. 조심스럽게 아래쪽으로 내려가는 그의 등에는 햇살이 느껴졌다. 그가 다리의 버팀쇠 트러스에 몸을 꽉 밀착시켰을 때는 발 아래로 물결이 굽이치는 소리가 들렸다. 위쪽 초소가 있는 쪽에서는 총성이 요란했다. 그는 땀을 뻘뻘 흘리고 있었으나 그래도 다리 밑은 시원한 편이었다. 그는 한 팔에 와이어 한 타래를 들었고 팔목에는 줄로 묶은 플라이어를 늘어뜨리고 있었다.

「영감님, 저걸 한 번에 한 뭉치씩 내려 줘요.」 그가 안셀모에게 소리쳤다. 안셀모는 다리 난간 끝으로 몸을 쭉 내밀어 네모꼴의 긴 폭약 덩어리를 손으로 내려 주었다. 로버트 조던은 팔을 뻗쳐 그것을 받아 들어 폭파 장소에 밀어 넣고는 단단하게 쌓은 다음 꽉 죄었다. 「쐐기를 내려 줘요, 영감님.」 그는 교각 대들보 사이에 폭약을 밀어 넣으면서 새로 깎은 나무 쐐기들의 신선한 널빤지 냄새를 맡았다.

이제 그는 폭약을 제자리에 놓고, 죄고, 쐐기를 박고, 와이어를 꽉 묶고, 오로지 폭파만을 생각하면서 숙련된 외과 의사처럼 능숙하게 일을 처리해 나갔다. 바로 그때 도로 아래쪽에서 요란한 총성이 들려왔다. 그리고 수류탄이 연달아 터지는 소리가 거센 물살 소리에 섞여 들려왔다. 그러자 그쪽은 아주 잠잠해졌다.

<제기랄, 도대체 뭐가 저들을 맞힌 거지?> 그는 속으로 생각했다.

위쪽 주둔지의 도로에서는 여전히 사격이 계속되었다. 빌어먹을, 웬 사격이 저렇게 요란해. 그는 폭약을 죄어 놓은 덩어리 위에다 두 개의 수류탄을 나란히 묶고 옴폭 팬 곳은 철사로 감아서 단단하게 고정시켰다. 그런 다음 거기에다 줄을 매고는 플라이어로 철사를 비틀었다. 그는 폭발물을 다시 한 번 만져 보면서 그것을 더욱 단단하게 고정시키기 위해 수류탄 위의 빈 틈새에다 쐐기를 박아 넣었다. 이제 폭발물은 교각의 철 구조물에 단단히 고정되었다.

「자, 이제 반대편으로 갑시다, 영감님.」

그는 위쪽에 있는 안셀모에게 소리치고 교각들 사이를 가로질러 다리의 반대편 쪽으로 갔다. 내 모습이 압연 철강 속의 타잔 같군, 하고 그는 생각했다. 밑에서 텀벙거리며 흘러가는 냇물 소리가 계속 들려왔다. 로버트 조던은 다리 아래 어두운 곳으로 나오면서 위쪽을 쳐다보았다. 안셀모가 폭약 더미를 밑으로 내리고 있었다. 참 선량한 얼굴이야, 하고 그는 생각했다. 이젠 울지 않는군. 그러니까 더 선량해 보이는군. 이제 한쪽은 끝났어. 다른 한쪽만 하면 우리 일은 끝나. 이 정도면 다리는 폭삭 가라앉게 돼. 자, 아까 것처럼 깨끗하게 해치워야지. 침착해야 돼. 그래야 실수가 없지. 너무 서둘러 해치우려 하지 마. 이제 어려운 일은 하나도 없어. 적어도 이제 한쪽은 폭파한 거나 다름없어. 지금 해나가는 식으로 하면 돼. 여긴 아주 시원한 곳이군. 와인 저장 창고처럼 시원한 데다 오물도 없구먼. 돌다리 밑에서 작업할 때면 늘 오물 때문에 골치가 아팠는데 말이야. 이건 아주 멋진 다리야. 정말 너무 멋진데. 땡볕을 받고 있는 노인이 안됐군. 그렇지만 일을 너무 빨리 해치우려고는 하지 마. 다리 저쪽에서 총격이 끝났으면 좋겠는데.

「영감님, 쐐기를 좀 더 주십시오.」

아직도 총성이 들리는 것이 영 마음에 들지 않아. 필라르가 저쪽에서 애를 먹고 있나 본데. 초소가 더 있었던 게 틀림없어. 뒤쪽으로 말이야. 아니면 제재소 뒤에 있었는지도 모르지. 그리고 웬 놈의 톱밥은 저렇게도 많지. 그러나 톱밥이 쌓여서 굳어지면 좋은 은폐물이 되지. 그 뒤에서 총을 쏘기는 안성맞춤이야. 아직도 놈들이 몇 명 더 있는 것 같아. 파블로가 있는 쪽은 아주 조용한데. 그럼 두 번째 총성은 어떻게 된 걸까? 자동차나 오토바이가 지나간 것이었겠지. 장갑차나 탱크가 나타나면 큰일인데. 자, 어서 폭약을 설치해. 쐐기를 단단하게 박고 꼭 고정시켜. 저 위쪽에 있는 필라르는 전혀 동요하지 않을 거야. 그녀는 여장부니까. 아니야, 필라르도 동요하고 있을지 모르지. 골칫거리가 많다고 늘 얘기했으니까. 그녀 또한 적 가까이 다가가게 되면 떨지도 몰라. 사람이라면 누구나 다 그런 거 아닌가?

그는 햇빛 속에서 몸을 비스듬히 위쪽으로 내밀면서 안셀모가 건네주는 폭약을 손을 뻗쳐 잡았다. 머리를 위로 치켜올리니까 물이 흘러가는 소리가 약간 덜 시끄럽게 들렸다. 도로 위에서는 총성이 계속 날카로워졌고 잠시 후 수류탄 터지는 소리가 계속 났다.

「제재소로 공격해 들어갔나 보군.」

폭약을 막대 모양이 아니라 덩어리로 만들어 두길 잘했군, 하고 그는 생각했다. 제기랄, 그렇다고 무슨 큰 차이가 있는 건 아니야. 이게 좀 쓰기에 낫다는 것뿐이지. 어쨌든 가벼운 물건이 든 자루는 아니니까 다루기는 힘들군. 자루가 두 개나 되니. 아니야, 하나면 충분할 거야. 뇌관과 폭파기만 있다면 이건 일도 아닌데. 그 개새끼가 폭파기를 강물에다 던져 버려 이 고생이잖아. 그 낡은 폭파기 상자를 들고 여러 군데 돌아다니면서 폭파를 했는데. 그걸 강물 속에다 던져 버리다니, 생각할수록 괘씸하군. 그 파블로라는 놈 때문에 지금 이 고생을 하고 있는 거야.

「영감님, 쐐기 좀 더 주세요.」

노인은 날쌔게 일을 잘하고 있었다. 노인이 있는 위쪽은 안전하지 않았다. 게다가 보초병을 쏴 죽인 것을 후회하고 있어, 하고 로버트 조던은 생각했다. 나도 보초병을 하나 죽였지만 그 문제를 그리 심각하게 생각하지 않아. 그렇지만 안셀모는 단발에 그 보초병을 죽이지 못했어. 그래서 어쩔 수 없이 총을 또 쏘아야만 한 거야. 그런 경우는 참 난처하지. 그런 점에서 자동 소총으로 죽이는 게 한결 수월해. 총을 쏘는 쪽에서는 말이지. 단발 권총하고는 달라. 한번 방아쇠에 손을 대면 나머지는 총이 다 알아서 해준다고. 그건 네가 하는 게 아니지. 그런 생각은 나중에 하고 네 머리는 아껴 두라고. 조던, 자네는 머리가 잘 돌아가는군. 자자, 앞으로 굴러, 조던. 학교 시절 네가 공을 잡으면 사람들이 소리를 질렀지. 그렇지만 너는 그렇게 덩치가 크지도 않았어. 저기 저 아래에 흘러가는 시냇물보다 자그마했지. 뭐든지 처음에는 자그마한 거야. 이곳 다리 밑도 이제 아늑한 기분이 드는 것이 제2의 고향 같은 느낌이야. 자, 조던, 그런 농담은 그만하고 힘을 내. 이건 정말 심각한 일이란 말이야. 무슨 소린지 알겠어? 심각하다고. 지금까지는 이렇게 심각한 일이 없었지. 이 일의 다른 측면을 한번 살펴봐. 무엇 때문에? 자, 이제 다리가 어떻게 폭파되어도 난 오케이야. 메인 주가 함락되면 미합중국 전체가 날아가는 거야. 네가 가버리면 저 빌어먹을 이스라엘 사람들[20]도 가버리는 거야. 저 다리 말이야. 부분을 보면 전체를 알 수 있어. 네 움직임 여부에 공화국의 승패가 달려 있어. 이 다리의 폭파 여부에 말이야. 네 움직임에 따라 이 지랄 같은 다리도 절단 나고 말 거야. 아니, 그 반대야. 다리가 폭파되면 넌 여기서 떠나가는 거지.

「영감님, 쐐기를 좀 더 주세요. 이제 거의 다 되어 갑니다.」

노인이 고개를 끄덕였다.

수류탄을 와이어로 감는 일을 모두 끝마쳤을 때 도로 위쪽에서는 더 이상 총성이 들려오지 않았다. 그래서 주위에서는 시냇물 소리만 들렸다. 그가 고개를 숙이고 아래를 내려다보니 바위들 사이로 시냇물이 하얀 거품을 내며 흘러갔다. 시냇물은 곧 깨끗한 자갈이 있는 웅덩이 쪽으로 흘러 떨어졌다. 웅덩이에 그가 떨어뜨린 쐐기가 물결에 휩쓸리며 빙글빙글 돌고 있는 것이 보였다. 그때 숭어 한 마리가 벌레를 잡으려고 뛰어올라 나무 조각이 선회하는 곳 가까이에서 한 바퀴 돌았다. 그가 플라이어로 와이어를 꽉 죄고 비틀어 두 수류탄을 알맞게 고정시키고 있을 때 햇빛을 쨍쨍 받고 있는 푸른색의 산등성이가 철제 교각 사이로 보였다. 사흘 전에 저 산등성이는 갈색이었는데, 하고 그는 생각했다.

그는 다리 밑의 시원한 그늘에서 나와 햇빛 속으로 몸을 내밀었다. 그러고는 안셀모에게 냅다 소리를 질렀다.

20 선택된 대상이라는 뜻.

「저 와이어 다발 좀 내려 주세요.」

노인은 그것을 내려 주었다.

와이어를 아주 잘 써야 할 텐데. 이걸로 수류탄을 당길 수 있을 거야. 이걸로 수류탄 고리를 꿸 수 있으면 좋겠는데. 어쨌든 이 정도의 길이라면 충분할 거야. 로버트 조던은 수류탄의 폭파 핀을 고정시키는 코터 핀을 매만졌다. 그는 핀 아래에 감겨 있는 와이어를 잡아당기면 수류탄의 손잡이가 튀어나올 여유가 있겠는지 점검했다. 그런 다음 한 개의 고리에 긴 와이어를 잡아매고 그것을 바깥쪽 수류탄의 고리에 이어지는 주(主) 와이어에 연결했다. 그는 와이어 다발에서 와이어를 조금 느슨하게 풀어 놓은 다음 강철 받침대에다 한 바퀴 두르고 나서 와이어 다발을 안셀모에게 건네주었다.

「잘 잡고 있어요.」 로버트 조던이 말했다.

그는 다리 위로 기어 올라와 늙은이에게서 와이어 다발을 받아 들었다. 그러고는 보초병이 쓰러져 있는 도로 쪽으로 와이어를 풀면서 달려갔다. 그는 다리의 난간 밖으로 몸을 기울여 내다보면서 와이어가 잘 풀리는지 확인했다.

「배낭들을 가져와요.」

그는 뒷걸음질 치면서 안셀모에게 소리쳤다. 그러고는 걸어가면서 허리를 굽혀 자동 소총을 집어 들어 어깨에 둘러멨다.

바로 그때 위쪽 초소에서 한 떼의 사람들이 돌아오고 있었다. 그들은 필라르 패였는데 네 명이었다. 그는 와이어가 다리의 바깥 구조물에 걸려 엉키지 않도록 조심했다. 그 네 명 가운데 엘라디오는 보이지 않았다.

로버트 조던은 와이어를 다리 끝까지 곧게 끌고 간 다음 마지막 다리 지주 둘레에 한 바퀴 감아 돌렸다. 그런 다음 다시 길로 되돌아와 돌 표지 옆에 멈춰 섰다. 그는 와이어를 절단하고 나서 그것을 안셀모에게 건네주었다.

「영감님, 이걸 잡고 계세요. 자, 이제 나와 함께 다리께로 돌아갑시다. 걸으면서 와이어를 들어야 해요. 아니, 안 되겠어요. 내가 하죠.」

다리에 이르자 그는 와이어를 감아 맨 매듭 사이로 다시 와이어를 당겨 냈다. 이제 와이어는 수류탄의 고리에까지 얽히지 않고 잘 연결되었다. 그는 와이어를 안셀모에게 넘겨주었다. 와이어는 다리를 따라 똑바로 뻗어 있었고 아주 잘 배선(配線)된 것이었다.

「이걸 저 높은 돌 있는 데까지 가지고 가세요. 와이어를 단단히 잡아야 해요. 그렇지만 너무 힘주면 안 돼요. 너무 세게 잡아당기면 다리가 폭파하고 말 겁니다. 알겠죠?」

「알았소.」

「잘 잡고 계셔야 해요. 그러나 너무 느슨하게 잡으면 와이어가 꼬이게 돼요. 가볍게 잡으면서 적당하게 당겨야 해요. 알았죠?」

「알았소.」

「잡아당길 때는 아주 일정한 힘으로 잡아당겨야 합니다. 휙 잡아채서는 안 돼요.」

로버트 조던은 그렇게 말하면서 필라르 패의 생존자들이 걸어오고 있는 도로 쪽을 쳐다보았다. 그들이 가까이 다가오자 프리미티보와 라파엘이 페르난도를 부축하고 있는 게 보였다. 사타구니에 관통상을 입은 것 같았다. 페르난도는 두 사람의 부축을 받으면서 양손으로 사타구니를 부여잡고 있었다. 그의 오른쪽 다리가 질질 끌렸다. 오른쪽 신발도 땅을 긁었다. 필라르는 둑을 기어올라 숲 속으로 올라섰다. 손에는 소총을 세 자루나 들고 있었다. 로버트 조던은 그녀의 얼굴을 볼 수는 없었으나 그녀가 황급히 기어 올라온다는 걸 알 수 있었다.

「어떻게 되어 가고 있나?」 프리미티보가 소리쳤다.

「잘됐어. 거의 끝나 가고 있어.」 로버트 조던이 대답했다.

그들 네 사람은 어떻게 되어 가고 있느냐고 물어볼 필요가 없었다. 세 사람은 이제 도로 끝에 와 있었고 페르난도는 부축을 받아 둑 위로 올라오면서 머리를 흔들었다.

「여기서 총을 줘.」 페르난도가 목멘 소리로 말했다.

「안 돼, 친구. 말 있는 데까지 데려갈 생각이야.」

「거기까지 가면 뭘 해? 난 차라리 여기가 나아.」 페르난도가 말했다.

로버트 조던은 안셀모에게 말을 건네느라고 나머지 얘기는 듣지 못했다.

「탱크가 다리에 접근하면 폭파시켜 버려요. 아주 가까이 접근하면 말이에요. 장갑차가 다가와도 마찬가지예요. 다른 것들은 파블로가 막을 겁니다.」

「당신이 다리 밑에 있으면 폭파하지 않겠소.」

「나는 신경 쓰지 말아요. 폭파해야 되면 폭파해 버리세요. 난 다른 와이어를 설치하고 오겠습니다. 내가 돌아오면 같이 폭파합시다.」

그는 다리 한가운데로 달려가기 시작했다.

안셀모는 로버트 조던이 와이어 다발을 한 팔에 걸고 플라이어를 한쪽 손목에 매달고 그리고 기관총을 어깨에 매달고 달려가는 모습을 바라보았다. 로버트 조던은 곧 다리 아래로 내려가서 모습이 보이지 않았다. 안셀모는 오른손에 와이어를 쥐고 표지석 뒤에 웅크리고 앉아 도로와 다리 건너편을 바라보았다. 그가 앉아 있는 곳과 다리의 중간 지점쯤에는 죽은 보초병이 엎드려 있었다. 그는 이제 도로에 더 납작 달라붙어 있었다. 햇살이 그의 등 위로 내리비쳐 부드러운 도로 표면에 더 납작 엎드린 것처럼 보였다. 총검이 꽂힌 채 도로 위에 버려져 있는 소총은 안셀모를 똑바로 노려보았다. 안셀모는 시체에서 고개를 돌려 난간의 그림자가 드리워진 다리의 표면을 쳐다보았다. 도로는 계곡을 따라 왼쪽으로 휘어져 나가서 마침내 암벽 뒤로 사라졌다. 그는 지붕에 햇볕이 내리쪼이는 멀리 떨어진 쪽의 초소를 바라보았고 그런 다음 자신이 와이어를 손에 쥐고 있다는 사실을 의식했다. 안셀모는 페르난도가 프리미티보와 집시에게 말을 걸고 있는 쪽으로 고개를 돌렸다.

「날 여기다 내버려 둬. 상처가 너무 심하고 피도 많이 나. 움직일 때마다 너무 아파.」 페르난도가 말했다.

「저 등성이로 데리고 올라갈게. 자네 팔을 내 어깨에 둘러. 그럼 다리를 들고 갈 테니까.」

「쓸데없는 짓이야. 날 여기 이 돌 뒤에 내버려 둬. 여기서도 쓸모 있는 일을 할 수 있으니까.」

「그럼 우리가 철수할 때는?」 프리미티보가 말했다.

「여기다 내버려 둬. 이런 상태로 철수하기는 다 틀렸어. 내가 탈 말은 다른 사람이 타고 가라고 해. 난 여기가 더 좋아. 이제 곧 적들이 다가오겠지.」

「우리는 그다지 힘들이지 않고 자네를 언덕 위에까지 데리고 갈 수 있어.」 집시가 말했다.

그는 말은 그렇게 했지만 내심은 빨리 여기를 벗어나야 한다는 생각뿐이었다. 그런 심정은 프리미티보도 마찬가지였다. 그럼에도 불구하고 그들은 페르난도를 여기까지 끌고 온 것이었다.

「아니야. 난 여기가 좋아. 엘라디오는 어떻게 됐어?」 페르난도가 말했다.

집시는 머리에 손가락을 갖다 대면서 엘라디오의 상처 부위를 표시했다.

「습격할 때 머리를 맞았어.」

「날 내버려 둬.」 페르난도가 말했다.

그는 굉장히 심한 고통에 시달리고 있었다. 양다리를 앞으로 쭉 편 채 양손으로 사타구니를 쥐었고 머리를 뒤로 젖혀 둑에 기대고 있었다. 얼굴은 납빛인 데다 땀을 많이 흘렸다.

「제발 부탁이니 여기다 내버려 두게. 차라리 여기가 더 좋아.」 그는 고통 때문에 눈을 감으면서 말했다. 입술도 심하게 씰룩거렸다. 「여기 소총과 탄창이 있네.」 프리미티보가 말했다.

「그거 내 건가?」 페르난도가 눈을 감은 채 물었다.

「아니, 자네 것은 필라르가 가지고 있어. 이건 내 걸세.」 프리미티보가 말했다.

「내 것이라면 더 좋겠는데. 그게 더 손에 익어서 말이야.」 페르난도가 말했다.

「내가 가져다줄게. 그때까지 이걸 가지고 있어.」 집시가 거짓말을 했다.

「여긴 아주 위치가 좋아. 도로 위쪽과 다리를 동시에 감시할 수 있으니까.」

페르난도는 눈을 뜨고 고개를 돌려 다리 쪽을 한 번 바라보았다. 그는 고통 때문에 다시 눈을 감았다.

집시는 자신의 이마를 탁탁 때리더니 엄지손가락으로 이제 가보자는 신호를 했다.

「그럼 나중에 자네를 데리러 올게.」

프리미티보는 그렇게 말하고 앞서서 힘차게 등성이를 올라가는 집시를 뒤따라갔다.

페르난도는 둑에 기대어 앉아 있었다. 그는 도로의 끝에 놓여 있는 하얀 표석 뒤에 자리 잡았다. 머리 쪽은 시원한 그늘이었지만 붕대를 감은 사타구니와 그 붕대를 감싸 쥐고 있는 양손에는 햇볕이 사정없이 내리쬐고 있었다. 다리도 햇빛에 노출되어 있었다. 소총은 그의 옆에 놓여 있었고 소총 옆에는 탄환 세 클립이 햇빛을 받아 반짝거렸다. 파리가 양손에 와서 달라붙었으나 페르난도는 고통이 너무 심해 전혀 간지러움을 느끼지 못했다.

「페르난도!」

안셀모가 와이어를 움켜쥔 채 앉아 있는 곳에서 외쳤다. 그는 와이어의 끝으로 둥근 고리를 만들어 그것을 주먹으로 꼭 쥐고 있었다.

「페르난도!」 그는 또다시 불렀다.

「어떻게 되어 가고 있어요?」 페르난도가 눈을 뜨고 그를 바라보면서 물었다.

「아주 잘되어 가고 있지. 이제 조금만 있으면 다리를 날려 버릴 거야.」

「잘됐군요. 도와 드릴 일이 있으면 알려 줘요.」 페르난도는 그렇게 말하고 눈을 감았다. 고통 때문인 것 같았다.

안셀모는 그에게서 고개를 돌려 저쪽의 다리를 내려다보

았다.

그는 로버트 조던이 와이어를 다리에 연결하고 햇볕에 탄 머리와 얼굴을 드러내며 다리 옆으로 기어 올라오는 순간을 기다렸다. 동시에 그는 다리 건너 쪽과 도로의 저쪽 모퉁이에서 혹시 사람이 나타나지 않는지 살펴보고 있었다. 안셀모는 이제 조금도 두렵지 않았다. 그러고 보니 하루 종일 두려움 따위는 느끼지 않은 것 같았다. 일은 참으로 정상적으로, 그리고 빨리 진행되었다. 난 정말 그 보초병을 죽이기가 싫었어. 그리고 그 때문에 잠시 감상에 빠졌으나 그것도 이젠 끝이야. 저 영국 양반은 어떻게 사람을 쏘는 것이 짐승을 쏘는 것과 같다고 말하지? 사냥할 때는 죄의식 같은 것은 전혀 없이 아주 떳떳해. 그러나 사람을 쏘는 것은 사정이 달라. 다 큰 형제간에 싸움이 붙어 동생을 쏠 때 같은 그런 느낌이었어. 더구나 사람을 완전히 죽이기 위해 총을 여러 차례 쏘아대야 하다니. 아니야, 그런 건 생각할 필요 없어. 그러다 보니 감정적으로 너무 동요하게 되었고 여자처럼 눈물을 찔끔거리며 달려 내려가게 되었지.

그건 끝난 일이야. 안셀모는 자신에게 말했다. 다른 일과 마찬가지로 그런 일에 대해서도 속죄할 수 있겠지. 그러나 난 어젯밤 산을 타고 캠프로 돌아가면서 소원했던 것을 해치운 거야. 전투 중에 벌어진 일이니 아무런 문제도 없을 거야. 설혹 오늘 아침 죽는다 해도 그건 할 수 없는 일이지.

안셀모는 둑에 누워 있는 페르난도를 바라보았다. 그는 여전히 양손으로 사타구니를 부여잡고 있었다. 입술은 창백했고 눈은 감은 채로 힘들게 숨을 내쉬었다. 죽어야 한다면 순식간에 죽어 버렸으면 좋겠어. 그리고 오늘 당장 필요한 것을 얻으면 그 이상은 바라지 않겠어. 그러니 더 이상 바랄 것도 없어. 무슨 소린지 알겠어? 난 아무것도 바라지 않아. 그 어떤 것도 말이야. 내가 요구한 것만 들어준다면 나머지는 어떻게 되어도 상관하지 않아.

그는 멀리 산마루에서 벌어지고 있는 전투에서 들려오는 소음을 들었다. 오늘은 정말 멋진 날이군. 그는 혼잣말을 했다. 정말 오늘 같은 날은 처음이야.

그러나 그의 가슴 속에 설렘이나 흥분 같은 것은 없었다. 그런 건 모두 사라지고 오직 평온만이 남아 있었다. 그는 한 손으로 둥근 올가미의 와이어를 잡고 팔목에는 또 다른 와이어 가닥을 두르고 있었다. 그리고 길옆의 자갈 위에 무릎을 꿇은 채 표지석 뒤에 웅크리고 앉아 있었다. 그렇게 앉아 있어도 외롭지 않았고 혼자라는 느낌도 들지 않았다. 그는 이미 손에 쥔 와이어와 일심동체가 되어 있었고 저 아래 내려다보이는 다리 그리고 영국 양반이 설치한 폭약과도 하나가 되어 있었다. 다리 아래에서 아직도 와이어를 설치하고 있는 영국 양반과도 하나가 되었고 모든 전투와 공화국의 안녕과도 한 몸이 되었다.

그러나 흥분되지는 않았다. 이제 모든 것은 조용했고 웅크리고 앉아 있는 그의 목과 어깨에 햇빛이 내리쬐고 있었다. 그가 고개를 쳐드니 구름 한 점 없는 하늘과 개울 건너의 산비탈이 눈에 들어왔다. 그는 행복하지는 않았으나 외롭지도 않았고 또 두렵지도 않았다.

산비탈의 위쪽에는 필라르가 나무 뒤에 엎드려 산마루에서 내려오는 도로를 응시하고 있었다. 그녀는 총알이 장전된 세 자루의 총을 옆에 두고 있었다. 프리미티보가 그 옆으로 다가와 엎드리자 한 자루를 그에게 건네주었다.

「저리 내려가. 저 나무 뒤로 말이야. 집시 당신은 저쪽으로 가.」 그녀는 또 다른 나무를 가리키며 집시에게 말했다. 「페르난도는 죽었나?」

「아니. 아직 안 죽었어.」 프리미티보가 말했다. 「운이 나빴어. 우리에게 두 명만 더 있었더라도 막을 수 있었을 텐데. 그 사람은 톱밥 더미 둘레로 기어가야 했어. 지금 있는 곳은 괜찮아?」

프리미티보가 고개를 저었다.

「영국 양반이 다리를 폭파시키면 파편이 여기까지 날아올까요?」 집시가 나무 뒤에서 물었다.

「모르겠어. 하지만 기관총을 가진 아구스틴이 당신보다 다리에 더 가깝잖아. 영국 양반은 위험하다고 생각했다면 그를 거기다 두지 않았을 거야.」 필라르가 말했다.

「하지만 기차 폭파 때 기관차의 램프가 머리 위로 날아가고 강철 조각이 제비처럼 옆에서 날던 것이 기억나는군요.」

「홍, 아주 시적인 기억력을 가졌군. 〈제비처럼〉이라고? 넌 덜머리 난다. 그 강철 조각은 빨래 삶는 솥 같았어. 이봐, 집시, 오늘 제법 그럴 듯하게 움직이더군. 이제 또다시 겁먹는 일은 없도록 해.」

「글쎄, 나는 파편이 이렇게 멀리까지 날아오겠느냐고 물어본 것뿐이에요. 그렇다면 나무 뒤에 숨으려고 말이에요.」 집시가 말했다.

「그럼 그렇게 해. 오늘 몇 명이나 죽였지?」 필라르가 물었다.

「그러니까, 우리가 해치운 건 다섯 명이에요. 여기 다리에서도 누 명을 죽였어요. 여기 도로 가까운 곳에 한 녀석이 죽었고 저쪽 끝 초소 쪽에 또 한 명이 죽어 넘어져 있어요. 저쪽 말이에요. 보여요? 저기 저 아래쪽에서 파블로가 여덟 명을 해치웠어요. 난 영국 양반을 위해 초소에서 망을 보았죠.」 집시가 말했다.

필라르가 툴툴거리면서 알았다는 시늉을 했다. 그러더니 그녀는 팩 화를 냈다.

「영국 양반은 어떻게 된 거야? 저 다리 밑에서 무슨 지랄을 하고 있는 거야? 게울러 터져서는. 다리를 폭파한다더니 다리를 건설하고 있는 거 아냐?」

그녀는 고개를 들어 표지석 뒤에 웅크리고 앉아 있는 안셀모를 내려다 보았다.

「여봐요, 영감. 그 영국 양반은 도대체 무슨 허튼 수작을 하고 있는 거유?」 그녀가 소리쳤다.

「좀 참아. 폭파 준비 작업을 마무리하고 있는 중이야.」 안셀모는 와이어를 단단히 쥐고서 소리쳤다.

「그런데 무슨 개수작을 하느라고 이렇게 오래 걸려?」

「그는 아주 꼼꼼해.」 안셀모가 소리쳤다. 「이건 과학적인 작업이야.」

「과학 좋아하시네. 어서 그 지랄 같은 것을 폭파하고 일을 끝내 버려요.」

필라르는 괜히 집시에게 화를 냈다. 그녀는 또 마리아를 불러 대더니 다리 아래에 있는 조던이 무슨 수작을 부리고 있는지 모르겠다면서 한바탕 욕설을 퍼부었다.

「좀 진정해, 이 여자야. 지금 엄청난 작업을 하고 있는 중이야. 이제 마무리하고 있는 중이라고.」 안셀모가 도로에서 말했다.

「젠장, 이렇게 꾸물거려서야. 빨리빨리 해야지. 시간이 없단 말이야.」필라르가 분통을 터뜨렸다.

그때 길 아래 파블로가 습격해 점령한 초소 쪽에서 총성이 들려왔다. 필라르는 욕설을 멈추고 귀를 기울였다. 「아, 드디어 올 것이 왔군.」

로버트 조던은 한 손으로 와이어 다발을 위쪽으로 훌쩍 던져 올린 다음 몸을 다리 위로 끌어 올리면서 총성을 들었다. 그가 무릎을 쇠 난간 끝에 걸치고 손으로 다리의 바닥을 짚고 일어서자 아래쪽 커브 길에서 기관총 사격 소리가 들렸다. 그것은 파블로의 자동 소총 소리와는 다른 소리였다. 그는 몸을 일으켜 세웠다가 허리를 굽혀 와이어 다발이 걸리지 않게 조심하면서 뒷걸음질 치기 시작했다. 그리고 다리를 따라서 곁눈질을 하며 와이어를 풀어 나갔다. 그는 그 사격 소리에 횡격막을 강타당한 것처럼 배 속 깊숙이 충격을 느꼈다. 소리가 점점 가까이 오자 그는 도로의 커브 길을 돌아보았다. 그러나 아직 차도 탱크도 병사도 보이지 않았다. 다리를 반쯤 넘어 걸어갈 때까지 아무 일도 없었다. 다리의 4분의 3 되는 지점까지 갔을 때도 조용했다.

와이어 역시 말짱했고 엉키지도 않았다. 와이어가 철 구조물에 걸리지나 않을까 염려하면서 바싹 들고 나가 보아도 길 아래쪽에서는 아직 아무런 움직임도 보이지 않았다. 그는 도로의 아래쪽 옆의 물 없는 작은 도랑을 따라서 빠르게 뒷걸음질 쳤는데 그 모습이 마치 플라이 볼을 잡기 위해 뒷걸음으로 달려가는 외야수 같았다. 와이어는 팽팽하게 당겨져 있었다. 이제 로버트 조던은 안셀모가 웅크리고 앉아 있는 표지석 바로 앞까지 나왔는데 다리 위에는 여전히 아무런 움직임도 없었다.

그때 도로를 따라 내려오는 트럭 소리가 들려왔다. 트럭은 긴 비탈길을 막 내려서고 있었다. 그는 손목을 돌려 와이어를 다시 한 번 감으면서 안셀모에게 소리쳤다.

「다리를 폭파해요!」

안셀모는 양 발꿈치를 땅에다 단단히 박고 몸을 뒤로 젖혔다. 팔목에 한 번 더 감은 와이어가 팽팽하게 느껴졌다. 트럭 소리가 그의 뒤에서 다가왔다. 그 앞으로는 보초가 죽어 넘어져 있는 도로와 다리, 그리고 그 뒤로는 아직 아무것도 나타나지 않은 도로가 쭉 뻗어 있었다.

다리의 가운데 부분이 요란한 파열음과 함께 파도처럼 공중으로 솟아올랐다. 폭발의 폭풍이 로버트 조던에게 몰려들었다. 그는 양손으로 머리를 꼭 감싸 쥐고 자갈 깔린 도랑에 납작 엎드렸다. 파도처럼 솟아올랐던 다리는 다시 폭삭 가라앉았고 화약 냄새와 매캐한 연기가 피어올랐다. 그리고 강철의 파편이 소낙비처럼 떨어져 내리기 시작했다.

파편의 소낙비가 지나간 뒤 그는 자신이 살아 있음을 확인했다. 그는 고개를 들고 다리 쪽을 쳐다보았다. 다리의 중간 부분은 날아가고 없었다. 다리에는 방금 찢긴 강철이 톱니바퀴 같은 모양으로 엉겨 있었다. 절단된 강철의 끝 부분이 햇빛에 반짝였고 파편 조각이 도로 곳곳에 널려 있었다. 트럭은 도로 위 약 1백 야드 되는 곳에서 멈추었다. 운전사와 그와 같이 있던 사병이 길 옆 도랑 쪽으로 달려갔다.

페르난도는 아직도 둑에 누워 있었고 여전히 숨이 붙어 있었다. 양옆에는 똑바로 놓은 두 팔이 늘어져 있었다.

안셀모는 흰 표지석 위에 엎드려 있었다. 왼팔은 얼굴 밑에 깔고 오른팔은 똑바로 뻗고 있었다. 오른손 주먹으로는 아직도 와이어의 둥근 올가미를 쥐고 있었다. 로버트 조던은 길을 가로질러 안셀모 옆으로 달려갔다. 무릎을 꿇고 안셀모를 천천히 살펴보니 죽어 있었다. 그는 강철 파편이 어떻게 안셀모의 숨을 끊어 놓았는지 확인해 보고 싶지 않았다. 안셀모가 죽었다는 사실이 모든 것을 설명해 주고도 남았다.

죽으니까 아주 작게 보이는군. 로버트 조던은 생각했다. 체구가 작고 백발이었어. 그렇게 작은 체구에 어떻게 그리 큰 짐을 메고 다닐 수 있었는지. 로버트 조던은 꽉 끼게 입은 잿빛 사냥꾼 반바지에 비어져 나온 안셀모의 장딴지와 허벅지 그리고 닳아 빠진 로프 창 신발 바닥을 보았다. 그는 안셀모의 카빈총과 이제는 거의 빈 두 개의 배낭을 집어 들었다. 조금 더 걸어가다가는 페르난도의 옆에 있는 소총도 집었다. 그는 도로 쪽에서 튀어온 강철 파편을 발로 걷어찼다. 그런 다음 두 개의 소총을 둘러멘 뒤 총구 부분을 잡고 숲 속으로 난 비탈을 오르기 시작했다. 그는 뒤돌아보지 않았다. 아직도 총격이 계속되고 있었다. 그러나 그것은 전혀 신경 쓸 문제가 아니었다.

그는 폭약의 매연 때문에 기침을 했고 온몸이 마비된 것 같았다.

그는 소총 한 자루를 나무 뒤에 엎드려 있는 필라르 옆에 갖다 놓았다. 그녀 옆에 놓인 총이 이제 세 자루가 되었다.

「여긴 지점이 너무 높아요. 여기선 안 보이지만 도로 위쪽에 트럭이 있어요. 다리 폭파가 비행기 때문이라고 생각했는지 적들이 트럭에서 내려 도랑 속에 숨어 있어요. 당신은 좀 더 아래쪽으로 내려가는 게 좋겠어요. 나는 파블로를 엄호하러 아구스틴과 함께 내려갈게요.」 그가 필라르에게 말했다.

「영감은?」

그녀가 그의 안색을 살피며 물었다.

「죽었습니다.」

그는 아주 고통스러운 기침을 하면서 땅에다 침을 뱉었다.

「그렇지만 다리는 폭파되었잖소, 영국 양반. 그 사실을 잊지 마시우.」 필라르가 말했다.

「나는 아무것도 잊지 않아요. 당신이 소리치는 것을 듣고 목소리가 크다는 것을 알았어요. 마리아에게 소리쳐서 내가 무사하다는 것을 알려 줘요.」

「우리도 제재소에서 두 명이 죽었어.」 필라르가 보고하듯 말했다.

「나도 보았어요. 무슨 바보 같은 짓을 한 거 아닙니까?」

「지랄 같은 소리는 집어치워, 영국 양반. 페르난도와 엘라디오는 사나이답게 싸우다가 죽었어.」 필라르가 말했다.

「자, 이제 말들이 있는 곳으로 가요. 내가 당신보다는 더 잘 엄호할 수 있을 겁니다.」 로버트 조던이 말했다.

「당신은 파블로를 엄호해야 되잖아.」

「파블로는 내 알 바 아닙니다. 온몸에 똥이나 바르라고 해요.」

「그럼 안 돼, 영국 양반. 그는 다시 우리 편으로 되돌아왔어. 저기 아래에서도 열심히 싸운 것을 당신도 알고 있잖아. 지금도 적들과 대항해 싸우고 있는 중이야. 자, 저 소리가 안 들려?」

「좋습니다. 그를 엄호해 주겠어요. 그러나 파블로나 당신이나 모두 지랄 같은 사람들이야.」

「영국 양반, 진정해. 나는 이 일을 누구보다도 열심히 해왔어. 파블로가 막판에 잘못한 건 사실이지만 그래도 돌아왔잖아.」

「만약에 내게 그 폭파기만 있었더라도 안셀모는 죽지 않았을 텐데. 여기 이 지점에서도 폭파할 수 있었을 텐데.」

「만약에, 만약에, 만약에, 그건 모두 쓸데없는 가정에 불과해.」 필라르가 말했다.

다리 폭파와 함께 긴장이 풀리기 시작했고 노여움과 허망함과 증오심이 로버트 조던을 엄습했다. 특히 안셀모가 죽어 넘어져 있는 것을 보았을 때 그의 온몸은 절망감으로 뒤흔들렸다. 그리고 병사들이 계속 싸우기 위해서는 마음속에 깊은 증오심을 키워야 한다는 그 슬픈 사실 때문에 절망감은 더욱더 깊어졌다. 이제 폭파 일은 끝났고 그저 외로움과 초연함만 느껴질 뿐이었다. 그리고 주변에 있는 모든 사람들이 밉살스럽게 보였다.

「만약 눈만 오지 않았더라도…….」 필라르가 말했다.

그리고 갑자기 아름다운 여인이 부드러운 손길로 그의 몸을 어루만질 때와 같은 육체적 안락이 그를 엄습해 왔다. 그는 천천히 그 안락 속으로 빠져들면서 미워하는 마음을 진정시켰다. 그래, 눈 때문이야. 다른 이유는 없어. 바로 그것 때문이야. 그래, 다른 사람들도 마찬가지였어. 다른 사람들도 마찬가지라고 생각해. 전쟁에서는 늘 그래야 하지만, 자기 자신 따위는 생각하지 말아야 하는 거야. 전쟁에서 개인적인 느낌 따위는 아무런 의미도 없는 거야. 철저히 자아를 배제해야 해. 그가 그런 생각을 하고 있는데 필라르의 목소리가 들려왔다.

「만약에 소르도가 죽지 않았더라면…….」
「뭐라고요?」
그가 물었다.
「만약에 소르도가…….」
「그래요. 이제 그만둡시다. 내가 잘못했습니다. 미안해요. 이 일이나 합심해서 잘해 봅시다. 당신 말대로 다리는 폭파되었어요.」 그는 아주 긴장된 얼굴로 그녀에게 씩 웃어 보였다. 안면이 몹시 긴장되어 있었다.
「그렇게 해야 돼. 모든 일을 합리적인 관점에서 이해하려고 노력해야 해.」 필라르가 말했다.
「자, 그럼 이제 아구스틴에게 가보겠습니다. 집시를 훨씬 아래쪽으로 내려 보내 도로를 잘 감시하도록 해요. 저 소총들은 프리미티보에게 주고 이 기관 단총을 가지고 가요. 다루는 법을 가르쳐 주겠습니다.」
「그건 가지고 가. 우린 언제 여기를 뜰지 몰라. 파블로가 이리로 오면 곧 갈 거니까.」
「라파엘, 나하고 아래쪽으로 내려가세. 이리로 말이야. 저 도랑에서 나오는 자들이 보이지? 트럭 쪽으로 달려가는 놈들 말이야. 저 중에 한 놈을 맞혀 봐. 자, 앉아서 긴장을 풀고.」
집시는 조심스럽게 겨냥하여 발사했다. 노리쇠가 후퇴하고 탄피가 빠졌다.
「맞히지 못했어. 위쪽의 바위를 맞혔어. 바위 부근에서 먼지가 풀썩 일어나는 것이 보이지? 2피트 정도 아래쪽을 맞혀. 자, 조심해서. 놈들이 달아나고 있어.」
「한 놈 맞혔다.」 집시가 말했다.
한 사병이 도랑에서 트럭으로 가는 길 중간쯤에 쓰러져

있었다. 다른 두 놈은 그를 구출할 생각도 하지 않았다. 그들은 도랑으로 다시 돌아가 납작 엎드렸다.

「다른 놈들은 쏠 필요가 없어. 트럭의 앞 타이어를 위쪽을 겨냥해서 쏴. 그러면 타이어는 못 맞힌다 해도 엔진은 맞힐 수 있으니까. 좋았어.」

로버트 조던은 망원경으로 아래쪽을 내려다보며 말했다.

「좀 더 아래쪽을 쏴. 좋아. 아주 정통으로 맞혔군. 이제 라디에이터 위쪽으로 쏴. 어쨌든 라디에이터만 맞히면 되겠어. 당신 사격 선수군. 아무것도 저 근처에 얼씬거리지 못하게 해, 알았어?」

「트럭의 앞 유리를 깰 테니 봐.」 집시가 신 난다는 듯한 목소리로 말했다.

「아니, 트럭은 이미 못 쓰게 됐어. 도로 쪽에 사람이 나타나면 그때 쏴. 도랑 바로 맞은편에 왔을 때 말이야. 운전사를 쏘도록 해. 그런 다음 모두 함께 쏴.」 그는 프리미티보와 함께 비탈 아래쪽으로 내려가 있는 필라르에게 소리쳤다.

「여긴 위치가 아주 좋군요. 이렇게 비탈진 곳이니까 측면은 저절로 엄호가 되겠군요.」

「당신은 아구스틴과 함께 볼일이나 보시우. 설교는 그만두고. 나도 지형쯤은 볼 줄 아는 사람이야.」 필라르가 말했다.

「프리미티보는 더 위쪽에 두는 것이 좋겠어요. 저기 위쪽 말이에요. 어이, 이쪽 경사진 곳으로 가게.」 로버트 조던이 말했다.

「그건 내게 맡겨. 어서 당신 일이나 봐, 영국 양반. 당신은 정말 완벽주의자로군. 이곳은 아무 문제두 없어.」

바로 그때 비행기 소리가 들렸다.

마리아는 오랫동안 말들을 지켰다. 그러나 말은 그녀에게
조금도 위안이 되지 못했다. 말들도 그녀가 도움이 안 되기
는 마찬가지였다. 총격이 시작되었을 때 그녀가 있던 숲 속
에서는 도로도 철교도 보이지 않았다. 그녀는 말이 캠프 밑
말 우리에 다정하게 모여 있을 때 여러 번 여물을 가져다준
대가리가 흰 적갈색 말의 목덜미를 끌어안았다. 그러나 그녀
의 불안한 마음이 전달되어 그 적갈색 말도 곧 불안감을 나
타냈다. 말은 머리를 휘저었고 총소리와 폭격 소리에 놀라
코를 벌름거렸다. 마리아도 진정을 못하고 이리저리 거닐며
말들을 다독거렸으나 말들은 더 동요하면서 불안해할 뿐이
었다.

그녀는 총소리가 났다고 해서 곧바로 끔찍한 일이 벌어지
는 것은 아니라고 생각하며 자신을 달래려고 했다. 그 총소
리는 아래쪽 파블로와 파블로가 데려온 사람들 그리고 위쪽
에 있는 필라르와 나머지 사람들에게서 나는 것이려니 하고
생각하려고 애썼다. 걱정할 것도 없고 겁먹을 필요도 없으며
로버트 조던을 믿어야 한다고 생각했다. 그러나 그건 부질없
는 일이었다. 다리 위쪽과 아래에서 들려오는 총소리, 산마
루에서 들려오는 폭풍우 같은 전투 소리 그리고 가끔 불규칙
하게 들려오는 폭탄 소리는 정말 끔찍했고 그래서 그녀는 숨
도 제대로 쉴 수 없었다.

그러자 얼마쯤 뒤에 그녀는 저 아래쪽 산등성이에서 필라
르가 자신을 향해 욕설을 하는 소리를 들었다. 그러나 뭐라
고 말하는지는 알 수 없었다. 아, 안 돼요. 이런 위급한 때에
제발 그런 욕설은 하지 마세요. 괜히 사람들의 비위를 건드
려 위험을 자초하지 말아요. 제발 도발은 하지 마세요, 하고

마리아는 생각했다.

그러고 그녀는 학교 다닐 때 그랬던 것처럼 로버트 조던을 위해 재빨리 기도하기 시작했다. 왼손 손가락으로 횟수를 세면서 빠르게 두 개의 기도문을 열 번씩 반복해 가며 외웠다. 바로 그 순간 다리가 폭파되었다. 폭파 소리에 말 한 마리가 놀라 벌떡 일어서면서 고개를 홱 돌리는 바람에 말고삐가 끊어졌다. 숲 속으로 바로 달려 나가려 하는 말을 마리아가 간신히 잡아서 우리로 데리고 왔다. 말은 안장이 벗겨진 채 온몸을 떨고 있었는데 검은 가슴에는 땀이 흘러내리고 있었다. 마리아는 말을 끌고 숲 속으로 돌아오면서 또다시 아래쪽에서 나는 총성을 들었다. 난 이제 더 이상 견딜 수 없을 것 같아, 하고 그녀는 생각했다. 이렇게 아무것도 모른 채 바보처럼 있을 수는 없어. 숨도 쉴 수 없는 데다 입안이 말라붙었어. 난 두려운 데다 말을 지키는 일을 잘 못할 것 같아. 말을 놀라게 했지만 운 좋게도 간신히 잡았어. 말이 나무에 안장을 찧어서 등자를 차는 바람에 스스로 잡힌 거야. 이제 안장을 올려놓아야겠는데 어떻게 해야 할지 모르겠어. 이제 더 이상 견딜 수가 없어. 제발 그 사람이 무사했으면. 내 마음은 모두 다리에 가 있어. 공화국은 공화국이고 우리가 이겨야 한다는 것은 또 별개의 문제야. 성모 마리아여, 제발 그 사람을 제게 데려다 주세요. 그러면 당신이 시키는 일은 뭐든지 다 하겠어요. 여기 있는 저는 제가 아니에요. 제 마음은 몽땅 그 사람과 함께 있어요. 제발 그를 잘 보살펴 주세요. 그게 저를 보살펴 주시는 일이에요. 그 보답으로 당신을 위해서라면 뭐든지 다 하겠어요. 그리고 그건 공화국에 위배되는 일도 아니잖아요. 제가 횡설수설하고 있다면 용서해 주세요.

전 너무 정신이 없어요. 그렇지만 당신이 그를 보살펴 주신다면 뭐든지 다 하겠어요. 그가 시키는 것, 당신이 시키는 것, 뭐든지 다 하겠어요. 저를 딱 반으로 나누어서 그렇게 하겠어요. 그렇지만 지금처럼 아무것도 모르고 이렇게 있는 것은 정말 참을 수 없어요.

그녀는 말을 잘 묶은 뒤 안장을 올려놓으면서 안장의 담요를 곱게 펴고 재갈을 움켜쥐었다. 그때 저 아래 나무줄기에서 필라르의 커다란 목소리가 들려왔다.

「마리아! 마리아! 영국 양반은 무사해. 내 말 들려? 아무 일도 없어.」

마리아는 두 손으로 안장을 꼭 쥔 채 짧은 머리칼을 그것에 처박고 울기 시작했다. 그녀는 필라르의 커다란 목소리가 같은 말을 되풀이하는 것을 듣고 숨이 막힌 채로 대답했다.

「들었어요. 정말 고마워요!」 그녀는 다시 목이 메었다. 「고마워요! 정말 고마워요!」

그들은 비행기 소리를 듣자 모두 하늘을 쳐다보았다. 하늘 높이 떠 있는 비행기들은 세고비아 쪽에서 오는 것이었다. 비행기는 다른 모든 소리를 제압하려는 듯이 웅웅거렸다.

「저놈들. 비행기를 좀 봐! 아깐 저놈들이 없었는데.」 필라르가 말했다.

로버트 조던은 비행기를 쳐다보며 팔로 그녀의 어깨를 감쌌다.

「아니에요, 필라르. 저놈들은 우릴 상대하기 위해 나타난 게 아닙니다. 그럴 시간이 없을 테니까. 그러니 진정해요.」 로버트 조던이 말했다.

「난 비행기가 싫어.」

「나도 마찬가집니다. 자, 이제 아구스틴에게 가보아야겠소.」

그는 소나무 사이를 통해 산등성이를 우회했다. 아래쪽 도로의 파괴된 다리 상공에서는 비행기의 웅웅거리는 소리가 계속 들려왔다. 길모퉁이에서는 기관 단총을 발사하는 소리가 단속적으로 들려왔다.

로버트 조던은 아구스틴이 자동 소총을 설치해 놓고 있는 자리 옆에 쭈그리고 앉았다. 점점 더 많은 비행기가 계속 날아오고 있었다.

「아래쪽은 어떻게 되어 가고 있나? 파블로는 뭘 하고 있어? 다리가 폭파되었다는 것은 알고 있나?」 아구스틴이 물었다.

「아마 공격 지점을 벗어나지 못한 것 같네.」

「그럼 여길 떠나자고. 그 녀석은 지옥에나 가라지.」

「그는 유능하니까 곧 나타날 거야. 조금만 더 기다려 보세요.」 로버트 조던이 말했다.

「그자가 나타나는 소리를 못 들었는데. 벌써 5분쯤 되었어. 아, 저길 봐. 저 소리를 좀 들어 보게! 저기 그가 나타났어. 그자임이 틀림없어.」

기병대 기관총 소리가 탕탕하고 울려 퍼졌다.

「그 개새끼로구먼.」 로버트 조던이 말했다.

구름 한 점 없는 청명한 하늘에는 비행기가 계속 날아오고 있었다. 그는 하늘을 올려다보면서 슬쩍 아구스틴을 곁눈질로 쳐다보았다. 이어 파괴된 다리를 내려다보았고 아무것도 올라오지 않는 도로 쪽을 살펴보았다. 그는 기침을 하면서 침을 뱉은 뒤 길모퉁이에서 들려오는 묵직한 기관 단총 소리에 귀를 기울였다. 총소리가 나는 지역은 아까와 동일한 지역인 것 같았다.

「젠장, 저건 뭐지? 저 지랄 같은 거 말이야.」 아구스틴이 물었다.

「내가 다리를 폭파할 때부터 났던 소리야.」 로버트 조던이 말했다.

그는 다시 다리를 내려다보았다. 다리의 가운데가 내려앉은 쪽으로 물이 흘러 내려갔고 다리의 전체적인 모습은 중간이 구겨진 쇳조각 같았다. 아까 지나간 비행기들이 고개 위에서 폭격하는 소리가 들려왔고 이어 더 많은 비행기가 이쪽으로 날아왔다. 비행기의 엔진이 웅웅거리는 소리가 하늘에 가득했고 작은 점 같은 비행기들이 꼬리를 물고 하늘 높이 날아가는 것이 보였다.

「저 비행기들은 이틀 전 아침에 보았던 것들인데 그땐 전선을 넘어가지 않았어. 서쪽으로 갔다가 다시 돌아온 게 틀림없어. 저 비행기들을 봤다면 우리 측에서 공격할 생각은 하지 않았을 거야.」 프리미티보가 말했다.

「비행기가 모두 새것인데.」 로버트 조던이 말했다.

그는 처음에는 정상적으로 시작되었다가 점점 더 엄청난 결과를 가져오는 사태가 벌어지고 있다는 느낌이 들었다. 가벼운 돌을 하나 던졌는데 그 돌이 물 위에 파문을 일으키더니 그 파문이 점점 커져 집채만 한 파도를 일으키는 그런 느낌이었다. 또는 한 번 야호를 외쳤는데 그 소리가 끔찍스러운 천둥소리가 되어 되돌아오는 것 같기도 했다. 아니면 그저 한 사람을 내리쳤을 뿐인데 수천 명의 사람이 무장 반란을 일으키는 반응을 보는 것 같기도 했다. 그는 저 고개 위에서 공격을 수행 중인 골스와 함께 있지 않은 게 다행이라는 생각이 들었다.

로버트 조던은 아구스틴 옆에 엎드려 하늘 위의 비행기를 쳐다보고 뒤쪽에서 나는 총격 소리를 들으면서 아래쪽 다리에 무슨 변동 사항이 없나 살펴보았다. 그는 자신이 다리 폭파 때 죽지 않았다는 사실이 신기했다. 죽음을 너무나 당연한 것으로 받아들였기 때문에 지금 살아 있다는 것이 너무나 비현실적으로 느껴졌다. 그런 생각 따위는 집어치워. 그는 생각했다. 싹 잊어버려. 오늘은 할 일이 너무, 너무, 너무 많아. 그렇지만 그런 비현실적인 생각은 그를 떠나지 않았고 이 모든 일이 갑자기 꿈인 것만 같았다.

연기를 너무 많이 들이마셨나 보군, 하고 그는 생각했다. 그러나 연기 때문이 아니라는 것을 그는 알았다. 그는 이 모든 것이 얼마나 비현실적인가를 생생하게 느낄 수 있었다. 주위의 엄연한 현실을 살펴볼 때 그런 비현실적인 느낌은 더욱 강해지는 것이었다. 그는 다리와 도로에 죽어 넘어져 있는 보초와 죽어 있는 안셀모와 페르난도와 부드러운 갈색 도로와 전복된 트럭을 내려다보았다. 그 모든 것들이 현실로 느껴지지 않았다.

그렇게 생각만 하는 네 자신의 일부를 빨리 내던지는 게 좋겠어, 하고 그는 생각했다. 넌 투계장 안에서 아무도 모르게 부상을 입었지만 그걸 보여 주지 않으면서 서서히 죽어 가는 투계 같군.

바보 같은 소리. 임무를 완수하고 난 뒤에 약간 허탈해진 것뿐이야. 아무것도 아니란 말이야.

그 순간 아구스틴이 그의 팔을 붙들고 손가락으로 아래쪽을 가리켰다. 그는 계곡 사이에 나타난 파블로를 보았다.

파블로는 도로의 모퉁이 길을 돌아 달려왔다. 그는 커다란 바위가 있는 지점에 이르러 걸음을 멈추고 바위에 등을 기댄 채 도로 위쪽을 향해 총을 쏘았다. 작달막하고 육중한 체구의 파블로는 모자를 어디론가 팽개쳐 버린 채 바위에 기대어 총신이 짧은 기병대 자동 소총을 쏘아 댔다. 폭포처럼 쏟아지는 구리 탄피가 햇살을 받아 반짝거렸다. 로버트 조던은 파블로가 웅크리고서 또 한 차례 사격을 가하는 것을 보았다. 그러나 파블로는 뒤도 돌아보지 않은 채 짧고 굽은 다리로 머리를 숙이면서 다리 쪽으로 달려왔다.

로버트 조던은 아구스틴을 밀치고 어깨에다 큼직한 기관총의 총열을 고정하고 도로의 모퉁이 길을 조준했다. 왼손은 기관 단총 앞에 놓여 있었다. 그 사격 범위 내에서 적들을 정확하게 맞힐 수 있을른지 자신이 서지 않았다.

파블로가 그들 쪽으로 다가오자 로버트 조던은 길모퉁이 쪽을 조준했으나 아무도 나타나지 않았다. 파블로는 다리에 도달한 후 어깨 너머로 뒤쪽을 돌아다보았다. 그런 다음 왼쪽으로 돌아 계곡 속으로 들어가 사라졌다. 로버트 조던은 계속 도로를 응시했으나 아무것도 보이지 않았다. 아구스틴은 한쪽 무릎을 구부리고 일어섰다. 그는 파블로가 염소처럼 계곡으로 기어 내려가는 것을 볼 수 있었다. 파블로가 도로에 나타난 이후로 계곡 아래쪽에서는 총성이 더 이상 들리지 않았다.

「저 위쪽에 뭔가 보이나? 저기 바위에 말이야.」 로버트 조던이 물었다.

「아니, 아무것도.」

로버트 조던은 모퉁이 길을 응시했다. 그가 있는 곳의 바로 아래쪽은 가파른 벼랑이었기 때문에 아무도 접근할 수 없었으나 누군가가 그 아래쪽을 우회하여 위로 올라왔는지도 모를 일이었다.

사태가 아까까지는 비현실적인 것 같았으나 지금은 갑자기 현실로 돌변했다. 갑자기 반사 렌즈 카메라의 초점이 제대로 맞추어진 느낌이었다. 바로 그때 몸체가 낮고 주둥이가 각진 웅크린 모습의 녹색, 회색, 갈색이 섞인 포탑이 기관총을 뻗치고서 모퉁이 길을 돌아 밝은 햇빛 속으로 나타났다. 그는 그 포탑에 사격을 가했으나 총알이 강철에 맞아 튕겨 나오는 소리가 났다. 그 작은 경전차는 암벽 뒤로 허둥지둥 물러났다. 커브 길을 지켜보던 로버트 조던은 경전차의 코가 잠깐 나타나더니 포탑이 안으로 쑥 들어가는 것을 보았다. 포탑이 휙 돌자 포신이 저절로 땅 쪽으로 기울어졌다.

「쥐새끼가 쥐구멍 속으로 들어가는 것 같군.」 아구스틴이 말했다.

「겁을 먹은 거지.」 로버트 조던이 말했다.

「저것이 파블로가 싸우던 대형 벌레로구먼. 다시 한 번 갈겨 봐, 영국 양반.」 아구스틴이 말했다.

「아니, 총을 쏠 수는 없어. 우리의 위치가 노출되니까.」

전차는 길 아래쪽을 향해 사격을 가하기 시작했다. 탄환이 도로 표면을 때리고 튀겨 나가 다시 다리의 쇳조각을 때려 핑핑 소리가 났다. 아래쪽에서 났던 것과 같은 기관 단총 소리였다.

「빌어먹을! 저게 그 유명한 탱크인가, 영국 양반?」

「저건 소형이야.」

「빌어먹을! 나에게 가솔린이 가득 든 우유병이 있다면 저기 올라가 던져 전차를 불바다로 만들어 버렸을 텐데. 전차는 뭘 하려는 걸까, 영국 양반?」

「좀 있으면 목표물을 찾겠지.」

「그런 게 사람들이 무서워하는 거지. 어렵쇼, 죽어 넘어진 보초를 또 쏘고 있네.」

「목표물이 없어서 그런 거지. 너무 비웃지 말게.」

조던은 생각에 빠졌다. 그래, 저자를 놀릴 수도 있겠지. 그러나 만약 네가 저 사람 입장이 되었다면 어떻겠어? 여기가 미국이라고 하고 저자들이 큰길에서 사격을 하면서 너를 꼼짝 못 하게 만든다면 말이야. 그리고 다리도 폭파시키고 말이야. 그럼 저 앞에 지뢰가 묻혀 있거나 함정이 있다고 생각하지 않겠어? 너도 분명 그렇게 생각할 거야. 그는 잘하고 있는 거야. 사태가 호전되기를 기다리는 거야. 그는 적과 교전 중인 거야. 적이라고 해봐야 우리뿐이지만. 그걸 알 리가 없지. 저기 저 작은 전차를 좀 봐.

그 작은 탱크는 커브 길을 돌아 코를 내밀었다.

바로 그때 아구스틴은 파블로가 계곡 끝에서 양손과 양무릎으로 포복을 하면서 건너오고 있는 것을 보았다. 뻣뻣한 털이 난 얼굴에는 땀이 줄줄 흘렀다.

「저 개새끼가 이리 오고 있군.」

「누구 말인가?」 로버트 조던이 물었다.

「파블로 말이야.」

로버트 조던은 파블로를 보았다. 그런 다음 탱크의 위장 포탑을 사격하기 시작했다. 그 바로 아래쪽에는 기관총이 있을지도 몰랐다. 소형 탱크는 뒤로 휙 돌아서 바삐 사라졌다.

로버트 조던은 자동 소총을 집어 들고 삼각대는 총열에다 대고 탁 쳐서 접었다. 그러고는 아직 총구가 뜨거운 자동 소총을 어깨에 둘러멨다. 총구에서 나오는 열기로 어깨가 델 지경이었다. 그는 총구를 더 뒤쪽으로 밀어붙인 다음 개머리판을 잡으면서 자동 소총의 균형을 잡았다.

「원통형 탄창 자루와 내 작은 소총을 가져다줘. 그리고 뛰어서 따라와.」 로버트 조던이 말했다.

그는 소나무 사이를 뚫고 언덕 위로 달려 올라갔다. 아구스틴이 그 뒤를 따랐고 또 그 뒤를 파블로가 쫓았다.

「필라르! 이리 와봐요.」 조던이 언덕 뒤쪽을 향해 소리쳤다.

그들 셋은 가파른 비탈길을 힘차게 빠른 속도로 올라갔다. 그러나 곧 경사가 너무 급해져 달릴 수가 없었다. 파블로는 가벼운 기마대 기관 단총 말고는 짐이 없었기 때문에 두 사람을 금방 따라잡았다.

「함께 있던 사람들은?」 아구스틴이 몹시 메마른 목소리로 물었다.

「모두 죽었어.」

파블로가 숨이 턱에 닿아 말했다. 아구스틴은 고개를 돌려 그를 쳐다보았다.

「영국 양반, 우린 이제 말이 충분해.」 파블로는 여전히 헐떡거렸다.

「잘됐군. 그래 무슨 일을 어떻게 당했소?」

이 밥맛없는 살인자 새끼, 오늘 아침 산에서 데려온 사람들을 네가 죽였구나, 하고 로버트 조던은 속으로 생각했다.

「온갖 일을 다 겪었소. 필라르는 어떻게 되었소?」

파블로는 아직도 숨이 넘어가는 목소리로 말했다.

「필라르 쪽에서는 페르난도와 그 동생이 죽었소.」

「엘라디오야.」 아구스틴이 끼어들었다.

「그럼 당신 쪽은?」 파블로가 물었다.

「안셀모가 죽었소.」

「이젠 말이 아주 여유 있어졌군. 짐도 실을 수 있겠어.」 파블로가 말했다.

아구스틴은 입술을 꼭 깨물고 로버트 조던을 쳐다보더니 고개를 설레설레 흔들었다. 그들 아래쪽의 도로에서는 탱크가 다시 도로와 다리 쪽을 향해 포를 쏘아 대는 소리가 들려왔다. 그러나 그 도로는 그들이 있는 곳에서는 보이지 않았다.

「저 탱크는 어떻게 된 거요?」 로버트 조던이 고개를 돌리면서 물었다. 파블로라면 꼴도 보기 싫고 냄새도 맡기 싫었으나 그의 대답은 들어야 했다.

「탱크가 있는 상황에서는 달아날 수가 없었소. 초소의 아래쪽 모퉁이에서 바리케이드로 봉쇄를 당했으니까. 탱크가 목표물을 찾아내려고 뒤쪽으로 퇴각하는 동안 도망쳤지.」 파블로가 말했다.

「모퉁이에서 뭘 쏘았단 말이지?」 아구스틴이 무뚝뚝한 목소리로 물었다.

파블로는 아구스틴을 쳐다보며 씩 웃더니 괜히 싸워 봐야 소용없다는 듯 아무 말도 하지 않았다.

「당신이 사람들을 모두 쏘아 버렸지?」 아구스틴이 물었다.

로버트 조던은 입을 다물고 있는 것이 좋겠다고 생각했다. 이건 내 일이 아니야. 이 사람들은 기대 이상으로 잘해 주었어. 이건 그들 사이의 문제일 뿐이야. 괜히 도덕적인 판단을 내리려 하지 마. 살인자들에게서 뭘 기대한단 말인가? 살인자들과 함께 일한다고 생각하고 입 닥치고 있는 게 상책이야. 이미 저 파블로라는 자가 그런 놈이라는 것은 알잖아. 뭐, 새로울 것도 없어. 그렇지만 파블로 저 새끼는 정말 똥물에 튀길 놈이야. 정말 더러운 놈이야.

그의 가슴은 1백 미터 단거리를 있는 힘을 다해 뛴 육상 선수처럼 아프기 시작했다. 그들의 앞에는 말이 있는 숲이 보였다.

「자, 말해 봐. 왜 사람들을 쏘았다고 얘기하지 않는 거야?」 아구스틴이 다시 말했다.

「닥쳐. 난 오늘 있는 힘을 다해서 싸웠어. 영국 양반에게 물어보란 말이야.」 파블로가 말했다.

「그럼 오늘 하루를 무사히 보낼 수 있게 해주시오. 이 일을 계획한 것은 당신이니까.」 로버트 조던이 말했다.

「좋은 계획이 있소. 운만 조금 좋다면 우리는 모두 무사할 수 있을 거요.」 파블로가 말했다. 그는 이제 한결 고르게 숨을 내쉬었다.

「우리들을 쏘지는 못할 거야. 내가 먼저 쏘아 버릴 거니까.」 아구스틴이 말했다.

「닥쳐. 난 네놈뿐 아니라 대원들의 이익을 생각해야 돼. 이건 전쟁이야. 전쟁 통에는 자기 하고 싶은 대로 할 수 있는 게 아니야.」 파블로가 말했다.

「그렇지만 좋은 건 전부 당신이 차지했잖아.」 아구스틴이 말했다.

「아래쪽에서 있었던 일을 얘기해 주시오.」 로버트 조던이 파블로에게 말했다.

「온갖 일을 다 겪었어.」 파블로가 아까 했던 말을 반복했다.

그는 가슴이 파열된 것처럼 힘들게 숨을 쉬었다. 그러나 차근차근 말할 정도는 되었다. 얼굴과 머리는 땀이 비 오듯 했고 어깨와 가슴은 땀에 젖어 물에 빠진 듯했다. 파블로는 로버트 조던이 자기편인지 아닌지를 살펴본 뒤 씩 웃었다.

「모든 일을 다 겪었소. 먼저 우리는 초소를 점령했소. 그러나 오토바이가 나타났지. 그리고 또 한 대가 나타나더니 이어 앰뷸런스가 나타났어. 그다음엔 군용 트럭이, 그리고 마지막으로 탱크가 나타났지. 당신이 다리를 폭파하기 직전에 말이야.」

「그리고?」

「탱크는 우리에게 아무런 피해를 입히지 않았지만 그것 때문에 초소를 벗어날 수가 없었지. 그러나 탱크가 잠시 퇴각한 틈을 이용하여 빠져나왔소.」

「그럼 부하들은?」 아구스틴이 여전히 파블로를 믿지 못하겠다는 듯이 끼어들었다.

「닥쳐. 그 사람들은 우리 대원이 아니었잖아.」 파블로의 인상은 험악했다. 그것은 격렬한 전투를 막 치르고 난 사람의 표정이었다.

이제 그들은 나무에 묶여 있는 말들을 볼 수가 있었다. 햇빛이 소나무 가지를 뚫고 그 위에 비치고 있었다. 말들은 몸에 달라붙는 파리를 쫓으려고 머리를 흔들고 발길질을 했다. 그다음 마리아가 로버트 조던의 시야에 들어왔다. 그들은 서로 포옹했다. 자동 소총을 옆구리에 기댄 채 그녀를 껴안자 총신이 갈비뼈를 짓눌렀다.

「아, 로베르토. 오, 여보.」 마리아가 말했다.

「그래, 나의 착한 토끼. 자, 이제 가는 거야.」

「당신이 돌아온 게 꿈만 같아요.」

「나도 그래. 자, 가자!」

전투가 벌어지고 있는 동안에도 여자와의 사랑이 가능하다는 얘기를 그는 결코 믿은 적이 없었다. 추호라도 그런 생각은 해본 적이 없었다. 그리고 그런 여인이 있다고 한들 그 여인이 작은 가슴을 이토록 강하게 밀착해 오리라고는 생각하지 않았다. 그리고 그런 사랑을 느낄 가슴이 있다고 생각하지도 않았다. 그러나 그것은 정말로 존재했고 또 아주 좋은 느낌이었다. 그는 그런 생각을 하면서 그녀를 꼭 껴안았다. 그리고 그녀를 쳐다보지 않은 채 전에는 때려 본 적이 없는 그녀의 엉덩이를 찰싹 때리면서 말을 타라고 권했다.

「자, 이제 말을 타. 저 안장 위로 말이야, 예쁜이.」

그런 다음 그들은 말의 고삐를 풀었다. 로버트 조던은 자동 소총을 아구스틴에게 이미 건네주었으므로 자신의 기관단총을 등에 멨다. 그리고 주머니에서 폭약을 꺼내 안장에 달린 주머니 속에 넣었다. 빈 배낭은 다른 배낭에 쑤셔 넣어 안장 뒤에 매달았다. 그러자 필라르가 올라왔다. 그녀는 너무 숨이 차서 말은 못 하고 손짓만 했다.

파블로는 손에 쥐고 있던 말 다리를 묶는 새끼를 안장에다 쑤셔 넣고 일어섰다.

「어서 타라니까, 이 여편네야.」

그러자 필라르는 고개를 끄덕거렸고 그들은 모두 말에 올라탔다.

로버트 조던은 어제 아침 눈 속에서 보았던 큰 회색 말을 탔다. 막상 타보니 다리 사이에 느껴지는 그 말의 강건함은 놀라울 정도였다. 로프 창 신발을 신고 있어 등자가 좀 짧았다. 기관 단총은 어깨에 매달려 있었고 주머니는 실탄 클립으로 가득 차 있었다. 그는 써버린 클립에 실탄을 다시 채우며 한쪽 팔로는 고삐를 꽉 죄고 말 위에 앉아 있었다. 필라르는 사슴 가죽 안장에 묶어 놓은 잡낭 위의 기묘한 자리에 올라탔다.

「제발 그 쓸데없는 것은 없애 버려. 그렇게 있으면 말에서 굴러떨어져. 게다가 말도 그 무게를 견디지 못할 거야.」 프리미티보가 말했다.

「닥쳐. 이걸 가지고 가야 생활할 수 있어.」 필라르가 말했다.

「그렇게 하고도 타고 갈 수 있겠나, 이 여편네야?」 거대한 적갈색 말의 경찰용 안장에 올라탄 파블로가 물었다.

「충분히 갈 수 있어요. 어떻게 갈 거예요?」

「똑바로 내려가야 해. 그리고 길을 건너는 거지. 그런 다음 반대편의 비탈을 올라가서 숲 속으로 들어가는 거야. 거긴 대단히 좁은 곳이야.」

「저 길을 건넌다고?」 아구스틴이 그의 옆에서 말 머리를 돌리며 물었다. 그는 파블로가 지난밤에 몰고 온 말들 중 하나를 골라잡아 올라타 있었다. 그는 뒤축이 부드러운 캔버스 천 신발로 단단하고 아무런 반응이 없는 말의 배를 걷어찼다.

「그래, 그 길밖에는 방법이 없어.」

파블로는 그렇게 말하면서 아구스틴에게 말고삐를 주었다. 프리미티보와 집시도 고삐를 받았다.

「원한다면 제일 뒤에서 따라와도 좋소, 영국 양반. 우린 기관 단총의 사정거리를 벗어나야 하니까 충분히 위쪽으로 올라가서 길을 건널 생각이오. 각자 움직이면서 빨리 달려 저 위쪽 길이 좁아지는 곳에서 만나기로 합시다.」

「좋소.」로버트 조던이 말했다.

그들은 숲을 지나 길 끝까지 말을 타고 내려갔다. 로버트 조던은 마리아 바로 뒤에서 달렸다. 나무 때문에 그녀 바로 옆에서 말을 몰고 갈 수는 없었다. 그는 회색 말을 자신의 허벅지로 다시 한 번 쓰다듬어 주었다. 그리고 소나무 숲을 내려갈 때는 그 말을 꼭 붙들었다. 평지에서라면 박차를 이용했을 것이나 비탈길이었기 때문에 허벅지로 부드럽게 조종했다.

「여보, 도로를 건널 때는 두 번째로 가도록 해. 첫 번째는 좀 위험하지만 그렇게 위험한 건 아니야. 두 번째는 좀 안전하다고 할 수 있지. 적들이 항상 지켜보는 것은 그 뒤쪽에 오는 사람들이야.」

「하지만 당신은…….」

「난 단숨에 건너겠어. 아무 문제도 없을 거야. 중간에 끼는 것이 제일 나빠.」

앞에 가고 있는 파블로는 자동 소총을 어깨에 걸쳐 메고 있었다. 달릴 때마다 그의 둥글고 숱이 많은 머리통이 어깨에 파묻히곤 했다. 로버트 조던에게 필라르의 모습도 보였다. 어깨가 넓은 그녀는 맨머리였다. 필라르는 발꿈치를 짐꾸러미에 넣고 있어서 무릎이 넓적다리보다 높이 올라가 있었다. 그녀는 로버트 조던 쪽을 한 번 돌아다보더니 고개를 흔들었다.

「필라르를 지나쳐서 먼저 도로를 건너도록 해.」

로버트 조던이 마리아에게 말했다.

그런 다음 그는 듬성듬성한 나뭇가지 사이로 길 쪽을 내다보았다. 아래쪽으로 타르를 발라 거뭇거뭇한 도로가 보였고, 그 너머에는 산등성이의 푸른 비탈이 보였다. 우리는 도랑 위에 와 있군. 도로가 곧장 다리까지 길게 휘어져 내린 듯한 그 등성이 바로 아래에 와 있어. 대략 다리 위 8백 야드 지점인 것 같군. 만약 적들이 다리까지 올라와 있다면 저 작은 탱크에 달린 피아트 대포의 사정거리 안에 들어가겠는데.

「마리아, 도로에 도착하기 전에 필라르를 지나쳐 버려. 그리고 저 비탈을 힘껏 달려 올라가.」

그녀는 그를 돌아보았으나 아무 말도 하지 않았다. 그는 마리아가 자신의 말을 잘 알아들었는지 확인할 때만 그녀를 쳐다보았다.

「알았지?」 그가 그녀에게 다짐했다.

그녀는 고개를 끄덕였다.

「자, 앞으로 가.」

그녀가 고개를 저었다.

「앞으로 가라니까!」

「싫어요. 저는 지금 이 순서대로 가겠어요.」

그녀가 그를 돌아다보면서 고개를 흔들었다.

바로 그때 파블로가 큰 적갈색 말의 배에 박차를 가하면서 소나무 숲을 달려 내려가 전광석화와 같이 도로를 건넜다. 도로 위에 먼지가 풀썩 일었다. 다른 사람들이 그 뒤를 따랐고 로버트 조던은 그들이 길을 건너 녹색의 비탈을 박차를 가하면서 올라가는 것을 보았다. 다리 쪽에서 기관총을 발사하기 시작했다. 그러고는 쾅 하는 소음이 들려왔다. 그 소리는 처음에는 덜그럭거리면서 퍼져 나가 예리하게 깨지는 소리로 이어졌다. 산비탈에서는 먼지가 깃털 모양의 회색 연기를 뿜으며 솟아올랐다. 쉬잇, 덜그럭, 쾅 하는 소리가 또다시 들려왔다. 쉬잇 하는 소리는 로켓포 소리처럼 요란했다. 또 한 번 비탈 위쪽에서 흙과 연기가 풀썩거렸다.

로버트 조던의 앞에서는 집시가 도로 옆 맨 마지막 숲의 그늘에 멈추어 서 있었다. 그는 먼저 비탈을 쳐다보더니 이어 로버트 조던을 돌아보았다.

「앞으로 달려 나가, 라파엘. 어서 껑충 뛰어 나가라니까.」 로버트 조던이 말했다.

그때 집시의 손이 뒤로 당겨져 점점 높이 올라갔다. 집시는 양 발꿈치로 타고 있는 말의 몸통을 찼고 그러자 고삐가 팽팽하게 당겨졌다. 그는 순식간에 도로를 건넜다. 로버트 조던은 집시가 길을 건널 때 잠시 뒤로 물러나면서 부딪쳐 놀란 짐말을 자신의 무릎으로 어르고 있었다. 집시의 말이 비탈을 껑충껑충 뛰어오르며 요란한 말발굽 소리를 냈다.

〈쉬이익 쾅〉 하고 포탄이 수평 탄도로 날아왔다. 집시는 검은색과 회색의 흙더미가 간헐천처럼 뿜어지는 숲 속을 수퇘지처럼 내달리며 몸을 피하고 있었다. 그는 껑충껑충 달려가더니 곧 속도를 늦추면서 녹색의 긴 비탈에 도착했다. 총알이 그의 앞뒤로 날았으나 그는 언덕의 움푹한 곳 아래에 있는 다른 사람들과 안전하게 합류했다.

저 빌어먹을 짐말을 가져갈 수는 없겠는걸. 로버트 조던은 생각했다. 저걸 가져가면 좋기는 하겠지만 말이야. 저놈을 저 47밀리미터 포의 총알받이로 써먹어야지. 제기랄, 어쨌든 저 숲까지는 데리고 가보지, 뭐.

그는 짐말이 있는 곳까지 가서 고삐를 쥐었다. 이어 줄을 잡고 말을 끌면서 나무 사이로 50야드를 달려 올라갔다. 그는 숲이 끝나는 곳에서 트럭을 지나쳐 다리 있는 곳을 내려다보았다. 사람들이 다리에 나와 있었고 그 뒤로는 도로의 교통이 마비되어 있는 것 같았다. 로버트 조던은 주위를 한 번 둘러보더니 손을 뻗어 소나무에서 죽은 가지를 꺾어 냈다. 그는 비스듬히 경사가 진 비탈을 내려가 도로변까지 짐말을 끌고 갔다. 그러고 나서 짐말의 엉덩이를 소나무 가지로 찰싹 내리쳤다.

「어서 가라, 이놈아.」

그는 도로를 가로질러 비탈을 건너기 시작한 말의 뒤에다 죽은 가지를 집어 던졌다. 가지는 말의 몸에 맞았고 말은 속도를 늦춰 천천히 달리기 시작했다.

로버트 조던은 도로 위쪽을 30야드쯤 올라갔다. 그 너머로는 둑이 너무 가팔랐다. 대포는 로켓처럼 쉭 소리를 내며 덜그럭거리고 흙을 튀겨 올렸다. 그리고 포격은 계속되었다.

「가자, 이 큼직한 회색 말아.」

로버트 조던은 미끄러지듯 숲 속을 달려 내려갔다. 그는 이제 도로 쪽으로 나왔다. 도로가 너무 딱딱해 말발굽이 부딪치자 그 울림이 어깨, 목, 이에까지 전달되어 왔다. 말발굽이 타닥타닥 소리를 내며 도로 위를 한 발자국 한 발자국 건너가기 시작했다. 그는 산등성이 아래쪽으로 다리를 내려다보았다.

그 다리를 바라다보는 시점이 바뀌었기 때문에 다리는 전에 본 적이 없는 새로운 모습을 드러냈다. 다리는 가운데가 폭파되어 먼 곳과 가까운 곳이 잘 구분되지 않았고 단지 옆모습만 보였다. 다리 뒤쪽의 도로에는 작은 탱크가 있었고, 그 탱크 뒤에는 대형 탱크가 한 대 포진하고 있었다. 탱크의 포신이 황백색으로 번쩍거렸다. 공기를 가르는 탱크의 파열음이 그가 타고 있는 말의 목덜미에까지 전달되었다.

그는 흙이 비탈길까지 솟구쳐 오를 때 고개를 돌렸다. 그의 앞에 있던 짐말은 너무 오른쪽으로 치우쳐서 속력이 줄어들고 있었다. 로버트 조던은 다리 쪽으로 고개를 돌린 채 전속력으로 말을 몰았다. 그가 등성이 위로 올라가자 길의 모퉁이 뒤에 멈추어 서 있는 트럭의 행렬이 분명하게 보였다. 그리고 대형 탱크의 황백색 포신이 번쩍거리는 것이 보였다. 그 순간 〈쉬이익 쾅〉 하는 소리가 들려왔고 갑자기 포탄이 떨어졌다. 그리고 흙이 풀썩 솟구치면서 파편이 날았다.

그들 모두는 숲 가장자리에서 그를 지켜보고 있었다.

「자, 가자.」 그는 말을 향해 큰 소리로 외쳤다.

회색 말은 비탈을 오르느라고 가슴을 퍼덕거리고 귀를 쫑긋 세우고 목은 길게 빼고 있었다. 그는 손을 뻗어 땀에 젖은 말의 목덜미를 토닥거려 주었다. 그리고 다리 쪽으로 시선을 돌려 거기 다리 위에 육중하게 웅크린 진흙 빛깔의 탱크가 섬광을 내뿜는 것을 보았다. 그러나 쉭 하는 소리는 들리지 않았다. 매캐한 냄새가 마치 보일러가 터질 때처럼 진동했고 그는 말과 함께 옆으로 굴러떨어졌다. 회색 말은 발을 버둥거렸고 그는 그 아래에서 빠져나오려고 기를 썼다.

그는 몸을 움직일 수가 있었다. 오른쪽은 움직일 수 있었으나 왼쪽 다리는 오른쪽으로 움직일 때마다 말의 무게에 완전히 눌려 꼼짝할 수가 없었다. 왼쪽 다리에는 마치 새로운 관절이 생긴 듯했다. 엉덩이 관절이 아니라 경첩처럼 옆으로 움직이는 또 다른 관절 같았다. 그 순간 그는 자신이 어떻게 되었는지 알았다. 바로 그때 회색 말이 무릎을 펴고 일어섰다.

로버트 조던의 오른쪽 다리는 등자를 차면서 헐겁게 되어 안장에 걸리지 않고 미끄러져 내려왔다. 그는 두 손으로 바닥에 평평하게 널브러져 있는 왼쪽 다리의 넓적다리뼈를 만져보았다. 양손에 날카로운 뼈와 찢어진 살가죽이 만져졌다.

회색 말은 그의 위에 서 있었다. 말의 갈비뼈가 보였다. 그가 앉아 있는 곳의 풀은 푸르렀고 그 속에는 꽃도 더러 피어 있었다. 그는 비탈 아래로 도로와 다리와 계곡과 도로 위의 탱크를 내려다보았다. 그리고 다음번 섬광이 터지기를 기다렸다. 다음번 포탄은 쉭 소리도 없이 거의 즉각적으로 다가왔다. 포탄이 터질 때는 고성능 폭약의 냄새와 함께 흙덩어리가 흩어지고 파편이 날아 흩어졌다. 그는 큰 회색 말이 서커스 말처럼 자신의 옆에 조용히 앉아 있는 것을 보았다. 그리고 그 말이 내는 울음소리를 들었다.

그때 프리미티보와 아구스틴이 그의 겨드랑이를 붙잡아 부축하면서 비탈 위쪽으로 끌고 올라갔다. 부상당한 왼쪽 다리는 땅바닥에 질질 끌렸다. 한번은 포탄이 그들 위 아주 가까운 곳으로 날아왔다. 그들은 그를 놓고 납작 엎드렸다. 그러나 흙이 그들의 머리 위로 흩어지고 금속 파편이 〈피융〉 소리를 내며 날아가 버리자 그들은 다시 그를 들어 올렸다. 그들은 말이 있는 숲 속의 긴 골짜기 은신처로 그를 끌고 갔다. 거기에서 마리아와 필라르와 파블로가 걱정스러운 눈빛으로 그를 바라보며 서 있었다.

「로베르토, 어떻게 된 거예요?」 마리아가 그의 옆에 무릎을 꿇고 물었다.

「왼쪽 다리가 부러졌어.」 그는 몹시 땀을 흘리며 말했다.

「다리는 묶으면 돼. 당신은 저걸 타고 가. 저 짐의 끈을 끊어 버리는 거지.」 필라르는 그렇게 말하면서 짐말을 가리켰다.

파블로는 고개를 가로저었고 로버트 조던은 그에게 고개를 끄덕여 보였다.

「자, 어서들 가요. 파블로, 이리 좀 와보겠소?」 그가 말했다.

파블로가 땀에 젖은 뻣뻣한 얼굴을 그의 쪽으로 기울이자 그는 파블로의 체취를 강하게 맡았다.

「난 파블로와 조용히 할 말이 있어요.」 그는 마리아와 필라르에게 말했다.

「많이 아프오?」 파블로가 조던 쪽으로 고개를 바싹 숙이며 물었다.

「그렇지 않소. 신경이 끊어진 것 같소. 이봐, 어서 떠나. 나는 틀린 것 같소. 마리아에게 잠시 얘기를 하겠소. 그녀를 데리고 가라고 말하면 데리고 떠나 주기 바라오. 마리아는 아마도 가지 않으려고 할 거요. 그녀와 잠시 동안만 얘기하겠소.」

「그래야 할 거요. 시간이 얼마 없소.」 파블로가 말했다.

「알았소.」

「내 생각으로는 당신네들은 공화국으로 가는 것이 좋을 것 같소.」 로버트 조던이 말했다.

「아니. 난 그레도스로 가겠소.」

「잘 생각해 보시오.」

「자, 어서 마리아와 얘기하시오. 시간이 별로 없어. 이렇게 되어 정말 안됐소, 영국 양반.」

「내게 이런 일이 벌어졌으니…… 그 얘긴 하지 맙시다. 그러나 머리를 잘 써야 하오. 당신은 꾀가 많은 사람이니 머리를 잘 쓰시오.」

「알았소. 어서 얘기를 끝내시오, 시간이 별로 없어, 영국 양반.」

파블로는 가장 가까운 나무로 가서 비탈 아래쪽과 계곡 건너편 길 위쪽을 살펴보았다. 파블로는 비탈에 있는 회색 말을 정말 아쉽다는 듯이 내려다보았다. 필라르와 마리아는 나무 밑동에 기대어 앉아 있는 로버트 조던과 함께 있었다.

「바지를 좀 잘라 주겠습니까?」 그가 필라르에게 말했다.

마리아는 그의 옆에 쭈그리고 앉아서 아무 말도 하지 않았다. 햇빛이 그녀의 머리칼에 내리비쳤다. 그녀의 얼굴은 울기 직전의 아이처럼 일그러져 있었다. 그러나 울지는 않았다.

필라르가 칼을 꺼내 바짓가랑이를 왼손 호주머니 아래에서 옆으로 잘라 냈다. 로버트 조던은 양손으로 바지 천을 펴서 허벅지 부분을 보았다. 엉덩이 관절 10인치쯤 아래에 꼭대기가 뾰족한 작은 천막처럼 끝이 튀어나오고 자줏빛으로 부풀어 오른 상처가 나 있었다. 그는 손가락으로 그곳을 만져 보면서 툭 끊어진 허벅지 뼈가 피부 살점을 단단히 압박하고 있음을 느꼈다. 다리는 제멋대로 너덜거리고 있었다. 그는 필라르를 올려다보았다. 그녀의 표정도 마리아와 같이 침통했다.

「이제 가보세요.」 그가 필라르에게 말했다.

필라르는 아무 말 없이 뒤돌아보지 않고 고개를 떨구며 자리를 떴다. 로버트 조던은 그녀의 어깨가 가볍게 흔들리는 것을 보았다.

「예쁜이, 우린 이제 마드리드로 같이 가지 못하게 되었어.」 그가 마리아의 두 손을 잡으며 말했다.

그러자 그녀가 울기 시작했다.

「울지 말아, 마리아. 우린 이제 마드리드로 가지 않아. 그

러나 당신이 가는 곳이라면 어디든지 내가 함께 가는 거야,
알겠지?」

그녀는 아무런 대답도 하지 않고 양팔로 그를 껴안으면서
자신의 머리를 그의 뺨에 갖다 댔다.

「내 말 잘 들어, 토끼.」

그는 사정이 매우 급박하다는 것을 잘 알았고 몹시 땀을
흘리고 있었다. 그러나 마리아에게 사정을 설명해 이해시켜
야만 했다.

「당신은 이제 가야 해, 토끼. 하지만 나도 당신과 함께 가
는 거야. 우리 두 사람 가운데 한 사람이라도 살아 있으면 그
건 둘 다 살아 있는 거야, 알겠지?」

「몰라요. 당신과 함께 있겠어요.」

「아니야, 토끼. 지금 내게 남아 있는 일은 나 혼자서 해야
돼. 당신과 함께는 할 수가 없어. 당신이 가면 나도 가는 거
야. 왜 그런지 모르겠어? 한 사람이라도 있으면 둘이 있는
거나 마찬가지야.」

「전 여기 당신과 함께 있겠어요.」

「아니야, 토끼. 잘 들어 봐. 이 일은 함께 할 수 있는 일이
아니야. 각자 혼자서 해야 하는 거야. 그렇지만 당신이 가면
나도 함께 가는 거라니까. 그렇게 해서 나도 함께 가는 거야.
당신은 착하고 온순한 사람이니까 이제 떠나리라 생각해.
당신은 우리 둘을 위해 떠나는 거야.」

「하지만 전 당신과 같이 있고 싶어요. 그게 더 좋아요.」 마
리아가 말했다.

「물론 그렇겠지. 그렇지만 나를 봐서라도 가줘. 나를 위해
당신이 할 수 있는 일을 해주지 않겠어?」

「싫어요, 로베르토. 전 어떻게 해요? 전 가고 싶지 않아요.」

「물론 그렇겠지. 당신에게는 어려운 일일 거야. 그러나 나는 이제 당신의 일부가 되었어.」

그녀는 아무런 대답도 하지 않았다.

그는 땀을 몹시 흘리면서 그녀를 쳐다보았다. 그것은 그가 일생 동안 해온 일 중에서 가장 어려운 일이었다.

「자, 이제 우리 두 사람을 위해 가줘. 토끼, 자기 생각만 해서는 안 돼. 당신이 해야 할 일을 생각해 줘.」

그녀는 고개를 가로저었다.

「이제 당신은 나야. 토끼, 당신은 그걸 느낄 수 있을 거야. 자, 내 말을 들어. 정말 이렇게 해서 나도 같이 가는 거야. 당신에게 맹세할 수 있어.」 로버트 조던이 말했다.

그녀는 여전히 아무 말도 하지 않았다.

「자, 이젠 알겠지? 이제야 잘 이해하는 것 같군. 자, 이제 가. 자, 이제 가겠다고 말해 줘.」

그녀는 아무런 말이 없었다.

「그리고 그렇게 해준 걸 감사하고 있어. 이제 당신은 안전하게 먼 곳으로 떠나는 거야. 우리 둘은 당신 속에서 함께 가는 것이지. 이제 당신 손을 여기에 갖다 대라고. 그리고 고개를 숙여. 아냐, 고개를 숙이라니까. 그래, 됐어. 이제 내가 머리에 손을 댈게. 좋아, 당신은 참으로 착한 여자야. 이제 더 이상 다른 생각은 하지 마. 당신은 해야 할 일을 하는 거야. 이제 당신은 자신의 뜻이 아니라 우리 두 사람의 뜻을 따르고 있는 거야. 당신 속에는 내가 들어 있어. 이제 당신은 우리 둘을 위해 가는 거야. 우리 둘은 이제 당신 속에서 가는 거야. 이건 내가 당신에게 약속했던 거야. 당신은 착하고 온순한 사람이니까 이제 떠나가는 거야.」

그는 파블로 쪽으로 고개를 돌렸다. 파블로는 나뭇가지 사이로 그들을 응시하고 있다가 곧 그쪽으로 걸어왔다. 그는 엄지손가락으로 필라르에게 신호를 했다.

「마드리드는 다음에 가자고, 토끼. 이제 일어나서 우리 둘을 위해 가줘. 자, 일어서.」 그가 말했다.

「싫어요.」

그녀가 그의 목을 감싸 안으며 말했다.

그러자 그는 아주 나지막하고 침착하면서 동시에 위압적인 목소리로 말했다.

「일어서. 당신은 이제 나야. 당신은 나의 미래야. 자, 일어서.」

그녀는 울면서 천천히 일어섰다. 고개는 여전히 떨구고 있었다. 그러더니 그녀는 금세 그의 옆에 다시 쭈그리고 앉았다. 그랬다가 다시 아주 힘들게 천천히 일어섰다.

「어서 일어나, 예쁜이.」

필라르가 그녀의 옆에 서서 부축했다. 마리아는 여전히 가지 않고 거기에 서 있었다.

「이제 가야 해. 뭐 필요한 거 없소, 영국 양반?」 필라르는 그를 쳐다보며 고개를 흔들었다.

「없소.」

그는 그렇게 말하고 나서 마리아에게 말했다.

「작별 인사도 할 필요 없어. 우린 헤어지는 게 아니니까. 그레도스에선 일이 잘 풀려 나갈 거야. 자, 이제 가. 정말 가라니까.」

그는 마리아가 필라르와 함께 걸음을 떼어 놓는 것을 보면서 조용하고 침착한 목소리로 말했다.

「돌아보지 마. 걸어 나가. 그렇지. 자, 어서 발을 떼어 놓아.」 그는 다시 필라르에게 말했다. 「일으켜 세워 줘요. 그녀를 안장에 태워요. 이제 훌쩍 올려놓아요.」

그는 땀이 흐르는 고개를 돌려 비탈 아래쪽을 내려다보았다. 그런 다음 마리아가 안장에 오르고 필라르가 그 옆에, 그리고 파블로가 바로 뒤에서 말을 타고 있는 것을 뒤돌아보았다.

「자, 이제 가. 가라니까.」

그녀가 돌아보았다.

「돌아보지 마. 어서 가라고.」

로버트 조던이 말했다.

그러자 파블로가 말을 매는 끈으로 말의 궁둥이를 내리쳤다. 마리아는 안장에서 미끄러져 내리려고 했다. 그러나 필라르와 파블로가 그녀 가까이 붙어서 저지했다. 필라르는 그녀를 계속 붙들고 있었다. 그들이 탄 세 마리 말은 일렬로 나아갔다.

「로베르토! 같이 있게 해줘요! 같이 있게 해줘요!」 마리아가 고개를 돌리며 소리쳤다.

「난 당신과 함께 있어. 지금 당신과 함께 가는 거야. 우린 둘 다 당신 속에 있는 거라고. 이제 가!」 로버트 조던이 소리쳤다. 이제 그들은 골짜기의 모퉁이를 돌아 시야에서 사라졌다. 그는 온몸이 땀에 젖어 있었고 아무것도 보이지 않았다.

아구스틴이 그의 옆에 서 있었다.

「내가 당신을 쏘아 주길 바라나, 영국 양반? 그것을 바라? 아주 간단한 일이네.」 그가 가까이 상체를 수그리며 말했다.

「그렇게 할 필요 없네. 그만 가봐. 나는 여기가 좋아.」

로버트 조던이 말했다.

「우리에게 이런 짓거리를 한 저 개자식들을 똥물에 튀겨 버려야 해! 잘 있게, 영국 양반.」아구스틴은 눈물 때문에 로버트 조던의 모습을 분명하게 볼 수가 없었다.

「잘 가, 정다운 친구. 저 까까머리 아가씨를 잘 돌봐 줘. 꼭 그렇게 해주겠지?」로버트 조던은 비탈을 내려다보며 말했다.

「꼭 그렇게 하겠네. 더 필요한 것은 없나?」아구스틴이 물었다.

「이 총에는 탄환이 별로 없으니까 내가 이걸 갖겠네. 탄환은 더 이상 구할 수가 없어. 저쪽 것하고 파블로의 것은 탄환을 더 구해 볼 수 있을 거야.」

「총구는 내가 소제해 놓았네. 당신이 말에서 굴러떨어질 때 땅속에 처박혔던 거야.」아구스틴이 말했다.

「짐말은 어떻게 되었나?」

「집시가 잡았네.」

아구스틴은 이제 말에 올라탔으나 떠나기가 못내 아쉽다는 표정이었다. 그는 로버트 조던이 기대고 있는 나무 쪽으로 길게 몸을 숙였다.

「가게, 친구. 전쟁터에서는 이런 일이 흔히 있는 것 아닌가.」

「전쟁은 정말 지랄 같은 거야.」아구스틴이 말했다.

「그래, 정말 그렇지. 자, 이제 그만 가보시게.」

아구스틴은 말머리를 돌려 오른쪽 주먹을 밑으로 내지르면서 마치 전쟁을 저주하는 듯한 시늉을 하고는 골짜기를 따라 올라갔다. 다른 사람들은 모두 오래전에 사라졌다. 아구스틴은 골짜기가 숲으로 들어가는 곳에서 잠시 뒤돌아보더니 주먹을 휘둘렀다. 로버트 조던도 손을 흔들었고 그러자 그도 역시 시야에서 사라졌다…….

로버트 조던은 산의 푸른 등성이 아래로 도로와 다리를 내려다보았다. 난 이렇게 되어도 아무런 상관이 없어, 하고 그는 생각했다. 아직 엎드리지 않는 게 좋겠어. 목표물이 바로 눈앞에 나타나기 전까지는 말이야. 지금 이대로도 잘 보여.

그는 다리 폭파의 후유증으로 인해 온몸이 텅 비어 버린 듯한 피로를 느꼈다. 입안에서는 쓰디쓴 담즙 냄새가 났다. 이제 정말 마지막이 되니까 아무런 문제점도 느껴지지 않았다. 지금까지는 온갖 것이 다 문제였으나 이제는 그 어떤 것도 문제가 되지 않았다.

사람들은 이제 모두 떠났고 그는 나무에 등을 댄 채 혼자 남았다. 그는 푸른 등성이 아래를 내려다보았다. 아구스틴이 쏴 죽인 회색 말도 보였고 등성이 아래 길 옆에는 나무가 울창한 숲도 보였다. 이어 다리를 내려다보며 건너편과 위 그리고 도로 쪽의 움직임을 살펴보았다. 도로의 아주 아래쪽에서는 트럭이 움직이는 게 보였다. 나무 사이로도 회색 트럭이 보였다. 또 트럭이 언덕을 넘어 내려온 도로 위쪽도 쳐다보았다. 이제 곧 그들이 오겠군.

필라르가 마리아를 잘 보살펴 줄 거야. 그건 틀림없어. 파블로는 틀림없이 좋은 도주 계획을 세워 놓았을 거야. 그렇지 않다면 움직였을 리가 없어. 마리아 생각을 해봐야 좋을 게 없어. 네가 마리아에게 한 말을 생각해 봐. 정말 잘 말했어. 그건 누가 들었더라도 진실이라는 것을 금방 알았을 거야. 그걸 진실이라고 믿지 않았다면 난 그런 얘기를 하지도 않았을 거야. 이제 나의 신념대로 움직여야 해. 냉소적으로 말하지 마. 이제 시간이 없고 너는 그녀를 떠나보냈어. 사람은 저마다 해야 할 일을 하는 거야. 자신을 위해서는 아무것도 못할지 몰라도 남을 위해서는 해줄 일이 있는 거야. 그래, 이제 지나간 나흘 동안에 내가 얻을 수 있었던 행운은 다 얻은 거야. 아니야, 나흘도 제대로 되지 않는군. 내가 여기 도착했을 때는 오후였으니까. 그리고 오늘은 정오가 될 때까지 버티지 못할 거니까. 계산은 정확하게 해야지, 특히 날짜 계산은 말이야.

이젠 엎드려야겠는걸. 그는 생각했다. 나무줄기에 기대는 것보다는 땅에 착 엎드리는 게 나중에 더 유리할 것 같아. 그래도 이만큼 힘이 남아 있다는 게 행운이지. 이보다 못한 경우도 얼마든지 있어. 누구든지 언젠가는 죽는 거야. 일단 죽기로 작정하면 그건 무서울 것도 없지, 안 그래? 그래, 그건 정말 그래. 신경이 끊어져서 다행이야. 상처 입은 곳에는 아무것도 없는 것 같은 기분이 드는구먼. 그는 다리 아래쪽을 만져 보았다. 자신의 몸이 아닌 것 같았다.

그는 산등성이를 다시 내려다보며 생각했다. 이 세상을 떠나기가 정말 싫구나. 이 세상을 떠나기가 정말 싫어. 살아 있는 동안 뭔가 좋은 일을 하고 싶었는데. 그래, 정말 있는 재주를 다해 좋은 일을 해보려고 노력했지. 〈그래, 노력했다고. 그게 의미 있는 거야.〉

나는 소신을 위해 1년 동안 싸워 왔어. 우리가 여기서 이긴다면 모든 곳에서 다 이기는 거야. 이 세상은 아름다운 곳이고 그것을 지키기 위해서라면 싸워 볼 만한 가치가 있어. 아, 정말 이 세상을 떠나기가 싫구나. 그러나 지금까지 보람 있는 인생을 살았으니 그걸로 행운이라고 할 수 있지. 비록 돌아가신 할아버지처럼 오래 살지는 못했지만 보람 있는 인생이었어. 지난 나흘 때문에 그 어떤 사람에게도 부끄럽지 않은 보람찬 인생을 보낼 수 있었어. 그렇게 운이 좋았으니 불평할 건 없겠지. 그렇지만 내가 터득한 이 지혜를 다음 사람들에게 전달할 수 있었으면 좋았을 텐데. 그래, 생각해 보니 인생의 막판에 와서야 많은 것을 단시간 내에 배운 것 같아. 까르꼬프와도 얘기를 나누고 싶군. 그래, 마드리드에서였지. 마드리드는 저 산맥을 넘고 평원을 가로질러 가면 나오지. 회색 바위들 틈 사이를 빠져나가 소나무 숲과 히스밭과 골짜기를 거쳐 나가면 노랗게 빛나는 높은 고원이 나오지. 그래, 그 고원에 하얗고 아름답게 솟아 있는 게 마드리드야. 그래, 그 도시는 필라르가 말한 늙은 여인들이 도살장에서 소의 피를 벌컥벌컥 마시는 것처럼 실감 나는 진실의 도시야. 단 한 가지만 진실하다고 말하는 건 웃기는 얘기야. 사실은 모든 게 진실인 거야. 저 들판이 우리 것이든 아니든 아름답다는 사실은 진실이야. 저 들판은 정말 아름답구나. 그는 생각했다.

자, 이제 마음을 느긋이 가져. 시간이 있을 때 땅에 엎드리는 게 낫겠어. 가만있어. 한 가지 생각이 나는군. 필라르와 그 손금 말이야. 그래, 그 황당한 얘기 말이야. 그 얘기를 믿나? 아니. 일이 이렇게 되었는데도 안 믿는단 말인가? 그래, 그래도 그건 안 믿어. 오늘 아침 작전이 시작되기 전에 필라르는 그 문제에 대해 아주 친절하게 얘기해 주었어. 그녀는 내가 그 손금을 믿을까 봐 두려웠던 거야. 그렇지만 그런 건 안 믿어. 그러나 그녀는 믿었지. 뭔가 예감하고 예측하는 것 같아. 새 사냥터의 사냥개처럼 말이야. 육감이란 건 뭔가? 그녀가 말한 그 욕설이란 건 뭔가? 그녀는 작별 인사를 하지 않았어. 그런 말을 하면 마리아가 영원히 떠날 것 같지 않으니까 말이야. 그 필라르라는 여자, 참으로 물건이야. 조던, 어서 몸을 뒤집어 엎드리도록 해. 그러나 그는 그렇게 하기가 싫었다.

그러다가 그는 바지 뒷주머니에 작은 술병이 있다는 것을 생각해 냈다. 그래, 그 독한 술을 한잔 해야지. 그러나 뒷주머니를 만져 보니 병은 없었다. 그 사실을 알고 나니 그는 더욱 허전해졌다. 있는 줄 알았는데.

파블로가 가져갔을까? 바보 같은 소리. 다리에서 잃어버린 게 틀림없어. 자, 조던, 이제 몸을 뒤집어 엎드리자고.

그는 양손으로 왼쪽 다리를 잡은 뒤 세게 잡아당겼다. 그러면서 그가 지금까지 등을 기대고 있던 나무 옆에 드러누웠다. 그리고 반듯이 누우면서 그 다리를 바싹 잡아당겨 부러진 뼈가 튀어 올라 넓적다리를 찌르지 않도록 조심했다. 그는 엉덩이를 축으로 해 천천히 돌아누우면서 머리의 뒤쪽이 언덕 아래쪽으로 향하게 했다. 그리고 양손으로 부러진 다리를 꼭 잡고 하늘을 향해 쳐든 뒤 성한 오른쪽 다리를 왼쪽 발등에 걸치면서 있는 힘을 다해 몸을 굴렸다. 온몸에서 땀이 비 오듯 쏟아졌다. 드디어 그의 얼굴과 가슴이 땅바닥에 닿았다. 그는 팔꿈치를 땅에 디디면서 일어나 양손으로 왼쪽 다리를 뒤로 쭉 잡아당겼다. 그러고는 오른쪽 다리를 뒤로 뻗었다. 마침내 땅바닥에 엎드린 것이다. 그는 손가락으로 왼쪽 넓적다리를 만져 보았다. 아무 일도 없었다. 부러진 뼈는 피부를 찌르지 않았고 근육 안으로 들어가 있었다.

그 빌어먹을 말이 구르면서 신경 근육이 완전히 절단 난 모양이군, 하고 그는 생각했다. 거짓말처럼 하나도 아프지 않았다. 가끔 자세를 바꿀 때마다 조금씩 아플 뿐이었다. 특히 뼈에 뭔가 닿을 때는 아팠다. 자, 봤지? 술의 도움 없이도 해냈잖아.

그는 팔을 뻗어 기관 단총을 잡고서 탄창 속에 든 클립을 빼냈다. 그리고 주머니를 뒤져 새 클립을 찾아내 탄창 속에 밀어 넣었다. 잠시 후 탄창이 완전히 들어가자 찰카닥하는 소리가 났다. 이어 그는 등성이 아래를 내려다보았다. 이제 30분 정도만 더 버티면 돼. 자, 조금만 더 버티자.

그는 산등성이와 소나무를 내려다보면서 아무것도 생각하지 않으려고 애썼다.

그는 시냇물을 내려다보며 다리 밑에 들어갔을 때 그 시냇물이 얼마나 시원했던가를 생각했다. 적들이 빨리 왔으면 좋겠는데. 그자들이 오기도 전에 기절이라도 하면 곤란한데.

죽음을 앞에 놓으면 어떤 쪽이 더 유리할까? 종교를 믿는 사람과 그렇지 않은 사람과. 종교가 있으면 위안은 많이 되겠지만 그렇지 않다고 하더라도 두려워할 것은 아무것도 없어. 나쁜 건 인생을 떠나야 한다는 것이지. 죽는 데 시간이 너무 많이 걸리고 또 고통이 너무 심해 괴롭다면 그 죽음은 비참한 거지. 그런데 넌 그렇지는 않으니 행운이잖아? 그런 번거로움이 네 경우에는 없으니까 말이야.

마리아 일행이 이곳을 떠나가 버린 것은 잘된 일이야. 이제 그들이 떠나갔으니까 내가 이렇게 되어도 아무런 상관이 없는 일이지. 그래, 차라리 그렇게 된 게 더 마음이 편해. 만약 마리아 일행이 죽은 회색 말 근처의 야산 일대로 뿔뿔이 흩어졌더라면 어떻게 되었겠어? 그리고 여기서 적에게 몽땅 잡히기라도 하면 그 무슨 창피인가? 그래, 그렇게 되지는 않

아. 그들은 이제 모두 가버렸으니까. 이제 골스의 공격만 성공리에 끝났으면 좋겠는데. 넌 뭘 원하나? 모든 것을 다 가지고 싶어. 손에 넣을 수 있는 것은 죄다 말이야. 이번 공격이 좋지 못하다면 다음 공격이 좋으면 되지. 비행기들이 되돌아오는 건 보지 못했는데. 〈마리아에게 가라고 한 건 정말 잘한 일이야.〉

나의 무공(武功)에 대해 할아버지에게 말해야지. 할아버지도 이런 멋진 작전을 해보지는 못했을 거야. 그걸 어떻게 알아? 쉰 번도 더 했을는지. 아니야, 좀 사실적으로 생각해 봐. 이런 작전을 쉰 번씩이나 하는 사람은 없어. 아니, 다섯 번 한 사람도 없을 거야. 이런 멋진 작전은 평생에 한 번 할까 말까 해. 그럼, 그렇고말고.

적들이 어서 나타나야 할 텐데. 이제 다리가 아파 오는데 어서 나타났으면 좋겠어. 다리가 부어오르는 것 같군.

다리가 부서지기 직전까지만 해도 아주 잘나갔지. 내가 다리 밑에 있을 때 이런 부상을 당하지 않은 것은 정말 행운이야. 뭔가 잘못되면 꼭 이런 일이 터지게 되어 있어. 골스가 이런 명령을 내릴 때부터 뭔가가 잘못된 거야. 너도 그걸 느끼고 있었고 아마 필라르도 손금에서 그걸 보았을 거야. 그러나 나중에는 이런 일들을 좀 더 잘 조직할 수 있을 거야. 단파 무전기가 있었어야 하는 건데. 〈그래, 우리가 갖추어야 할 것이 많이 있었어.〉 젠장, 가능하다면 의족도 하나 가지고 왔더라면 좀 좋아.

그는 몹시 고통스러운 웃음을 지었다. 말에서 떨어지면서 신경이 끊어진 다리가 이제 몹시 아프기 시작했다. 적들이 어서 나타나야 할 텐데. 난 아버지가 한 일 같은 짓은 하고 싫지 않아. 나도 어쩔 수 없다면 그럴는지도 모르지만 그렇게 되지는 않았으면 좋겠어. 자살은 반대야. 그런 생각은 하지 마. 아니, 아예 생각을 마. 적들이 어서 나타나야 할 텐데. 어서 나타나라, 적들아.

다리는 이제 참을 수 없이 아파 왔다. 몸을 뒤집고 난 직후부터 다리가 부어오르더니 통증이 매우 심해진 것이다. 이러다간 내가 먼저 자살하고 말겠는걸. 난 정말 통증은 잘 참지 못해. 지금 자살해 버리면 오해나 받지 않을까? 〈지금 누구에게 말하는 거야?〉 아무에게도 말하는 게 아니야. 아니, 할아버지에게 말하는 것인지도 모르지. 아니야, 아무에게도 얘기하는 게 아니야. 젠장, 적들이 어서 나타났으면.

이거, 자살해야 할는지도 모르겠는데. 기절이라도 해버리면 아무런 전과도 올리지 못한 채 체포될 것이고, 그러면 그 자들이 내 의식을 되살려 놓고는 온갖 괴로운 질문을 다 할 텐데. 그런 꼴은 당하지 말아야지. 그럼 지금 목숨을 끊어 버리면 모든 게 깨끗이 끝나잖아? 아니야, 그렇지만 적들이 지금 이 순간 나타날지도 몰라.

조던, 넌 이런 지구전에 강하지 못해. 특히 고통을 잘 참아내지 못하지. 그럼 고통을 잘 참는 녀석이 이 세상에 있다는 말인가? 잘 모르겠어. 그리고 그게 뭐 그리 중요한 문제도 아니잖아. 그렇지만 넌 잘 못 참아. 그래, 그건 그래. 고통은 전혀 참지 못하지. 이제 그만 자살해 버려도 좋지 않을까?

〈아니야, 그건 그렇지 않아.〉 아직 네가 할 일이 남았기 때문이지. 그 일이 무엇인지를 알고 있는 한 그걸 해야 하는 거야. 그게 뭔지 아는 이상 그걸 기다려야 해. 〈자, 어서 오너라. 어서 와. 어서 오라니까.〉

마리아 일행이 멀리 벗어난 걸 생각해 봐. 숲 사이를 빠져
나가고 있을 그들을 생각해 봐. 개울을 건너고 있을 그들을
생각해 봐. 히스 숲을 지나고 있을 그들을 생각해 봐. 등성이
를 올라가고 있을 그들을 생각해 봐. 오늘 밤 무사히 목적지
에 도착할 그들을 생각해 봐. 밤새 달려가야 할 그들을 생각
해 봐. 내일이면 어딘가에 가서 숨겠지. 그들을 생각해 봐.
그들을 말이야. 〈내가 그들에 대해서 생각할 수 있는 것은
그게 끝인데.〉

몬태나 생각을 해봐. 〈생각이 안 나.〉 마드리드 생각을 해
봐. 〈생각이 안 나.〉 시원한 냉수를 마시던 기억을 떠올려 봐.
〈좋아.〉 죽음은 그런 기억과 비슷할 거야. 〈넌 거짓말쟁이야.〉
그건 아무런 소용도 없는 짓이야. 그냥 자살해 버려. 그냥 방
아쇠를 잡아당겨. 지금 바로 해버려. 〈아니야, 넌 기다려야
해.〉 무엇 때문에? 네가 더 잘 알잖아. 〈그럼 기다려.〉

아, 이젠 정말 더 기다릴 수가 없어. 더 기다렸다가는 기절
할 것 같아. 서서히 의식이 가물가물해져. 이렇게 정신이 가
물가물한 게 벌써 세 번째야. 그걸 억지로 참고 있는 거야. 이
젠 제대로 생각할 수도 없어. 아무래도 다리 관절이 부서진
곳에서 내출혈이 일어난 것 같아. 바로 그 관절 부분이야. 그
래서 다리가 부어오르고 그 때문에 의식이 희미해지는 거야.
지금 자살해 버리는 게 낫겠어. 그래, 바로 지금이 적시야.

〈그렇지만 적들을 잠시라도 더 지연시키고 적의 장교라도
한 명 죽이면 그건 그들이 도망가는 데 큰 도움이 될 거야.
이 한 가지 일이라도 잘하면……〉

좋아, 하고 그는 생각했다. 그는 산등성이에서 눈이 휘날
리며 미끄러지는 것처럼 자신의 몸에서 자꾸만 힘이 새어 나

가는 것을 느끼면서도 조용히 엎드려 온몸을 억제하려고 애
썼다. 제발 적들이 나타날 때까지만 내 몸에 힘이 남아 있었
으면, 하고 생각했다.

　로버트 조던은 정말 운이 좋았다. 바로 그 순간 기병대가
숲 속에서 나와 도로를 건넜다. 그는 그들이 산등성이 위로
올라오는 것을 보았다. 그는 기마병이 죽어 넘어진 회색 말
옆에 멈추어 서서 잠시 내려다보더니 소리쳐서 장교를 부르
는 것을 보았다. 기마병과 장교는 둘 다 말을 내려다보았다.
그들은 그 말을 단번에 알아보았다. 말과 기마병은 어제 아
침부터 실종 보고가 접수되어 있었던 것이다.

　그들이 서 있는 등성이는 로버트 조던이 있는 곳에서 가까
운 지점이었다. 그리고 그 등성이 아래로는 도로와 다리와
긴 차량의 행렬이 보였다. 그는 이제 정신을 바싹 차렸고 주
위에 있는 모든 것들이 아주 잘 보였다. 이어 하얀 뭉게구름
이 떠 있는 하늘을 올려다보았다. 그는 엎드린 채 솔방울에
다 손바닥을 댔고 그가 몸을 숨기고 있는 소나무 껍질도 만
져 보았다.

　그는 두 팔꿈치를 솔잎에 대면서 아주 편안한 자세로 엎드
렸다. 경기관총의 총구는 소나무 줄기에 기대져 있었다.

　그 장교가 말들의 발자국을 따라 올라온다면 로버트 조던
이 엎드려 있는 지점에서 20야드 아래쪽을 통과하게 될 것이
다. 그 정도 거리라면 충분히 장교를 쏘아 맞힐 수 있다. 그
장교는 베렌도 중위였다. 그는 다리의 초소가 공격을 당했다
는 첫 번째 소식이 접수되자마자 라 그란하에서 이리로 파견
되어 황급히 도착한 것이다. 그들은 이곳까지 서둘러 달려왔
으나 다리가 폭파된 것을 보고 다리 위쪽의 계곡을 횡단하여

숲 속을 지나는 우회로를 통해 이리 온 것이었다. 말들은 온몸이 땀에 젖은 데다 피곤한 상태였으나 그래도 계속 채찍질을 하며 달려온 터였다.

베렌도 중위는 말 발자국을 살피면서 말을 타고 등성이를 올라왔다. 그의 여윈 얼굴은 진지하고 심각했다. 그는 왼쪽 팔과 옆구리 사이에 경기관총을 잡고 있었다. 로버트 조던은 나무 뒤에 숨어 몸가짐을 바르게 잡으면서 손이 떨리지 않게 하려고 애썼다. 그는 그 장교가 해가 비치는 곳까지 오기를 기다렸다. 그곳은 소나무 숲이 목초지의 푸른 등성이와 연결되는 바로 그 지점이었다. 로버트 조던은 숲 속의 솔잎 바닥에 몸을 착 깔고 엎드렸다. 그는 심장이 마구 뛰는 것을 느꼈다.

역경 속의 용기

헤밍웨이Ernest Hemingway는 윌리엄 포크너William Faulkner와 함께 20세기 미국 문학을 대표하는 원투 펀치이다. 그의 작품들에는 그가 사냥, 투우, 전쟁에서 얻은 남성적인 박력뿐만 아니라 섬세한 미적 감수성이 잘 어우러져 있다. 중년이 되기 전에 이미 문학적 명성을 얻었고, 사후 50년이 넘은 지금까지도 그 명성이 줄지 않은 헤밍웨이의 문학성은 많은 주요 비평가들이 꾸준히 연구 논문을 내놓고 있다는 사실로도 입증된다.

여기에 번역한 『누구를 위하여 종은 울리나*For Whom the Bell Tolls*』는 1940년 11월 21일 미국 스크리브너사에서 처음 출간되었다. 이 소설은 출간 즉시 비상한 인기를 모으면서 이듬해 4월까지 50만 부가 팔리는 초대형 베스트셀러가 되었고, 1943년에는 미국 파라마운트사에 의해 게리 쿠퍼Gary Cooper(로버트 조던), 잉리드 베리만Ingrid Bergman(마리아) 주연의 영화로 만들어졌다.

작가의 생애

헤밍웨이는 1899년 7월 21일 시카고 교외의 오크 파크에서 태어났다. 아버지는 사냥과 낚시를 좋아하는 의사였고 어머니는 미술과 음악에 관심이 깊은 주부였다. 헤밍웨이는 사냥과 낚시를 가르쳐 준 아버지에게 강한 애정을 느꼈으나, 자신으로서는 별 취미도 없는 첼로 연주를 강요하는 등 강압적이었던 어머니에게는 심한 저항감을 느꼈다. 그가 고등학교를 졸업하고 곧바로 취업 전선에 뛰어든 것도 이러한 집안 환경 때문이었다. 아버지에 대한 회고와 그리움은 헤밍웨이 작품 전반에 걸쳐 자주 언급되나, 어머니에 대한 언급은 이례적일 정도로 없다. 특히 아버지는 1928년에 권총으로 자살함으로써 헤밍웨이에게 〈죽음에 대한 강박〉이라는 평생의 화두를 안겨 주기도 했다.

1917년 고등학교를 졸업한 뒤 헤밍웨이는 학교 교지를 편집한 경험과 뛰어난 글솜씨 덕분에 캔자스시티의 유력 신문 「스타The Star」지에 취직하여 저널리스트 생활을 시작했다. 곧이어 제1차 세계 대전에 참전하려 했는데 시력이 좋지 않아 입대가 거부되자 미국 적십자사의 자원병 장교로 참전하게 된다. 열아홉이 채 안 된 나이에 이탈리아에서 구급차 운전사로 활약하던 그는 오스트리아-이탈리아 전선에서 부상을 입고 밀라노로 후송되었다. 그곳에서 적십자사 간호사인 아그네스 폰 쿠로프스키Agnes von Kurowsky와 사랑에 빠졌으나 결혼에 이르지는 못했고, 후일 이 경험을 바탕으로 『무기여 잘 있거라A Farewell to Arms』를 집필했다.

부상에서 회복하여 귀국한 헤밍웨이는 창작과 기자 일을 병행하다가 1921년 헤이들리 리처드슨Elizabeth Hadley

Richardson과 결혼하여, 『토론토 스타 위클리*Toronto Star Weekly*』지 통신원 자격으로 프랑스에 건너갔다. 파리에서는 스콧 피츠제럴드Francis Scott Fitzgerald, 거트루드 스타인 Gertrude Stein, 에즈라 파운드Ezra Pound 등 미국 작가들과 사귀면서 본격적인 문학 수업에 돌입했다. 이때의 경험은 헤밍웨이 사후에 발간된 『이동 축일*A Moveable Feast*』에 상세히 묘사되어 있다.

1927년 헤밍웨이는 첫 번째 부인 헤이들리와 이혼하고 폴린 파이퍼Pauline Pfeiffer와 재혼한다. 그는 새로운 여자를 만날 때마다 당시의 부인과 이혼하고 사귀던 여자와 재혼하는 절차를 반복했다. 그렇게 네 명의 여자와 네 번 결혼했는데, 앞의 세 여자는 헤밍웨이의 기질에 반발하여 갈등을 겪다가 헤어졌지만, 마지막 여자 메리Mary Welsh는 17년 동안 순종적이고 참을성 있는 태도로 일관하여 헤밍웨이가 사망할 때까지 그의 곁을 지켰다. 전 부인들과의 이혼 사유는 주로 헤밍웨이의 마초적이고 이기적인 태도와 다른 여자와의 불륜이었다. 1920년대에 이미 작가로서 명성을 얻은 헤밍웨이는 투우, 낚시, 사냥 등의 취미 활동과 여행을 통하여 강인하고 용감한 〈마초맨〉의 이미지를 굳혀 나갔고 또한 스페인 내전과 제2차 세계 대전에 스스로 참전함으로써 용감한 전사의 명성을 굳건히 다졌다.

1920년대와 1930년대에 스페인 곳곳을 여행한 헤밍웨이는 1936년 스페인 내란이 발발하자 공화국을 지키려는 사람들을 위해 모금 운동을 벌이는가 하면 통신원 자격으로, 혹은 여행 목적으로 네 차례나 스페인을 방문했다. 이 무렵 그는 세 번째 부인이 되는 여기자 마사 겔혼Martha Gellhorn

을 만나는데,『누구를 위하여 종은 울리나』에 등장하는 여주
인공 마리아의 모델이 바로 마사였고 그리하여 이 소설은 그
녀에게 헌정되었다.

　헤밍웨이는 마사와 결혼한 뒤 쿠바의 아바나 근처에 있는
핑카 비히아Finca Vigía 농장을 구입하여 그곳에 정착했다.
쿠바에 살면서 아내와 함께 일본의 중국 침략을 취재하러 중
국에 다녀오고 독일에 대한 첩보 활동을 벌였으며, 유럽에 기
자로 파견되어 노르망디 작전과 파리 해방에 참여하기도 했
다. 기자 신분이었지만 전투에서는 군인 못지않게 용감하게
활약했고, 군사 문제와 게릴라 활동 및 정보 수집에서는 실제
로 큰 역할을 했다. 전쟁이 끝난 뒤 쿠바의 집으로 돌아간 헤
밍웨이는 세 번째 결혼 역시 실패하고 네 번째 아내인 메리 웰
시와 결혼한다. 1940년『누구를 위하여 종은 울리나』를 펴낸
이후 그가 이렇다 할 작품을 내놓지 못하자 작가 생명이 다 되
었다는 소문이 나돌았으나, 그는「노인과 바다The Old Man
and the Sea」를 발표하여 그러한 악평을 단번에 잠재웠다.

　헤밍웨이의 작가 생활은 성공과 실패가 반복되는 승강 곡
선을 보인다. 1920년대에는 뛰어난 단편들과『해는 또다시
떠오른다*The Sun Also Rises*』,『무기여 잘 있거라』 등의 장편
소설로 모더니스트 작가로서의 명성을 확립했으나, 1930년
대에는『가진 자와 못 가진 자*To Have and Have Not*』라는
비교적 평범한 소설을 내놓아 비평가들로부터 〈3류 소설〉이
라는 혹평을 받았다. 1940년대 초반 발표한『누구를 위하여
종은 울리나』로 그는 일거에 명성을 만회하고서도, 1940년
대 후반의『강 건너 숲 속으로*Across the River and Into the
Trees*』는『가진 자와 못 가진 자』보다 더 시시한 작품이라는

평가를 받았고, 심지어 〈이제 헤밍웨이는 끝났다〉는 소리까지 나왔다. 그리고 「노인과 바다」를 발표하여 1953년 퓰리처상과 1954년 노벨 문학상을 수상한 후에도, 평범한 논픽션 「위험한 여름The Dangerous Summer」을 발표하여 악평을 얻는 등 또다시 실패의 시기를 겪어야 했다.

1960년 쿠바 혁명으로 인해 핑카 비히아 농장에서 철수하게 된 헤밍웨이는 미국으로 돌아와 마지막 대작을 위해 집필에 전념했다. 실패와 성공을 반복해 온 자신의 과거를 되돌아보며 헤밍웨이 문학을 총결산하는 대작을 써내기 위해 자신을 채찍질했다. 헤밍웨이의 문학을 폄하하는 비평가들은 그의 문학을 〈애니AANI〉, 즉 〈행동만 있고 사상이 없다All Action No Idea〉고 진단했다. 또 『무기여 잘 있거라』의 프레더릭 헨리, 『해는 또 다시 떠오른다』의 제이크 반스, 『누구를 위하여 종은 울리나』의 로버트 조던 등 헤밍웨이의 주요 인물들은 나이만 먹을 뿐 성장하지는 않는다는 혹평도 있었다. 그러나 주인공 산티아고 노인의 행동과 사상이 잘 융합되어 있는 작품인 「노인과 바다」는, 이후 헤밍웨이 60년 문학을 총결산하는 엄청난 대작이 나오리라는 기대감을 높이기에 충분했다.

이러한 기대는 헤밍웨이에게 감당하기 어려운 압력이었다. 그는 〈애니〉라는 험담을 일거에 불식시키고 누구나 승복할 수 있는 대작을 써내야 한다는 강박 관념과 그것을 이루지 못하고 있는 좌절감 속에서 심한 불안과 우울증에 시달렸다. 평범한 사람 같았으면 그때까지의 업적만으로도 만족을 느끼며 물러설 수 있었겠지만 헤밍웨이는 그렇게 할 수가 없었다. 언론과 잡지와 뉴스를 통해 평생에 걸쳐 스스로 만들어 온 백절불굴의 용감한 헤밍웨이 신화가 그것을 용납하지 않왔던 것이다. 이것이 엄청난 부담으로 작용하여 그는 신경 쇠약에 빠졌고 조울증적 피해망상에 시달리게 되었다. FBI가 자기를 도청하고 미행한다고 불평을 늘어놓는가 하면, 주변 사람들이 모두 FBI에 포섭되어 자신의 일거수일투족을 밀고한다고 의심했다. 심지어 은행 잔고가 충분하지 못해 세금을 제때 납부하지 못할 것을 걱정했고(그는 사후에 아내 메리에게 140만 달러라는, 작가라기보다는 사업가의 자산이라고 할 만한 거금을 남겼다), 순종적인 아내 메리에게 〈내 편이 아니라 저들 편〉이라고 비난하며 욕설을 퍼붓기도 했다.

1960년 가을과 1961년 봄 두 번에 걸쳐 정신 병원에 입원하여 열 차례 이상 전기 충격 요법을 받은 헤밍웨이는 병을 이겨 내지 못하고 아이다호 케첨에 있는 자신의 집으로 돌아온 이틀 뒤인 1961년 7월 2일 엽총을 입에 문 채 방아쇠를 당겼다. 그의 시신은 케첨에 묻혔고 근처에 세워진 추모비에는 이러한 비문이 새겨졌다. 〈그는 무엇보다도 가을을 사랑하였다. 미루나무 숲의 노란 잎사귀들, 송어가 뛰노는 냇물에 흘러가는 잎사귀들, 그리고 저 언덕 너머의 높푸르고 바람 없는 하늘을. 이제 그는 영원히 이런 풍경과 하나가 되었다.〉

작품의 배경

『누구를 위하여 종은 울리나』를 읽기 위해서는 스페인 내전에 대해서 어느 정도 알고 있어야 한다. 스페인 내전(1936~1939)은 그전 십 수년 동안 혼미를 거듭했던 스페인의 불안한 정정으로부터 비롯되었다. 수차례나 약체 정부가 들어섰다 무너지고 군사 통치가 실시되는가 하면, 1931년에 집권한

중도 우익의 공화당 정부는 우익 왕당파와 좌익 공산당 모두로부터 협공을 당하는 상황이었다. 1936년에 실시된 총선에서 좌익의 인민 전선 정부가 집권하게 되자 이때부터 극우 세력인 팔랑헤 당과 좌익 사이의 싸움은 더욱 본격화되었다.

이렇게 되자 프랑코Francisco Franco 장군을 주축으로 한 군부 및 파시스트 세력이 스페인 제2공화국의 인민 전선 정부에 대항하여 쿠데타를 일으켰는데, 이것이 발전한 것이 스페인 내전이다. 반란군은 보수주의자, 파시스트, 이탈리아, 나치 독일의 지원을 받았으며, 공화파는 유럽 각국과 미국에서 온 대규모 지원병 부대인 국제 여단과 소련의 지원을 받았다. 이 작품의 주인공인 로버트 조던은 미국 몬태나 소재의 대학에서 스페인어 강사를 하던 지식인으로서, 이 국제 여단에 소속된 사람이다.

내전의 양측은 구성 세력부터 달랐다. 파시스트들은 스페인의 로마 가톨릭 교회, 군부 세력, 토지 소유자, 기업가 등으로 구성되어 있는 반면, 이 작품의 주요 인물들이 속한 공화파는 도시 노동자, 농업 노동자, 교육받은 중산층 등으로 이루어져 있었다. 이러한 차이는 정치적으로 파시스트적인 팔랑헤당(프랑코파)과 전투적인 무정부주의자(공화파) 간의 대결이라는 극단적이고 격렬한 형태로 표출되었다.

1936년 7월 내전을 일으킨 파시스트들은 11월 마드리드 외곽까지 진격했고 1937년 여름에는 바스크 북부 지방, 그다음에는 아스투리아스 지방을 점령했다. 작품의 시간적 배경은 바로 이쯤, 즉 내전이 일어나 1년 정도가 지난 1937년 5월경이다. 소설 속의 사건이 벌어진 시간은 1937년 5월 말의 토요일 오후부터 그다음 주 화요일 오전까지이며, 장소는 마드리드에서 북서쪽으로 87킬로미터 떨어진 아빌라 지방의 시에라 데 과다마라의 산속이고 주된 사건은 적의 증원군 파병을 막기 위한 다리 폭파 작전이다. 이 지역, 그러니까 마드리드 북서부의 아빌라와 세고비아는 당시 대공세를 계획하던 공화파가 점령 목표로 삼은 지역이었다. 이후 파시스트들은 1939년 3월 28일 모든 공화파 부대를 격파하여 해산시키고 마드리드에 입성함으로써 스페인 내전을 자신들의 승리로 끝맺게 된다.

내전이 벌어진 기간 동안 얼마나 많은 사람이 희생되었는지는 정확하게 밝혀지지 않았다. 중요한 것은 스페인 내란의 정치적 성격이 한 나라의 문제로 한정된 것이 아니었다는 점이다. 내전에 참여한 각 나라는 자국의 관점에서 스페인 내전을 전체주의와 민주주의, 파시즘과 자유주의 사이의 국제적 갈등으로 보았다. 더욱이 내전을 통해 표출된 각국의 다양한 이해와 갈등은 뒤에 벌어진 제2차 세계 대전의 전조가 되었다.

헤밍웨이는 1938년 11월 스페인 여행을 마치고 돌아와서 1939년 2월 14일부터 이 소설을 집필하기 시작했다. 세 번째 아내 마사 겔혼이 4월 10일 쿠바 아바나로 와서 핑카 비히아 농장을 임대했고, 헤밍웨는 마사와 함께 이 집으로 이사했다. 헤밍웨이가 『누구를 위하여 종은 울리나』를 집필하던 1939년의 스페인 상황을 살펴보면 1월에 바르셀로나가 파시스트들에게 함락되었고, 2월에는 프랑스와 영국이 파시스트 지도자인 프랑코 장군의 정부를 승인했다. 그리고 3월에는 마드리드와 발렌시아가 항복하면서 스페인은 완전히 파시스트의 손아귀에 넘어갔다. 이런 분위기였기 때문에 이 작품에는 공화파의 부패를 비판적으로 바라보는 서술이 많이 들어가 있다.

헤밍웨이는 『누구를 위하여 종은 울리나』를 1940년 10월 21일 스크리브너사에서 초판 7만 5천부를 하드커버로 출판했고 한 권의 가격은 2달러 75센트였다(2011년 현재의 가격은 30달러이다). 이어 파라마운트 영화사는 10월 25일에 10만 달러로 영화 판권을 사갔다.

『누구를 위하여 종은 울리나』는 발간 다음 해인 1941년 리미티드 에디션스 클럽의 금메달을 받았다. 이 상의 심사 위원은 1935년 노벨 문학상 수상자인 싱클레어 루이스Sinclair Lewis, 스털링 노스Sterling North, 문학 평론가 클리프턴 패디먼Clifton Fadiman 이렇게 3명으로 구성되었는데 심사 위원장인 루이스는 위원회의 결정을 요약 보고했다. 〈위원회는 『누구를 위하여 종은 울리나』가 지난 3년 동안 나온 미국 소설들 중에서 앞으로 오랫동안, 적어도 50년 혹은 1백 년 이상 살아남을 것이라고 판단했다.〉 루이스는 다른 위원들의 의견도 보고했다. 스털링 노스는 『누구를 위하여 종은 울리나』를 위대한 러브 스토리라고 판단했고, 패디먼은 찰스 디킨스 Charles Dickens의 『두 도시 이야기*A Tale of Two Cities*』나 월터 스콧Walter Scott 경의 『아이반호*Ivanhoe*』의 전통을 잇는, 활극 넘치는 위대한 연대기라고 평가했다. 루이스는 자신의 의견을 이렇게 적었다. 〈이 책은 걸작이고 고전이다. 왜냐하면 이 책에는 오래전에 시작된 세계 혁명이 잘 녹아 들어가 있기 때문이다.〉 루이스는 심사 위원회 보고서를 이렇게 마무리했다. 〈남이 아무리 강요해도 사람들은 결단을 내리거나 전투 상황으로 내몰리지 않는다. 하지만 독자가 자기 자신을 로버트 조던과 동일시하게 되면, 그는 전투의 냄새를 실제로 맡게 되고, 그리하여 자유는 삶과 죽음을 걸고 싸워야 하는 주제가 된다. 그리하여 온 인류의 형제애는 마침내 불가피한 현상이 된다. 바로 이것이 어니스트 헤밍웨이가 이 작품에서 성취한 문학적 효과이다.〉

작품 해설

작품의 줄거리는 〈강철 같은 아름다움을 가진 철교〉를 폭파하는 이야기이다. 이 철교는 작품 속의 모든 인물들을 하나의 축으로 연결시키는 중심점인 동시에 이승과 저승을 잇는 하나의 상징물이다. 다리가 폭파되는 순간 조던과 마리아의 사랑은 끝나고 조던은 마리아와 헤어져 죽음을 맞지만, 역설적으로 마리아의 내면에는 두 사람의 영원한 사랑이 생성된다. 즉 〈마리아, 당신은 혼자 가는 게 아니야. 나와 함께 가는 거야〉라는 조던의 대사처럼 그것은 죽음과 삶을 교묘하게 연결한다. 이것은 이 소설에 제목을 빌려 준 존 던John Donne의 시(소설의 맨 앞에 나오는 헌시)에서도 잘 드러난다.

물론 작품에는 다른 보조적인 기능을 하는 요소들이 많이 등장한다. 철교의 폭파를 둘러싼 파블로와 조던의 갈등, 필라르의 무속적인 예언, 또 다른 폭파 전문가인 까슈낀의 비극적인 종말 등이 예시되면서 작품은 처음부터 긴장의 분위기를 띤다. 외딴 산간 지방에서 목숨을 건 임무를 수행하기 위해 나선 젊은 남성 그리고 아름다운 여성, 게다가 저마다 한 가지씩의 이야기를 가지고 등장하는 게릴라들. 이야기를 좋아하는 사람들이라면 누구나 솔깃하게 귀 기울일 제재가 모두 등장한다. 그러면서 중간중간 의식의 흐름 수법에 의해 조던의 과거 경력, 인생관, 사랑에 대한 생각 등이 예시되는 한편, 마리아의 고백이나 필라르의 증언은 내란에 휘말린 스페인 국민들의 참담한 생활상을 사실감 있게 보여 준다.

그러나 작품 속에 나오는 독백이나 증언 등은 어디까지나 보조적인 기능에 그치고, 이야기는 철교를 어떻게 폭파할 것인가와 조던과 마리아의 사랑이라는 두 기둥을 축으로 전개된다. 이 두 기둥은 파괴와 생성, 사랑과 죽음, 이승과 저승을 동시에 환기시키는 객관적 상관물이 된다.

헤밍웨이가 초창기에 즐겨 다루던 제재는 개인의 세계이다. 거기에서는 각 주인공들이 외롭거나 아무런 도움을 받지 않는 개인으로서 적대적이고 무관심한 세계에 대항하여 각자의 생존을 도모한다. 그러나 다리 폭파에 나선 로버트 조던은 헤밍웨이의 다른 작품들, 예를 들면『무기여 잘 있거라』의 프레더릭 헨리나『해는 또다시 떠오른다』의 제이크 반스와는 약간 다른 면이 있다. 그에게는 이런 초창기의 인물들과는 달리 묵직한 사회적 역할이 부과되어 있는 것이다. 자신이 신봉하는 민주주의를 실천하기 위해 미국을 떠나 스페인에 와서 목숨을 걸고 싸워야 한다는 것이 그것이다.

이런 비장한 분위기 속에서 피어난 조던과 마리아의 사랑은 철교 폭파의 위기감으로 인해 점점 비극적인 색채를 띠게 된다. 〈72시간을 살아도 72년을 산 사람보다 더 강렬하게 살 수 있다〉는 소설 속의 말처럼, 72년을 72시간으로 압축한 시간의 밀도 속에서 벌어지는 마리아와 조던의 네 번의 정사는 에로틱하면서도 낭만적이며 다리 폭파 뒤에 찾아온 이별은 슬프면서도 감동적이다.

그러나 이런 감동에도 불구하고 이 소설은 사상적 측면에서 하나의 문제점을 안고 있다. 스페인 내란은 제2차 세계대전을 예고한 20세기 전반의 중대한 세계사적 사건이었다. 수십만에 달하는 사람이 죽었고 유럽과 미국의 젊은 청년들이 민주주의를 지키기 위해 자신의 목숨을 던져 가며 참전했던 사건이다. 이런 전쟁에 자발적으로 참여한 미국의 지식인이라면 그 행동 동기를 설명할 수 있는 뚜렷한 사상과 철학이 있어야 한다. 소설에서는 〈전쟁이 그가 사랑하는 나라에서 시작되었고 공화국을 믿기 때문에 싸운다〉(제13장)라고만 되어 있다. 그리고 우선 전쟁에 이기는 것이 중요하기 때문에 그런 문제는 나중에 생각하자고 한다.

이런 정치적 구호는 주인공의 행동 동기를 명확하게 설명해 주지 못한다. 좀 더 깊은 생각과 통찰로 그것을 뒷받침해 주어야 하는데 아쉽게도 그것이 없다. 심지어 자신에게는 〈뚜렷한 정치관이 없다〉(제13장)라는 말까지 한다. 현재는 임무 수행 중이라 바쁘니까, 그런 것은 나중에 보자, 라는 얘기는 헤밍웨이를 〈애니〉라고 비판할 수 있는 근거가 되었다. 목숨을 버리면서까지 철교를 폭파해야 할 사상적 필연성이 제시되지 않는다는 것이다. 이 모든 것은 로버트 조던의 개인적 용기로 설명될 뿐 그 용기를 통괄하는 정치적 의식이나 사상의 확신은 보이지 않는다. 따라서 이런 개인적 용기는 그 범위가 너무 협소하여 내란에 처한 한 나라의 비극적 상황을 총체적으로 재현하지 못한다(아서 월드혼Arthur Waldhorn 교수의 비평).

사실, 소설가는 자신이 제시하는 사건과 소재들에 대하여 예술적 감수성의 통제 아래 그 사건과 사상을 통합해야 할 의무가 있다. 다시 말해 소설의 사상은 소설 속의 소재로부

터 자연스럽게 흘러나와야지, 이처럼 일방적이고 상투적인
선언은 막연한 프로파간다 수준에 그칠 뿐 강한 설득력을
발휘하지 못하는 것이다.

또 다른 문제는 작품에 내재한 여러 구도들 사이의 상호
연관성 문제이다. 이 작품은 조던과 마리아, 파블로(필라르)
와 게릴라, 골스와 까르꼬프 등의 세 갈래 구도로 나뉘어 있
다. 그런데 이 세 가지가 독립된 상태로는 모두 그럴 듯하지
만 서로의 연결 관계는 불충분하다는 느낌이 든다. 이것은
로버트 조던의 사회적 인식이 불충분한 데서 기인한다. 즉
스페인 내란에 대한 작가의 개인적 인식이 역사적 이해로 확
대되어 나가지 못했기 때문에(아르투로 바레아Arturo Barea
의 비평), 주인공의 의식 바깥에서 일어나는 사건들이 주인
공의 생각과 잘 연결되지 않는다는 것이다.

그러나 이 작품 속의 스페인 내란이 헤밍웨이 개인이 파악
한 스페인 내란에 불과하다고 해도, 이 소설이 전쟁의 비정
함을 고발하고 전쟁에 대한 인간의 이중적 태도를 훌륭하게
보여 주었다는 점은 커다란 장점이다. 가령 로버트 조던과
베렌도 중위의 마지막 대결 장면은 성실한 두 인간이 서로
죽음을 사이에 두고 싸울 수밖에 없는 전쟁의 비정함을 차가
운 금속성으로 전달한다. 또한 주인공이 죽음을 앞둔 상황
에서 겪는 용기와 비겁이라는 인간의 양면성 문제는 우리에
게 많은 것을 생각게 한다. 조던은 고통을 참지 못해 자살하
고 싶지만(비겁) 그래도 후방으로 도망가야 하는 게릴라를
위해 더 버텨야 한다는 의무감(용기)을 생생하게 보여 준다.
또한 죽음의 문제를 두고서 할아버지와 아버지를 생각하는
부분(제30장)은 작가 헤밍웨이의 자살과 관련하여 아주 깊

은 생각의 단서를 제시한다.

이 소설에서 스페인 내란이 작품에 얼마나 총체적으로 제시되었는가 하는 의문은 남아 있지만, 그래도 내란이라는 배경은 조던과 마리아의 사랑을 이해하는 데 중요한 단서 구실을 한다. 두 사람의 사랑은 다만 개인적 차원의 일로 묘사되나, 작품을 읽어 나가면서 마리아가 내전으로 갈기갈기 찢어진 스페인을 상징하는 여인이 아닌가 하는 느낌도 든다. 실제로 마리아 자신이 윤간의 상처로 인해 스스로를 〈버려진〉 여자로 생각하고 있다가 조던을 만나면서 자신을 〈되살아난〉 여인으로 생각하는 것(첫 번째 정사)은 이러한 해석을 뒷받침한다. 그러나 마리아에 대한 비판이 없는 것도 아니다. 우선 그녀는 밥하고 빨래하는 전형적인 가정주부의 모습으로만 등장하는 등, 그 행동이 너무 유치해 과연 전쟁의 국면에 처한 성숙한 여인이라고 할 수 있는지 의문을 갖게 한다.

한 작품의 가치를 측정하는 데는 여러 가지 기준을 적용할 수 있다. 스페인 내란의 역사성, 사회성이라는 척도로 이 작품을 읽어 나가면 아무래도 미진한 구석이 눈에 띈다. 그러나 조던과 마리아의 사랑을 핵심 주제로 파악하고, 파블로에게서 발견되는 삶과 죽음, 용기와 비겁의 이중주라는 인간의 보편적 특성, 필라르에게서 발견되는 죽음 앞에서도 사랑을 믿는 강력한 신념 그리고 까슈낀과 까르꼬프의 타락한 이상주의 등을 종합적으로 판단해 본다면 『누구를 위하여 종은 울리나』가 지닌 이야기의 힘은 결코 과소평가될 수 없다.

이종인

어니스트 헤밍웨이 연보

1899년 출생 7월 21일 미국 일리노이 주 시카고 시 서부 오크파크에서 출생. 2남 4녀 중 둘째이자 장남으로 태어남.

1901년 2세 처음으로 미시간의 월룬 호로 여름휴가를 떠남. 이후 여러 번 이 지역으로 휴가를 가는데, 월룬 호는 그의 초기 작품에 자주 등장하는 배경이 됨.

1909년 10세 할아버지로부터 생일 선물로 엽총을 받음. 할아버지에 대한 이야기는 이후 자살한 아버지의 이야기와 함께 『누구를 위하여 종은 울리나*For Whom the Bell Tolls*』에 등장함.

1913년 14세 시카고의 권투 학원에 들어가 권투를 열심히 함. 이때 입은 부상의 후유증으로 2년 뒤 왼쪽 눈의 시력이 크게 떨어짐.

1917년 18세 오크 파크 고등학교를 우수한 성적으로 졸업. 4월 미국의 제1차 세계 대전 참전과 함께 헤밍웨이 역시 입대를 자원하지만 시력이 좋지 않아 불합격됨. 졸업 후 캔자스시티로 가서 「스타*The Star*」지의 기자가 됨.

1918년 19세 약 7개월 정도 근무한 「스타」지에서 퇴사하고 이탈리아 군속 적십자 요원으로 전쟁에 참전. 이탈리아에서 근무 도중 포격으로 부상을 입고 빌라노 후상 병원에 입원함. 3개월의 치료 끝에 되원하여 이탈리아 보병 부대에 배속됨. 11월 휴전.

1919년 20세   부상으로 제대하여 미국으로 돌아옴.

1920년 21세   캐나다 토론토로 가서 신문 기자로 일하다가 곧 귀국함. 시카고 시에서 발행하는 한 기관지의 편집자가 됨. 이때 문학의 새로운 조류(주로 신비평)를 가져온 시카고 그룹의 예술가들과 교우함.

1921년 22세   9월 헤이들리 리처드슨Elizabeth Hadley Richardson과 결혼하여 캐나다 토론토에 거주. 『토론토 스타 위클리*Toronto Star Weekly*』지의 특파원이 되어 유럽으로 감.

1922~1924년 23~25세   파리 시대 개막. 거트루드 스타인Gertrude Stein과 에즈라 파운드Ezra Pound와 교우하며 이들로부터 문학 수업을 받음. 장남 존John Hadley Nicanor Hemingway 출생(1923). 몇 편의 초기 작품을 발표함. 1924년에 단편집 『우리들의 시대에*In Our Time*』 발표.

1925년 26세   단편 「두 개의 커다란 심장을 가진 강Big Two-Hearted River」 발표.

1926년 27세   장편소설 『해는 또다시 떠오른다*The Sun Also Rises*』 발표. 첫 부인 헤이들리 리처드슨과 이혼.

1927년 28세   『보그*Vogue*』지의 파리 특파원이자 의상 비평가인 폴린 파이퍼Pauline Pfeiffer와 재혼.

1928년 29세   차남 패트릭Patrick Hemingway 출생. 12월 6일 부친 클래런스 헤밍웨이Clarence Hemingway가 오크파크 자택 2층에서 스미스앤드웨슨 리볼버로 자신의 귀 뒷부분을 쏘아 자살. 그 전해에 의사 면허를 취득한 부친은 플로리다로 내려가 병원을 개업하며 은퇴할 계획으로 플로리다 부동산에 거금을 투자했으나, 부동산 가격이 폭락하면서 투자 자금을 모두 날리고 모든 계획이 물거품으로 돌아간 상황이었음. 당뇨병과 협심증에 따른 수면 부족으로 고통을 받던 중 12월의 비 내리는 추운 날씨가 계속되자 우울증이 더욱 심해짐. 자살 당시 부친의 나이는 57세.

1929년 30세　장편소설 『무기여 잘 있거라*A Farewell to Arms*』 발표.

1930년 31세　11월 소설가 도스 패소스John Dos Passos와 사냥 여행을 나섰다가 자동차 사고로 팔을 다쳐 세 차례의 수술을 받음.

1931년 32세　캔자스시티에서 셋째 아들 그레고리Gregory Hemingway 출생. 제왕 절개 수술로 태어남.

1932년 33세　논픽션집 『오후의 죽음*Death in the Afternoon*』 발표.

1933~1934년 34~35세　아프리카 여행. 단편집 『승자는 아무것도 갖지 말라*Winner Take Nothing*』(1933) 발표.

1935년 36세　아프리카 여행기 『아프리카의 푸른 언덕*Green Hills of Africa*』 발표.

1936년 37세　7월 『누구를 위하여 종은 울리나』의 배경이 된 스페인 내전 발발. 스페인 정부군을 위해 원조 자금 4만 달러를 개인 명의로 조달. 부상병 수송차와 의약품 등의 제공을 계획함.

1937년 38세　2월 북아메리카 신문 연합의 특파원이 되어 스페인으로 건너감. 스페인에서 『콜리어 위클리*Collier's Weekly*』지의 특파원인 여류 작가 마사 겔혼Martha Gellhorn과 만나 열애에 빠짐.

1938년 39세　희곡 「제5열The Fifth Column」과 그때까지 쓴 단편 49편을 하나로 묶어 『제5열과 첫 49편의 단편들*The Fifth Column and The First Forty-Nine Stories*』을 출간.

1939년 40세　프랑코군이 1월에 바르셀로나를 함락시키고 3월에 마드리드에 입성. 스페인 내전은 반란군의 승리로 끝남. 쿠바의 아바나에 있는 한 호텔에서 『누구를 위하여 종은 울리나』 집필 시작.

1940년 41세　『누구를 위하여 종은 울리나』 발표. 폴린 파이퍼와 이혼하고 마사 겔혼과 결혼.

1941년 42세　중일 전쟁 특파원으로 중국 방면을 여행함.

1942년 43세   82편의 전쟁 이야기들을 편집한 책 『전쟁 속의 인간*Men at War: The Best War Stories of All Time*』 출간.

1943년 44세   제2차 세계 대전 취재차 아내 마사와 함께 프랑스로 건너감.

1944년 45세   5월 『타임*Time*』지의 런던 지사에서 근무하던 언론인 메리 웰시Mary Welsh를 만남. 7월 조지 패튼George Smith Patton 장군의 사단에 배속되어 종군함.

1945년 46세   12월 세 번째 부인 마사 겔혼과 이혼.

1946년 47세   2월 네 번째 부인이며 이후 그의 죽음까지 지켜보게 되는 메리 웰시와 결혼.

1947년 48세   1944년에 프랑스에서 활약한 공로로 동성(銅星) 훈장을 받음.

1948년 49세   아내와 이탈리아를 방문하여 제1차 세계 대전 당시 부상당했던 격전지를 둘러보고 베네치아에서 19세의 아드리아나 이반치치Adriana Ivancich를 만남. 이후 그녀를 모델로 『강 건너 숲 속으로*Across the River and Into the Trees*』를 쓰게 됨. 성관계는 없었으나 아드리아나는 헤밍웨이의 애인이 됨. 아드리아나의 모친은 헤밍웨이가 메리 웰시와 이혼하고 아드리아나와 결혼할 것을 은근히 바랐지만 당시 50세의 헤밍웨이는 다섯 번째 아내를 맞이하는 것을 망설였고, 아내 메리 웰시가 너무나 순종적이었기 때문에 모험을 하지 않음.

1949년 50세   아내와 다시 유럽으로 건너가 남프랑스와 이탈리아를 여행함.

1950년 51세   『강 건너 숲 속으로』 발표. 비평가들로부터 〈헤밍웨이의 문학은 하강 국면에 있다〉는 등 혹평을 받음.

1951년 52세   6월 모친 그레이스 홀 헤밍웨이Grace Hall Hemingway 사망.

1952년 53세 『라이프*Life*』지에 「노인과 바다The Old Man and the Sea」 발표. 이 소설로 명성을 되찾기 시작함.

1953년 54세 퓰리처상 수상.

1954년 55세 아프리카 우간다 지방을 여행하던 중 비행기 사고로 부부가 함께 중상을 입음. 신문은 헤밍웨이가 사망했다는 오보를 냄. 10월 노벨 문학상 수상.

1955년 56세 쿠바 정부로부터 산크리스토발 훈장을 받음.

1956년 57세 아이다호 케첨에서 논픽션 『이동 축일*A Moveable Feast*』을 집필. 이 책은 사후인 1964년에 발표됨.

1957년 58세 6월 시인 에즈라 파운드를 성 엘리자베스 정신 병원에서 퇴원시키고자 하는 펀드에 1천5백 달러를 기부함.

1958년 59세 10월까지 쿠바에 머물렀으나 카스트로 혁명이 시작되자 10월 초 케첨으로 돌아옴.

1959년 60세 『라이프』지에 스페인 전국 투우 견문기를 게재하는 조건으로 스페인으로 건너가 전국 순회. 그 견문기를 이 잡지에 「위험한 여름The Dangerous Summer」이라는 제목으로 발표함.

1960년 61세 대작을 써내지 못하는 것에 대한 정신적 고통과 고혈압 등의 지병으로 심각한 신경 쇠약 증세에 빠짐. 지인인 호치너A. E. Hotchner가 『파파 헤밍웨이*Papa Hemingway: A Personal Memoir*』(1966)를 통해 자살 직전의 헤밍웨이 심경을 잘 묘사함. 〈세계적으로 유명한 명성도 얻었고 이제 편안히 은퇴하면 될 터인데 왜 자꾸 자살하려고 하느냐〉는 호치너의 질문에 〈나는 작가인데 작가가 글을 쓰지 못한다면 더 이상 이 세상에 존재할 필요가 없다〉라고 답함.

1961년 62세 심한 우울증과 피해망상 증세를 보임. 피해망상과 근거 없는 불안에 대한 구체적인 내용은 그의 네 번째 부인 메리가 쓴 『실상 *How It Was*』(1976)에 잘 나타남. 이해 4월 엽총으로 자살을 기도하지만 부인 메리에게 발각되어 미수에 그침. 가족의 권유로 미네소타 주 로 체스터의 메이요 클리닉에 입원. 외부에는 고혈압 치료로 위장한 채 정신과 치료를 받음. 6주에 걸쳐 스물세 차례의 전기 충격 요법 치료를 받음. 병세가 호전되지 않아 병원 측에서 정신 병원에 정식 입원할 것을 권했으나 헤밍웨이가 거부함. 이때 의사는 〈지금 정신 병원에 들어가면 신문 하단에 조그마하게 날 것이나, 만약 치료를 받지 않아 불의의 사태가 벌어진다면 그때는 전 세계적인 뉴스가 될 것〉이라고 말했는데, 그 예측이 그대로 사실이 됨. 메이요 클리닉에서 돌아온 이틀 후인 7월 2일 자살. 향년 62세. 유작으로 『해류 속의 섬들*Islands in the Stream*』(1970), 『위험한 여름*The Dangerous Summer*』(1985), 『에덴동산*The Garden of Eden*』(1986)이 출판됨.

열린책들 세계문학 206 **누구를 위하여 종은 울리나** 하

옮긴이 이종인 1954년 서울에서 태어나 고려대학교 영어영문학과를 졸업했다. 한국 브리태니커 편집국장과 성균관대학교 전문 번역가 양성 과정 교수를 역임했다. 폴 오스터의 『보이지 않는』, 『어둠 속의 남자』, 『폴 오스터의 뉴욕 통신』, 크리스토퍼 드 하멜의 『성서의 역사』, 프랭크 로이드 라이트의 『자서전』, 존 르카레의 『팅커, 테일러, 솔저, 스파이』, 니코스 카잔차키스의 『향연 외』, 『돌의 정원』, 『모레아 기행』, 『일본 중국 기행』, 『영국 기행』, 앤디 앤드루스의 『폰더 씨의 위대한 하루』, 줌파 라히리의 『축복받은 집』, 조지프 골드스타인의 『비블리오테라피』, 스티븐 앰브로스 외의 『만약에』, 사이먼 윈체스터의 『영어의 탄생』, 싱클레어 루이스의 『배빗』, 어니스트 헤밍웨이의 『노인과 바다』, 『무기여 잘 있거라』 등 1백여 권을 번역했고, 번역 입문 강의서 『번역은 글쓰기다』를 펴냈다.

지은이 어니스트 헤밍웨이 **옮긴이** 이종인 **발행인** 홍예빈
발행처 주식회사 열린책들 **주소** 경기도 파주시 문발로 253 파주출판도시
전화 031-955-4000 **팩스** 031-955-4004
홈페이지 www.openbooks.co.kr **이메일** literature@openbooks.co.kr
Copyright (C) 주식회사 열린책들, 2012, *Printed in Korea.*
ISBN 978-89-329-1206-6 04840 **ISBN** 978-89-329-1499-2 (세트)
발행일 2012년 7월 15일 세계문학판 1쇄 2025년 9월 30일 세계문학판 6쇄

이 도서의 국립중앙도서관 출판예정도서목록(CIP)은 서지정보유통지원시스템 홈페이지(http://seoji.nl.go.kr)와 국가자료공동목록시스템(http://www.nl.go.kr/kolisnet)에서 이용하실 수 있습니다.(CIP제어번호:CIP2012002998)

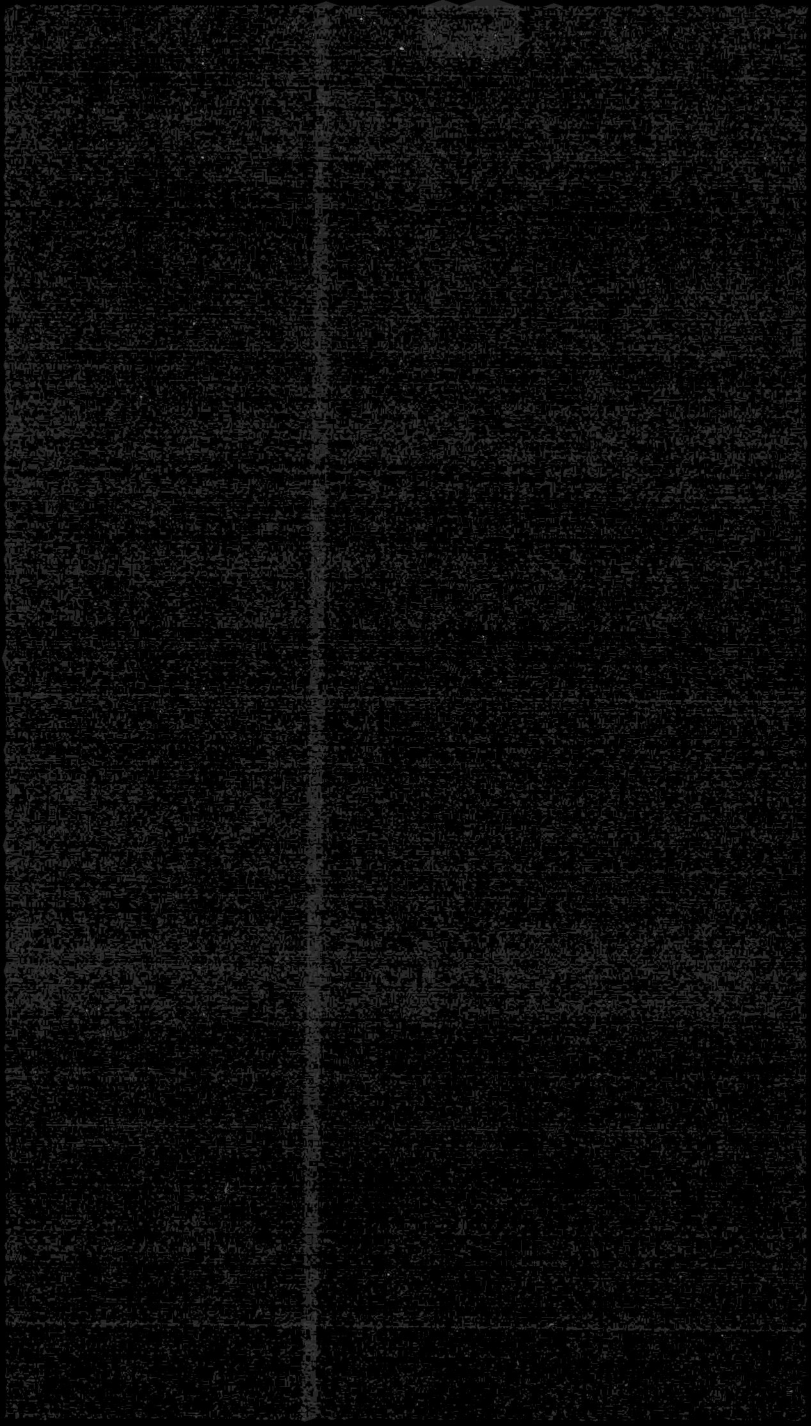